장난감 괴물

장난감 괴물

제1판 1쇄 2025년 1월 23일

지은이 김정용
펴낸이 이경재
책임편집 비비안 정

펴낸곳 도서출판 델피노
등록 2016년 8월 11일 제2020-000082호
주소 서울시 양천구 신정중앙로 86, 덕산빌딩 5층
전화 070-8095-2425
팩스 0505-947-5494
이메일 delpinobooks@naver.com
ISBN 979-11-91459-96-8 (03810)

김정용 장편소설

장난감 괴물

델피노

차례

보라 얼마나 작은 불이 얼마나 많은 나무를 태우는가.

야고보서 3장 5절

프롤로그

사고 현장에서 발견된 낙서 (번역)
1. 偶然には理由がない。理由があれば、偶然ではありません。
   우연에는 이유가 없다. 이유가 있다면 그것은 우연이 아니다.
2. 世界すべての事に理由がある。
   세상 모든 일에는 이유가 있다.
3. だから世の中に偶然は存在しない。
   그러므로 세상에 우연은 존재하지 않는다.

일시: 2011년 3월 11일 14시 46분 (GMT+9)
장소: 일본 후쿠시마

절대로 잡혀서는 안 된다. 그럴 바에는 차라리 죽는 편이 낫다. 모든 것이 송두리째 묻혀버릴지도 모른다는 두려움이 점점 현실로 다가오고 있다. 풀린 구두끈이 땅에 끌려 불꽃처럼 타닥댔지만 고쳐 맬 여유 따윈 없다. 어쩌다 이렇게 된 걸까? 아니다. 지금은 한가하게 그런 거나 따지고 있을 때가 아니다. 원인을 찾는 건 이 상황을 무사히 벗어난 다음에 해도 늦지 않는다.

빌어먹을! 생각과 다르게 몸이 전혀 말을 듣지 않는다. 마지막으로 이렇게 뛰어 본 것이 언제인지 기억조차 나지 않는다. 사십 대 중반. 운동과는 담을 쌓고 살았다. 후회할 틈도 없이 하늘은 노래져만 갔다. 헉. 헉. 헉. 쫓아오는 소리가 점점 더 가까워지는 것처럼 느껴진다. 착각일까? 아니면 정말 따라잡히고 있는 걸까? 두려움이 덥석 덜미를 잡아챘다. 앞만 보고 죽어라 달려도 부족할 판인데 뒤돌아서 어디까지 쫓아왔는지 확인하고 싶은 마음이 요동친다. 전력 질주를 하는 상황에서 뒤를 돌아본다면 당연히 그만큼 속도는 줄어들 것이다. 절대로 해서는 안 되는 바보 같은 짓이다. 그렇지만 악마 같은 호기심은 뒤통수를 긁어대며 자꾸만 뒤돌아보라고 속삭인다. 결국 유혹을 이기지 못하고 몸을 틀어 돌아봤다. 다행이다. 많이 좁혀지지 않았다. 작은 안도감이 들긴 했지만 그 대가는 너무나도 혹독했다. 갑작스럽게 고개를 돌리는 바람에 무게중심이 급격하게 무너졌고, 속도를 이기지 못한 몸뚱이가 균형을 잃고 휘청거리며 나뒹굴었다. 그러는 사이 간격은 현저하게 줄어들었다. 다시 일어난다는 것 자체가 불가능해 보이는 상황. 하지만 생존본능은 초인적인 힘을 끌어내 넝마 같은 몸을 일으켜 세웠다. 마비된 것처럼 아무런 고통도 느껴지지 않았다. 다가오고 있는 공포에 비하면 이깟 것쯤은 아무것도 아니다. 있는 힘을 전부 짜내어 내달렸다. 거칠게 뭉쳐진 숨 덩어리들이 그렇지 않아도 터질 듯이 부푼 폐부를 마구 잡아 뜯으며 헤집어댔다. 그래도 멈출 수 없다. 잡히면 끝이다. 말 그대로 끝.

정식 명칭: 도호쿠 지방 태평양 연안 지진 (일명: 동일본 대지진)

무슨 수를 써서라도 반드시 잡아야 한다. 놓치면 한국으로 돌아갈 수 있는 기회는 닫혀버리고 만다. 다음은 없을 것이다. 온 힘을 다해 쫓고 있지만, 좀처럼 간격은 줄지 않는다. 설상가상. 품 안의 작은 권총이 자꾸만 겨드랑이 아래를 찔러댄다. 짜증 날 정도로 거추장스럽고 달리는 데 방해만 된다. 냅다 던져버리고 싶은 마음은 굴뚝같지만, 총기 분실은 책임이 너무 크기 때문에 엄두도 못 낸다. 이깟 쇠붙이 하나에 주의 사항이 무슨 보험 약관처럼 눈곱만한 글씨로 줄줄이 따라붙어 있다. 게다가 여기는 타국이다. 거슬린다고 기분대로 총을 내던져버리거나, 우연이라도 한 발 쏘는 날에는 치명적인 외교 문제를 야기한다. 이렇다 보니 총을 꺼내서 쏜다는 것은 애초에 계획에 들어가 있지도 않았나. 쓰시도 못하고 걸리적거리기만 하는 애물단지. 내 처지와 닮았다. 어쩌다 이렇게 되어버린 걸까? 아니다. 지금은 놈을 잡는 것만 생각하자. 신세 한탄은 붙잡은 다음에 해도 늦지 않는다.

빌어먹을, 평소에 운동 좀 해둘걸. 하지만 이런 후회 또한 지금의 고통을 지우는 데 아무런 도움도 되지 않는다. 더 이상 간격이 벌어지면 놓치고 말 것이다. 포기해야 하나? 절대로 안 된다. 나는. 반드시. 한국으로 돌아갈 것이다!

주저앉고 싶은 마음을 내팽개치고서 이를 악문 그 순간, 믿을 수 없는 일이 일어났다. 달아나던 놈이 뜬금없이 상체를 뒤로 틀더니 속도를 이기지 못하고 춤을 추듯 바닥으로 나뒹굴었다. 기회다! 하늘이 내려준 마지막 찬스를 잡기 위해 있는 모든 힘을 전부 짜내어 내달렸다.

그때 갑자기 시야가 흔들리더니 감당할 수 없는 어지러움이 몰려들었고, 귀 뒤쪽을 송곳으로 찌르는 것 같은 통증이 발작하듯 일어났다. 아무리 그래도, 여기서 멈출 수는 없다. 잡아야 한다. 난 반드시 돌아가야만 한다. 하지만…… 마음과는 달리 다시 간격이 벌어지고 있다. 한 쪽 귀를 부여잡고 미친놈처럼 내달렸다. 놓치면 끝이다. 말 그대로 끝.

인명피해: 사망 15,901명 / 간접사망 3,767명 / 실종 2,526명 / 부상 6,242명
연계사고: 후쿠시마 제1 원자력 발전소 사고 문서를 참고할 것

멀리서 '그릉' 하는 소리가 들려왔다. 어찌 들으면 짐승의 울음소리 같기도 했고, 천둥이 다가오는 소리 같기도 했다. 조사에 의하면 당시 이 소리를 들은 사람이 3만 명이 넘었다고 한다.

하늘을 뒤엎은 바닷물이 육지를 향해 밀려들던 그때 - 헐떡이며 멈춰선 두 남자는 서로의 눈을 바라보았다. 교차하는 두려움. 아니 그것은 종말을 직감한 생물의 마지막 교감이었다. 그때 다시 그릉 - 그르릉 - 지구가 울부짖는 소리가 조금 전보다 더 가깝게 들려왔고, 불안과 긴장이 엇갈려 부딪히며 피고름처럼 퍼져나갔다. 둘에게는 더 이상 도망칠 힘도, 총을 뽑을 기운도 남아 있지 않았다. 시각은 2시 45분에서 46분으로 넘어가고 있었다.

1부

모두의 날

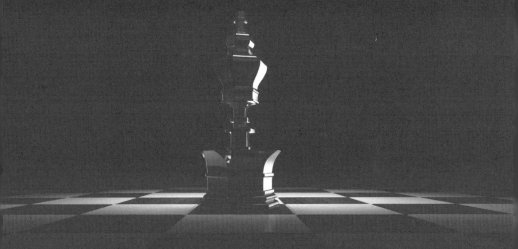

0

; 방아쇠

정장을 꺼내 입었다. 5년 만이다. 어깨는 그런대로 품이 맞았지만, 바지는 눈에 띄게 헐렁해졌다. 멋을 부리려고 입은 게 아니니 못 봐줄 정도만 아니면 된다. 꽃다발은 미리 사두었고, 구두도 깨끗이 닦아놓았다. 준비를 마쳤으니 이제 집을 나서기만 하면 되는데 초인종이 울렸다. 띵동 – !

또다시 우연이다. 우연 말고는 달리 설명할 방법이 없는 일들이 여전히 아무렇지도 않게 일어난다. 이번에도 약속을 지키지 못할 것 같다. 그때도 약속 시간 바로 직전에 그러더니 이번에도 그런다. 택배 배달원이 놓고 간 것은 다름 아닌 놈이 나를 부르는 초대장이었다. 그래, 기다리던 바다.

꽃다발은 전해지지 못할 자신의 운명을 직감했는지 금세 풀이 죽어버렸다. 버릴까 잠시 망설였지만, 이것도 하나의 생명이라는 알량한 죄책감에 싱크대에 넣고 물을 틀었다. 이렇게 하면 꽃들이 조금 더 살 수 있지 않을까? 뿌리가 없어도 조금은 버틸 수 있겠지? 한참을 꽃을 바라보다가 부엌을 등지고 돌아섰다.

집행을 앞둔 사형수처럼 두려움을 잔뜩 물고서 한쪽 벽면을 바라보았다. 거기에는 각종 신문 잡지 기사들과 인터넷 뉴스 프린트들 사진, 메모들이 붙어 있다. 그것들을 가만히 응시했다. 이것들이 전부 연결되어 있다니! 몇 번을 봐도 여전히 이해되지 않는 게 많다. 손을 뻗어 바랜 신문 기사 하나를 뜯어냈다.

[지난 2년 동안 신출귀몰한 희대의 탈옥수 신창인. 또다시 포위망을 벗어나다!]

이때가 시작이었을까? 아니면…… 다른 신문 기사 하나를 더 떼어냈다.

[줄기세포로 전 국민을 기만한 황우진 박사.]

어쩌면 여기서부터였는지도 모른다. 이것도 아니라면……

"한국인 도신홍(30. 남)씨가 미국과 일본의 쟁쟁한 경쟁자들을 제치고 3개국 공동 우주 프로젝트의 초기 시험 비행 우주 비행사로 선정되었다."

이것도 아니라면…… 역시……

[거대지진 일본 강타! 후쿠시마 원전 위기!]

여기서부터였을까? - 아니다. 어디부터 시작된 것인지는 중요하지 않다. 핵심은 방아쇠가 언제, 어디에서 당겨졌느냐다.

아무리 떠올리려 애써도, 괴물과 싸우기 위해 스스로 괴물이 되어버린 기사가 나오는 동화 제목이 기억나지 않는다. 조금 전까지 꽃다발이 놓여 있던 탁자에 권총 한 자루와 경찰 신분증을 내려놓았다. 지금 나는 내 발로 함정을 향해 걸어 들어가려고 하고 있다. 그놈 역시 내가 이런 선택을 할 것을 알고서 준비하고 있을 것이다. 알고 들어가는데, 그걸 함정이라고 할 수 있을까? 과연 혼자서 괜찮을까? 지금 느껴지는 이 두려움도 놈의 계획의 일부가 아닐까 하는 생각이 지워지지 않는다.

경찰 신분증을 잠시 들어 바라보았다. '민성후' 내 이름이 마치 남의 이름처럼 낯설게 느껴진다. 평범한 삶을 살았던 때가 꿈처럼 아득하다. 신분증을 쓰레기통에 버렸다. 그것은 순식간에 쓰레기가 되어버렸다.

지금부터 나는 더 이상 경찰이 아니다. 나는 살인자가 되려고 한다. 놈의 목숨을 끊건, 내 목숨을 끊건…… 둘 중 하나다. 다른 선택지는 없다. 다시 권총을 들어 총알을 한 개만 남겨두고 모두 빼냈다. 잠시 망설여졌다. 고민 끝에 총알 한 개를 집어 바지주머니에 넣었다.

'두려움에 지지 말자'

아무리 부정하려고 해도 두려움은 자꾸 밀려온다. 다가오는 공포에서 지지 않는 유일한 방법은 도망치지 못하도록 내 손으로 퇴로를 끊어버리는 것뿐이다. 집안에 여기저기에 휘발유를 붓다가 잠시 싱크대에 둔 물에 적신 꽃다발을 바라보았다. – 후회는 없다. 불붙은 지포 라이터를 던지고 집을 등졌다.

그래, 더 이상 물러설 곳도, 돌아올 곳도 없다.

돌이켜보면 후회가 앞선다. 무엇보다 방아쇠가 당겨진 지점부터 찾았어야 했다. 하지만 그때는 거대한 소용돌이 한가운데서 허우적거리느냐 나를 돌볼 겨를도 없었다. 작정하고 달려드는 엄청난 비극들을 피하고 견디느냐 어느 것 하나 제대로 보지 못했다. 그러지 말았어야 했다. 눈을 부릅뜨고 어떻게든 맞서야 했다. '우연'이란 이름으로 일어난 일들이 어디서 발사되었고 무엇을 향하고 있는지 조금 더 꼼꼼히 살폈어야 했다. 하지만 나는 상처를 입었다는 핑계로 도망쳤고 외면했다. 그리고 모두가 감당할 수 없을 만큼 사태가 악화되고 나서야 모든 일의 시작을 따져보는 것이 가장 중요한 일임을 깨달았다.

아무리 생각해 봐도 거기부터다. 5년 전 그날. 9월 17일. '과학영재 올림피아드' 대회장에서 당겨진 방아쇠가 5년의 세월을 뒤흔들고 지금 모든 것을 삼키려하고 있다.

나는 결국 괴물과 싸우기 위해 괴물이 되어버린 남자가 나오는 동화의 제목을 기억해 내지 못했다. 대신 잊고 있었던 그 동화의 결말이 떠올랐다.

그 끝은……

1

; 오답

  소년은 앞니로 손톱 가장자리를 뜯어내고 싶은 충동을 온 힘을 다해 틀어막았다. 시간이 얼마 없다. 더 늦기 전에 실행에 옮겨야 한다. 하지만 망설임이란 놈은 더욱 거세게 소년을 아래로 잡아 끌어내렸다. '제23회 과학영재 올림피아드'라고 적힌 플래카드 아래 있는 전자시계의 붉은빛이 그렇잖아도 긴장해 있는 가느다란 몸을 향해 집어삼킬 듯 달려들었다. 단 몇 초 만이라도 책상에 엎드려 마음을 진정시키고 싶었지만, 그마저도 절대로 해서는 안 된다. 망설이는 표정을 짓거나, 조금이라도 불안해하는 기색을 내비친다면 엄마는 단번에 알아차릴 것이다. 그렇게 되면 그다음은…… 상상만으로도 소년의 하얗고 연약한 피부가 오도도독 곤두섰다.

  표정을 들키지 않기 위해 발버둥 치는 사이, 겨우 억눌러놓았던 손톱을 물어뜯고 싶은 충동이 다시 치솟아 올랐다. 욕망을 이기지 못하고 작은 손이 입을 향해 나아갔다. 통제 불능. 참관인석에 앉아 있는 엄마의 왼쪽 눈썹 끝이 뾰쪽하게 치켜 올라갔다. 위험신호다. 소년은 초인적인 인내심을 발휘해서 거의 입까지 올라간 손을 겨우 겨우 귀로 옮겨 슬쩍 귓불을 만지는 것으로 위기를 모면했다. 하지만 최대한 자연스럽게 행동했음에도 들켰을지 모른다는 두려움은 가시질 않았다. 엄마의 눈은 단 한 순간도 소년에게서 떨어지지 않았다.

소년은 여전히 머뭇거렸다. 문제는 얼마 남지 않은 시간도 아니고, 답을 적어야 하는 빈칸도 아니었다. 마음만 먹으면 얼마든지 시간 안에 정답을 써서 빈칸을 전부 채워 넣을 수 있다. 이 정도의 테스트는 소년에게 문제도 되지 않는 수준이다. 진짜 문제는 마음을 먹을 수 없다는 데 있었다.

오답을 적어야 한다. 단, 아무도 일부러 그랬다는 사실을 알아차려서는 안 된다. 계획은 이게 전부다. 너무나도 간단하다. 그냥, 사람들이 의심하지 않고 적당하게 실망할 정도의 점수를 받으면 된다. 백지를 내거나, 너무 많이 틀려버리면 의심을 사게 될 것이다. 그러면 오히려 역효과만 난다. 반드시 시간을 두고 천천히 착륙해야만 한다. 이번에는 적당히 3등 정도의 성적을 내고, 그다음에는 5등, 그다음은…… 이런 식으로 최대한 자연스럽게 눈에 띄지 않는 선에서 실망을 사며 사람들의 관심에서 아주 조금씩 멀어져야 한다. 계획을 세울 당시에는 그렇게까지 어려운 일은 아닐 거라고 생각했었다. 솔직히 굉장히 쉬울 거라고 여겼었다. 하지만 막상 결행의 순간이 닥쳐오자 이 계획에는 치명적인 결함이 있다는 사실을 깨닫게 되었다. 그것은 바로, 소년이 아직 '소년'이라는 점이었다.

처음에는 모든 것이 좋았다. 하지만 이제는 아니다. 천재라는 호칭은 더 이상 칭찬이 아니게 되어버렸고, 기대는 당연함으로 모습을 바꾼 지 오래다. 무엇보다도 어느 순간부터 엄마는 더 이상 웃지 않았다. 카메라 앞에서 웃음을 연기했고 사람들 앞에서 행복을 꾸

며냈다. 각종 영재 대회가 끊임없이 이어졌고 소년은 어김없이 맨 윗자리를 차지했다. 참가를 하고, 일등을 하고 인터뷰를 하는 것이 일상이 되어버리자 소년은 점점 지쳐갔다. 왜 이런 생활을 해야 하는지 도저히 이해가 되지 않았다. 이 지긋지긋한 천재 놀음은 이제 그만하고 싶다. 그래서 고심 끝에 스스로 끝내기로 마음먹은 것이다. 하지만 막상 오답을 적으려고 하자 덜컥 겁이 났다.

'사람들이 알아차리면 어쩌지? 엄마가 알게 되면 크게 혼나는 것만으로 끝나지는 않을 거야.'

이제 결정해야 한다. 주변에는 비슷한 또래의 5~6학년 친구들이 필사적으로 서로를 꺾기 위해서 문제를 풀고 있다. 소년은 잘 알고 있다. 대부분 아이들이 자신을 동료나 친구로 보고 있지 않고 오직 꺾어야 할 적으로만 생각한다는 것을…… 싫다. 이제 공부가 재밌지도 않다. 나는 천재가 싫다. 이것은 축복이 아니라 저주다.

주변을 살피던 소년의 가슴이 덜컥 내려앉았다. 엄마와 눈이 마주친 것이다. 한 치의 흔들림도 없는, 마치 모든 걸 꿰뚫어 보고 있는 것 같은 엄마의 두 눈. 소년은 갑자기 오줌이 누고 싶어졌다.

대회는 끝났고, 소년은 소변기 앞에 서서 한참을 그대로 있었다. 채점해보지 않아도 93점을 받을 것을 정확하게 알고 있었다. 소년에게 이 테스트는 의미가 없을 정도로 너무나 쉬웠다. 문제는 등수다. 자신을 꺾겠다고 달려든 아이들이 칼을 갈고 준비했다는 것은 알고 있다. 하지만 이번 대회의 난이도는 그들의 수준에는 높은 편이어서 아마도 만점은 없을 것이다. 한두 명 정도가 95점 이상을 받을 것으로 예상된다. 그다음이 자신이 될 것이다. 하지만 이것은 어디까지나 예상일 뿐. 숨은 실력자가 나온다거나, 우연이 작동해서 예상했던 등수보다 밀려버리면 엄마는 틀림없이 알아차릴 것이다.

소년은 방금 소변을 봤음에도 아랫배에서 짜르르함을 느꼈다.

최대한 아무렇지 않은 척을 하며 화장실을 나와 다시 대회장으로 들어서자, 엄마는 다정한 눈으로 소년을 꼭 끌어안았다. 사방에서 카메라 플래시가 터졌다. 카메라 앞에서 엄마는 너무나도 다정하다. 소년은 그런 엄마가 가식적이라고 생각하지는 않았다. 다만, 항상. 24시간. 매일같이 엄마 옆에 기자들이 따라다니며 쉬지 않고 셔터를 눌러주길 바랄 뿐이었다.

결과 발표 직전임에도 대부분의 카메라는 단상이 아닌 소년을 향해 있었다. 아무도 결과에는 관심이 없는 것 같았다. 소년이 1등을 하는 것은 당연한 것이고, 어떻게 그 소식을 빠르게 전할지에만 관심에 있을 뿐이다. 그런 틈에서 소년은 발표가 난 뒤 어리둥절해할 사람들의 모습을 상상했다. 조금 재미있다는 생각이 들었다. 미안한 마음은 전혀 들지 않았다. 소년은 아직 소년이었다.

결과가 발표되자 환호성이 회장을 가득 메웠다. 유일한 만점자가 나온 것이다. 이변은 없었다. 너무나 당연하게도 그 주인공은 소년이었다. 귀를 의심하지 않을 수 없었다. 있을 수 없는 일이 일어났다. '그럴 리 없어!' 하지만 호명된 것은 틀림없는 '서이준' 자신의 이름이었다.

'뭔가 잘못됐어……'

하지만 누구에게도 이 말을 할 수 없었다. 엄마는 눈물을 글썽이며 소년을 다시 안았다. 기분 탓인지 몰라도 소년은 엄마가 평소보다 자신을 더 꽉 끌어안은 것 같은 느낌이 들었다.

; 예정된 수순

모든 것이 예상대로다. 모자를 푹 눌러쓴 족제비눈 사내의 입가에 미소가 번져갔다. 이번에도 그 천재 소년이 일등을 차지했다. 이변 같은 건 없었다. 아니, 그런 건 애초에 일어날 수도 없다. 시스템이 그렇다. 이전에도 천재라고 불리던 아이들이 몇몇 있었지만 '서이준' 이 꼬맹이는 그 경우와 정도가 확연히 다르다. 기이한 열풍 아니, 광풍이라고 할 정도로 온 나라가 들썩거리고 있다. 박용재는 주머니에서 청포도 사탕을 하나 꺼내서 입 안으로 털어 넣으며 생각을 이어갔다. 아마도 그 아이가 아무것도 없는 텅 빈 답안지를 낸다고 하더라도 시스템은 소년을 맨 꼭대기로 올려놓을 것이다. 도덕적 잣대를 들이대기에는 이미 그 꼬맹이가 먹여 살리고 있는 사람이 너무 많다. 소년에게 착 달라붙어서 떨어지는 직접적으로 콩고물을 받아먹는 인간들을 제외하더라도, 들어본 적도 없는 각종 경시대회들이 그 아이 덕분에 명성을 얻어가고 있다. 뿐만 아니라, 전국 수많은 영재학원들이 천재 열풍으로 아이들로 미어터지고 있다. 거기에 매스컴은 말할 것도 없고 그 아이가 모델로 있는 학습지, 각종 후원사와 연구소 그리고 막대한 정부 지원금과 지원책들. 거기에 따라붙는 각종 이권들까지…… 모두가 이 성황이 최대한 길게 이어지기를 바라고 있다. 철모르는 어린 것들이 정의롭지 않다느니 윤리가 어쩌느니 떠들어대겠지만, 생각 있는 어른이라면 그런 것 따지다가 밥줄이 끊기는 것이 훨씬 더 정의롭지 못하고 비윤리적이라는 것을 잘 알 것이다.

박용재는 평소에도 사탕을 절대로 깨물어 먹지 않는다. 완전히 사라질 때까지 쪽쪽 빨아 단물을 삼키고 또 삼킨다. 혀끝으로 사탕을 할짝거리기도 하고, 볼 한쪽에 밀어 넣고 쭉쭉 빨면서 즐긴다. 마지막 한 방울의 단물이 나올 때까지, 완전히 사라져 버릴 때까지…… 중요한 건 자본이다. 돈의 수레바퀴는 한 번 돌기 시작하면 끝날 때까지 절대로 멈추지 않는다. 무조건 앞으로 나아가야 한다. 더구나 견적이 착착 나오는 경우에는 더욱 그렇다. 서이준. 이 꼬맹이는 어느 것 하나 빠지지 않는 알짜 중에 알짜다. 물론 언젠가는 이 광풍이 끝나겠지만 최소한 지금은 아니다. 여전히 가야 할 길이 멀고, 벌어들여야 하는 돈은 아직 정점을 찍지도 않았다. 상황이 이렇다 보니 아무도 그 아이가 일등의 자리에서 내려오는 것을 원하지 않는다. 심지어는 대회에 참가한 아이들조차도 애초에 2등이 목표지 1등은 꿈조차 꾸지 않는다. 옆에 서는 것만으로도 버거운 영광이라고 생각할 정도다. 그러니 저 꼬맹이가 백지를 내고 일등을 한다 한들 아무도 불만을 갖지 않을 것이다. 문제가 있다고 해도 오히려 모두가 감싸고 돌 것이다. 시스템이란 게 원래 그렇다. 누구도 공정함을 원하지 않으면 불공정이 곧 정의가 되고 도덕이 된다. – 이렇게 사내는 앞으로 자신이 하려고 하는 일을 정당화했다. 천재 소년을 중심으로 돌아가고 있는 거대한 자본의 수레바퀴에 어떻게든 탑승을 해야 한다고 다시 한번 다짐했다. 하지만 자신과 같이 아무런 연관도 없는 사람이 공고한 시스템 안으로 들어가기 위해서는 엄청난 행운이 필요하다는 것을 너무나 잘 알고 있었다. 틈이 벌어져야 쑤시고 들어갈 수 있는데 그 틈새는 좀처럼 열리지 않았다.

세상에 약점이 없는 인간은 없다. 이것이 박용재의 지론이다. 높은 지위에 있는 사람은 그렇지 않은 사람들에 비해서 더욱 강한 도덕적 기준을 요구 받기 때문에 아주 작은 것도 치명적 약점이 될 수 있다. 아무도 수레바퀴가 멈추는 것을 원치 않는 상황에서 치명적인 문제가 제기된다면 그들은 어떻게 나올까? 필사적으로 최대한 마지막까지 덮으려고 할 것이다. 이것 역시 윤리적 차원으로 접근해서는 안 된다. 철저하게 자본주의적 시각에서 바라봐야 한다. 다시 청포도 사탕 하나를 꺼내 들었다. 작은 실밥을 따라가다 보면 반드시 커다란 뭉치를 만나게 된다. 그것이 어떤 것이든 상관없다. 일단 보이면 움켜잡아야 한다. 이런 생각을 하며 용재는 손에든 도청 수신기를 꽉 움켜쥐었다. 드디어 대망의 오늘. 긴 기다림 끝에 결국 그 꼬투리를 발견해 내고야 말았다. 절대 깨물지 않을 것이다. 빨 수 있을 때까지, 단물이 마르고 마를 때까지 쪽쪽 빨아댈 계획이다.

; 정답

집으로 돌아와 현관문이 채 닫히기도 전에, 소년이 가진 모든 의문은 씻은 듯이 사라졌다. 돌변한 엄마가 이준이의 뺨을 후려쳤고, 여리여리한 몸은 고장 난 장난감처럼 문에 부딪혀 쓰러졌다.

"일부러 그런 거 모를 줄 알아! 몇 번이나 말해, 너 하나에 밥줄 걸린 사람이 한둘이 아니라고!"

"죄송해요…… 다시는 안 그럴게요……."

하지만 엄마가 원하는 건 이런 종류의 대답이 아니었다. 아니, 소년이 그 어떤 말을 해도 절대로 멈추지 않을 것이다. 그녀가 원하는 것은 오직 하나, 자신의 화가 풀리는 것뿐이다. 여린 뺨에 다시 한번 거친 손자국이 새겨졌고 소년은 비명을 지르며 몸을 웅크렸다.

"소리 지르고 싶으면 마음대로 질러! 지르라고! 넌 똑똑하니까 알잖아. 소리는 위로 올라간다며? 그러니까 맘껏 질러! 더 크게 소리치라고!"

이준이네 집은 23층 맨 꼭대기 펜트하우스다. 겁에 질려있는 와중에도 천재 소년의 두뇌는 정보의 진위에 대해 판단했고 그것을 정정하려 들었다.

"소리는 위로만 올라가지 않아요……. 반사되기도 하고……."

다음 말을 잇기 전에 매서운 손이 다시 소년의 뺨을 강타했다.

"어디서 말대꾸야? 엄마가 그렇게 가르쳤어?"

"죄송해요……. 앞으로 절대……"

엄마의 손이 매섭게 달려들었다. 이준이는 이를 앙다물었고, 질끈 감은 눈도 뜨지 않았다. 우연이었을까? 아니면 간절한 기도가 이뤄진 걸까? 어찌 된 영문인지 손찌검이 갑자기 멈췄다. 작은 기적이 현관에 내려앉은 것처럼 보이기까지 했다. 이준이의 간절한 소망을 들어준 건 다름 아닌 전화벨이었다.

통화를 하는 엄마의 목소리는 소년을 다그칠 때보다 훨씬 더 날카롭고 컸다. 표정 역시 전화기 너머의 상대를 잡아먹기라도 할 것처럼 험악해져 있었다. 하지만 소년은 걱정되기는커녕 어찌 됐든 엄마의 관심이 잠시나마 다른 곳으로 향한 것에 안도했다.

폭주하던 공포의 시간이 멈추자 비로소 조금씩 아픔이 느껴지기 시작했다. 하지만 앞으로 더 큰 고통의 시간이 다가온다는 것을 알고 있어서 그런지 이 정도 아픔은 아픔처럼 느껴지지도 않았다. 눈물을 훔쳐내고서 손가락을 조심스럽게 입에 넣어 터진 상처를 만져보았다. 피가 묻어났다. 혀로 상처를 문지르자 따끔거렸다. 할짝할짝. 쇠를 핥은 것 같은 맛이 느껴졌다. 예전에 이를 뺐을 때 이 비릿하고 묘한 맛 때문에 자꾸만 혀로 헤집어서 치과 선생님께 혼난 기억이 되살아났다. 안쪽 뺨의 연한 부위를 쪽 하고 빨아들여 보았다. 입 안 한가득 피의 맛이 퍼져나갔다. 이유는 알 수 없었지만, 그런 행위가 소년에게 위안을 가져다주었다. 신기하게도 잠시나마 폭력의 두려움을 잊게 해주었고, 천재에 대한 압박 또한 생각나지 않게 만들어 주었다.

누구와 통화하는지 모르겠지만 엄마의 관심이 소년에게서 전화기 너머 상대로 완전히 넘어가 버렸다. 엄마의 시선에서 마침내 자유로워지자 시원한 바람을 맞은 듯 홀가분한 기분이 되었고, 무언가로 비어버린 마음을 채우고 싶다는 강렬한 욕망이 소년을 뒤흔들었다. 아기가 젖을 빨 듯이 필사적으로 입 안의 상처를 빨고 또 빨아댔다. 물론, 지나치게 똑똑한 소년은 이 행동이 옳지 않다는 것쯤은 너무나도 잘 알고 있었다. 하지만 그런 것 따위는 대수롭지 않았다. 아니, 소년이 진짜 쓰고 싶었던 것은 오답이었다. 그토록 찾아 헤매던 오답이 입 안 상처 안에서 피 맛으로 퍼져나가는 기분에 소년은 완전히 매료되었다. 자리를 털고 일어난 소년은 신발장 거울을 응시하며 씨익 미소를 지어보았다. 하얀 치아 사이사이로 붉은 피가 선명했다. 상처를 더욱 쪽쪽 빨아대자 순식간에 치아의 흰색이 보이지 않을 정도로 입 안이 온통 붉은색 피범벅이 되었다. 그것들을 전부 모아 꿀꺽하고 깊숙한 곳으로 삼켜 내렸다. 맛있지는 않았지만, 가슴은 후련한 기분으로 가득 찼다. 새장 속 노랑 잉꼬가 이 모습을 신기하다는 듯이 바라보며 고개를 한쪽으로 살짝 기울였다. 이준이는 거울에 비친 피로 붉게 물든 입을 바라보면서 그토록 찾아 헤매던 오답을 드디어 찾아냈다는 것을 본능적으로 알아챘다. 또한 그 오답이 틀림없는 정답이라는 확신도 섰다. 소년은 어떠한 생각도 하지 않기로 마음먹고 현관 손잡이를 있는 힘껏 돌려 밖으로 뛰쳐나갔다. 이때부터 소년은 자신이 더 이상 소년이 아니라고 생각했다.

⁏ 예상치 못한

"그러면, 심사 조작이 공개돼도 좋다는 거야?"

"내가 묻고 싶네요. 그쪽이야말로 공개해도 괜찮아요?"

"그건, 또 무슨 소리야!"

박용재는 단번에 만만한 상대가 아니라는 것을 알 수 있었다. 꼬맹이 엄마는 그의 생각과는 전혀 다르게 반응했다. 마치 절대로 사내의 계획대로 따라주지 않기로 결심이라도 한 사람처럼 전화기 뒤에서 그와 맞섰다. 도무지 말이 통하지 않는 여자다. 호락호락하지 않을 것이라고 어느 정도 예상은 했지만 이건 정도가 너무 지나치다. 그동안 탐독해왔던 범죄심리학 서적들에서 볼 수 없던 특이 케이스에 입이 바짝바짝 말라왔다. 누가 협박을 하고 협박을 당하는 입장인지 헛갈릴 정도다.

"당신은 최대한 이 상황이 계속되기를 원하고 있어요. 안 그래요? 그래야 계속 협박을 해서 돈을 뜯어낼 수 있으니까, 그런데 이 일이 만천하에 드러나면 더 이상 거위는 황금알을 낳지 못할 거고…… 어때요? 당신이 거위의 배를 가르실 건가요?"

논리적이지 않다고 생각했지만, 용재는 그녀의 말을 들으면 들을수록 자꾸만 끌려 들어갔다. 그렇다고 그냥 끊어버리자니 왠지 진 것 같은 기분이 들어 그러지도 못했다. 상황은 점점 악화되어 갔다.

그때, 이러지도 못하고 저러지도 못하고 있는 답답하기만 한 이 상황을 뒤집을 수 있는 기적 같은 일이 눈앞에서 일어났다. 현관 출입문이 열렸고 소년이 뛰쳐나온 것이다. 행운의 여신이 미소를 짓는 순간처럼 느껴졌다. 말이 통하지 않는 상대와 싸울 때는 두 귀를 닫고서 적의 입을 틀어막고 안하무인으로 밀고 나가야 한다. 사내는 지금이 바로 플랜B를 실행할 때라고 확신했다. 이미 주사위는 던져졌고 그에게는 더 이상 돌아갈 곳도 없었다.

; 더욱 예상치 못한

조심스레 차를 몰아 소년의 뒤를 따랐다. 한 가지 생각에 강하게 사로잡힌 소년은 주변을 전혀 둘러보지 않고 앞을 향해서만 나아갔고, 뒤를 쫓는 족제비눈은 그 모습만 보고도 단번에 소년이 특정한 목적지가 없다는 걸 알아챘다. 시간은 점차 늦은 오후로 기울어져 가며 음산함을 더해갔다. 이준이가 멈춰 선 곳은 아무도 없는 텅 빈 놀이터였다. 그제야 사내는 소년이 무턱대고 집을 뛰쳐나왔을 것이라는 자신의 가설을 확신으로 받아들였다.

'이건 하늘이 준 기회야. 외진 놀이터라 CCTV도 없고, 지나는 사람도 없어. 만약에 일이 잘못돼서 경찰이 개입한다 하더라도 저 아이가 이곳에 왔는지 알아내기 쉽지 않을 거야. 당연해. 우발적으로 발길 닿는 대로 왔을 테니까……'

박용재는 더 이상 오랫동안 준비해 왔던 플랜A가 틀어진 것에 대해 낙담하지 않았다. 오히려 모든 상황이 자신에 의도대로 되어간다는 생각에 웃음이 나왔다. 이왕 이렇게 된 김에 당당하게 소년 앞으로 걸어가 모습을 드러내기로 했다. 그만큼 플랜B에는 자신이 있다는 의미다. 사내는 주머니를 뒤져 청포도 사탕을 하나 꺼내 건네며 소년에게 말을 붙였다.

"이거 먹을래?"

이준이는 고개를 끄덕이고서 두 손으로 사탕을 받았다. 이에 용재가 장난스럽게 물었다.

"낯선 사람이 주는 거 받지 말라고 배우지 않았어?"

"배웠어요."

"근데 왜 받았어?"

"어른이 주시면 공손하게 받아야 한다고도 배웠어요."

예상치 못한 소년의 대답에 사내는 크게 웃었다.

"하하하. 역시 범상치 않구나."

"근데요. 저 아저씨 낯설지 않아요."

"그게…… 무슨……? 너 날 알아?"

"알지는 못하는데 자주 봤어요. 8월 19일에 놀이터 벤치에 계신 걸 처음 봤구요. 22일에는 영재센터 휴게실 자판기에서 커피 뽑는 것도 봤어요, 그리고 9월 3일 맥도날드, 9월 7일 백화점 에스컬레이터에서도…… 그리고 오늘 올림피아드 대회장 E번 출입구 근처 로비에서 봤고, 그리고 아까 제가 집에서 나왔을 때부터 계속 저를 따라오셨잖아요. 그렇게 자주 봤는데 어떻게 낯설겠어요?"

입이 다물어지지 않았다. 이미 박용재의 몸에는 소름이 잔뜩 돋아나 있었다.

소년은 건네받은 청포도 사탕을 까서 입에 넣었다. 처음에는 낯선 이 남자의 등장에 엄청나게 겁이 나서 말도 못하게 떨렸지만, 무턱대고 집을 뛰쳐나와 갈 곳이 마땅치 않은 지금. 남자의 등장은 어쩌면 이 상황을 완벽하게 타개해줄 동아줄이 될지도 모른다는 생각이 소년의 작은 뇌를 흔들었다. 마음을 고쳐먹었더니 어느새 두려움은 사라져 있었다.

용재는 무언가 크게 잘못되어가고 있다고 느꼈지만, 이제 와서 되돌릴 수도 없다고 판단했다. 이제는 앞으로 나아 갈 수밖에 없다. 어차피 인생은 막장이고 게임은 이미 시작되었으니까.

"집에 갈래? 데려다줄까?"

"아니요. 집에 가기 싫어요."

이준이는 이 사내가 여러모로 어리숙하다고 생각했다. 어린 자신이 봐도 유괴범인 걸 뻔히 알 정도로 어설펐다. 납치를 할 생각이면서 얼굴도 감추지 않다니. 분명 온갖 흔적들을 흘리듯이 남기면서 돈을 요구할 것이고, 허무하게 붙잡힐 것이다. 절호의 기회다. 이 일로 엄마는 오답 사건을 지울 것이다. 그리고 무엇보다도 이것을 계기로 나의 존재를, 우리 관계를 돌이켜 볼 것이며 진짜 행복이 무엇인지 깨닫게 될 거다.

"저거 아저씨 차죠?"

소년이 멀리 서 있는 자동차를 가리켰고, 사내는 반쯤 넋이 나간 채로 고개를 끄덕였다. 이준이는 먼저 자리를 털고 일어나 검정색 자동차를 향해 걸어갔다.

달리는 차 안에 정적이 감돌았다. 용재는 옆자리에 앉아 묘하게 불길한 기운을 쏟아내고 있는 소년 때문에 몹시 불편함을 느끼고 있었다.

'아닐 거야. 내가 너무 예민해서 그래. 그래 봤자 어린애에 불과하다고!'

떨쳐내기 위해 창문을 열고 바람을 맞아봤지만, 찜찜한 기분은 귓가의 모기처럼 계속 맴돌 뿐 사라지지 않았다.

"혹시 엄마한테 전화하실 거면 오늘 하지 마시고 내일 아침에 하세요. 지금 하면 엄마는 엄청 흥분해서 난리를 칠 거예요. 밤새 생각할 시간을 주시면 아침쯤이면 충분히 이성적으로 판단할 수 있을 거예요. 그때 통화하는 게 아저씨한테 좋아요."

사내의 본능이 당장이라도 차를 세우고 이 불길한 기운을 가득 머금고 있는 소년을 내다 버리라고 소리쳤지만, 그러면 돈은……? 자본의 수레바퀴는……? 이게 어떻게 얻은 기회인데…… 차디찬 밑바닥에서 계속 살 거냐는 현실 인식이 그깟 찜찜함은 사치에 불과하다고 뒤통수를 갈겨왔다.

"아저씨 운전 습관이 너무 안 좋아요. 너무 과속하시는 경향이 있어요. 그러다 큰일 나요."

용재는 이미 큰일은 벌어졌다고 생각했다. 사내를 가만히 바라보던 이준이는 자신이 오답보다는 정답을 쓰는데 재능이 있다는 사실을 다시 한번 실감하며 그가 눈치채지 못할 정도로 희미한 미소를 지어 보였다. 그렇게 소년은 확신했다. '그래 이게 정답이야.'

; 잘못된 행동

박용재는 소년이 내뿜는 이상한 기운과 침묵 속에서 어쩌면 소년을 죽여야 할지도 모른다는 생각을 처음으로 하게 되었다. 어쩌면, 어쩌면 말이다. 제발 그런 상황이 오지 않기를 바라지만 늘 불길한 예감은 언제나 기가 막히게 맞아떨어졌다. 그런 인생이었다.

'잘될 거야……. 플랜대로 하면 아무 일 없을 거야……. 괜찮아.' 마음속으로 아무리 되뇌어도 음습한 기분은 좀처럼 떨쳐지지 않았다. 플랜B는 어디까지나 몸값을 요구하는 것이었지, 더 큰 상황으로 일을 키우는 것이 절대 아니었다. 아이 엄마의 범상치 않은 성격과 현재 돌아가는 상황을 보면 소년이 납치됐다는 사실이 알려지는 것은 어느 누구에게도 득이 될 게 없다. 그렇기 때문에 용재는 금액만 적당하게 부른다면 별 탈 없이 몸값을 받아내고 끝낼 수 있다고 판단했다. 하지만 이 플랜B에는 결정적으로 계산에 넣지 않은 것이 하나 있었는데, 그건 바로 소년의 행동이었다. 무슨 이유인지는 모르겠지만 이 꼬맹이는 주도적으로 이 상황을 이끌어가려고 하고 있다. 현 상황에서 가장 큰 변수다. 애초에 쉽게 끝날 일이었기에 용재는 얼굴을 가리지도 않았고, 이동 경로도 감추지 않았었는데 어디로 튈지 모르는 소년의 태도가 모든 계획을 망칠 수 있는 가장 큰 위험 요소가 되고 말았으니 머리는 복잡해져만 갔다. 사내는 본능적으로 바로 지금이 기존에 없었던 세 번째 계획. 즉 플랜C를 만들어내야 하는 시점이라고 판단했다. 일단, 조금이라도 시간을 벌기 위해 경로를 바꾸기로 했다. 곧바로 휴대폰 전원을 껐고, 자동차 GPS도 내렸다. 그리고 제일 먼저 보이는 나들목을 따라 핸들을 꺾었다.

애초에 그럴 생각은 전혀 없었지만 우선 소년의 입부터 틀어막았다. 이것이 위급 상황이 발생했을 때 쓰기 위해 준비해 두었던 낡은 오두막에 도착한 박용재가 제일 처음 한 일이다. 어차피 주변 5킬로미터 반경에는 풀과 나무를 제외하면 아무것도 없는 곳이라 비명을 질러댄다고 해도 문제 될 건 없지만, 서둘러 입부터 틀어막은 이유는 바로 '말' 때문이었다. 소년이 입을 뻥긋할 때마다 그의 가슴이 철렁하고 요동쳤다. 가만히 두었다가는 상황이 어떻게 곤두박질칠지 모른다고 판단한 용재는 일단 억누르고 보자고 생각했다. 그 다음엔 눈을 가렸다. 어차피 자신의 얼굴과 데려온 이곳이 어딘지 봤겠지만, 그런 것보다도 마치 모든 걸 알고 있다는 듯이 자신을 바라보는 '눈빛'을 차단해야만 했다. 그대로 두기에는 너무나 위험하다. 가린 입과 눈을 풀지 못하도록 양손을 뒤로해서 고정시키고, 도망치지 못하게 두 발 역시 묶어버렸다. 애초에 이렇게 할 생각은 전혀 없었는데, 결국 이렇게 되어버렸다. 이건 영락없는 납치범의 전형적인 행동이 아닌가! 제장. 한심하다는 생각이 들었지만, 다른 방법이 없기 때문에 일단은 이렇게 했다.

지금은 무엇보다도 시간을 벌어야 한다. 다시 페이스를 찾아야 한다. 상황을 정리하고 새로운 플랜을 짜야 한다. 조금 틀어지긴 했지만, 최악의 상황은 아니다. 여전히 자본의 수레바퀴에 올라탈 가능성은 남아 있다. 아니, 어쩌면 생각보다 더 큰 돈을 만질지도 모른다. 좋은 것만 떠올리자고 사내는 고치처럼 꽁꽁 묶인 소년을 보며 생각했다.

; 오차

혹시나 천재 소년에 관련된 보도가 있을까 해서 틀어놓은 24시간 뉴스 앵커 목소리도 신경을 자극했다. 끌 수도 없고 해서 궁여지책으로 소리를 완전히 줄여놓았지만, 신경이 쓰이는 건 어쩔 수 없다. 한시라도 빨리 새로운 플랜을 생각해 내야 하는데 머릿속은 온통 뒤죽박죽이라 계획은커녕 뭘 해야 할지 갈피조차 잡히지 않았다. 시간이 갈수록 초조함만 짙어질 뿐이었다. 침착하자. 침착해. 몇 번이나 다짐했지만 소용없는 일이었다.

사내는 마음을 다잡기 위해 최대한 단순한 것에 집중해 보기로 했다. 시계를 바라봤다. 그래, 카운트를 하자. 정확히 1분에 맞춰서 눈을 감고 속으로 60을 세어보기로 했다. 초침이 12에 올 때까지 호흡을 가다듬으면서 기다렸다가 정확히 7시 4분이 되었을 때 눈을 감았다.

'일, 이, 삼, 사, 오……'

대략 22초 정도 빨랐다. 생각과는 달리 오차가 크다. 제대로 해보자는 생각에 얼른 주머니에서 청포도 사탕을 꺼내 입에 넣고서 다시 초침이 출발점으로 돌아오기를 기다렸다. 재도전이다. 7시 6분이 되었고, 재빨리 눈을 감았다.

'일, 이, 삼…… 삼십칠, 삼십팔……, 오십구. 육십!'

이번엔 14초 정도 빨랐다. 나쁘지 않다. 무엇보다 초조함이 눈에 띄게 줄어들고 있다. 오차를 없애고 정확히 1분에 맞춘다면 평온한 상태가 될 것만 같은 기분이 든다. '그래, 그렇게 되면 다시 플랜을 세울 수 있을 거야.' 하지만 이후로 몇 번을 더 해봤지만 더 이상 오차는 줄어들지 않았다. 될 듯 말듯 10초 전후의 차이를 두고 시간은 사내를 괴롭혔다. 그런데도 안달하지 않고 차분히 도전을 이어 갔다. 그러는 사이 어느새 불안은 자취를 감췄고 호흡은 진정되었다. 다시 도전. 7초 후면 7시 22분이 된다. 크게 숨을 들이마시고 정각에 눈을 감았다. 느낌이 좋다. 시각과 호흡이 일치되는 기분이 든다. 그래. 이번에는 틀림없어. 그렇게 용재는 오차 없는 7시 23분에 다다르고 있었다. 확신을 넘어선 일치감에 사내는 전율했다. 그렇게 정확히 7시 23분 정각에 눈을 떴다. 하지만 박용재는 끝내 육십을 세지 못했다. 타이머를 누른 것처럼 7시 23분이 되던 바로 그 순간 – 때를 기다렸다는 듯이 묶여 있던 소년이 마치 감전된 듯 강렬한 발작을 시작했기 때문이다.

; 물거품

모든 것이 물거품이 되어버렸다. 사람이 그렇게 허망하게 죽어버릴 줄은 용재는 상상조차 하지 못했다. 어떻게 해볼 조금의 틈도 주지 않고 죽음의 그림자는 덮쳐왔다. 이건 그 어떤 플랜에도 들어있지 않은 상황이다. 여러 경우의 수를 예측했고 대비했지만, 이런 일이 일어나리라곤 꿈에서조차 생각지 못했다. 충격은 매우 컸다. 억울하다. 천재 소년이 만들어낸 자본의 수레바퀴에 올라타기 위해 정말 오랜 시간 동안 플랜을 세웠고, 만약을 대비해 차선책도 마련해 두었는데…… 그것을 실행시키기 위해서 인내심을 가지고 관찰

했고, 심지어는 위험도 무릅썼는데…… 결과가 이것이라니! 화가 치밀었다. 플랜B도 모자라 플랜C까지 만들면서 전력으로 달려왔는데 일이 터져버렸다. 게다가 먹은 거 하나 없이 처리해야 될 과제만 잔뜩 떠안은 꼴이니 화가 치밀어 올랐고, 억울함과 분함에 못 이겨 몸이 배배 꼬였다.

이래선 안 돼. 이럴 때일수록 침착해야 한다. 용재는 스스로를 다독였다. 차분히 플랜을 새로 짜고 벗어날 루트를 찾아야 한다. 다시, 문제의 뉴스를 보기 위해 줄여둔 볼륨을 키웠다. 상기된 앵커의 목소리 아래로 큼지막한 헤드라인이 선명하게 눈에 들어왔다.

[천재 소년 서이준 군의 어머니 정하진 씨 살해된 채 발견. 소년의 행방은 묘연]

2

; **틈**

물이 샌다. 바지 앞섶이 전부 젖었고 양말도 축축해졌다. 모처럼 입은 정장이 엉망이 돼버렸다. 민성후 형사는 아랫입술을 꽉 깨물면서 터져 나오려는 욕지거리를 겨우 집어삼켰다. '그래, 잘 참았어.' 평소에 아내가 그렇게 험한 말 좀 하지 말라고 잔소리를 해댔지만 전혀 고칠 생각을 하지 않았는데 아직 초등학교도 졸업하지 않은 아들 민준이의 입에서 너무나도 자연스럽게 욕이 흘러나오는 것을 듣고는 생각이 바뀌었다. 하지만 오랜 형사 생활로 입에 밴 험한 말은 좀처럼 고쳐지지 않았다. 그 어렵다는 담배도 단번에 끊었는데, 이놈의 욕은 '하지 말아야지' 하는 생각을 하기도 전에 불쑥 튀어나와 버려 손쓸 도리가 없다. 그렇다고 포기할 생각은 없다. 그동안 바쁘다는 핑계로 아빠 노릇 제대로 못 했는데 이런 나쁜 습관까지 옮아가게 할 수는 없다. 어떡해서든 고칠 거다. 일단, 오늘 하루 동안만큼은 무슨 일이 있어도 욕을 뱉지 않는 것을 목표로 잡았다. 이 약속만은 꼭 지켜내야 한다고 몇 번이나 다짐을 했다. 그도 그럴 것이 오늘이 다른 날도 아닌 '모두의 날'이기 때문이다.

십여 년 전. 스물세 살이라는 조금 이른 나이에 결혼한 동갑내기 성후와 정희에게 곧바로 기쁜 소식이 찾아왔다. 모든 부모가 그러하듯 행복한 마음으로 출산 예정일을 헤아려보다가 어쩌면 결혼기념일인 9월 17일에 아이가 태어날 수도 있다는 사실을 알게 되었다. 처음에는 그저 장난스러운 바람이었지만, 예정일이 가까워지자 그 마음은 어느덧 소망으로 바뀌었다. 하지만 그들은 인위적으로 날짜를 맞추려고 하지 않았다. 부부는 온전히 운명을 받아들이고 싶어 했다. 다만 결혼식을 올린 그날 아이가 태어난다면 '모두의 날'로 정하고 매년 세 사람이 행복한 하루를 보내는 영화 같은 꿈을 꾸었을 뿐이다. 그리고 몇 달 후, 그 꿈은 보란 듯이 이루어졌다.

성후는 아내에게 전화를 걸어 세면대에 물이 새서 바지가 젖은 상황을 시시콜콜 늘어놓았다.

"갈라진 틈이 어딘지 찾아서 확인한 다음에 사람 부르려고 했는데 도통 안 보이네."

"등잔 밑이 어둡다잖아. 꼼꼼하게 잘 찾아봐."

"아직 시간 좀 있으니까. 내가 어떻게든 해 볼게."

이러쿵저러쿵 투정 부리듯 풀어놓고 나니 욕지거리가 나올 것 같던 기분이 한결 나아졌다. 아내는 이런 사람이다. 의지하고 기댈 수 있는 유일한 존재. 성후는 자신도 아내와 아들에게 이런 존재로 끝까지 남겠다고 바지 앞섶이 젖은 채 세면대 앞에 서서 비장하게 다짐했다.

전화를 끊고 다시 수색을 시작했다. 그의 집요함은 - 가끔 쓸데없는 데서 작동해서 그렇지 형사로서 가장 큰 장점이기도 하다.

아무리 살펴봐도 세면대는 멀쩡했다. 하지만 어딘가 균열이 생긴 것만은 분명하다. 눈에 보이지 않는다고 없는 건 아니니까. 구멍을 막고 수전을 치켜올리자 찬 소리를 내며 물이 쏟아져 내렸다. 가득 차면 갈라진 곳에서 물이 새어 나오기 시작할 것이다. 바닥에 쪼그려 앉아 실눈으로 떨어져 내리는 물을 찾았지만, 균열은 그림자도 보이지 않았다.

세면대가 물로 가득 찬지 한참이나 지났지만, 물방울은 떨어지지 않았다. 포기하고 일어서려는데 젖은 바지 주머니에서 휴대폰이 울어댔다. 전화기 너머 다급한 후배의 목소리가 그의 귀를 때렸다.

"선배님!"

해도 너무 한다. 오늘은 특별한 날이라고 며칠 전부터 그렇게 얘기를 했는데 전부 귓등으로 듣는다. 겨우겨우 비번도 조정하고, 하늘이 두 쪽 날 만큼 엄청나게 중요한 일이라도 연락하지 말라고 그렇게 말했건만…… 성후는 차올라오는 욕을 꾹꾹 눌러 삼키며 말을 이었다.

"야. 김창성! 나 오늘 비번이야. 끊어."

물론 급한 일이겠지 하루도 그냥 넘어가는 법이 없으니까. 하지만 콕 집어서 내가 필요한 일은 아닐 거야. 나 말고도 형사는 많잖아. 나 하나 없다고 해서 될 일이 안 될 것도 아니라고. 하지만 마음과는 달리 여지없이 전화는 다시 울렸다.

"내가 전화하지 말라고 그랬지!"

"야, 민성후. 얼른 튀어나와!"

"반장님 제가 몇 번을 말씀드려요. 저 오늘……"

"긴급이야, 너희 집 다 왔으니까 빨리 내려와! 사람이 죽었어. 살인 사건! 빨리 튀어 내려와!"

성후는 더 들을 필요도 없다는 듯이 전화를 끊고서 그 길로 젖은 바지를 갈아입지도 않고서 바로 집을 나섰다. 현관문이 닫혔고 곧

이어 자동 잠금 멜로디가 텅 빈 집안을 울렸다.

잠시 후, 세면대 아래 미세한 '틈' 사이로 물방울 하나가 떨어졌다. 하지만 그것을 본 사람은 아무도 없었다.

; 징조

오늘. 9월 17일은 정희에게 무척이나 특별한 날이다. 모두의 날. 그녀는 떨리는 손으로 회사 출입문을 밀었다. 며칠 전까지 맹위를 떨치던 여름의 기세는 어느새 사라져 확연히 선선해진 공기가 그녀를 맞이했다. 종종걸음으로 야외 주차장 입구를 지나고 있는데 갑자기 꺼림칙한 기분이 찾아왔다. 황급히 뒤를 돌아보았지만 인기척은커녕 휑한 바람만 일어 황량할 뿐이었다. 주차해 둔 자동차로 가면서 6개월 전부터 저녁 식사를 예약해둔 파인 다이닝에 전화를 걸어 이상 없음을 다시 한번 확인했다. 안 해도 되는 전화였지만 생각을 다른 곳으로 돌리고 싶어서 그렇게 한 것이다. 하지만 바람과는 달리 전화를 끊자마자 생각은 다시 제자리로 돌아왔다. 그녀는 마음을 잡기 위해 최면을 걸듯 계속해서 작은 소리로 같은 말을 중얼거렸다.

"그래, 이건 모두를 위한 일이야……. 모두를 위한……"

저녁 식사 약속은 7시 30분이고 지금은 6시 50분이다. 그것을 챙긴 다음 전해주고서 약속한 레스토랑으로 가기에는 촉박하다. 아무리 그래도 서둘지 말자. 하필 추가 업무가 있었다고 둘러대면 두 남자는 기쁜 마음으로 이해해 줄 거야. 그래, 그렇게 많이 늦지는 않을 거야.

자동차를 향해 걸음을 재촉하고 있는데 문득, 무성히 자란 풀밭 한쪽에 삐쭉 솟아 나온 소화전이 마치 엎드린 채 자신을 조준하고 있는 저격수같이 보였다. 섬뜩했지만 놀란 마음을 밖으로 드러내지 않기 위해 마른침을 억지로 집어삼켰다. 차에 올라타 문을 잠근 후에야 조금의 안도감을 느낄 수 있었다. 깊은 데서 쏟아져 나온 한숨이 아래로 낮게 깔려 쌓였다. 침착하자. 평소처럼 행동해. 그녀는 생각을 다른 곳으로 돌리기 위해 서둘러 라디오를 켰다.

"오늘 열린 과학영재 올림피아드에서 모두의 예상대로 천재 소년 서이준 군이 압도적인 실력을 뽐내며 만점으로 우승을 차지했습니다. 이번 대회는 전국에서 모인⋯⋯."

뉴스가 오히려 가슴을 옥죄는 것 같은 기분이 들어 라디오도 꺼버렸다. 그러자 기다리고 있었다는 듯이 전화벨이 울렸다. 날카로운 멜로디에 가슴이 철렁 무너졌다. 남편임을 확인했지만, 요동치는 가슴이 진정되지 않았다. 별다른 용건 없는 평범한 통화. 세면대에서 물이 샌다는 얘기를 지금 굳이 전화를 걸어 말하는 건지 모르겠지만, 어쨌든 남편과의 별것 없는 대화가 작지만 단단하게 그녀의 마음을 붙들어 주었다.

"등잔 밑이 어둡다잖아. 꼼꼼하게 잘 찾아봐."

"아직 시간 좀 있으니까. 내가 어떻게든 해 볼게."

남편은 한껏 심각한 목소리로 이런 말들을 남기고서 전화를 끊었다. 화장실에서 세상 진지한 표정으로 끙끙대고 있을 남편을 떠올리자 미소가 살짝 지어졌다. ─그래. 다 괜찮을 거야.

규정 속도보다 빠르게 달린다는 내비게이션 경고가 계속됐지만, 정희는 속도를 줄이지 않았다. 그래, 아무것도 아니야. 그냥 전해만 주는 거야. 난 모르는 일이고 아무런 상관도 없어. 빨리 끝내고 가족들과 좋은 시간을 보낼 거야.

그녀의 자동차가 병원 주차장으로 들어서자 기다렸다는 듯이 차단봉이 스르륵 올라갔다. 동시에 정산기 옆의 작은 화면에 차량 번호와 함께 현재 시각 [PM 7시 19분]이 표시됐다. 들어선 내부는 이미 주차된 차들로 인해 빈 곳을 찾을 수 없었다. 왜 입구에 만차 표시등이 들어와 있지 않은 거지? 불평의 마음이 들었지만, 하소연할 상대가 없어서인지 금세 사라졌다. 혹시 못 보고 지나친 빈자리가 있지 않을까 해서 두세 바퀴를 더 돌아봤지만 역시나 없었다. 지체하면 안 될 것 같다고 판단한 그녀는 다시 출구 쪽으로 차를 옮겼다.

뭔가 이상한 기운을 처음 느낀 건 막 주차장을 빠져나와 우회전을 할 때였다. 핸들을 돌린 것에 비해 회전반경이 아주 미세하지만 평소와는 다르게 느껴졌다. 하지만 지나치게 긴장해서 그런 거라고 생각하고 그냥 넘겼다. 브레이크 반응 역시 조금 느려진 것 같은 기분도 들었지만, 서둘지 않으면 저녁 약속에 많이 늦을지도 모른다는 불안감에 이런 징조들을 전부 무시해 버렸다. 오늘은 특별한 날이다. 그녀에게도. 그녀의 가족에게도. 다른 모두에게도.

⁏ 7시 23분

그 일은 순식간에 일어났다. 머리 위로 내리치는 벼락을 뻔히 보고도 피할 수 없는 것처럼, 정희는 속수무책으로 그 순간을 맞이할 수밖에 없었다. 7시 23분. 사태를 인식하기도 전에 그녀의 자동차는 굉음과 함께 엄청난 속도로 제멋대로 앞으로 튀어 나갔다. 급발진. 이라는 단어를 정확히 떠올리지는 못했지만 뭔가 크게 잘못되었다는 사실만은 분명히 느낄 수 있었다. 어쩌면 이건 단순 사고가 아니라 의도적으로 저지른 범죄일지 모른다는 생각이 아주 잠깐 그녀를 스치고 지나갔지만 그딴 것을 붙잡고 따져볼 여유 같은 건 없었다.

"아악! 멈춰!" 미친 듯 달려 나가는 자동차가 그녀의 말을 들을 리 없었다. 어떻게든 살아야 한다는 다급함이 그녀를 지배했다. 있는 힘을 다해 브레이크를 밟고 여러 조치들을 해봤지만, 말 그대로 무용지물이었다. 차선책으로 최대한 안전하게 충돌할 곳을 찾아 핸들을 움직였다. 이런 중에도 정희는 주변에 사람의 모습이 보이지 않는다는 것에 감사했다. 그녀의 최종 판단은 병원 옆 풀밭 공터를 막고 있는 철조망이었다. - 그래, 풀들과 늘어선 코스모스 그리고 철망이 완충을 해주고 에어백만 잘 작동해 준다면…… 물론 다치기는 하겠지만…… 그래…… 이게 최선이야!

철조망을 코앞에 둔 정희는 눈을 질끈 감았다. 그녀의 눈이 완전하게 감기기 직전, 그림자 하나가 갑자기 불쑥 위로 솟아오르더니 그대로 강하게 차에 부딪힌 후 어디론가 튕겨 나갔다. - 아무도 없었어! 틀림없이 아무도 없었다고! 그녀는 부딪힌 것이 짐승이거나 다른 어떤 것이길 바랐다. 제발 사람만은 아니기를…… 하지만…… 확신할 수 있을까? 너무나 순식간에 일어난 일이라 그 어떤 것도 명확한 것은 없었다. 투당탕 - ! 차는 둔탁한 소리를 내며 철조망을 그대로 들이받았다. 그 후에도 바로 멈추지 못하고 한참이나 철조망과 연결된 기둥들을 질질 끌고 앞으로 돌진했다. 굉음이 천지를 울렸다.

의식이 사라지기 직전, 조금 전 차에 치여 튕겨 나갔던 그림자의 모습이 선명하게 되살아났다. 환영인지 아니면 진짜로 일어난 일인지 분간을 할 수 없었지만, 찰나에 되살아난 기억은 그녀를 더욱 무지막지한 혼돈으로 이끌고 들어갔다. 그 짧은 순간 그녀의 뇌가 되살려낸 그림자는 다름 아닌 사랑하는 아들 민준이의 모습을 하고 있었다. - 왜? 왜 여기에 민준이가 있는 거지? 그럴 리 없어. 내가 내 아들을 치었다고? 아니야! 민준이는 지금 학교를 마치고 집에 있을 시간이야. 조금 있으면 남편이랑 같이 예약된 레스토랑으로…… 의문만을 남긴 채, 이 상황을 도저히 이해하지 못한 그대로 정희는 점점 의식을 잃어갔다. 주변에는 코스모스들이 마구 흩뿌려져 있었다.

; 사건 현장

할 말을 잃게 만드는 풍경. 쓰나미가 휩쓸고 간 것처럼 집 안에 멀쩡해 보이는 것은 아무것도 없었다. 이곳에 들이닥친 거대한 악몽은 어떤 재난보다 더 참혹해 보였다. 의자들은 전부 다른 방향으로 쓰러져 있었고, 새장은 문이 열린 채 내동댕이쳐져 있었다. 유리를 혐오하는 미치광이의 소행처럼 유리란 유리는 전부 깨져있었다. 누가 봐도 단순 강도는 아니라는 것을 알 수 있을 정도의 난장판. 무엇보다도 무슨 종교의식이라도 치른 것처럼 사방에 일일이 덧칠해져 있는 피는 기괴하다는 말로는 부족할 정도로 처참한 광경이었다. 평소 성후가 정장 차림으로 사건 현장에 나타났다면 놀림거리가 됐겠지만, 지금은 상황이 그렇지 못했다. 누구도 시답잖은 농담 같은 건 생각조차 할 수 없을 만큼 숨이 턱 막힐 것만 같은 참혹한 모습 그 자체였기 때문이다.

지금 막 현장에 들어온 3년 차 김창성 형사는 이 믿을 수 없을 정도로 처참한 광경에 솟아오르는 메슥거림과 구역질을 도저히 참기 힘들어 양손으로 입을 틀어박았다. - 절대 내뱉어서는 안 돼! 입 안 가득 내뱉지 못한 토사물이 한 움큼을 넘어섰지만, 창성은 최대한 견디려 애쓰며 끙끙댔다. 하지만 감당해 내기에는 역부족이었다. 도저히 참지 못해 뛰쳐나가던 김 형사는 바닥 흥건한 피에 미끄러져 쓰러졌다. - 으아악! 비명과 함께 먹은 것들이 사방으로 내뿜어졌다. 바닥에 피와 토사물이 뒤섞였다. 일어나려고 발버둥 쳤지만, 몸과 생각 어느 하나 뜻대로 되지 않았다. 그 모습을 본 성후는 아랫입술을 꽉 깨물며 욕을 참고 또 참았다.

"야! 김창성! 현장보존 몰라! 당장 꺼져!"

바닥에는 헤아릴 수 없을 정도로 많은 상패들이 핏빛으로 나뒹굴고 있었다.

성후는 상패에 적힌 이름이 어쩐지 낯설지 않다고 생각했다.

'유명한 사람인가? 흔한 이름은 아닌데…….'

바닥에 깨져 있는 사진 액자를 집어 들고 나서야 상패의 이름이 익숙하게 느껴진 이유를 알게 되었다. 주인공은 요즘 화제의 중심에 서 있는 천재 소년이다. 아들과 비슷한 또래로 보이는 소년에게 이런 일이 일어나다니…… 성후는 아주 작고 낮게 탄식했다. 그때

"성후야……, 이리 좀 와봐……."

안방을 조사하러 들어간 최필우 반장의 떨리는 목소리가 전해졌다. 동시에 성후의 날카로운 직감이 쭈뼛하고 올라섰다.

"뭔데 그래요?"

더 이상 최 반장의 목소리는 들려오지 않았다. 기묘한 침묵이 붉은 현장에 신기루처럼 내려앉았다. 그때 한쪽에서 갑자기 피범벅이 된 노란 잉꼬가 푸드덕 - 날아올랐고, 동시에 여기저기서 비명이 치솟았다. - 으아악! 현장의 모두가 기겁하며 주춤댔고, 성후의 심장

박동도 솟구쳤다. 영문을 알 수 없는 압도적인 두려움이 머리를 흔들어댔다.

"뭐지? 뭐야?"

처음 느껴보는 감정에 그는 몹시 당황했다. 대체 뭐냐고! 바닥에 토를 하고 밖으로 쫓겨난 후배 창성이가 부럽다는 생각이 들 정도였다. 다섯 걸음도 채 되지 않는 방까지의 거리가 영원처럼 길게 느껴졌다. 과학수사팀원들을 헤치고 문 앞에 다다랐다.

"뭔데 그래요⋯⋯?"

눈앞에 펼쳐진 광경에 성후는 차마 다음 말을 잇지 못했다. 거실과는 다르게 안방은 흐트러짐 없이 모든 집기들이 가지런히 제자리에 있었다. 그게 다가 아니었다. 마치 제단 위의 재물처럼 시신은 벌거벗겨진 채 침대 위에 천장을 바라보는 자세로 바르게 눕혀져 있었다. 온몸에는 난도질 된 흔적이 뚜렷했지만, 피가 전부 빠져나가서 창백하다 못해 현실감 없는 모조품처럼 느껴졌다. 하지만 성후의 영혼을 잡아끈 것은 그것이 아니었다. 시신이 아닌, 벽을 바라보는 그의 눈이 감당할 수 없을 정도로 흔들렸다. 조금 전 느꼈던 알 수 없는 두려움의 이유를 그제야 정확히 알 수 있게 되었다. 벽에는 붉은 피로 커다랗게 이렇게 적혀있었다. - 모두의 날.

3

; 분위기

종료를 얼마 앞둔 시점. 갑자기 영재 올림피아드 대회장 안의 기운이 묘하게 틀어졌다. 아니, 이건 과학자다운 표현이 아니다. 심사위원석의 이명도 박사는 꼬았던 다리를 풀어 다시 반대로 꼬면서 생각했다. 대회장의 온도와 습도가 미세하게 변했다고 해야 하나? 이것도 아니다. 그냥 그렇게 느껴질 뿐. 실제로 그것들에 변화가 있었는지는 알 수 없다. 측정해서 정확한 값을 얻기 전까지는 이것 또한 바른 표현이 될 수 없다. 뭐, 어쨌든 간에.

그는 알 수 없는 이 변화가 지금 시험을 치르고 있는 이준이에게서부터 시작된 것만은 틀림없다고 생각했다. 대회 종료를 눈앞에 둔 시점에 소년은 무척이나 불안한 모습으로 한참을 머뭇거리다가 손톱을 물어뜯으려는 듯이 입가에 손을 가져갔다. 그러다가 멈칫한 순간에 대회장의 분위기가 변해버렸다. 너무나 미세해서 거의 아무도 눈치채지 못했지만, 박사는 선명하다는 표현만으로는 부족할 정도로 또렷하게 그 변화를 감지해 냈다.

"그러니까 당신만 도덕적이고 깨끗하고, 우린 뭐 전부 쓰레기다. 이겁니까?"

"그런 말이 아니잖습니까."

"그럼, 그 말이 무슨 뜻인데요? 나는 댁처럼 똑똑한 사람이 아니라서 이해를 잘 못하겠으니까, 어디 한번 이해시켜 봐요."

협회장은 곧 죽어도 명도에게 '박사'라는 칭호를 쓰지 않았다. 언제나 '명도 씨'나 '당신' 혹은 '댁'이라 칭했다. 공식적인 자리에서는 마지못해 '이 선생님'이라는 표현을 썼지만, 그건 아주 드문 경우고, 대체로 부를만한 상황을 애초에 만들지 않았다. 그렇다고 반말을 하는 건 아니었지만, 협회장이 명도를 대할 때 전반적으로 느껴지는 뉘앙스는 '무시' 아니 '경계'에 가까웠다. 누구보다도 이런 협회장의 태도를 잘 알기에 박사는 더러워서 피한다는 생각으로 그동안 될 수 있으면 조금이라도 엮이지 않으려고 애를 써 왔었다. 하지만 이번에는 도저히 그렇게 할 수 없는 상황이 오고야 말았다. 박사는 평소와 다르게 강한 어조로 힘주어 협회장에게 말했다.

"이준이를 만점 처리하자는 건 명백히 잘못된 일입니다."

"이명도 씨, 당신은 철이 안 든 거요? 아니면 생각이 없는 거요?"

"93점인 이준이를 만점 처리하면, 97점으로 1등을 한 박웅희 학생이……"

말을 이어가려는데 그의 안주머니의 휴대폰이 울렸다. 진동으로 해놓았음에도 울림이 커서 회의실 안에 있는 모든 사람이 느낄 정도였다. 발신번호 표시제한. 박사는 성급히 종료 버튼을 눌렀다.

"이봐요. 이 선생님!"

공식적인 자리가 아님에도 협회장이 그에게 '선생님'이라는 호칭을 썼다는 사실만으로도 회의실에 있는 사람들 사이에서 긴장감이 감돌았다.

"이 선생님께서 이준이를 발굴하시고 키우신 1등 공신이라는 점을 여기 모르는 사람이 어디 있겠습니까? 근데 말입니다. 그런 선생님께서 왜 우리 이준이의 앞날을 망치려 하는지 저는 도통 이해가 안 됩니다. 혹시 여기 계신 여러분들 중에 혹시 이 선생님께서 왜 이렇게 우리 이준이를 주저앉히려고 하는지, 뭣 때문에 망가뜨리려고 하는지! 이유를 아시는 분 계시면 말씀 좀 해주세요."

당연한 침묵. 누구도 입을 여는 사람은 없었다. 주변을 쭉 둘러본 협회장은 만족한다는 듯한 미소를 지으면서 경멸의 시선으로 박사를 바라보았다. 그때 다시 그의 휴대폰 진동음이 들려왔다.

"바쁘신 것 같은데 전화 받으세요. 이명도 씨. 그리고 이 일은 우리가 알아서 할 테니까……."

이번에도 발신번호 표시제한이다. 박사는 바로 전화를 끊고서 다시 강하게 말했다.

"전 이 일을 절대로 용납할 수 없습니다."

"누가 댁한테 용납하라고 그랬어요? 그딴 거 하든 말든 마음대로 하세요. 그래 봐야 누구 하나 눈 깜짝 안 하니까…… 그리고 당신 뭔가 크게 착각하고 있는 것 같은데! 이건 용납의 문제가 아니라 책임의 문제야, 알아? 이거 어디 말이 통해야 말을 해 먹지."

회장이 비아냥과 함께 비웃음에 가까운 미소를 짓자, 회의실 여기저기서 협회장에게 동조하는 발언들이 쏟아져 나왔다.

"까놓고 말해서 우리 이준이 발굴한 거 말고 한 게 뭐 있다고!"

"학계에서 퇴출당해서 빌빌거리는 거 겨우 사람 만들어 준 게 이준이 아니야? 근데 칼을 꽂아?"

"은혜를 원수로 갚아도 유분수지."

"낯짝 참 두꺼워! 대국민 사기에 일조했던 주제에 갑자기 깨끗한 척은!"

"사모님은 저런 인간을 왜 감싸고 드는지 몰라."

이런 분위기에 힘을 얻은 협회장은 코너에 몰려 있는 박사를 향해 쐐기를 박는 한 방을 날렸다.

"이 대회 우승자가 월드 올림피아드 참가자격을 얻는 건 알고 있죠? 설마 그것도 모르는 건 아니죠? 뭐, 워낙 세속적인 것에는 관심이 없으신 분이시니 그럴 수도 있다고 치고. 자 그러면 내가 아주 찬찬히 설명을 해드릴 테니까 잘 들어봐요. 그러니까 한국우주과학연구원이 주최하고, 우리 한국 영재 개발협회가 주관하는 이번 과학 영재 올림피아드에서 말이죠, 우리 이준이가 우승하는 걸 전제로 체결된 후원 계약만 다섯 군데고요. 광고 계약이 두 건, 협회 발전 기금 조성에 뜻을 함께하겠다고 의견을 보내온 곳은 한두 곳이 아닙니다. 이제 내가 좀 전에 책임의 문제라고 말한 의미를 조금 알겠어요? 만약 이준이가 월드 올림피아드에 못 나가면 전부 댁이 책임질 수 있겠어요? 뭐 그러실 수 있으면 그러시던가."

박사는 단 한마디의 반박도 할 수 없었다. 다만 책상 아래 아무도 볼 수 없는 곳에서 주먹을 꽉 쥐었을 뿐이다. 이때 다시 휴대폰 진동이 울렸다. 확인해 보지는 않았지만, 이번에도 발신번호 표시제한일 것이다.

; 자그마한 머릿속

결국 박사는 공정하게 심사했다는 확인 문서에 자신의 손으로 직접 사인을 했다. '어쩔 수 없었어.' '이게 현실이야.' 이따위 비겁한 말들로 솟아오르는 자괴감을 주저앉히고 자리를 떠났다. 담배가 피우고 싶었지만 아무리 둘러봐도 흡연구역은 보이지 않았다. 단 일초도 이곳에 머물고 싶지 않다는 마음이 강하게 요동쳤다. 박사는 급한 걸음으로 복도를 걸으며 출구를 갈망했다.

다급하게 계단을 내려오는데 열 걸음 정도 앞에 있는 화장실 문이 열리더니 굳은 표정의 이준이가 나오는 게 보였다. 무엇 때문인지 잔뜩 얼어 있는 모습이다. 평소 같았으면 박사를 발견하고 밝게 인사를 했을 텐데, 지금은 본체만체 마치 무언가에 홀린 사람처럼 주변도 돌아보지도 않고서 넋이 나간 채로 대회장 안으로 들어가 버렸다. 그런 이준이를 보면서 그제야 박사는 종료를 얼마 앞둔 시간에 느낀 묘하게 달라진 분위기의 이유를 알 것만 같았다. 추측건대, 무슨 사정인지는 모르겠지만 이준이는 일부러 오답을 적었던 게 아닐까? 생각할수록 추측은 확신으로 변해갔다. 그래, 그래야 말이 된다. 이 정도 수준의 문제를 이준이가 틀렸을 리 없어. 그제야 답답했던 한 구석이 조금은 시원해지는 것 같아졌다. 하지만 결정적으로 해결 안 된 문제가 하나 있다. 무슨 이유로 이준이가 오답을 적은 거지? 물어볼 수도 없다. 엄청난 비밀을 혼자 짊어지고서 겁에 떨고 있는 아이에게 혹여 그 사실을 아는 척이라도 한다면 그 어린 마음이 단번에 부서져 깨져버릴지 모른다.

소년의 모습을 보면서 박사는 도망치고 싶다는 마음을 고쳐먹었다. 이준이는 그 작은 몸으로 어떤 이유로든 자신이 벌인 일을 오롯이 전부 끝까지 감당해 내려고 하는데, 나는 고작 도망이나 치려고 하다니. 부끄러워 고개가 들어지지 않았다. 무슨 도움이 될지는 모르겠지만 소년을 위해, 그리고 또 자신을 위해 끝까지 자리를 지키겠다고 마음먹고 다시 대회장 안으로 발길을 돌렸다.

시상식을 바라보는 박사는 복잡한 마음을 감출 길이 없었다. 이준이는 자기가 벌인 이 일이 어떤 파장을 불러올지 모르고 저질렀겠지만, 자신의 손으로 엄청난 짓을 저질러 버렸다는 사실만은 정확히 인지하고 있는 것처럼 보였다. 대체 어쩔 셈이지? 이명도 박사의 머릿속에 이때 처음으로 한 가지 의문을 떠올랐다. 그것은 무척이나 과학자다운 생각이었다.

'저 자그마한 머릿속엔 대체 무엇이 들어있는 걸까?'

; 뱀

대회가 이변 없이 무사히 끝난 직후, 이준이 엄마인 정하진 여사가 이명도 박사를 찾아왔다.

"잘하셨어요. 박사님."

도저히 반갑게 맞이할 기분이 아니어서 명도는 별다른 말 없이 고개만 몇 차례 끄덕였다. 정 여사는 금연 구역 따위가 무슨 상관이냐는 듯이 핸드백에서 담배를 꺼내 불을 붙이고서 깊게 빨아들이고는 곧 긴 연기를 내뿜었다. 그러고는 립스틱 자국 선명한 담배를 그에게 건넸다. 그녀는 언제나 박사가 무엇이 필요한지 무서울 정도로 정확히 파악하고 있었다.

"많이 힘드시죠? 조금만 있으면 저희 일이 궤도에 올라요. 아시잖아요. 그때까지만 기다려주시면 말씀드린 재단을 만들어서 박사님 연구 팍팍 밀어드릴게요. 빈말 아닌 거 아시죠? 다른 사람은 몰라도 박사님하고는 끝까지 같이 갈 거예요. 박사님은 우리 이준이 은인이에요. 그 은혜 평생 갚으면서 살 거예요. 그럴 기회를 주세요. 네?"

담배를 받아 든 박사는 그녀가 정말 뱀 같은 여자라고 생각했다.

어쩌면 자신을 기만한 협회장보다 담배를 권하는 이 여자가 더 무섭다는 생각도 들었다. 무엇이 그녀를 이토록 변하게 한 것일까? 처음 봤을 때의 그녀와 지금 눈앞에 있는 사람이 같은 인물이라는 게 믿어지지 않을 정도다. 마치, 이전의 자신을 잡아먹고 완전히 새로 태어난 사람 같다.

"박사님, 왜 그러세요?"

"정 여사님. 제가 잠깐 드릴 말씀이 있어서 그런데요⋯⋯."

"이거 죄송해서 어쩌죠. 제가 지금 급한 일이 있어서요. 내일 오후쯤에 시간 어떠세요?"

말을 꺼내지도 않았는데 마치 무슨 말을 할지 아는 사람처럼 피해 나간다. 그러고서 눈꼬리를 올려 미소를 흘리며 사람을 몽롱하게 만든다. 온몸을 칭칭 감고 뇌수를 쪽쪽 빨아먹는 뱀 같은 그녀의 처세는 알면서도 당할 수밖에 없다. 이때 또다시 전화벨이 울렸다. 그녀는 마치 약점을 움켜쥔 사람처럼 또박또박 이렇게 말했다.

"박사님. 전화 안 받으세요?"

⫶ 9월 17일 오후 7시 23분

눈을 감은 용재가 막 육십을 헤아리려던 그 순간, 이준이의 발작이 시작되었다.

"뭐야! 야, 너 왜 그래?"

갑작스런 발작에 놀라 다급하게 소리치며 소년의 몸을 묶고 있는 끈을 서둘러 풀었다. 하지만 어찌나 꽉 묶어두었는지 꿈쩍도 하지 않았다. ─빌어먹을! 좀 살살 묶을걸. 우선 급한 대로 소년의 입을 막고 있는 테이프만이라도 떼려고 해봤지만, 그마저도 강렬한 발작에 여의치 않았다.

"제발 가만히 좀 있으라고!"

숨이라도 넘어갈까 다급해진 사내는 소년의 가슴 위로 올라타서 다리 힘으로 가슴을 누르고 한쪽 팔로 머리를 고정하고서 입에 붙은 테이프를 떼어내기 위해 애를 썼다. 하지만 극심한 경련 때문에 손이 자꾸 미끄러져서 마음같이 잘되지 않았다. 그렇게 몇 번의 시도 끝에 간신히 테이프 끝자락에 손가락이 닿았다. 주저하지 않고 소년의 입을 막고 있는 것들을 떼어내기 시작했다. ─ 젠장! 칭칭도 감아놨네! 덕지덕지 붙여놓은 탓에 몇 번을 떼도 테이프는 완전히 제거되지 않았다. 그러다 갑자기 코드를 뽑아버린 전자제품처럼 소년이 멈춰버렸다. 그러자 마음은 더욱 다급해졌다.

"안 돼! 안 돼! 제발. 제발…… 죽으면 안 돼!"

절규하며 소년의 입을 막고 있는 테이프를 마저 떼어냈다. 마지막 테이프를 떼어내자 퉁퉁 불은 소년의 입이 드러났고, 왈칵. 거품이 쏟아져 나왔다. 부글부글. 놀라 자빠질 만큼의 엄청난 양의 거품이 작은 입을 통해 밖으로 배출됐고, 너무 놀란 용재는 자기도 모르게 소년에게서 떨어져 뒷걸음질을 쳤다. 끝날 것 같지 않은 기세로 쏟아지던 거품은 조금의 시간이 지나자 서서히 잦아들기 시작했다. 그럼에도 가슴은 좀처럼 진정이 되질 않았다. 혹시 소년이 죽은 건 아닐까 하는 공포가 밀려왔다. ─ 제발, 숨은 쉬고 있어라……. 제발!

주체할 수 없는 떨림을 겨우 억누르고서 아직 거품이 남아 있는 소년의 입 부근으로 귀를 가까이 가져다 댔다. 요란하게 뛰고 있는 자신의 심장 때문에 작은 소년의 숨기운을 분간해 내기가 힘들었지만, 모든 집중력을 총동원해서 작은 기적을 느끼기 위해 안간힘을 썼다. 그렇게 여린 숨기운이 사내의 거친 귓가에 닿았다. 몸에서 힘이 쫙 빠져나갔다. 이 순간만큼은 지금 상황에 대한 걱정이나 앞날의 두려움 따위는 전혀 느껴지지 않았고 오직 안도감만이 가득했다.

소년의 몸은 언제 그랬냐는 듯이 차분해져 있었다. 거품을 토해내던 입에서는 숨소리가 안정적으로 들락거렸다. 안대를 풀어주고, 손발을 묶고 있던 것들도 전부 풀어버렸다. 그러는 도중에도 소년은 눈을 뜨지 않았다. 사내는 어찌 됐든 숨이 붙어 있다는 것만으로도 충분하다고 생각했다.

소년의 엄마가 살해됐다는 뉴스를 보게 된 것은 어렵사리 묶인걸 풀어준 직후였다. 한숨 돌리기 위해 물을 벌컥벌컥 마시다가 우연히 음을 소거해둔 작은 텔레비전에 눈이 닿았다.

[천재 소년 서이준 군의 어머니 정하진 씨 살해된 채 발견. 소년의 행방은 묘연]

사내는 뉴스를 보자마자 곧바로 머금은 물을 전부 토해냈다. - 크웩. 켁켁! 일이 이상하게 꼬여가고 있다. 소년의 발작도 모자라서 몇 시간 전에 자신과 전화로 논쟁을 벌인 그 여자가 더 이상 이 세상 사람이 아니라니…… 지구상의 모든 불길함이 작은 오두막 안으로 쏟아져 들어오는 것 같은 기분에 욕이 절로 튀어나왔다.

"쌍…… 빌어먹을!"

침착해야 하는데 좀처럼 그래지지가 않았다. 어떻게 된 일인지 상세히 알기 위해서 볼륨을 키우자 상기된 앵커의 목소리가 비수처럼 가슴에 꽂혀 들었다. 감도 안 잡히는 상황 전개에 돌파구 마련을 위해 새로운 플랜을 세워야 한다는 생각 자체를 하지 못하는 지경이 되어버렸다.

*"속보입니다. 조금 전 7시 23분쯤 일본 이시카와현 노토반도
에서 규모 7.6의 강진이……."*

아무리 눌러도 텔레비전이 꺼지지 않자, 용재는 리모컨을 집어 던졌다. 분함이 솟구쳤고 부아가 일어 온몸이 배배 꼬였다. 그 후로도 한참 동안 소리를 바락바락 지르기도 하고 씩씩거리면서 무엇인가를 주체하지 못해 몸을 떨어댔고 그런 와중에도 뉴스는 계속되었다. 사내가 진저리를 치다가 지쳐 제풀에 꺾여 있는데 갑자기 텔레비전이 퍽. 하고 꺼졌다. 그리고 뒤이어 작은 목소리가 날아들었다.

"그렇게 날뛴다고 상황이 달라지진 않아요."

사내는 모든 게 소년 때문이라고 생각했다. 이제껏 플랜이 실패한 적은 한 번도 없었다. 문제가 생기면 늘 다른 플랜을 세우는 방식으로 빠져나왔고 결과적으로는 언제나 성공이었다. 하지만 이번만은 달랐다. 어느 하나 뜻한 대로 되는 것이 없다. 뒤돌아 살기 어린 눈으로 소년을 쏘아보았다. 리모컨을 들고 있는 건 꼬맹이였다. 하지만 기세와는 다르게 사내는 입 밖으로 아무 말도 꺼내지 못했다. 소년을 바라보는 용재는 메두사를 본 사람처럼 돌덩이처럼 멈춰 섰다.

소년의 눈 때문이었다. 새까맣고 똘망똘망했던 눈동자는 언제 그랬냐는 듯이 백팔십도 달라져 있었다. 사람의 것처럼 보이지 않았다. 그것은 마치…… 세상 전부를 흔적도 없이 불살라버리고 남은 잿더미 같은 기묘한 회색빛으로 초점 없이 그곳에 놓여 있었다. 알을 깨고 밖으로 나온 것은 전혀 다른 생물이었다. 테이프로 칭칭 감긴 고치에서 거품을 내뱉으며 태어난 잿빛 눈동자의 괴물.

어머니가 살해됐다는 뉴스를 보고서도 아무런 동요조차 하지 않는 모습에 용재는 생전 처음 느껴보는 종류의 두려움을 느끼며 자기도 모르게 뒷걸음질을 쳤다. 그 짧은 순간에 대체 무슨 일이 있었던 건지 모르겠지만, 소년은 더 이상 이전의 그 소년이 아니었다. 감정이란 것이 한 방울도 남지 않고 완벽하게 증발해 버린 인간을 코 앞에서 보고 있다는 사실만으로도 오금이 저려 왔다. 엄청나게 꼬여버린 실타래에 발이 꽁꽁 묶인 것만 같은 기분이 그를 사로잡았다. 마른침을 삼켜보려고 해도 넘어가지 않았다. 소년은 그런 사내를 보며 어떠한 감정도 섞이지 않은 목소리로 이렇게 말했다.

"계획은 있어요?"

; 파랑새

"너…… 뭐야!"

돌변한 꼬맹이의 모습에 용재는 어쩔 줄 몰라 했다. 침착하자. 모든 일에는 인과가 있어, 그래, 꼬맹이는 엄마의 갑작스런 살해 소식에 머리가 어떻게 된 거야. 납치당했다는 사실만으로도 충격이 컸을 텐데, 온몸이 꽁꽁 묶이는 공포가 더해졌고, 거기에 엄마의 소식까지…… 그래서 순식간에 돌아버린 거야! 게다가 거품까지 물었으니 정상일 수가 없지. 누구라도 그런 상황에 놓이면 미쳐버릴 거야. 하지만, 아무리 그래도 저 눈동자는……

용재는 이해되지 않는 것을 이해하기 위해 온 힘을 쥐어짰다. 하지만 안타깝게도 그렇게 할수록 더더욱 끝없는 수렁 속으로 빠져드는 것 같은 기분은 강렬해져만 갔다. 한 가지만 생각하자. 최대한 단순하게. 꼬맹이가 왜 저렇게 변했는지 따위는 궁금해하지 말자. 그딴 건 집어치우고 초심으로 돌아가자. 그래, 그러자. 애초에 왜 이 계획을 세웠고, 그토록 노력한 건지만 생각하자. 이유는 단 하나. 돈이다. 그래, 돈. 돈만 생각하자. 돈! 돈! 돈! 아직 내 수중에 단 일원도 들어오지 않았다. 계획은 여전히 진행 중이고 돈이 쏟아져 들어올 미래는 완전히 사라진 게 아니다. 그래. 지금 필요한 건 이 상황을 헤쳐갈 수 있는 또 다른 계획이다. 그것만 생각하자. 꼬맹이가 이상해진 것과 그 여자가 살해당한 것은 작은 변수일 뿐이다. 내가 원하는 건 돈이고, 그걸 물어다 줄 파랑새인 꼬맹이는 여전히 내 손에 있다. 아직, 기회는 끝나지 않았다.

"아저씨, 돈 필요하죠?"

잿빛 눈의 소년이 마치 사내의 마음을 꿰뚫어 본 것처럼 한마디 말을 뱉었고, 이에 용재는 본능적으로 어쩌면, 정말 어쩌면 이 모든 악재를 한 번에 뒤집을 수 있는 방법이 있을지도 모른다는 희미한 가능성을 엿보았다. 지푸라기라도 잡는 심정으로 두려움을 밟고서 용재는 소년에게 되물었다.

"그래서 네 계획은 뭔데?"

; 서울로 가는 길

꼬맹이는 전화번호를 하나 알려주면서, 박사라는 사람에게 전화를 걸라고 했다. 나더러 예전에 교회에서 같이 있다가 나중에 나온 아저씨라고 거짓말하고, 엄마 소식을 듣고 급하게 서울로 가는 중이라고 하면 믿을 거라고 했다. 소년의 말은 정확했다. 박사는 누구고, 교회는 또 뭐냐고 물었지만 대답해 주지 않았다.

용재는 이렇게 된 거 일단은 소년의 계획에 따라보기로 했다. 그렇다고 전부 소년의 뜻대로만 하는 것은 아니다. 다른 건 몰라도 병원에 도착하기 전에 무슨 일이 있어도 검정 렌즈를 껴야 한다고 말하자 이준이는 왜 그래야 하냐고 의아해했다. 아무래도 눈동자 색이 변한 것을 모르는 눈치다. 거울을 보여주자 꼬맹이는 바로 수긍했다. 하지만 왜 그렇게 변했는지는 궁금해하지 않았다. 그 점이 좀 걸리긴 했지만, 일단 전부 감수하자고 용재는 다시 한번 마음을 먹었다.

　필요한 대화를 끝낸 소년은 뒷좌석에 앉아 나뒹굴고 있는 범죄 관련 서적들을 엄청난 속도로 탐독했다. 불러도 대답하지 않을 정도로 무지막지한 집중력과 빠르기다. 다섯 권을 전부 읽었는데 아직 서울까지 절반도 가지 못했다.

　"뭐, 더 읽을 거 없어요? 아무거나 상관없어요."

　"벌써 다 읽었어? 그걸?"

　"아저씨 휴대폰 좀 주세요. 인터넷 되죠?"

　휴대폰을 건네받은 꼬맹이는 잠시 무언가를 검색하는가 싶더니 읽을 만한 것을 찾았는지 또다시 엄청난 집중력으로 전화기 안으로 빨려 들어갔다.

　그렇게 한참을 달려 서울로 진입했다. 장례식장으로 가기 전 안경점에 들러 검정색 렌즈를 구입했고, 마침 떨어진 청포도 사탕도 샀다. 용재는 차에서 기다리고 있을 소년을 향해 걸음을 재촉했다. 그러다가 문득, 갑자기 변해버린 눈동자에 대한 의문이 피어났다. 길을 멈추고 구석에 쪼그려 앉아 휴대폰을 꺼냈다. 검색창에 '눈동자가 갑자기 회색으로'까지 입력하자 '회색눈동자 증후군'이 연관 검색어로 떴다. 마치 누군가의 일기장을 몰래 훔쳐보듯이 조바심을 내며 검색 결과를 훑어나갔다.

　회색눈동자 증후군.

　: 미상의 이유로 순식간에 눈동자 색이 회색(짙은 회색, 연회색, 등 다양하게 나타나며 농도도 케이스별로 다름)으로 변하고, 초점이 맞지 않는 것처럼 보이는 신체 현상. 시력은 증후 이전과 변동이 없으며, 정확한 원인은 아직 밝혀진 바 없다. 다만, 한계치를 넘는 극도의 스트레스를 받거

나 그에 상응하는 외부 충격, 혹은 광범위하게 뇌가 압박당했을 때 발생한다고 추측할 뿐이다. 이 증후군의 가장 큰 특징은 뇌의 이상, 특히 전두엽의 변형을 들 수 있는데 정도의 차이는 있지만 이는 모든 환자에게 나타나는 공통된 현상이다. 전두엽의 이상이 눈동자의 멜라닌 색소에 어떤 영향을 미치는지는 아직 밝혀진 바 없다.

이 증후군의 특이한 점은 단 한 번도 보고된 바 없다가 갑자기 2011년 첫 발견과 동시에 무더기로 발생했다는 점이다. 이후에도 가끔 학계에 보고되고 있긴 하지만 그해처럼 다수의 사람들에게 동시다발적으로 나타난 경우는 현재까지는 없다.

항간에 떠도는 말에 의하면 무더기로 환자가 발생한 2011년은 오사마 빈 라덴, 김정일, 카다피 등이 사망했으며, 동일본대지진으로 인한 후쿠시마 원전 사태, 그리고 청와대와 국회 등이 대규모 디도스 공격 등이 발생한 해로, 그 때문에 인터넷에서는 '종말이 시작된 해'라고도 불리기도 하는데, 회색눈동자 증후군 환자의 외형적 특징으로 인해 그들을 '종말의 사도'라고 칭하는 이들도 있다.

괜히 검색했다는 생각이 들 정도로 찜찜함만 맴돌았다. 됐다. 신경 쓰지 말자. 쪼그렸던 다리를 펴자 저릿함이 몰려왔지만 못 걸을 정도는 아니었다. 자동차를 향해 조금 절뚝거리면서 걸으며 꼬맹이가 뭘 그렇게 열심히 읽었는지 최신 검색 목록을 살펴보았다.

'자동차 공학, 자동차 구조의 이해, 자동차 역학……'

투두둑 ─ 뜬금없이 사탕 봉지 아랫부분이 터져 청포도 사탕들이 땅바닥에 사방으로 나뒹굴었다. 그렇잖아도 찜찜해 죽겠는데 재수 없게 이게 뭐야! 몸을 숙여서 하나하나 사탕을 줍기 시작했다. 그러다 문득, 서늘한 생각 하나가 그를 덮쳐왔다.

'만약 꼬맹이가 배신하면 어쩌지? 장례식장에 도착하고 나서 나를 유괴범으로 지목한다면?'

그렇게 되면 꼼짝없이 당할 수밖에 없다. 아무리 생각해도 꼬맹이 입장에서는 장례식장에 데려다주고 나면 내가 필요 없다. '나'라는 존재가 두고두고 껄끄러울 것이다. 만약 내가 저 꼬맹이라면 어떡해서든 관계를 끊고 싶을 것이다.

자동차 안에서 나를 바라보고 있는 저 회색 눈. 대체 무슨 생각인 걸까? 아군일까? 적군일까? 박용재는 자기도 모르게 바닥에서 주운 청포도 사탕 하나를 꽉 움켜쥐었다.

⁝ 죄책감

어느 하나 이해되는 게 없다. 그냥 평범한 날이었다. 모두의 날을 맞아 비번을 조정했고, 오랜만에 정장을 꺼내 입었다. 사랑하는 가족과 행복한 저녁 식사를 할 예정이었다. 그런데 순식간에 모든 게 무너져 내렸다. 살인 사건이 일어났고, 현장에는 날카로운 피로 '모두의 날'이라고 쓰여 있었다. 이어서 아내가 교통사고를 냈다는 소식이 전해졌고, 어찌 된 영문인지 지금 사랑하는 아들 민준이가 저 굳게 닫혀 있는 문 안쪽 차가운 수술대 위에서 중차대한 수술을 받고 있다.

수술실 앞. 함께 결과를 기다려주는 후배가 손에 쥐어준 자판기 커피도 이미 식은 지 오래다.

"창성아……."

"네?"

뭘 묻고 싶었는지, 무슨 말을 하고 싶었는지 성후는 금세 잊어버렸다. 이해할 수 없었다. 아내는 왜 그 시각에 그곳에 있었던 걸까?

식당이 예약되어 있는 시각은 7시 30분이다. 왜 약속 시간 직전에 아내는 식당 근처도 아닌 왜 그렇게 멀리 떨어진 그곳에 있었던 걸까? 그래, 갑작스런 일이 생겼다고 치자. 그러면 민준이는? 왜 그 시간에 거기 있었던 거지? 원래대로라면 하교하고 집에 와서 나와 함께 식당으로 향했어야 할 시간이다. 그런데 살인 사건이 일어났고…… 내가 집을 비웠다. 여기까지 생각하고 있는데 갑자기 죄책감이 쏟아져 모든 생각을 덮어버렸다.

; 막다른 곳

눈을 떴다. 지독한 운명이 정희를 향해 빛처럼 쏟아져 내렸다. 얄궂게도 사고 직전 아들 민준이를 자신이 차로 들이받은 것 같은 기억이 맨 처음 떠올랐다. 하지만 여전히 그것이 실제로 일어난 일인지, 아니면 단지 환상일 뿐인지 그 진위는 알 수 없었다.

기적이었다. 보는 사람이 혀를 내두를 정도로 차가 반파되었는데도 그녀는 큰 부상을 입지 않았다. 하지만 그럼에도 의사를 비롯한 그 누구도 그녀의 질문에 대답을 해주지 않았다. 어떻게 된 거냐고, 민준이는 무사한 거냐고 묻고 또 물었지만, 돌아온 건 안정을 취해야 한다는 말뿐이었다.

주저앉아있던 성후를 일으킨 것은 민준이었다. 의사는 최대한 자세하게 수술 경과를 설명했다. 그러고는 끝내 최선을 다했지만 어쩔 수 없었다는 말을 남기고 자리를 떠났다. 믿을 수 없었다. 아침까지만 해도 학교에 다녀오겠다며 집을 나선 녀석이 단 몇 시간 만에 차디찬 곳에 누워 머리끝까지 흰 천을 덮어쓰고 있다니! 대상을 찾지 못한 분노가 치밀어 올랐다. 성후는 이를 바드득 물며 겨우겨우 터져나오려는 욕을 참아냈다. 그러다 갑자기 온몸에서 힘이 빠져나가 그 자리에 쓰러지고 말았다. 그를 쓰러뜨린 것 역시 민준이었다. 옆에 있던 후배 창성이 부축을 했지만 좀처럼 몸을 가누지 못했다. 비틀거리며 벽을 붙잡고 일어난 성후는 어딘가로 발걸음을 옮겼다. 그 모습을 본 후배는 아무 말도 하지 않고, 쫓아가지도, 붙잡지도 못했다.

몸에 특별한 이상이 없다고 하는데 정희는 왜 자신을 독립병실에 홀로 두는 건지 불길한 예감에 휩싸였다. 그뿐만 아니라 사고 소식을 들었을 텐데 남편은 병실에 찾아오지 않는다. 그리고 민준이…… 만약 자신이 아들을 친 것이 아니라면 괜찮다고, 아무 일 없었다고. 누구든 그렇게 말을 해줬을 것이다. 하지만 물을 때마다 쉬쉬하며 안정을 취해야 한다고만 말할 뿐이다. 그건…… 차마 생각하고 싶지 않은 상상이 자꾸 현실로 변해 그녀를 괴롭혔다.

그때 문이 열리고 남편이 들어왔다. 성후는 아무 말 없이 그녀를 바라보았고, 그녀 역시 그렇게 했다. 괜찮은 거냐고, 어떻게 된 일이냐고 묻지 않았다. 그 어떤 말도 꺼내지 않았다. 그저 떨리는 눈동자로 아내를 바라볼 뿐이었다. 그녀가 불안한 침묵을 깨고 입을 열었다.

"민준이는?"

아무런 대답도 돌아오지 않았다.

"민준이는? 우리 민준이는? 민준이 괜찮은 거지? 왜 대답을 안 해! 뭐라고 말 좀 해봐!"

그녀가 소리쳤고 그 소리를 들은 의료진들이 다급하게 문을 열고 들어왔다.

"여기 들어오시면 안 돼요. 가족이라도 면회 금지라고요!"

자신을 밀어내는 손놀림에 성후는 어떠한 저항도 하지 않았다. 그녀 역시 쫓겨 나가는 남편을 보며 아무런 행동도 말도 하지 않았다. 슬픔이, 아니 감히 어떤 감정이라고 말할 수 없을 정도의 엄청난 것이 두 사람을 휩쓸었다. 잘잘못을 가릴 정신도, 위로의 말을 할 마음도, 사태를 수습해야 한다는 본능도 이 순간에는 전부 마비되어 있었다. 성후는 온힘을 쥐어짜내 짐승처럼 울부짖으며 방향을 알 수 없는 욕을 내뱉었다.

"씨발!"

오늘만은 절대로 욕을 하지 않겠다고 그렇게 다짐을 했는데, 그것마저도 무참히 깨져버렸다. 끝내 막다른 곳에 다다르고 말았다. 되돌아갈 길조차 막혀버린 사방이 벽뿐인 그런 곳. 아래로도 위로도 벗어날 수 없다. 정신을 차려보니 다시 수술실 앞에 와 있었다. 막다른 곳에서 길까지 잃어버렸다. 다시 무작정 발이 이끄는 대로 걸었다. 머릿속에는 온통 벽에 피로 적힌 '모두의 날'이라는 글씨가 지워지지 않고 계속해서 떠다녔다. 어느 하나 마음에 걸리지 않는 게 없었지만, 무지막지한 슬픔에 아무것도 돌아볼 수 없었다. 유령처럼 병원 여기저기를 배회하던 그의 발이 멈춘 곳은 다름 아닌 몇 시간 전에 쫓겨났던 아내의 병실 앞이었다. 문에는 여전히 커다랗게 '절대 안정. 면회 금지'라고 쓰인 안내판이 붙어 있었지만 주변에 의료진의 모습은 보이지 않았다. 문고리를 잡은 그의 손은 문고리보다 훨씬 차가웠다.

어둠 속에서 성후가 슬픔을 머금은 목소리로 물었다.

"왜 거기에 갔던 거야?"

마른 눈물 자국이 선명한 정희가 말했다.

"지금 취조하는 거야?"

예상치 못한 대답에 성후는 잠시 할 말을 잃었다.

"그런 거 아닌 거 알잖아."

"그럼 뭔데?"

성후는 정희가 있는 쪽이 아닌 벽을 바라보면서 말을 이어갔다.

"난 그냥 무슨 일이 있었는지 알고 싶을 뿐이야."

"그게 그렇게 중요해?"

"그럼 대체 뭐가 중요한데?"

정희 역시 성후가 서 있는 문 쪽이 아닌 천장을 바라보면서 말을 이어갔다.

"누가 민준이를 그렇게 만들었는지 범인을 잡아야겠지. 당신은 경찰이니까."

"그런 거 아니라니까!"

"자꾸 아니다. 아니다. 그러는데……, 그러면 지금 여기 왜 온 거야? 나 괜찮나 보러 온 거야?"

여기까지다. 이후의 대화는 어둠에 가려져 버려 두 사람을 제외하고는 아무도 듣지 못했다.

남편이 떠난 병실. 홀로 남은 정희 역시 막다른 곳에 다다랐다. 절벽 끝에 도착한 사람은 누구나 자책을 한다. 모든 건 자신의 잘못이며 그 어떤 것으로도 되돌릴 수 없다는 생각에 사로잡힌 정희는 절박한 심정으로 머리맡 성경을 꺼내 들었다. 붙잡을 수 있는 건 그것뿐이었다. 그녀는 간절히 기도했다. 답을 구했다. 울면서 기도하고 또 기도했다. 그녀는 간절히 말씀을 원했다. 나락으로 떨어진 자신을 그리고 민준이를 구원해줄 한줄기 말씀이 절실했다. 긴 기도 끝에 그녀는 성경을 펼쳤고 눈을 감은 채 자신을 구원해줄 한줄기 말씀을 향해 갈구하듯 손을 내밀었다. 그녀의 야윈 손가락이 어떤 구절에 멈췄다. 감았던 눈을 천천히 떴을 때, 한 줌의 빛도 없는 어둠속인데도 이상하리만치 펼친 성경만은 환하게 보였다. 착각인지 착시인지 아니면 기적인지…… 하지만 그녀는 그런 것 따위는 신경쓰지 않았다. 정희의 두 눈은 오직 하나님께서 내려주신 말씀, 그 말씀에 닿았을 뿐이었다.

: 전도서 3장 18절

하나님이 저희를 시험하시리니, 자기가 짐승과 다름이 없는 줄을깨닫게 하려 하심이라 하였노라

; 장례식장

감당하지 못할 정도의 엄청난 슬픔이 밀려오면 절망보다 더 깊은 평온이 찾아온다. 성후의 상태가 꼭 그랬다. 눈물도 흐르지 않았고 얼굴에는 어떤 표정도 머물지 않았다. 다만, 있지 말아야 할 곳에 놓여 있는 아들 민준이 사진을 허망하게 바라보다가 외면하기를 반복할 뿐이었다. 짙은 향내가 빈소를 떠돌았고, 조문객들은 알아서 향을 피우거나 절을 했다. 성후는 그런 그들을 향해 시선조차 주지 않았지만, 누구 하나 조문을 받지 않는다고 뭐라는 사람은 없었다.

요즘 가장 핫한 인물인 천재 소년. 그의 어머니가 살해됐다는 사실만으로도 세간의 관심은 온통 장례식장으로 몰려들었다. 각종 매스컴 관계자와 기자들, 경찰 그리고 조문객들과 구경꾼들로 북적였다. 흡연구역에 홀로 앉아 마지막 담배에 불을 붙인 최필우 반장은 착잡한 마음이 가셔지지 않아 몇 번이나 담배 연기에 한숨을 섞

어 내뿜었다. 순식간에 필터 부근까지 피워버린 담배를 비벼 끄고서 장례식장 안으로 무거운 발길을 옮겼다. 빈소에 도착한 최 반장은 차마 성후를 바라보지는 못하고 손짓으로만 조용히 식당 구석으로 형사들을 불러 모았다.

"자, 다들 좀 추스르고. 범인이 조문객으로 가장해서 올지도 모르니까 특실 쪽 가서 살펴봐."

"반장님……."

"무슨 말 하려는지 아는데…… 청장님 직접 지시야."

형사들의 볼멘소리가 마음을 찔렀지만, 깊게 삼키고서 최 반장은 다시 한번 강조해 명령했다.

"사방에 카메라야. 쓸데없는 행동 하지 말고 지켜보기만 해. 특이사항 생기면 즉각 보고하고."

그들은 잘 알고 있다. 임무를 위해서는 사사로운 감정에 빠져서는 안 된다는 것을. 어떤 상황에서든 범인을 잡아야 하고, 시민의 안전을 지켜야 한다. 그것이 경찰의 사명이다. 그렇게 창성이 구겨진 운동화를 펴고 부운 발을 쑤셔 넣고 있는데 경계대상 1호인 그녀가 장례식장 안으로 들어섰다. 본능적으로 들어가지 못하게 해야 한다고 판단하고서 그녀의 앞을 막아섰다.

"어, 왔어?"

경찰 출입기자 성현우. 시퍼런 범죄자들과 거친 형사들이 뒤섞여 매일 매일이 전쟁터인 경찰서에서 남다른 수완으로 기삿거리를 쏙쏙 잘도 뽑아내서 마녀로 불리는 서내 유명인사다.

"성 기자. 길 잘못 들었어. 특실 저쪽이야. 잘됐다. 나 지금 가는데 같이 가자."

"혼자 가세요. 저 민 형사님 조문 온 거예요."

"그러지 말고, 같이 가자. 그거 알아? 이거 수사 비밀인데 범인이 조문객으로 위장하고 왔을 수도 있어, 그러니까 성 기자가 촉을 딱 발휘해서 살펴보다가……"

"저 진짜 조문하러 온 거라니까요."

"성 기자, 어디서 무슨 얘기를 들었는지는 모르겠는데……"

"저 그렇게 경우 없지 않아요. 민 형사님 일 기사로 쓰려는 거 아니에요."

그녀가 안으로 들어가는 모습을 걱정스러운 눈빛으로 바라보던 창성은 더 이상 말릴 수도 없는 이 상황을 씁쓸하게 삼키고서 운동화를 마저 신고 특실 쪽으로 걸음을 옮겼다.

빈소에 도착한 현우는 우선 향을 올리고 두 손을 모아 고개를 숙여 묵념을 했다. 성후는 여전히 천장만 바라보고 있을 뿐 그녀에게 알은체조차 하지 않았다. 현우 역시 그런 것쯤은 대수롭지 않다는 듯이 성후의 곁으로 가서 바로 옆에 털썩 주저앉았다.

"한잔할래요?"

묵묵부답.

"그러지 말고, 저기 가서 나랑 한잔해요. 따라와요."

성 기자는 이 말만을 남기고서 일어나 성큼성큼 식탁 쪽으로 향해갔다.

"여기 두 명이요. 육개장 국물 많이 주세요!"

비닐이 깔린 식탁에 금세 이것저것 식사가 차려졌다. 성후는 그곳에 앉을 생각이 전혀 없는지 여전히 빈소에서 천장만 보고 앉아 있었다. 현우가 다시 다가가 재촉하듯 잡아끌어 일으켰다.

"가서 국물만이라도 마셔요. 그러다 진짜 쓰러져요."

주변의 조문객들은 이 모습을 약간은 위태롭게 바라봤지만, 모두

성후를 걱정하는 마음에 성 기자의 제안처럼 밥이라도 한술 했으면 하고 마음속으로 응원을 보냈다. 손길을 뿌리칠 거라는 예상과는 달리 성후는 순순히 현우를 따라 일어났다. 하지만 식탁에 앉았을 뿐 숟가락을 들지는 않았다. 현우는 그의 앞에 잔을 놓고서 소주를 가득 따라주었다.

"이거라도 마셔요. 안에 당분이 들어서 쓰러지지는 않을 거예요."

하지만 성후는 잔을 들지 않았고, 현우도 더는 강요하지 않았다. 식사를 하며 힐끗 주변을 탐색하면서 성 기자는 생각했다. 사모님이 보이지 않는다. 조금 더 머물면서 상황을 지켜볼 생각이지만, 아들을 차로 친 것이 그녀라는 소문은 아무래도 사실인 것 같아 보인다. 주변 조문객들이 수군거리는 얘기도 전부 그에 관한 것이다. 그럼 지금 사모님은 어디 있지? 입원해 있나? 병실이 어딘지 물어봐도 대답해 주지 않을 건 뻔하고, 안다고 해도 정식으로 만나는 것은 아마도 불가능할 것이다. 민 형사님이 걱정되기도 했지만, 그것보다 더 중요한 일이 있다. 모두를 위한 일이다. 감정에 휘둘려서도, 기자로서의 사명을 잊어서도 안 된다.

; 만남

인적은 사라지고 슬픔도 한풀 꺾인 밤. 성후는 홀로 장례식장 복도의 기다란 의자에 앉아 마음을 추스르기 위해 애쓰고 있었다. 심각할 정도의 어지럼증이 가시질 않았고 식은땀도 났지만, 그는 물을 마셔야 할지 화장실에 가야 할지조차 결정하지 못했다.

"사람들은 왜 죽음에 슬퍼할까요?"

처음에는 환청인 줄 알았지만, 틀림없이 바로 옆에서 들려온 사람의 목소리였다. 분명 조금 전까지 아무도 없었는데…… 의식하지 못한 사이에 인기척이 느껴졌다.

"죽은 사람은 슬프지 않잖아요. 아무것도 못 느끼니까. 당사자는 슬프지 않은데 왜 주변 사람들이 슬퍼하는 거죠?"

어린 목소리다. 옆자리에 민준이가 앉아있을 리 없지만, 정말 그럴 리는 없지만…… 순간적으로 아들의 목소리라고 생각해 다급하게 고개를 돌렸다. 하지만 당연하게도 그곳에 아들은 없었다. 다만 민준이 또래로 보이는 한 소년이 자신을 빤히 바라보고 있을 뿐이었다. 그 아이를 본 순간, 성후는 시공간이 비틀어진 이상한 공간에 놓인 것 같은 기분에 휩싸였다. 예상치 못한 아들 또래 소년의 등장에 놀랐지만, 그 사실만으로 이렇듯 기묘한 느낌에 빠져들게 할 정도까지는 아니었다. 어지럼증도 심각했지만 그것 역시 원인은 아니었다. 그러면 무엇이 그에게 이런 함정 같은 기분이 들게 한 걸까? 성후의 가슴을 뒤흔든 건 다름 아닌 소년의 눈동자였다. 초점이 잡힌 건지조차 분간할 수 없는 작고 동그란 회색의 그것. 신체기관이라기보다는 한 치 앞도 들여다보이지 않는 탁한 심연 같아 보이는 소년의 잿빛 눈동자는 한순간에 성후를 집어삼켜 버렸다.

"엄마가 죽었어요. 그래서 슬퍼야 된대요. 눈물도 흘려야 하고요."

왜 나한테 이런 말을 하는 거지? 앤 누구야?

"그래서 우는 척을 했어요. 저는 눈물을 잘 흘려요. 원하면 언제든지 눈 밖으로 물을 흘려 내보낼 수 있어요. 어렵지 않아요. 주먹을 쥐거나 손바닥을 펴듯이 '그냥 그래야지' 하면 그냥 주르륵 나와요. 딱히 각오나 집중 같은 것도 필요 없어요. 그런데 너무 그랬더니 문제가 생겨버렸어요. 얼마나 울어야 할지를 몰라서 그만하랄 때까지 울어버렸더니, 새로 산 렌즈가 빠져버렸어요. 눈을 가리려면 꼭 끼워야 하는데, 아무리 찾아도 못 찾겠더라고요. 그래서……"

성후는 지금 옆에 앉아 있는 소년이 무슨 말을 하는지 거의 알아듣지 못했다. 어지럼증은 이미 심각한 단계를 넘어서고 있었다. 순식간에 현실감이 사라지고 있는 것 같은 느낌이 가득 차올랐다. 이런 와중에 아주 잠깐, 그 천재 소년 아닌가? 하는 생각이 떠올랐다가 사라져갔다. 뒤이어 살인 사건이 있었다는 사실과 피해자가 이 아이의 엄마라는 것. 벽에 피로 '모두의 날'이라고 쓰여 있던 것도 떠올랐다. 그뿐이다. 생각이 앞으로 나아가지 않았다.

소년은 지치지 않고 계속해서 말을 이어 나갔다. 아무리 들어보려고 해도 환청처럼 웅웅거릴 뿐 어느 하나 전달되지 않았다. 성후는 자신이 환영을 보고 있거나 꿈을 꾸고 있는 것이라고 생각했다. 몸은 식은땀으로 축축해졌고, 어지럼증으로 복도의 형태가 둥글게 인식되기 시작했다.

어느 순간부터인지 성후는 옆에 앉아서 자신을 뚫어져라 바라보고 있는 잿빛 눈동자의 소년에게서 무언가 알 수 없는 끌어당김을 느꼈다. 최면에 빠져든 것 같은 상태. 점점 깊이 가라앉는 듯한 기분과 끌림은 그의 마음을 요동치게 했고, 속에 있는 걸 전부 토해내고 싶은 마음이 들게 만들었다. 또한 어차피 소년을 유령 같은 존재라고 생각해서 그런지 부담도 느껴지지 않았다. 고해성사하는 것처럼 지금까지의 일들을 쏟아내기 시작했다. 어떤 일이 있었는지, 무슨 생각을 했는지, 믿기지도 않고 이해할 수도 없는 이번 사고와 부서져 버린 가족에 대해 지나칠 정도로 낱낱이 고백했다. 이번에는 소년이 그의 말을 묵묵히 들어주었다. 물론 이런 와중에도 성후는 살인 사건에 대해서만큼은 말을 아꼈다. 아무리 환상이라고 해도 그것만은 아이를 위해 좋지 않을 것이라고 판단해서였다. 조금은 길었던 그의 독백이 끝나자 잿빛 눈동자의 소년이 이렇게 말했다.

"아저씨는 솔직하지 못해요."

소년의 말이 성후를 다시 혼란으로 내몰았다. 다 털어놓고 후련함까지 느끼고 있던 차에 솔직하지 못하다는 말을 듣게 된 그는 또 다른 절벽을 마주한 기분이 들었다.

"솔직하지 못하다니?"

"아저씨는, 아저씨 잘못이 아니라고 생각하잖아요. 아내가 그 시간에 약속한 식당으로 갔다면, 사고는 안 났을 거라고 생각하잖아요. 그런데도 아내에게 원망의 마음은 들지 않는다고 말하셨어요. 아니잖아요. 마구 원망하고 싶잖아요."

"그렇지 않아!"

"아니요. 인간은 절벽에 다다르면 본능적으로 누군가를 원망할 수밖에 없어요. 겉으로는 몰라도 마음속에서라도 타인에게 잘못을 뒤집어씌워야 살아갈 수 있어요. 안 그러면 죄책감 때문에 살 수가 없다고요. 인간은 원래 그렇게 설계된 존재예요. 그게 본능이라고요. 그러니 원망하고 탓하는 건 아저씨 잘못이 아니에요. 반대로 그렇게 해야 아저씨가 살 수 있어요. 안 그러면 죄책감에 밀려 죽게 돼요. 아저씨 솔직해지세요. 이건 아저씨를 위해 드리는 말이에요."

도대체 지금 무슨 말을 들은 건지 정신이 차려지지 않았다. 그래, 어차피 환영이고 환청이야. 이렇게 넘겨버리려 했지만 너무나 생생하게 꽂혀버린 소년의 말이 그를 뒤흔들었다. 납득할 순 없지만 부정할 수도 없는 소년의 말은 가득 차 있는 죄책감을 조금이나마 덜어주는 것 같은 기분까지 들게 했다.

"아저씨, 본능은 나쁜 게 아니에요."

이 말과 함께 소년이 무언가를 건넸고 성후는 별말 없이 그것을 받아 쥐었다. 청포도 사탕이었다.

"드세요. 아저씨 어지러운 거 다 알아요. 식은땀이 장난 아니에요. 그러다 저혈당으로 쓰러질 수도 있어요. 엄마가 자주 그러셔서 잘 알아요. 얼른 드세요. 사탕은 소화과정 없이 즉각 흡수되는 당 형태라 효과가 있을 거예요."

어떤 것도 입에 넣고 싶은 기분은 아니었지만, 마치 본능이 그러라고 명령한 것처럼 성후는 사탕을 까서 입 안에 넣었다. 작고 동그란 그것이 혀에 닿는 그 순간 성후의 눈이 커다래졌다. 예상치 못한 쾌감에 당혹감이 일었다. 달다! 아무것도 생각할 수 없을 만큼! 외면하고 있던 당분에 대한 갈망이 용솟음쳤다. 모든 슬픔을 잊을 수 있을 만큼의 엄청난 달콤함이 그의 입 안을 가득 메웠다. 입 안의 지독한 달콤함은 그것보다 몇십 배 큰 자괴감으로 성후를 내동댕이쳤지만, 뱉을 수 없었다. 뱉으려 하면 할수록 더욱 강렬하게 단맛을 원하고 있는 자신을 발견할 뿐이었다.

"아무리 슬프다고 해도, 머리가 제아무리 아니라고 해도, 인간의 몸은 쾌락을 원해요. 살아남기 위해서는 어쩔 수 없어요. 우리는 그렇게 만들어진 존재예요."

; 밑바닥

"누가 보기 전에 얼른 렌즈 다시 껴. 내가 이 밤에 이거 사려고 얼마나 뺑뺑이를 돌았는지 알……."

이준이에게 다가가던 박용재가 말을 끊었다. 동시에 발도 멈췄다. 그의 시야에 낯선 남자가 걸렸기 때문이다. 본능적으로 피해야 한다는 느낌이 들었지만, 그렇다고 소년에게 말까지 걸었는데 갑자기 모른 척 돌아서 버리면 더 이상할 것 같아 잠시 멈칫했다.

'어디서 본 것 같은데?'

게다가 기억나지 않는 불안함마저 더해져 사내는 늦기 전에 자리를 피할까 생각했다. 하지만 본능을 살짝 짓누르고 어떤 상황인지 파악하는 데 중점을 두자고 마음을 고쳐먹었다. 차분히 살펴보니 남자는 어느 빈소의 상주쯤으로 보였으며, 너무나 황망한 나머지 경황조차 없어 보였다. 자신에게는 신경조차 쓰고 있지 않는 것 같은 모습에 조금은 마음이 놓였다. 하지만 그것도 아주 잠시. 복도 끝에서 커다란 덩치의 남자가 걸어왔고, 그를 본 용재의 눈이 휘둥그래졌다. 짭새다! 동시에 지금 이준이 옆에 있는 사람도 누군지 단번에 떠올랐다. 삼 년 전 자신의 팔에 수갑을 채운 장본인들을 이런 곳에서 만나게 되다니! 비록 지금은 형기를 마치고 출소해서 거리낄 게 없지만, 한 공간에 있다는 것만으로도 용재는 숨이 막힐 지경이 되어버렸다.

"선배님……."

그렁한 눈의 창성이 울먹이며 말했다.

"여태 안 갔어?"

"선배님……, 형수님이…… 형수님이……."

김 형사는 차마 다음 말을 잇지 못하고 계속해서 울먹이기만 했다. 아무 말도 하지 않았음에도 성후는 그 의미를 정확히 읽어낼 수 있었다. 그길로 아내의 병실을 향해 내달렸다.

비틀거리며 도착한 그곳에는 아내의 모습은 보이지 않았다. 천장에 꽁꽁 묶어 달아놓은 끈을 빼내기 위해 애쓰던 보안요원이 성후를 발견하고는 제지했다.

"여기 들어오시면 안 돼요!"

달려온 간호사가 그에게 계속해서 무언가를 설명했지만, 성후의 귀에 단 한 마디도 와 닿지 않았다. 아내마저 떠나버렸다. 성후의 가슴은 도저히 형언할 수 없는 모양으로 일그러져버렸다.

'괜찮냐고 한마디 묻지 않았어. 따뜻한 말 한마디를 안 해줬다고! 괜찮을 거라고 다독이지도 못했어. 아니, 그렇게 하지 않았어. 심지어 아내가 괜찮은지 보러 온 거냐고 묻기까지 했지만, 난 아무런 대답도 하지 않았어. 그러고는 혼자 다 짊어진 척 두서없는 원망만 해댔어. 만약 그때 걱정돼서 왔다고 한마디만 했다면, 꼭 안아주기라도 했다면, 같이 울기라도 했다면……, 그랬다면…….

절망의 밑바닥에 다다르자 그의 머릿속에 악마 같은 생각 하나가 잿빛 눈동자 소년의 목소리로 들려왔다.

"아내를 원망하고 잘못을 덮어씌워요. 그래야 이지씨가 살아요."

아니야, 아니야! 악마 같은 생각은 거머리처럼 떨쳐지지 않았다. 성후는 꺽꺽거리다가 또다시 내달렸다. 목적지 없는 질주, 어딘가에 부딪혀서 부서져야 끝날 그런 무모한 행위. 그렇게 보이는 불빛을 따라 무작정 화장실로 뛰어 들어갔다. 미친놈처럼 아무리 찬물로 백 번 천 번 세수를 해봐도 아내를 향한 원망은 가셔지지 않았다. 밑바닥에 깔린 어둠이 점점 성후를 잠식해 갔다. 늪에 빠진 것처럼, 완전히 집어삼킬 것이다. 이제 얼마 남지 않았다. 온몸에 물 천지를 하고서 고개를 들어 거울을 들여다보았다. 거기에는 겁먹은 짐승 한 마리가 벌벌 떨며 이쪽을 바라보고 있었다. 돌고 돌아 다시 화장실 세면대 앞에 섰다. 이번에는 바지 앞섶뿐만 아니라 온통 젖은 채다. 끝없는 자책이 이어졌다. 그깟 틈 따위나 찾겠다고 세면대 아래나 뒤지던 놈이 허망하게 가족을 잃고서 원망만 하고 있다니!

"등잔 밑이 어둡다잖아. 꼼꼼하게 잘 찾아봐."

어디선가 아내의 목소리가 들려오는 듯했다. 아무리 찾아봐도 잃어버린 가족을 다시 찾을 수는 없다. 두리번거려봐야 아무런 의미도 없다는 것쯤은 알고 있지만 멈추지 못했다. 이것마저 그만둔다면 정말 세상이 끝나버릴 것 같았기 때문이다. 그러다 멈칫. 시선이 한 곳에 멈췄다. 입술이 파르르 떨렸고, 뺨을 타고 흐르던 물이 잠시 턱에 맺혔다가 아래로 떨어져 내렸다. 창백한 눈길이 닿은 곳은 다름 아닌 세면대 스탠드 끝 모퉁이였다. 거기에는 청포도 사탕 한 개가 놓여 있었다. - 마치 보란 듯이.

; 꼭대기

허연 담배 연기가 밤하늘로 피어올랐다. 담배 피울 곳을 찾아서 병원을 떠돌다가 겨우 옥상을 찾게 된 성현우 기자는 한 개비로는 만족하지 못하고 두 번째 담배에 불을 붙였다.

결국 그녀를 만나지 못했다. 처음 교통사고 소식을 접했을 때부터 싸한 기분이 들었다. 우연치고는 너무 껄끄럽다. 더구나 피해자가 아들이라니, 억지로 비극을 만든 것 같은 느낌도 지울 수 없다. 그리고 끝내 자살로 생을 마감했다. 자연스럽지 않은 극단적인 일들이 연이어 일어나고 있다. 그런데 할 수 있는 건 아무것도 없다. 그저 '우연치고는 너무한데'라며 혀를 찰 뿐. 물론, 걸리는 게 없는 건 아니다. 아니, 심증은 차고 넘친다. 하지만 실체가 없다. 직감은 틀림없다고 소리치는데 팩트가 너무 부족하다. 사실관계 따위에 연연하다가 더 큰 걸 놓칠지 모른다는 두려움과 더블 체크는 기본이라는 기자의 사명이 자꾸만 망설이게 한다. 결국 시간만 허비할 것이라는 냉소에 가까운 회의감이 현우를 괴롭혔다. 두 번째 담배를 비벼 *끄고서* 담배와 라이터를 신경질적으로 바닥에 집어 던졌다.

젠장! 그녀는 그대로 옥상 구석에 쭈그려 앉아 취재 수첩을 꺼내 갈 피끈이 걸려있는 페이지를 열었다.

민성후. 35세. 사동 경찰서 형사. 아내 채정희. 동갑. 한국우주과학연구
원 국제 협력부서 2팀 팀장으로 근무 중.
아들 한 명. 이름 민준. 문주초등학교 6학년.
아버지 민창진. 식물인간 상태로 장기 입원 중. (국립 유공병원)
병원비는? 무려 대한민국 정보국에서 지급 중. 국가유공자 아님. 정보국
소속 요원 아님. 정보국 신상 기록도 없음.
그렇다면 – 혹시 블랙?
2011년 일본에서 의식을 잃고 한국으로 이송됨. 발견 장소. 후쿠시마!
동일본대지진 한국인 피해자 중 한 명.
왜 그곳에 있었는지는 알려진 바 없음.
오랜 시간 일본에서 활동했을 것으로 짐작. 가족들에겐 거의 없는 존재(?)
민성후 형사 – 아버지 굉장히 싫어함. (반면, 형 민동후 – 그렇지만은 않음.)
※ 형인 민동후는 공교롭게도 민 형사의 아내 채정희와 같은 한국우주과
학연구원 소속. 법무실장 (변호사)

수첩을 덮고 길게 숨을 뽑아 쉬었다. 답답한 마음이 후련해지지
않았다. 다시 한 개비 물고 싶은 기분이 다시 강렬하게 솟구쳐 올랐
다. 내던진 담배를 다시 집어 들어야 하나? 또다시 망설이고 있다.
9월의 미적지근한 밤공기가 현우를 더욱 미치게 만들었다.
옥상 철문이 열린 것은 그때였다. 끼이익 – . 현우는 본능적으로
몸을 숨겼다. 무슨 도둑고양이처럼. 옥상에서 담배 피운 게 뭔 대단
한 잘못이라고 숨는 꼴이라니! 한심함에 고개가 절로 숙여졌다.

문을 연 것은 경비원이 아닌 민성후 형사였다. 예사롭지 않은 그의 무거운 모습에 불길한 예감이 현우를 휘감았다. 몸을 숨긴 채 눈으로 그의 뒤를 쫓았다. 담배 피우러 올라왔나? 아니, 민 형사님은 담배를 피우지 않는데? 그럼 왜? 불길한 예감이 점점 틀리지 않는 확신으로 변해갔다.

　말려야 하나? 아니, 답답해서 그냥 바람 쐬려고 저러는 것일 수 있잖아. 말도 안 되는 소리라는 건 그녀도 잘 알고 있었다. 누가 이 시간에 저렇게 위험한 곳에 서서 미적지근한 밤바람을 맞는단 말인가. 망설일 이유도 없는 일이다. 그런데도 '혹시' '아닐 수도 있잖아.' 직업병이 도지고 있다. '만에 하나'라는 가정은 이번에도 그녀를 망설이게 했다.

　성후는 홀로 위태로운 꼭대기에 섰다. 다시금 소년의 말이 떠올랐다.

　"죽은 사람은 슬프지 않잖아요. 아무것도 못 느끼니까."

　죽은 사람은 슬프지 않다는 말이 위안처럼 들려왔다. 그래 이대로 한 걸음만 내디디면 슬프지 않을지도 몰라. 한 걸음만 내디디면 말이야. 그렇게 성후는 먼 하늘을 바라보며 한 걸음을 떼었다.

　으아악! – 엄청난 통증이 복부로부터 등을 통해 머리까지 다다랐다. 차가운 바닥으로 성후가 나뒹굴었다. 그를 쓰러뜨린 건 현우였다. 레슬링 태클을 걸듯 민 형사의 허리를 두 손으로 감싸고 온 힘을 다해 옥상 바닥으로 내동댕이쳤다. 두 사람은 엉켜 돌며 나자빠졌다. 어딘가 부러지고 까진 것 같은 느낌이 강렬했지만 현우는 그의 허리를 감싼 두 손을 풀지 않고 버텼다. 순식간에 벼락같은 일을 당한 성후는 어떻게 된 영문인지 파악하지도 못하고 그녀에게 감싸 안긴 그대로 울기 시작했다. 눈물이 걷잡을 수 없을 정도로 쏟아져 흘렸다. 엉엉. 엄마를 잃어버린 꼬맹이처럼, 세상 서러운 젖먹이 아기처럼 그렇게. 엉엉. 참고 참았던 울음이 늦은 밤 병원 옥상에서 터져버렸다. 아마 끝까지 슬픔을 삼키고 울음을 틀어막았더라면, 여기 옥상에서 떨어지지 않았다고 해도 성후는 어떤 식으로든 끝났을 것이다. 현우는 지금 이 순간만큼은 자신이 망설이지 않고 뛰어든 것에 대해 조금의 후회도 하지 않았다. 그녀는 살갗이 다 까진 손으로 그의 등을 두드려주었다. 그럴수록 성후의 울음은 커져만 갔다.

; 변화

바람의 방향이 바뀌었다. 마치 그때와 비슷하다고 이명도 박사는 생각했다. 젊은 시절 그는 어떡해서든 국민 영웅인 황우진 박사의 줄기세포 연구팀에 들어가야 한다고 생각했었다. 이건 다시없을 절호의 기회다. 하지만 아무리 기다려도 연구원을 뽑는다는 공고는 나지 않았고, 초조해진 그는 일생일대의 기회를 잡아야 한다는 생각에 편법과 불법을 가리지 않고 인생의 모험을 걸었다. 학연, 지연, 뇌물 등 동원할 수 있는 건 전부 동원했고, 할 수 있는 방법은 죄다 끌어모아 거의 모든 루트로 청탁을 감행했다. 그렇게 젊은 명도는 이미 닫혀버린 거대한 문의 틈을 겨우 비집고 연구팀에 승선할 수 있었다. 당시의 그는 자신의 앞날에 고속도로가 펼쳐질 것이라고 믿어 의심치 않았다. 잘못된 방법이라고 비난하는 사람들을 한심한 시기 질투라고 폄하했고, 조금이라도 입바른 소리를 하면 아무리 가까운 사람이라도 바로 의절해 버렸다.

그 시절에는 대한민국의 모든 사람들이 황우진 박사를 어깨 위에 올려놓고 과분할 정도로 칭송했었다. 명도 역시 그 한쪽 끄트머리에서 떨어져 내리는 단물의 일부를 축복처럼 마시며 취해 있었다.

물론 영원히 지속되리라 생각지는 않았지만, 그렇게 빨리 사그라질 지는 전혀 예상치 못했다. 어느 날 TV에서 시사 프로그램 한 편이 방송됐고, 흐름이 바뀌었다. 처음에는 지금처럼 바람의 방향이 바뀐 것 같은 느낌 정도였지만, 한 달도 채 지나지 않아 그 바람은 결국 파국으로 모습을 바꾸고 쓰나미처럼 모든 것을 휩쓸어버렸다.

이준이 엄마인 정하진 여사가 살해됐고 엄청난 파장이 일었다. 여론은 흉악범죄에 대한 증오로 들끓었고, 모두들 비극의 주인공이 되어버린 천재 소년이 혹여나 주저앉지 않을까 안타까운 마음으로 이준이를 응원했다. 전국이 추모 열풍으로 일렁였다. 모든 관심은 이준이의 앞날, 정확히는 소년이 앞으로 벌어들일 수익에 몰려있었다. 비운의 사고로 홀어머니마저 잃은 천재 소년에게 각종 후원과 위로금이 쏟아질 것은 기정사실이었지만, 그것보다 이제는 단순히 똑똑하기만 한 것이 아닌, 굴곡진 인생 스토리마저 갖춘 하나의 아이콘이 되어버린 이 소년이 앞으로 쓸어 담게 될 돈이 천문학적인 숫자를 기록할 것이라는 걸 모르는 사람은 아무도 없었다. 문제는 이준이에게 남아 있는 가족이 없고, 아직 초등학생이라 성인이 되려면 아직 멀었다는 점이었다. 당연히 법정대리인, 후견인이 필요할 것이다. 여기에 가장 적합한 인물은 다른 사람은 생각조차 할 수 없을 정도로 단 한 사람 이명도 박사뿐이었다. 이준이를 발굴한 것은 물론, 고인이 된 이준이 어머니의 절대적 신뢰를 받아왔으며, 실제로도 소년의 대부이기도 한. 게다가 결정적으로 이준이가 엄마보다 더 따랐던 사람이 바로 그였기 때문이다.

문을 밀고 안으로 들어서자 모두의 시선이 자신을 향해 쏟아지는 것을 명도는 선명하게 느낄 수 있었다. 박사가 자리에 앉은 것을 마지막으로 '제17차 한국영재개발협회 정기회의'라고 쓰인 현수막 아래 놓인 커다란 원탁이 모두 찼다. 사회자가 조금은 상기된 얼굴로 개회를 선언했고, 곧바로 다른 의례는 건너뛰고 네 번째 식순이자 오늘 회의 주목적인 협회장 추대 건으로 이어졌다.

그간 통상적인 협회장 추대는 별다른 이견 없이 전임 협회장이 수락 연설을 하는 것으로 마치는 경우가 대부분이었고, 피치 못한 사정으로 더 이상 직을 수행할 수 없는 경우에는 부협회장이 자연스럽게 계승하는 방식으로 진행되어 왔다. 하지만 이번에는 이전과는 전혀 다른 기류가 회의장에 맴돌았다. 사회자는 테이블 상석에 현 협회장이 떡하니 앉아있음에도 거리낌 없이 자리를 빛내주신 존경하는 이명도 '박사님'이라며 치켜세워 불렀다. 이전 같으면 상상도 할 수 없는 발언이었지만 지금은 사회자의 이 발언에 모인 이들이 열화와 같은 박수를 보낼 만큼 상황이 바뀌었다.

"그럼, 주요 안건인 새로운 협회장 투표를 진행하도록 하겠습니다. 장욱종 현 협회장님의 연임에 찬성하시는 분은 거수해 주시길 바랍니다."

정적이 회의장을 감쌌고 어느 누구도 미동하지 않았다. 심지어 현 협회장마저도 자신의 연임에 손을 들지 않았다. 오히려 인자한 미소로 모두에게 잘했다는 듯이 눈 맞춤을 했다. 아직 회의가 끝나지 않았지만, 명도는 자리에서 일어나 테이블 말석을 가리키며 말했다.

"이건 어디까지나 제 개인적인 의견입니다만, 다음 협회장은 저기 계신 황인우 선생님께서 맡으시면 어떨까 합니다. 제가 그동안 지켜봤는데 인품이나 포용력이 남다르신 분이라고 느꼈습니다. 그래서 이렇게 추천 드리는 바입니다."

박사는 일부러 권력에 눌려서 기 한번 펴지 못한 채 겨우 숨만 쉬고 있는 인물을 지목했다. 이렇게 회의장에 기만의 씨앗을 뿌려놓고 박사는 그 길로 자리를 떠났다. 그럼에도 문이 완전히 닫힐 때까지 박수 소리는 끊이지 않고 계속 회의장을 울려댔다.

밖으로 나온 박사는 곧바로 주차장으로 향했다. 자동차까지 열 걸음 정도 남았을 무렵, 휴대폰 진동이 느껴졌다. 이번에도 발신번호 표시제한이었다. 박사는 받지 않고 그대로 차에 올랐다. 막 출발하려는데, 멈칫. 생각이 바뀌었다. 언제까지 이렇게 외면할 수만은 없지 않은가. 도망칠 이유도 없다. 피하기만 해서는 해결되지 않는다. 이제 바람의 방향도 바뀌었으니 두려워할 필요는 없다. 품 안의 진동은 계속됐다. 통화버튼을 누른 명도는 조금은 느리지만 차분하게 말했다.

"여보세요?"

전화기 너머에서는 아무 소리도 들려오지 않았다. 박사는 어둠 속을 향해 다시 한번 물었다.

"여보세요?"

잠시 후, 중저음의 남자 목소리가 박사의 귀에 꽂혀 들었다.

"모두의 날입니다."

; 필요

펜트하우스 이준이네 집. 현장 조사가 마무리되고서도 어느 정도의 시간이 흘러 집안은 잔혹한 살인의 그림자가 보이지 않을 만큼 구석구석 깔끔하게 정리되어 있었다. 가구 하나 없는 텅 빈 공간에는 여전히 강렬한 소독약 냄새가 둥둥 떠다녔다. 용재는 이곳저곳을 둘러보며 괜히 입맛을 다셨다. 아무리 살인 사건이 났던 매물이라 하더라도 시간이 지나면 가격을 회복할 것이다. 이 정도 크기의 펜트하우스면…… 상상만으로도 입꼬리가 올라갔다.

사내의 즐거운 상상은 새장을 들고나온 소년으로 인해 부서지고 말았다. 이리저리 흔들리는 새장 안의 잉꼬는 퍼덕이지 않고 자신의 운명을 직감한 듯 웅크린 채 꼼짝하지 않았다. 의아함에 박용재가 물었다.

"어쩌려고?"

"전 키우고 싶지 않아요. 어차피 날려 보내도 얼마 못 살 거고요. 아저씨 이거 필요해요?"

꼬맹이는 아무렇지도 않게 살아 있는 생명이 아닌 마치 무슨 물건처럼 '이거'라고 말했다. 게다가 '필요'라니…… 용재는 순간 섬뜩해졌다.

"필요하면 가져요. 난 필요 없어요."

"혹시…… 죽이려고?"

"다른 방법 있어요?"

"아무리 그래도……"

"위선이에요. 어떻게 살아 있는 생명을 죽일 수 있냐? 그런 말이 잖아요."

"아무리 그래도 생명은 소중한 거잖아."

"낚싯바늘에 지렁이를 끼우면서는 왜 그런 생각을 안 하죠? 매일 식탁에 올리기 위해 죽임을 당하는 동물들은요? 그것들의 생명은 소중하지 않은 건가요?"

"그건, 말이야……. 네가 아직 세상을 잘 몰라서 그러는……"

"필요에 의해 생명의 가치가 결정된다는 말이 오히려 솔직한 거라고 생각해요."

용재는 아무런 대답도 하지 않았다. '과연 나는 이 꼬맹이에게 필요한 존재일까?'라는 의문이 맴돌았다. 소년은 아무 일 없었다는 듯이 새장을 들고서 밖으로 나갔다. 현관문 자동 잠금 멜로디가 사내의 귀에 불길의 전주곡처럼 들려왔고, 그 순간 도망치고 싶은 마음이 목 끝까지 차올랐다. 계속해서 맴돌던 꺼림칙한 의문이 기어코 용재의 심장을 움켜쥐고 만 것이다. 본능이 일단 소년과 거리를 두라고 소리쳤다. 아무래도 그래야 할 것 같다. 큰 틀에서는 소년과 함께하지만, 여전히 미덥지 못한 것도 사실이다. 무엇보다도 '필요'가 계속 발목을 잡았다. 아무리 생각해도 저 꼬맹이에게 나란 존재는 방해가 되면 됐지 '필요'한 구석이 전혀 없다. 나는 명확하게 돈이라는 목적이 있지만, 저 꼬맹이는 도무지 무슨 생각으로 나와 관계를 맺고 있는지 모르겠다. 한 가지 예측할 수 있는 건 꼬맹이 나름대로 어떤 계획이 있는데 그 일에 내가 필요한 것이 아닐까 하는 정도다. 현재 상황만 보자면 최소한 일단은 나와 함께하기를 원하는 것처럼 보이긴 한다. 하지만 언제까지 계속될지는 장담할 수 없다. 생각이 여기에 이르자 어떡해서든 계속적인 '필요'를 느끼게끔 만들어야 한다는 결론이 도출됐다. 그래, 수단과 방법을 가리지 말고 소년의 '필요'의 범위 안에 들어야 한다. 그러려면 새로운 플랜이 필요하다. 철저하고 치밀하게 계산된 완벽한 플랜. 그것만이 나를 거대한 자본의 수레바퀴 위로 올려줄 수 있다. 바뀐 건 없다. 목표는 하나다. 시간을 좀 가지고 계획을 완성해 보자. 적당히 둘러대고 잠시만 떠나있자. 이 보 전진을 위한 일 보 후퇴. 좋다. 용재는 쫓기는 사람처럼 서둘러 인공적인 냄새가 진동하는 펜트하우스를 빠져나가 주차장으로 향했다.

"어디 가세요?"

소년의 목소리가 덜미를 잡아챘다.

"어……. 갑자기 급한 일이 생겨서…… 잠깐 갔다가. 금방 올게……."

소년의 손에는 새장이 들려있지 않았다. 어떻게 된 건지 궁금하지도 않았다. 용재가 차에 막 타려는데 이준이 말했다.

"조심하세요."

"무슨…… 조심?"

"아저씨 운전 급하게 하시잖아요."

"어. 그래……."

인사를 대충 마무리한 용재는 얼른 문을 닫고 서둘러 시동을 걸었다.

; 파괴

성후는 집안에 틀어박혀서 아무것도 하지 않고 시간만 허비했다. 밥 대신 술을 마셨고, 혼잣말의 대부분은 욕지거리였다. 상처는 점점 더 곪아갔고 영혼은 피폐해져만 갔다. 그런 그를 깨운 건 아이러니하게도 소변을 보다가 무심코 바라본 세면대였다. 보이지 않는 균열. 물이 샜다는 건 틀림없이 샐만한 틈이 있다는 의미다. 이 세상에 이유 없는 일 따위는 없다. 단지 모를 뿐이다. 이런 어지러운 생각을 하며 화장실을 나오려는데 갑자기 주체할 수 없을 정도로 강렬한 파괴의 충동이 찾아왔다. 그것은 어두운 심연에 비춰진 한 줄기 빛처럼 선명하게 그의 내면에 잠들어 있던 무엇인가를 깨웠고, 그길로 성큼성큼 다용도실로 가서 망치를 찾아들고 다시 화장실로 돌아왔다. 그러고는 망설임 없이 세면대를 내리쳤다. 쾅 - ! 도기 부서지는 소리가 귀가 먹먹해질 정도로 강렬하게 공간을 울렸고 동시에 말로는 다할 수 없는 쾌감이 온몸을 휘감았다. 이제 겨우 숨이 쉬어지는 것 같은 기분. 좀 살 것 같다. 한 번으로 끝내지 않고 분풀이하듯이 계속해서 내리치고 또 내리쳤다. 파편이 사방으로 튀었지만, 개의치 않았다. 망치를 들고 씩씩거리며 다짐했다. 앞으로는 절대로 틈 따위나 찾겠다고 바보같이 기웃거리지 않겠노라고! 세면대가 사라지면 균열도 사라진다. 틈을 없애는 가장 좋은 방법은 그 틈을 부숴버리는 것이다. 콰앙 - 쾅 - 콰앙 - ! 더 이상 부술 수 없을 만큼 부서진 세면대를 계속 내리치면서 그는 사그라져 있던 형사의 촉이 다시 깨어나고 있음을 온몸으로 느낄 수 있었다. 동시에 정체는 알 수 없지만 커다란 무언가가 암흑 저편에서 자신을 기다리고 있을 것만 같은 공포감도 찾아왔다. 머리칼이 쭈뼛 잡아당겨 올려졌지만, 망치질은 세면대에서 끝나지 않고 계속 이어졌다.

띵동 - 초인종이 울렸다. 현우는 생각보다 쉽게 문이 열리자 살짝 당황했다. 동시에 얼굴을 찌푸릴 수밖에 없을 정도로 쾨쾨한 냄새가 쏟아져 나왔지만, 그녀는 아무런 내색도 하지 않고 현관문이 조금 더 열리기를 기다렸다. 곧 피폐한 모습의 성후가 모습을 드러냈다.

"왜, 온 거야……?"

"전화를 하도 안 받으셔서요."

다짜고짜 집안으로 발을 들이민 현우의 눈이 동그래졌다. '엉망'이라는 단어가 너무나도 잘 어울리는 광경. 현관부터 거실로 이어지는 통로에는 셀 수 없이 많은 술병들이 엉클어져 있었다.

거실로 들어서자 조금 전 지나온 현관은 그나마 양반이라는 생각이 들 정도로 난장판이었다. 아무리 봐도 일부러 그랬다고밖에 볼 수 없을 정도로 모든 가구와 집기들이 산산이 부서져 있었다. 한쪽 바닥에 널브러져 있는 커다란 망치를 보자 그녀는 자신의 짐작이 맞다고 확신했다. 말 그대로 '폐허'에 서서 성후는 그녀를 바라보았다. 현우는 분명히 할 말이 있어 찾아왔는데 입을 뗄 수 없는 파괴적 광경 앞에 잠시 아득해졌다.

"아무 데나 앉아."

이렇게 말하며 성후는 넝마들을 치워 자리를 만들어 앉기를 권했다. 현우는 순순히 걸터앉았다. 거실에서 유일하게 부서지지 않고 제자리를 지키고 있는 장식장이 그녀의 눈을 잡아끌었다. 그 위에 나란히 놓여 있는 두 개의 유골함. 그것을 보자 먹먹함이 가슴을 때려왔다. 현우는 잠시 자신의 선택을 후회했다.

'바로 집으로 찾아오는 건 아니었어. 추스를 시간이 더 필요했을 텐데…… 하지만 그러기엔 중요한…… 아무리 그래도…… 버티듯 살고 있는 사람에게……'

"왜 왔어?"

당연한 물음인데 그녀는 속마음을 들킨 사람처럼 움츠러들었다. 하지만 기자로서의 사명감을 떠올리며 마음을 다잡았다. 다른 건 생각하지 말자. 이건 모두를 위한 일이다.

"저기…… 사모님 말인데요……."

입이 떨어지기가 무섭게 성후의 눈빛이 달라졌다.

"언제 내 허락받고 기사 썼어?"

"민 형사님……. 제가……"

현우가 조금 주저하며 무언가 말하려 하자 성후가 막았다.

"마음대로 해. 엄마가 자동차로 아들 깔아뭉개 죽이고 자살했다고 써. 사람들이 정말 좋아하겠네. 그리고 이 집안 꼬라지도 사진 찍어

가. 홀로 남은 남편은 미쳐서 집안을 다 때려 부쉈다고도 써. 아 참, 현직 형사라고 가르쳐주면 더 좋아하겠네. 암튼 써 전부. 맘대로.”

“진정하세요.”

“내가? 왜 진정해야 하는데? 내가 성 기자 수법 몰라? 그러지 말고 다 쓰라고! 써! 왜 찔려?”

“민 형사님!”

“나가!”

“이 말은 하고 갈게요.”

“됐어, 듣기 싫어! 당장 꺼져!”

또다시 홀로 남겨진 남자는 폐허 속에서 무릎을 꿇었다. 대상을 찾지 못한 분노를 애먼 현우에게 쏟아냈다는 한심함과 자괴감. 아직 떠나보내지 못한 가족에 대한 엄청난 슬픔이 더해져 스스로 무너졌다. 생각을 모두 지워버리고 싶었지만, 그럴수록 괴로움은 커져만 갔다. 욕을 아무리 입 밖으로 쏟아내 봐도 하나도 나아지지 않았다. 오히려 내뱉은 욕들이 메아리처럼 돌아와 두 귀를 후벼 팠다. 실제로 아무 소리도 들리지 않았지만, 성후는 모기떼처럼 달려드는 수많은 욕들을 지우려 몸부림쳤다. 그러고 있는데 불쑥 다른 목소리 하나가 섞여 들렸다.

“솔직하지 못해요…….아저씨 잘못이 아니라고 생각하잖아요…….아저씨 잘못이 아니에요.”

두 귀를 틀어막고 길길이 날뛰어도 어디서 들려오는지 모를 잿빛 눈동자 소년의 목소리는 점점 선명해져 갔다. 성후는 괴로움에 신음하며 폐허를 뒤져 겨우 TV 리모컨을 찾아냈다. 전원을 켜고 소년의 목소리를 지우기 위해 볼륨을 최대로 올렸다. 뉴스를 전하는 앵커의 목소리가 엉망인 집안으로 퍼져나갔다.

"운전자는 현장에서 사망했으며, 동승자는 없었다고 전해집니다. 경찰은 졸음운전이나 음주 여부 확인 중에 있으며, 자동차의 결함이 있었는지도 조사……"

하필. 교통사고 뉴스. 화면 속 부서진 차를 보자 아내의 사고가 떠올라 더욱 몸부림쳤다. 리모컨을 집어 던지려던 순간 화면에 비친 부서진 차량 내부가 눈을 잡아끌었다. 반파된 차 바닥에 나뒹굴고 있는 - 청포도 사탕들. 온몸에 닭살이 돋아났다. 빌어먹을! 또다시 우연이 장난을 치려고 하고 있다.

; 비 오는 밤

"모두의 날입니다."

전화기 너머 남자의 목소리는 예전 그대로였다. 이명도 박사는 통화가 끝날 때까지 단 한마디 말도 내뱉지 않고 듣기만 했다. 마른 침조차 삼키지 않았다. 먼저 전화를 끊은 건 저쪽이었다. 용건을 마친 남자는 인사도 없이 뚝 - 숨통을 끊듯이 단칼에 전화를 끊었다. 박사는 자기도 모르게 손을 가져가 목 주변을 쓰윽 만졌다. 갑갑함이 몰려왔다. 고개를 들고서 하늘을 보며 크게 심호흡을 했지만 나아지는 것 같은 기분은 전혀 들지 않았다. 그때, 작은 빗방울 하나가 이마에 똑. 하고 떨어졌다. 그렇게 비가 내리기 시작했다.

어둠이 내려앉을 무렵 집에 도착한 박사는 차에서 내려 대문 앞까지 비를 맞으며 걸었다. 현관문 손잡이를 잡았을 때, 우편함 전단 사이로 반으로 접혀있는 서류봉투 하나가 눈에 들어왔다. 본능적으로 위험을 감지한 오른쪽 눈썹 끝이 아주 미세하게 떨려왔다. 우편함으로 다가가 젖은 손으로 그것을 잡아 뺐다. 서류봉투 끝부분이 그의 손가락 모양으로 젖어 들었다. 안에 든 것은 사진 한 장이 전부였다. 어느 집에나 있을 법한 도배한 벽이 찍힌 사진. 문제가 있다면 거기에 붉은 피로 '모두의 날'이라고 쓰여 있다는 것뿐이었다.

쫓기듯 집으로 들어와 현관문부터 걸어 잠갔다. 멀리서 천둥소리가 전해져왔다. 서재로 쓰는 방에 내버리듯 서류봉투를 던져버리고, 도망치는 사람처럼 다급하게 자동차 키를 챙겨 다시 현관문으로 향했다. 어디로 갈지 모르지만 일단 집을 떠나자는 생각이 들었다. 떨리는 손으로 문고리를 잡으려는 그때. 띵동 - 초인종이 울렸다. 곧이어 세상을 잡아먹을 듯한 천둥도 이어졌다. 뒷걸음질을 쳤지만, 집 안에 도망갈 곳 따위는 없다. 계속해서 초인종이 울려댔다. '누구세요?'라는 말이 목 끝까지 차올랐지만 결국 내뱉지 못했다. 명도는 떨리는 눈동자를 힘겹게 끌어 인터폰 화면을 응시했다. 그곳엔 비에 흠뻑 젖은 이준이가 서 있었다.

"아저씨…… 저 갈 데가 없어요."

흠뻑 젖은 강아지 같은 모습으로 벌벌 떨며 현관 앞에 서 있는 이준이를 명도는 서둘러 집안으로 들였다. 묻고 싶은 것이 많았지만 일단 전부 뒤로 미루고 커다랗고 두툼한 수건을 가져와 소년의 몸부터 감싸주었다.

"옷부터 갈아입어야겠다. 근데 맞을 만한 게 있을지 모르겠네."

명도는 일단 이준이를 화장실로 데리고 갔다.

"따뜻한 물로 샤워 좀 해. 조금 나아질 거야. 그사이에 내가 얼른 입을 만한 것 좀 사 올게."

이준이는 별다른 대답 없이 욕실로 들어갔고, 명도는 서둘러 지갑을 챙겨서 집을 나섰다. 하늘은 여전히 비를 쏟아대고 있었고, 간간이 내리치는 천둥은 듣는 사람의 가슴을 철렁이게 만들 정도로 세상을 뒤흔들었다. 소년이 있는 욕실 안에도 천둥소리가 희미하지만 확실하게 전해져 왔다.

샤워를 마친 이준이가 뿌예진 거울을 손으로 닦아냈다. 거울 너머에는 잿빛 눈의 소년이 이쪽을 바라보고 서 있었다. 욕실의 소년과 거울 속 소년은 서로의 눈동자를 바라보았다. 마주 보고 서 있는 두 소년은 미동도 하지 않았다.

폭우로 길이 막혀 예상보다 늦게 집으로 돌아온 명도는 문을 열자마자 소년을 찾았다.

"이준아! 다 씻었어?"

아무런 대답도 들려오지 않았다.

"이준아! 서이준!"

어두침침한 거실로 들어왔지만, 그곳에도 소년의 모습은 보이지 않았다. 본능적으로 예사로운 상황이 아니라고 느낀 박사는 재빠르게 싱크대로 가서 부엌칼을 빼 들었다. 그의 숨소리는 그 어느 때보다 차분했다.

"이준아, 너 어디 있어?"

한 걸음 천천히, 하지만 날카롭게 움직이며 집안을 살폈다. 모서리에 세워둔 작은 고무나무 화분을 지날 무렵, 미세한 느낌 하나가 박사를 향해 달려들었다. 왼쪽 엄지발가락 끝부분 - 작지만 선명하게 축축한 기운이 양말을 적시는 느낌이 찾아왔다. 물의 흔적. 주변 바닥을 살펴보니 물방울들이 어딘가를 향해 줄지어 있는 게 보였다. 명도는 이준이가 물기도 닦지 않고 거실로 나왔을 거라고 추측하고, 바닥에 떨어진 물방울을 따라 천천히 걸음을 옮겼다. 번개가 칠 때마다 손에 쥔 부엌칼이 번쩍였다.

물방울은 서재 겸 연구실로 쓰고 있는 작은 방으로 이어져 있었다. 숨을 죽이고 천천히 다가가 문 앞에 섰다. 문틈은 조금 열려있었다. 칼을 쥔 손에 힘이 들어갔다. 세상을 뒤엎을 만한 천둥이 그르렁 울어댔지만, 그의 귀에는 그 어떤 소리도 들리지 않았다. 명도는 아주 차분하게 목소리를 안으로 밀어 넣어보았다. – 이준아, 여기 있니? 이준아?

박사는 대답을 기다리기보다는 들어가서 확인하는 쪽을 선택했다. 끼이익 – 차가운 손으로 문을 밀고 안으로 들어갔다. 아무도 없다. 혹시나 의자에 손을 대어봤는데 축축함이 고스란히 느껴졌다. 이준이가 이 방에 들어와 의자에 앉았던 것만은 틀림없다. 시선이 한쪽에 놓여 있는 서류봉투에 닿았다. 벽에 피로 쓴 '모두의 날'이 찍힌 사진이 들어있는 봉투다. 비에 젖었던 부분이 말라 살짝 쭈그려져 있었다. 박사의 눈에 봉투 한 귀퉁이가 아직 다 마르지 않은 부분이 들어왔다.

'이건 가지고 들어올 때 젖은 게 아니야. 조금 전에 젖은 손으로 만져서 생긴 자국이야.'

이준이다. 이 서류봉투를 열고서 사진을 본 것은 틀림없는 이준이다. 순간 그의 눈이 빛났다.

"서이준 너 어디 있어?"

"박사님 저 여기 있어요."

대답이 들려온 곳은 뜻밖의 장소였다. 아니, 어쩌면 당연한 곳일지도 모른다. 소년의 목소리는 다름 아닌 욕실에서 들려왔다. 어째서 욕실부터 찾아볼 생각을 하지 않은 걸까? 도로가 막혀 생각보다 늦게 집으로 돌아왔으니 여전히 샤워하고 있을 거라고는 생각하지 않아서 그런 듯하다. 바로 욕실로 향하려는데 문득, 이준이가 계속 욕실에 있었다면 바닥의 물방울과 젖은 서류봉투는? 생각이 여기에 이르자 명도는 걸음을 멈췄다. 그러고는 내려놓으려던 칼을 다시 꽉 움켜쥐었다.

소년은 거울 앞에서 울고 있었다. 갓난애처럼. 엉엉. 벌거벗은 채울고 있는 이준이 앞에 커다란 욕실 거울이 산산조각이 나 있었다. 명도는 조심스럽게 욕실로 들어가서 이준이를 안고 서둘러 밖으로 나왔다. 여전히 울먹이고 있는 소년이 아주 작은 소리로 말했다.

"죄송해요……."

품에 안긴 소년은 끝내 말을 잇지 못하고 다시 울음을 터뜨렸다.

"아니야, 괜찮아. 다치지 않았으면 됐어. 아무 일 없을 거야."

어쩌다 이렇게 된 건지 묻지 않고 계속 괜찮아. 괜찮아. 괜찮아 그랬다. 이준이는 눈물을 쏟으며 명도의 목을 끌어안았다. 그 순간 - 이유는 모르겠지만 명도의 머릿속에 언젠가 이준이가 했던 말이 떠올랐다.

"저는 언제든지 눈 밖으로 물을 흘려 내보낼 수 있어요. 어렵지 않아요. 주먹을 쥐거나 손바닥을 펴듯이 '그냥 그래야지' 하면 그냥 주르륵 나와요. 딱히 집중 같은 것도 필요 없어요. 그치만 너무 자주 그러면 안 돼요. 정말 필요한 게 있을 때, 가지고 싶은 게 있을 때만 써야 해요."

기분 탓인지 몰라도 소년이 꼭 끌어안은 목이 무척 갑갑하게 느껴졌다. 박사는 순간적으로 자기도 모르게 한쪽에 내려놓은 부엌칼을 바라보았다.

＊ ＊ ＊ ＊ ＊

; 9월 16일 – 모두의 날: 하루 전

휴대폰이 울린 건 기사를 작성하고 있던 현우가 모자란 커피를 따르기 위해서 자리에서 막 일어서려던 그때였다. 뜻밖의 벨소리에 그녀는 마른침을 삼켰다. 기자에게 걸려 오는 발신번호 표시제한 전화는 높은 확률로 중요한 제보 전화를 의미한다. 밤 10시에 가까운 시간, 모두 퇴근해서 사무실에는 아무도 없지만, 현우는 다시 한 번 주변을 훑어보고서 전화를 받았다.

"여보세요?"

"성현우 기자님?"

"예, 제가 성현우입니다. 말씀하세요."

전화기 너머 들려오는 여자의 목소리는 무척이나 떨리고 있었다. 그녀는 다짜고짜 이렇게 말했다.

"난 기자도 믿지 않아요."

뜬금없는 이 말에서 – 현우는 '기자도'라는 표현에 주목했다. 무슨 일인지 모르겠지만 아마도 상대는 세상 누구도 믿을 수 없는 처지에 놓인 것이리라. 심지어 기자조차도 신뢰할 수 없는 그런 상황. 현우는 그녀를 진정시키기 위해 차분하게 말을 이어갔다.

"기자인 저도 모든 기자를 신뢰하지는 않아요."

어떤 대답이 돌아올까? 잠시 기다렸지만 아무런 말도 들려오지 않았다. 망설이고 있는 걸까?

"기자를 믿지 않으신다고 하셨지만, 저에게 전화를 하신 건 분명 중요한 이유가 있으시기 때문일 거라고 생각합니다."

이번에도 대답이 없었지만 조바심을 내지 않고 기다렸다. 역시나 한참 뜸을 들인 후에 전화기 너머의 그녀가 입을 열었다.

"나는 당신이 어떤 사람인지도 모르고, 어떤 기자인지도 몰라요. 하지만 제가 가장 신뢰하는 사람이 성 기자님은 요즘 보기 드문 믿을만한 진짜 기자라고 한 말 때문에 이렇게 연락드린 거예요."

이 말을 들은 현우는 미처 걸러낼 사이도 없이 자기도 모르게 해서는 안 될 말을 내뱉고 말았다.

"실례가 안 된다면, 누가 그런 말을 했는지 여쭤도 될까요?"

아뿔싸, 이런 초보적인 실수를 저지르다니! 자신의 신원을 드러내지 않기 위해 발신번호 표시제한 번호로 전화를 건 제보자에게 신원을 유추할 수 있는 질문을 던지다니! 절대로 하지 말아야 할 금기 중에 금기. 더구나 누구도 믿지 않는다는 제보자인데…… 눈앞이 캄캄해진 현우는 그 자리에 그대로 주저앉고만 싶어졌다. 아마도 제보자는 한껏 움츠러들었을 것이다. 바로 전화를 끊고 숨어버려도 할 말 없는 상황이다. 수습해야 하는데 방법이 생각나지 않는다. 자책하고 있는 현우에게 전혀 의외의 대답이 들려왔다.

"사동 경찰서 민성후 형사라고 아시죠? 저는 그 사람 아내 되는 채정희라고 합니다."

; 제보

"자세한 건 내일 자료를 보시면 알게 되실 거예요."

전화 너머에서 떨리는 목소리로 전해준 짧은 이야기는 실로 엄청난 것이었다. 처음에는 대체 무슨 소린가? 뜬금없이 느껴졌지만, 곧 뒷받침할 수 있는 정확한 수치가 기록된 엄청난 양의 과학적 데이터와 증거자료를 가지고 있다는 말에 현우의 심장이 걷잡을 수 없이 쿵쾅대기 시작했다. 그녀 말의 요점은 정부가 수십 년간 비밀리에 어떤 프로젝트를 진행해 왔으며, 그로 인해 수많은 사람들이 죽음으로 내몰리는 등의 엄청난 부작용과 피해가 있었다는 것이다. 세상에 실체가 드러나지 않아서 피해자들조차 자신이 피해자인지 모르고 그저 운명으로 받아들이고 죽음을 맞이했으며, 생존자들은 힘들게 살아가고 있다고도 했다. 게다가 다 끝난 이야기가 아니라 여전히 진행되고 있다는 점이 핵심이었다. 이것은 대한민국 정부와 정보국. 그리고 한국우주과학연구원 KNSA가 관련된 프로젝트이며, 미국과 일본이 관여되어 있다는 말에 현우는 잠시 할 말을 잃었다.

그녀는 믿을 건 언론뿐이라고 했다. 아니, 언론도 못 믿겠다고 곧바로 말을 바꾸었다. 실제로 이 자료를 본다면 언론도 심각성과 엄청난 무게감에 주저할 거라고 말을 이었다.

"절대로 자료를 제가 드렸다는 게 알려지면 안 돼요. 어떻게 입수하게 되었는지도 묻지 마세요. 그냥 우연이에요. 저랑 아무 상관 없는 일이니까 그냥 그렇게 아세요. 우린 전화한 적도 없고 만난 적도 없는 거예요."

간절하게 말했다. 자신은 절대로 이 일에 끼고 싶지 않다고, 추후에 누가 묻는다면 몇 번이고 모르는 일이라고 잡아뗄 것이라고. 하지만 도저히 가만히 있을 수만은 없었다고…… 그녀는 증거 파일을 메일로 보내면 흔적이 남기 때문에 직접 만나서 전해주겠다고 하며, 내일 저녁 7시 30분에 만나자고 하고서 장소를 말한 뒤 바로 전화를 끊었다.

아무리 뒤척여도 잠은 오지 않았다. 현우는 결국 잠을 포기하고 일어나서 다시 머리를 묶었다. 이왕 이렇게 된 거 자료를 받기 전에 몇 가지 의문점들을 정리해 두기로 했다.

1. 자료의 내용과 신뢰도는? - 한국우주과학연구원 KNSA, 정보국 관련
   - 받아 보면 알게 되니 일단 보류
2. 사모님은 왜 형사인 남편에게 말하지 않은 걸까? - 내용과 연관이 있을까?
3. 어떤 경로로 자료가 그녀의 손에 들어간 걸까?

; 다음 날

누군가 조금의 거리를 두고 줄기차게 따라오고 있다. 내가 과민한 걸까? 아니다. 싸한 느낌이 닭살이 일어날 정도로 선명하다. 한 명이 아니라 여럿이 나를 주시하고 있는 것 같다. 어떡하지? 일단은 멈추지 않고 속도를 유지하기로 한다. 저들은 아마 어느 순간이 되면 힘으로 제압하려 들 것이다. 그것만은 피해야 한다. 당해낼 재간이 없을 것이다.

일단 사람이 많은 곳으로 가자. 보는 눈이 많으면 그들도 섣불리 나서지 못할 테니까. 휴대폰을 꺼내 시간을 확인한다. 7시 11분. 약속 시간까지 대략 20분 정도 남았다. 시간 안에 따돌리고 약속 장소로 갈 수 있을까? 일단 경찰서로 가야 하나? 아니. 그녀의 말대로라면 정부도 한통속이다. 그럼, 어디로 가야 하지? 그때 현우의 눈에 횡단보도 건너편의 대형 마트가 들어왔다.

예상대로 마트 안은 사람들로 가득했다. 사람들 사이를 요리조리 헤치며 빠져나갈 궁리를 했다. 그런데 어찌 된 일인지 쫓는 이들이 더 이상 몰래 움직이지 않고 대놓고 주변으로 몰려드는 것 같은 느낌이 몰려왔다. 어떡하지?

억지로라도 그녀를 만나지 못하게 하려고 작전을 바꾼 듯하다. 예상대로 한 무리의 남자들이 조여 오듯 주변을 감쌌다. 한쪽 벽면

에 걸려있는 커다란 시계가 7시 22분을 가리켰다. 시간이 얼마 없다. 그녀는 나를 오래 기다려주지 않을 것이다. 내가 늦으면 낌새를 채고 수면 아래로 가라앉을 것이다. 하지만 지금. 여기서 빠져나갈 구멍은 없다. 설상가상. 몇몇이 보란 듯이 내 주변으로 빙 둘러섰다. 어떻게든 빠져나가야 한다. 다시 벽시계에 눈이 갔다. 시각은 7시 25분을 넘어서고 있었다.

하지만 어찌 된 일인지 예상한 일은 일어나지 않았다. 오히려 반대였다. 그들은 갑자기 철수 지시를 받기라도 했는지 일사불란하게 각자 다른 방향으로 사라져갔다. 당황스럽다기보다는 불길한 기분이 떨쳐지지 않는다. 뭔가 일어났는데 도무지 무슨 일인지 알 수가 없다.

; 복귀

"좀 쉬지 그래."

빈 잔에 소주를 따르며 최필우 반장이 텁텁하게 물었다.

"그래, 성후야. 이해한다. 쉬어도 쉬는 게 아니겠지⋯⋯. 알았어, 오케이! 들락날락해. 사건은 안 맡길 테니까. 오가면서 감도 좀 찾고, 생각도 정리하고 그래."

"반장님."

어렵게 말을 꺼낸 성후가 잠시 뜸을 들이다가 몇 번인가 입소리를 내고는 다시 말을 이었다.

"뭔가 잡힐 듯한데 전부 제가 만들어낸 공상인 것만 같고, 헛다리를 짚고 있는 것 같고, 근데 이상하게 떨쳐지지는 않고 그래요. 전혀 아니라는 걸 아는데 자꾸 뭔가 있는 것 같고⋯⋯"

"사건 얘기야?"

"사건이랄 것도 없어요. 말도 안 되는 생각인데 신경 쓰여서 죽겠어요. 이런 적이 없었는데……"

"듣던 중 반가운 소리네. 넌 타고난 형사라고 내가 말했지? 감당하기 힘든 일을 겪으면서 수사 본능이 사그라진 줄 알았는데, 그 얘기 들으니까 안심이 좀 된다. 너 그거 꿈틀대는 거야."

최필우 반장은 의자를 당겨 앉더니 진지하게 말을 이어갔다.

"사건이 진흙탕에 빠진 것 같은 상태가 됐을 때 내가 그걸 극복하는 방법이 뭔줄 알아? 중요한 물증, 심증, 목격자 증언, 정황증거 이딴 걸 전부 지우는 거야! 머릿속을 백지로 만드는 거지. 그리고 거기다 뭘 채우냐? 전혀 관계없는 것들. 지극히 사소한 것들! 그런 것만 집어서 다시 하나하나 모자이크를 만드는 거야. 각각의 파편만으로는 아무 의미가 없지만 그게 모였을 때는 전혀 다른 의미가 되기도 하거든. 물론 대부분의 경우 그냥 쓸모없는 파편으로 끝나기 마련이지만, 만에 한 번은 엄청난 열쇠가 되기도 하거든……"

여기까지 말한 최필우 반장이 갑자기 웃기 시작했다. 그러고는

"지금까지 만년 반장의 개똥 수사철학이었습니다. 하하하."

"반장님, 그 엄청난 열쇠가 된다는 파편이라는 거…… 혹시 이런 것도 괜찮을까요?"

"뭐? 뭔데?"

"이를테면……"

성후가 잠시 뜸을 들이다가 입을 열었다.

"청포도 사탕이요."

; 우연

9월 17일. 모두의 날. 성후는 여기서부터 시작하자고 생각했다.

그래, 반장님 말대로 전혀 관계없는 것들. 쓸데없는 것처럼 보이는 것들을 살펴보자. 우선 가장 멀다고 생각하는 부분부터 짚어보기로 하고서 같은 날 일어난 일들을 정리해 두기 위해 뉴스부터 살폈다. 가장 많이 검색된 것은 예상대로 천재 소년 어머니의 살해 소식이었다. 물론, 사건 현장에 벽에 피로 쓰인 '모두의 날'에 관한 얘기는 수사기밀이기 때문에 뉴스에 언급되지 않았다.

다음으로는 일본 이시카와 현 노토반도의 강진 뉴스가 뒤를 이었고, 미국 인공위성이 고장을 일으켜서 한때 미 동부 지역 GPS에 일부 문제가 생겼다는 뉴스도 있었다. 그 밖에도 남미 어느 교도소에서 집단 탈옥이 있었고, 영국의 자연사 박물관에서 폭발로 인한 화재가 있었다. 유독 이날 사고가 많았던 것 같은 느낌은 있지만, 연결점 같은 건 전혀 없는 그냥 별개의 일들일 뿐이다. 그런데 자꾸만 이것들이 별개가 아닐 것 같다는 인정할 수 없는 직감이 그를 괴롭혔다.

'그래, 그럴 만해……'

성후는 자신이 제정신이 아니라는 걸 어이없을 정도로 쉽게 인정해 버렸다. 그런 일들을 겪고도 제정신이면 그게 이상한 거야. 아 이러니하게도 미쳤다는 걸 인정하고 나자 마음이 한결 편안해졌다. 아주 조금이긴 하지만 숨통이 열리는 것 같은 기분. 아마도 이런 행위를 하는 순간만큼은 슬픔과 절망을 잠시나마 잊을 수 있어서 그런 건지도 모르겠다.

시계를 보니 새벽 3시가 훌쩍 넘어있었다. 전부 관두고 잠자리로 향하려던 그때 불쑥. 작은 의문 하나가 피어올랐다. 하지만 뜬금없이 찾아온 이것을 확인해 볼 용기가 나질 않았다. 그러기 위해선 아내 자동차의 블랙박스 영상을 다시 봐야 하는데, 선뜻 나서지지가 않았다. 창문을 열고 밤공기를 잔뜩 들이마시고서도 한참이나 망설인 후에야 겨우 서랍을 열어 메모리카드를 꺼낼 수 있었다.

그날의 비극적 풍경이 눈앞에 펼쳐졌다. 병원 지하 주차장을 돌아 나온 아내의 자동차가 갑자기 속도를 내기 시작한다. 그리고…… 차마 볼 수 없는 광경. 아내의 절규. 그리고 아주 찰나에 스쳐 지나가는 민준이의 마지막 모습……. 눈을 피하지 않고 몇 번이나 반복해서 영상을 살폈다. 하지만 새로운 것이 포착되거나 단서가 될 만한 것은 없었다. 괜한 짓을 하고 있는 것 아닌가 하는 한심함이 몰려왔다. 일단 잠을 자고 아침에 맑은 정신으로 다시 시작하자. 그렇게 컴퓨터를 끄려는데 별로 대수롭지 않게 생각했던 것이 유독 두드러지게 눈에 들어왔다. 서둘러 다시 영상을 조금 뒤로 돌려 급발진이 시작된 바로 그 순간에 일시 정지시켰다. 그제야 성후는 뉴스를 검색했을 때 느꼈던 알 수 없는 위화감의 정체를 확인할 수 있었다. 문제는 영상이 아니라 숫자였다. 정지된 화면 왼쪽에 표시된 시각. 7시 23분. 서둘러 검색했던 뉴스들을 다시 찾아 각각의 시각을 확인했다. 일본 이시카와 현의 강진 7시 23분. 미 인공위성 고장 3시 23분. 남미 교도소 시스템 마비 6시 23분. 영국 자연사박물관 폭발 화재 11시 23분. 예상대로다. 각각의 사건이 발생한 시각을 한국 시각으로 환산해 보니 전부 오후 7시로 동일했다. 거의 모든 사건·사고가 한국시각으로 7시 23분경에 일어난 것이다. 음모가 현실로 변해 한 걸음 다가왔다.

하지만 이건 아무것도 아니다. 말 그대로 그냥 우연의 일치다. 각국에서 일어난 별개의 사건·사고의 시간이 일치하는 것은 흔한 일이다. 인터넷만 대충 찾아봐도 몇 개쯤, 아니 수십 개 정도는 어렵지 않게 찾아낼 수 있다. 그래도 상관없다. 정희가 약속 장소가 아닌 그 병원으로 간 것도, 그곳에서 민준이를 친 것도, 그날이 하필 모두의 날인 것도, 살해 현장에 피로 모두의 날이라고 쓰여 있던 것도 전부 우연의 일치다. 빌어먹을 그 우연의 일치로 순식간에 나는 사랑하는 아내와 아들을 잃었다. 싸워야 할 상대가 '우연'이라면 기꺼이 싸워주겠다. 피하거나 도망칠 마음은 조금도 없다. 미친놈 소리도 듣게 될지도 모른다, 아니 미친놈이 되어야 할 것이다. 그런 거라면 얼마든지 환영이다. 어차피. 나는. 이미. 미친놈이니까.

; 사고 현장

사고의 여파가 아직 수습되지 않아 여전히 철조망이 부서진 채로 방치되어 있고 코스모스가 흐드러지게 피어있는 널따란 공터. 이곳에 도착하자마자 기다렸다는 듯이 풀어야 할 첫 번째 의문이 성후에게 주어졌다. '대체 나는 여기에 왜 온 걸까?' 이 질문은 곧바로 '그날 정희는 왜 여기에 왔을까?'라는 두 번째 질문으로 이어졌고, 금세 '그러면 민준이는 왜 여기에 왔을까?'라는 질문으로 연결됐다.

결과적으로 우리 가족은 모두 이곳에 온 셈이다. 하지만 이유를 모른다. 정희와 민준이는 이유를 알았을까? 물어볼 수도, 대답을 들을 수도 없는 현실이 다시 한번 그의 가슴을 찔렀다.

우리 가족 중에 그날 7시 30분에 예약된 식당으로 간 사람은 아무도 없었다. 가지 못하게 됐다고 서로에게 연락한 사람 또한 아무도 없었다. 왜 그랬을까? 그때 나는 살인 사건 현장으로 가는 차 안에서 약속을 못 지켜서 미안하다고 왜 연락하지 않은 걸까? 경황이 없어서? 미처 생각하지 못해서? 그런 것 같기도 하고 아닌 것 같기도 하다. 모르겠다. 혹시 정희와 민준이도 몰랐던 게 아닐까? 자신도 알지 못한 어떤 이유로 그렇게 됐던 걸까? '모두의 날'에 우리는 아무것도 모른 채 철저한 비극 속으로 무기력하게 빙빙 돌며 빠져들었던 걸까? 아니다. 이런 식의 감정적 사고는 아무런 도움도 되지 않는다. 이유 없는 일 따위는 없다. 모른다고 없는 게 아니다. 틀림없이 어떤 형태로든 이유는 존재할 것이다. 그걸 찾자. 그래, 이거다 이것이 바로 내가 여기에 온 이유다. 이렇게 첫 번째 의문인 '내가 왜 여기에 왔을까?'에 대한 대답을 찾았다. 이렇게 하면 된다. 피해서는 안 된다. 그러면 우연에 지고 만다. – 맞서야 한다.

사고 현장의 위치를 알게 되었을 때 맨처음 들었던 생각은 '하필 왜 거기?'였다. 그 인간이 숨만 쉬고 있는 병원 앞 공터. 어머니의 인생이 갇혀버린 감옥 바로 앞.

평소에 다툴 일이 거의 없는 성후와 정희는 유독 성후의 아버지에 대한 이야기가 나올 때면 의견이 충돌했고, 얼굴을 붉혔다. 아버지와 인연을 끊고 사는 성후를 정희는 이해해 주지 않았다. 그렇게 이해심 많은 그녀가 그것만큼은 한 발짝도 뒤로 움직이지 않고, 연락하며 지내야 한다고 고집을 부렸다. 성후 역시 다른 건 몰라도 아버지 문제만큼은 양보하지 않았다.

성후가 청소년으로 막 접어들 무렵부터 늘 어머니의 옆자리는 비어 있었다. 기억을 샅샅이 뒤져봐도 아버지의 모습은 그 어디에도 없었다. 두 사람의 결혼식에도 얼굴조차 내비치지 않았고, 그 인간 때문에 신혼여행도 엉망이 되어버렸다. 그러던 그가 어느 날 갑자기 식물인간이 되어 덜커덕 다시 가족들에게 떠맡겨졌다. 만류에도 불구하고 어머니는 자신 삶을 전부 포기한 채 간병에 매달리셨다. 성후는 이런 상황이 이해는커녕 용서가 되질 않았다. 아니, 용서의 문제가 아니라 절대로 해서는 안 되는 일이라고 생각했다. 그딴 인간은 그냥 내버려둬도 죽지 않는다고 설득도 하고, 계속 간병을 하면 모자간의 인연을 끊자고 윽박질러보기도 했지만 어머니는 끝내 남편 곁에 머무는 쪽을 선택했다. 정희는 어머니를 위해서라도 관계 회복을 해야 하지 않겠냐고 자주 말하곤 했다. 그리고 그때마다 두 사람은 심각할 정도로 다퉜다.

이곳은 병원을 제외하면 주변에 건물이라고는 찾아볼 수 없는 허허벌판이다. 그러므로 그날 아내가 병원이 아닌 근처 다른 곳에 용건이 있었을 확률은 거의 없다. 그만 고집부리고 인정하자. 아내는 병원에 용무가 있어서 온 것이다. 그래, 그래서 나한테 말할 수 없었던 거다. 보나 마나 나는 성질을 냈을 거고, 정희 입장에서는 다른 날도 아니고 모두의 날에 싸우고 싶지는 않았을 테니까. 그건 이해가 간다. 반성은 나중에 하자. 허비할 시간이 없다. 이제부터는 아내가 병원에 온 이유를 알아내야 한다. 아무리 싫어도, 두 번 다시 오고 싶지 않았더라도 병원 안으로 들어가야 한다.

오랫동안 이곳에 오지 않았다. 그 인간이 입원한 직후, 어머니를 뜯어말리기 위해 왔다가 크게 다투고 돌아간 적이 있었는데 그 뒤로 병원 쪽은 쳐다보지도 않았다. 두 번째 방문을 이런 식으로 하게 될 줄은 꿈에도 몰랐다.

병원에 들어서자마자 뜻밖의 상황이 기다리고 있었다. 지나가던 간호사가 인사를 건네 온 것이다. 나를 잘 아는 사람처럼.

"어머, 오셨어요? 아버님은 좋겠어요, 이런 효자 아드님을 두셔서, 일 년에 한 번 올까 말까 한 사람들도 많은데."

사람을 잘못 봤나? 별다른 대꾸를 하지 않고 자리를 벗어났다. 하지만 문제는 점점 더 커져만 갔다. 복도에서 만난 또 다른 간호사도, 엘리베이터 앞에서 마주친 간병인으로 보이는 아주머니도

"어머! 또 오셨네요!"

"효자네, 효자야."

마치 내가 이곳에 몇 번이나 찾아와서 익숙하다는 듯이 모두들 눈인사를 하거나 아는 척을 했다.

'뭐야 이 사람들? 어떻게 나를 아는 거지? 지난 몇 년간 이쪽으로 오줌도 안 눴다고 나는!'

또다시 이해할 수 없는 일이 일어나고 있다. 대체 무슨 일이 있었던 거지? 정체를 알 수 공포가 우연과의 싸움 어쩌고 하며 호기롭게 이곳에 온 성후의 다리를 걸어 넘어뜨렸다. 대처할 방도조차 떠오르지 않는 완벽한 패배. 뒤도 돌아보지 않고 도망쳤다. 혼란에 빠진 채 운전대를 잡고 있는 성후의 휴대폰이 다급하게 울려댔다.

"선배님. 저 창성인데요."

"무슨 일 있어?"

"알아보라고 하신 거 있잖아요. 교통사고 사망자 신원이요."

"맞다. 그랬지. 그래, 알아봤어?"

"네. 그게 글쎄 그놈이더라고요."

"그놈?"

"박용재요."

"박용재? 그게 누군데?"

"아, 선배님은 기억 못 할 수도 있으시겠네요. 3년 전에 같이 검거한 놈이에요. 제가 경찰서 들어와서 처음 잡은 범죄자라 똑똑히 기억하거든요. 제 첫 트로피!"

성후는 얼핏 떠오르긴 했지만, 기억이 신통치는 않았다.

"서른여섯이고요. 사기 폭력 뭐 이것저것 해서 전과 5범이에요. 최근에 찍은 걸로 보이는 사진이 있어서 메시지로 보냈으니까 참고하세요. 그리고 사고는 과속, 운전 부주의로 마무리됐어요. 근데 그게 혹시나 고속도로 CCTV 영상을 봤는데 어떻게 보면 자동차 결함 같기도 한데, 뭐 피해자도 없고 그놈 가족이 있는 것도 아니어서 그냥 종결한 것 같더라고요."

"그래, 알았다. 수고해 줘서 고마워."

"네. 들어가세요."

우연히 보게 된 텔레비전 속 반파된 차에서 청포도 사탕을 보았다. 우연히도 장례식장에서 그 소년이 건넨 것과 같은 사탕이다. 이게 전부 우연일까? 아니면 청포도 사탕은 박용재와 소년 그리고 나를 이어주는 어떤 연결 고리일까? 당장이라도 그 소년을 찾아가 물어보고 싶지만, 이상하게도 그것만은 엄두가 나지 않았다. 그날 밤 장례식장에서 속을 전부 들킨 것 같은 공포 때문일까? 이런 적이 없었는데 뭐만 하려고 하면 자꾸 도망치게 된다. 나는 대체 무엇을 두려워하는 걸까?

창성이 보내준 메시지 속 박용재의 사진을 보자 잊고 있었던 기억 하나가 섬광처럼 떠올랐다. 그날 밤. 장례식장에서 창성이가 아내의 죽음을 알리러 내게 왔던 그때, 누군가 소년에게로 다가왔다. 순간의 기억이 선명하게 그려졌다. 공교롭게도 기억 속 얼굴과 지금 보고 있는 박용재의 얼굴이 정확히 일치했다.

이상한 아이다. 죽음의 그림자가 그 소년의 주변에 맴도는 것 같다. 아니다, 솔직해지자. 죽음의 그림자가 맴도는 건 저 꼬맹이의 주변이 아니라 내 주변이다. 아무리 외면하려 해도 이 모든 일이 나를 중심으로 일어나고 있는 것 같은 느낌이 지워지지 않는다. 또 다른 누군가의 죽음이 이어질 것 같은 불길한 느낌이 강하게 내 목을 조른다. 집으로 갈까 하다가 경찰서 방향으로 차를 돌렸다.

경찰서에 도착한 성후는 오랫동안 비어 있어 먼지가 쌓인 자신의 책상에 앉아 수첩에 의미를 알 수 없는 동그라미를 계속 그리며 생각 속으로 빠져들었다. 조금 멀리서 걱정스런 눈으로 이 모습을 바라보던 창성은 마음이 쓰였지만, 선배가 도움을 요청할 때까지는 그대로 두라는 반장님의 명령이 떠올라 씁쓸하게 발길을 돌려 밖으로 나갔다.

성후는 텅 빈 사무실을 둘러보며 생각했다. 걱정을 해서 그런 건지, 일부러 피하는 건지. 어쨌든 아무도 인사는커녕 말도 걸어오지 않는다. 아마도 최 반장이 엄포를 놓았을 거다. 그 양반 하는 일이 그렇지 뭐. 서운하기도 했지만 고마움이 더 컸다. 성후는 쥐고 있던 볼펜에 힘을 주어 계속해서 원을 그려나갔다.

잠시 후, 문이 열리고 한 남자가 경찰서 안으로 들어왔다. 그는 넓은 실내에 형사가 단 한 명밖에 없는 기묘한 풍경에 잠시 당황했는지 문 앞에서 머뭇거리다가 뚜벅뚜벅 성후 쪽으로 걸어왔다.

"형사님이시죠?"

"네, 그런데요. 어떻게 오셨어요?"

"전 이명도라고 합니다."

이름만 간략하게 소개한 박사는 성후에게 마치 고해성사를 하듯 이야기를 쏟아내기 시작했다.

"어디서부터 이야기를 꺼내야 할지 모르겠네요. 아마…… 그러니까 그때가 대한민국이 온통 줄기세포라는 희망으로 출렁일 때였습니다. 저는 그 연구팀에 뒤늦게 합류한 막내 연구원이었습니다. 잘 아시다시피 그 사건은 대국민 사기극으로 막을 내렸죠…….."

황우진 박사가 줄기세포로 전 국민을 기만하고서 외국으로 도망쳤을 때, 젊은 명도에게 찾아온 건 배신감이나 실망 같은 게 아니었다. 오직 공포. 그뿐이었다. 다른 연구원들은 베드로처럼 부정을 하거나 멀리로 내뺐지만, 젊은 명도는 상황 파악조차 제대로 하지 못한 채 어. 어. 거리다가 눈 깜짝할 사이에 홀로 남게 되었다. 기만을 당했다고 생각한 사람들이 복수할 대상을 찾아 폐허가 된 연구소 주변을 맴돌았다. 그들의 눈에 비친 명도는 대역죄인 그 이상도 이하도 아니었다. 정신을 차려보니 그는 모든 분노를 받아내야 하는 단 하나의 총알받이가 되어 있었다. 집 안으로 돌이 날아드는 건 다반사였고, 사고를 위장한 각종 테러들과 살해 협박이 끊임없이 이어졌다. 가족들과 주변 지인들도 생명의 위협을 느꼈는지 거리를 두기 시작했다.

"정신을 차리고 보니 방향을 잃은 분노의 화살들이 저에게 날아들고 있더군요. 솔직히 지금도 떠올리는 것만으로도 숨이 막히고 어지러울 지경입니다. 한동안 정신과 진료를 받기도 했고요……."

성후는 갑자기 나타난 이 남자가 왜 이런 얘기를 하는 건지 이유를 묻고 싶었지만, 결연한 의지 같은 것이 느껴져서 일단 끝까지 들어보기로 하고 잠자코 귀를 기울였다.

"모든 걸 잃어버렸습니다. 가장 미칠 것 같은 것은 원망할 사람이 없다는 것이었습니다."

이 말을 듣는 순간, 성후는 장례식이 있던 날 밤 잿빛 눈의 소년이 한 말이 떠올랐다.

"인간은 절벽에 다다르면 본능적으로 누군가를 원망할 수밖에 없어요. 겉으로는 몰라도 마음속에서라도 타인에게 잘못을 뒤집어씌워야 살아갈 수 있어요."

소년의 말. 소년의 모습. 그리고 그 회색 눈이 떠오르자 순식간에 잊고 있던 꺼림칙함이 밀려왔다. 이를 알 리 없는 박사는 계속 말을 이어갔다.

"저는 다른 사람들처럼 모든 잘못을 황우진 박사에게 전부 떠넘길 수만은 없었습니다. 이유야 어찌 됐든 연구팀에 들어간 건 전적으로 저의 선택이었으니까요……. 버티기 위해서 제 자신을 버리는 수밖에 다른 방법이 없었습니다. 모순적이게도 나를 부정하고, 부정하고, 부정해야 간신히 살아갈 수 있었습니다. 그렇게 스스로를 부정하는 시간이 늘어갔고…… 끝내는 나 자신을 잃어버리게 되었습니다. 그렇게 되고나니 죽자는 생각이 들었습니다. 그렇게 마지막에 서게 됐는데…… 그때 제 앞에 한 남자가 나타났습니다. 그리고 그가 모두의 날을 이야기했습니다."

모두의 날이라니! 그 말을 듣는 순간 성후는 벽에 피로 쓰여진 글씨가 떠올랐다. 수사 기밀이라 관계자를 빼고는 아무도 알지 못하는 사실이다. 그런데 갑자기 나타난 박사라는 사람은 아무렇지 않게 그것을 입에 올렸다.

"그 남자의 이름은 조. 효. 익."

명도는 한 글자도 틀리지 않게 발음하려는 듯이 한 자 한 자 강조하며 그 이름을 말했다.

"모두들 그를 '리더'라고 부릅니다. 그자가 제게 처음 꺼낸 말은 이랬습니다."

– 곧 모두의 날이 옵니다. 준비해야 합니다.

"한 마디로 미친놈입니다. 세 치 혀로 사람들을 미혹시켜서 제 손바닥 위에 올려놓는 그런 놈이죠. 겉으로는 종교단체로 위장하고 있지만 그건 수사를 피하기 위한 방책일 뿐입니다. 그 미친놈은 범죄자 그 이상도 그 이하도 아닙니다. 벼랑 끝에 선 저에게 조효익이 손을 내밀었고, 선택의 여지가 없었던 저는 그 손을 잡을 수밖에 없었습니다. 그러고는 스스로에게 변명을 했습니다. 어쩔 수 없었다.

그럴 수밖에 없었다. 누구라도 나 같은 상황이면 똑같았을 거다. 다른 방법이 없었다……."

박사는 잠시 말을 잇지 못했다. 그러다 무언가를 결심했는지 단호하게 말을 이어갔다.

"제가 이렇게까지 세세하게 말씀드리는 이유는 두 번 다시 그런 아픔을 겪고 싶지 않아서입니다. 저는 다시는 분노의 공격 대상이 되고 싶지 않습니다. 형사님. 저는 오늘 여기 온 적도 없고, 형사님을 만난 적도 없는 겁니다. 그러니 지금 이 대화 자체가 없었던 것이죠. 이걸 약속해 주시면 제가 증거를 드리겠습니다."

증거! 틀림없이 이렇게 말했다. 대체 무슨 증거란 말인가. 설마 내가 지금 무엇을 쫓는지 안다는 얘기인가? 나도 모르는 그걸? 갑자기 나타난 남자의 한마디 한마디에 성후는 요동쳤다.

"지금 증거라고 하셨습니까?"

"대답부터 하시죠. 우린 만난 적도, 대화한 적도 없는 겁니다."

순간, 성후는 그의 눈동자에 맺혀 있는 두려움을 읽었다.

"알겠습니다. 제 목에 칼이 들어와도 우린 만난 적도 없고 대화한 적도 없습니다. 약속합니다."

이런 말을 뱉고는 있지만, 성후는 한낱 말 따위가 이 남자에게 믿음을 줄 수 있을까? 생각했다. 여차하면 이런 약속 같은 건 순식간에 뒤집을 수도 있다. '미안하다. 상황이 여의치 않았다. 당신을 밝힐 수밖에 없었다. 어쩔 수 없었다.' 이러면 끝이다. 어떤 것도 담보되지 않은 말뿐인 약속. 그럼에도 성후는 얼마든지 그렇게 하겠다고 몇 번이나 약속했다.

"오늘, 저희 집 우편함에 이게 들어 있었습니다."

명도가 가방에서 서류봉투를 꺼내 건넸다. 열어본 성후의 얼굴이 순식간에 굳어졌다. 그날. 공포의 끝에서 마주한 그 벽에 붉은 피로 쓰여진 '모두의 날'이 사진으로 눈앞에 생생히 피어올랐다. 성후는 정신을 부여잡으려 애쓰면서 최대한 이 상황을 이해하려고 노력했다.

'사건 현장은 발견 직후 완벽하게 통제되었어. 그렇다면 이 사진은 경찰이 현장에 출동하기 전에 촬영됐다는 건데……'

성후가 날카로운 눈으로 명도를 바라보았다. 그러자 박사는 예상했다는 듯이 말했다.

"사진 뒤쪽을 보세요."

사진 뒤 한쪽 구석에는 이렇게 적혀 있었다. - 9월 17일. 모두의 날. 정하진.

정하진? 생각났다. 천재 소년 어머니의 이름이다. 생각을 추스르는데 명도가 말을 이었다.

"아마도 이 사진을 찍은 사람이 범인이겠죠."

동의한다. 하지만 우편함에 사진이 들어있었다는 이 남자의 말을 전적으로 믿을 수 없다. 사진을 가지고 있는 사람이 범인일 수 있다. 그렇다면 바로 눈앞의 이 남자가 가장 강력한 용의자다. 잠시 생각에 잠겼던 성후가 다시 입을 열었다.

"죄송하지만 박사님 연락처를 좀 가르쳐 주실 수 있겠습니까? 뭐 다른 뜻이 있어서 그런 건 아니고…… 수사를 하다가 여쭤볼 게 생긴다거나 그러면……"

"아니요. 그 마음 이해하지만. 말씀드렸다시피 전 더 이상 얽히는 걸 원치 않습니다. 대신 형사님 연락처를 알려주시면 필요할 때 제가 연락을 드리겠습니다."

이렇게 나오자 성후는 더는 연락처를 물을 수 없었다.

"네 그렇게 하시지요."

"제 휴대폰에 번호를 눌러주시면……"

명도가 휴대폰을 꺼내기 위해 주머니를 뒤적거리다가 멈췄다.

"제가 휴대폰을 두고 왔네요. 실례가 안 된다면 명함 한 장 받을 수 있을까요?"

명도가 돌아간 후 성후가 제일 먼저 한 일은 컴퓨터를 켜고 '이명도 박사'를 검색하는 일이었다. 결과는 예상대로 천재 소년 어머니의 죽음을 통해 가장 큰 이익을 얻게 된 건 그 남자라는 사실이었다. 소년의 후견인이 되어 현재 상황을 쥐락펴락하게 되었음은 물론이거니와 잠재적 재산까지 움켜쥘 수 있는 위치에 선 단 한 사람. 이건 너무나도 명확한 범행 동기다. 게다가 그의 권리는 어디까지나 소년이 성인이 되기 전까지다. 아이가 스무 살이 되면 그는 순식간에 모든 걸 잃게 된다. 갑자기 싸한 기운이 성후의 목 뒤를 스치고 지나갔다. 이명도라는 사람을 가운데 두고서 생각을 펼쳐가자 아귀가 조금씩 들어맞았다. 성후는 어쩌면 그가 말한 조효익이라는 인물이 박사의 또 다른 이름이 아닐까 생각했다.

집으로 돌아온 성후는 이전과는 완전히 다른 기운에 현관문 앞에서 잠시 멈칫했다. 불을 켜보니 집 안은 마치 종결된 범죄 현장을 정리한 것 같이 완벽하게 치워져 있었다. 어머니가 다녀가신 것이다. 얼굴이 붉어졌다. 못난 사춘기 소년처럼 망치를 들고 집기를 부숴대며 엉망으로 살아왔다. 파괴의 쾌감으로 후련하기도 했지만, 그 이상의 후회도 찾아왔다. 가족의 추억이 오롯이 담긴 물건들을 전부 내 손으로 부쉈다는 자괴감. 그걸 잊기 위해 부수고 또 부쉈다. 어머니는 그렇게 망가진 집안 꼴을 보시고도 한소리도 안 하셨다.

'반찬 만들어서 냉장고에 넣어뒀어. 끼니 거르지 말고.'

이 메시지가 전부다. 부끄러움에 괜히 고함을 질러봤지만 공허함만 나부꼈다. 그러고 있는데 어머니로부터 한 통의 메시지가 더 도착했다.

'동후가 장례식 못 가서 미안하다고 하더라. 미국서 어제 들어왔는데 통화는 했니?'

보자마자 너무 어이가 없어서 웃음이 다 나왔다. 맥 빠질 만한 진실. 왜 그걸 생각 못 했지? 병원 사람들이 쌍둥이 형하고 나를 착각할 수 있다는 그런 간단한 것조차 알아채지 못하다니! 그러고서 엄청난 음모와 진상이 숨겨져 있을 거라고 제멋대로 상상하고 긴장하고 벌벌 떨면서 안절부절못했다니! 이런 내가 형사라는 것이 부끄러워서 고개조차 들지 못할 지경이다. 제대로 싸워보기도 전에 지레 겁먹고 주저앉은 꼴하고는……

그래, 기막힌 우연이란 것도 대부분은 이런 식일 거다. 모르면 엄청나 보이지만 막상 진상을 알고 보면 별것 아닐 것이다. 그래. 두려워할 필요도 주저할 필요도 없다. 단지 모를 뿐 실상은 허무할 정도로 아무것도 아닐 것이다.

또다시 메시지 알림음이 울렸다. 이번에는 어머니가 아니었다. 성후는 화면에 뜬 이름을 보면서 이보다 기분 나쁜 우연은 없을 거라고 생각했다.

; 형제

호텔 커피숍. 한가로운 기운이 감도는 이곳에 커피 테이블을 가운데 두고 각각 일인용 소파에 앉아 있는 두 남자의 모습이 예사롭지 않다. 17분 차이의 일란성 쌍둥이인 동후와 성후. 부모가 아니고서는 구별하기 힘들 정도로 똑 닮은 두 사람이었지만, 지금 모습은 비슷하기는커녕 전혀 다른 세상에 사는 사람처럼 멀어 보였다. 언제 면도를 했는지 모를 정도로 너저분한 수염과 덥수룩한 머리에 닳아빠진 옷을 걸친 동생과는 대조적으로 앞자리의 형은 한눈에 봐도 고급스러운 정장 차림으로 의자에 기대지 않고 꼿꼿하게 허리를 펴고 앉아 있었다. 입을 먼저 연 쪽은 형 동후였다.

"긴말하지 않을게. 긁어 부스럼 만들지 마."

"마치, 내가 뭘 할지 알고 있다는 말투네. 참 신기해. 나는 내가 뭘 할지 모르겠는데 말이야."

"비꼬지 마."

"비꼬는 게 아니라. 말이 그렇잖아."

"그만해. 너랑 말싸움하려고 만나자고 한 거 아니야."

"그럼 왜? 뭐, 평생 안 하던 안부라도 물으려고 보자고 한 거야?"

틱틱거리는 동생의 태도에 동후는 터져 나오려는 한숨을 틀어 삼키고 침착하게 말을 이어갔다.

"다시 말하지만, 난 여기에 네 형으로 온 거 아니야. 어디까지나……"

"어련하시겠어. 할 말 있으면 얼른 해. 나도 바쁜 사람이야."

"단도직입적으로 말할게. 제수씨, 아니 채정희 팀장 사고 들쑤시지 마."

"이렇게 나오면 오히려 내가 도저히 가만히 있을 수가 없잖아. 이건 뭐, 누가 봐도 뭔가 엄청난 흑막을 감추려는 모양새잖아. 안 그래? 다음은 뭐야? 돈 봉투라도 쥐여 주는 건가? 이거 먹고 떨어져 뭐 이런 식으로?"

"되지도 않는 소설 쓰지 마."

"아니, 뭔 납득이 가야 소설을 안 쓰지. 무려 법무실장님께서 이렇게 손수 나오셔서 들쑤시지 말고 덮어라. 그러는데 누가 이걸 단순 급발진 사고로 보겠냐고 안 그래? 말이 되는 소리를 해야지. 세상 어느 회사 법무실이 일개 직원 교통사고에 발 벗고 나서냐고, 그걸 누가 믿어?"

"믿고 말고는 네 자유인데, 나도……"

동후는 답답한지 한숨을 길게 내쉬더니 작정한 사람처럼 말을 이어갔다.

"나도 너 만나는 거 불편하고 싫어. 여기 나오고 싶어서 나온 거 아니야."

"얼버무리지 마. 내가 봤을 때 뭔가 있어. 너는 그걸 덮으려고 날 찾아온 거고."

"내가 진짜 쪽팔려서 말 안 하려고 했는데, 나도 어이가 없어서 돌아버리겠어. 왜 내가 입방아에 올라야 하는 거냐고! 이런 중요한 시기에! 그렇잖아도 큰 프로젝트 앞두고 법률 검토다 소송 대비다 할 일이 산더민데 내부 직원의 단순 사고가 음모다 뭐다 해서 형사가 들쑤시면 안 된다고 내가 왜 주의를 받아야 하는데! 왜? 내가 뭘 잘못 했는데!"

"그러니까 뭐야? 위에서 한 소리 들었다고 지금 이 난리를 치는 거야?"

"됐으니까. 아무것도 하지 마. 가만히 있어!"

"싫은데, 네 얘기 들으니까 더 하고 싶은데. 엄마가 아들을 자동차로 치어 죽이고 아빠가 수사한답시고 들쑤시고 다닌다고 동네방네 소문내고 다닐 건데."

"야! 민성후!"

동후가 소리치자 호텔 커피숍 안의 사람들이 일제히 그들 쪽으로 고개를 돌렸다. 성후는 아랑곳없이 다 식은 커피를 물처럼 한 번에 다 마시고는 차분한 목소리로 말했다.

"그래, 정희는 남이라고 치고, 민준이는 네 조카야. 넌 네 조카가 죽었는데 와보지도 않고, 잘 보내줬냐고 입바른 말이라도 한마디를 안 하냐?"

다시 둘 사이로 불편한 정적이 벌레처럼 꾸물댔다. 잠시 후, 동후가 품에서 명함을 꺼내 테이블 위에 올려놓았다.

"용건 있으면 개인 전화로 하지 말고, 여기 번호로 해. 나도 사적으로 너랑 말 섞고 싶지도 않아."

이 말을 마지막으로 동후는 인사도 없이 자리를 떠나버렸다.

; 불의의 일격

늦은 밤 다시 집으로 돌아온 성후는 텅 빈 거실 벽에 기대앉아 두서없이 떠오르는 잡생각들과 마주했다. 부서진 가구들이 전부 치워지고 나니 아직 이사를 오지 않은 집 같은 횡함이 느껴졌다. 한쪽 구석에 쌓여 있는 짐 더미 때문에 더욱 그렇게 보였다. 뭐지? 다가가 살펴보니 아내와 아들의 물건들이었다. 어머니께서 차마 이것까지는 정리하지 못하셨나 보다. 딸처럼 아낀 며느리와 눈에 넣어도 아프지 않은 손자를 잃은 어머니의 아픔. 그것을 힘들다는 핑계로 한순간도 보살피지 못한 무심함에 또다시 부끄러움이 올라왔다.

쌓아둔 물건들을 도로 방으로 옮겼다. 어느 것 하나 추억이 깃들지 않은 게 없다. 버리기엔 이르다. 아니 영영 버리지 못할 것 같다. 아내가 좋아하던 핸드백이 눈에 띄었다. 쥐꼬리만 한 용돈을 모아 사줬던 건데…… 뭘 이런 걸 샀냐며 핀잔을 들었지만 그렇게 행복해했는데…… 짐은 하나도 옮기지 못하고 그 자리에 앉아 하나하나 지난 행복을 곱씹으며 눈물을 글썽였다. 이건 결혼식 방명록. 다시 이날로 되돌아갈 수만 있다면…… 한 장 한 장 넘겨 가며 유난히 햇살이 좋았던 결혼식 날을 떠올렸다. 그렇게 방명록을 절반 정도 넘겼을 무렵 손이 파르르 떨려왔다. 먼지 쌓인 결혼식 방명록에 선명하게 적혀 있는 그 이름에서 도저히 눈을 떼지 못했다. 거기엔 검정 사인펜으로 정갈하게 그 이름이 적혀 있었다. - 조효익

성후가 방명록에서 조효익의 이름을 발견하고서 엄청난 혼란에 빠진 그 시각. 이준이는 박사의 서재에 틀어박혀 책을 읽고 있었다. 어찌나 집중했는지 계속해서 들려오는 멜로디조차 듣지 못했다. 하지만 소리 역시 인식하기 전까지는 절대로 멈출 수 없다는 듯이 집요하게 울어댔다. 아무리 집중력이 뛰어난 소년이라고 해도 책을 내려놓지 않을 수 없었다. 정체는 거실 소파에 놓여 있는 명도의 휴대전화였다. 박사님이 휴대폰을 두고 외출한 것 같다. 소년은 별다른 고민 없이 전화를 받았다.

"여보세요?"

너머에서는 아무런 소리도 들려오지 않았다.

"여보세요?"

재차 물었지만, 이번에도 묵묵부답. 종료 버튼을 누르려는데 그제야 목소리가 흘러나왔다.

"혹시, 이준이니……?"

"네 저 맞는데요. 누구세요?"

"맞구나. 하마터면 못 알아들어서 그냥 끊을 뻔했네……. 목소리를 들어보니 많이 컸겠구나."

"누구세요?"

"아저씨야, 기억 안 나?"

"누구신데요?"

"리더 아저씨. 모르겠어? 기억 안 나? 예전에 같이 살았던 조효익 아저씨야."

; 위험

갑자기 찾아온 이명도라는 사람이 수사 기밀에 해당하는 현장 사진을 보여주었을 때만 하더라도 큰 충격을 받긴 했지만, 일이 이렇게까지 될 줄은 상상조차 하지 못했다. 박사는 고백 끝에 '조효익'이라는 이름을 언급했다. 맹세컨대 생전 처음 들어보는 이름이다. 때마침 어머니가 집 정리를 하셨고, 때마침 아내와 아들의 짐을 한곳에 모아 두셨다. 그걸 또 때마침 내가 펼쳐보았고 거기서 조효익 그 이름을 발견했다. 전부 우연이다. 과연 그럴까? 하지만 우연 말고는 설명이 안 된다.

그래, 정신을 차리고 하나씩 생각을 정리해 보자. 내 결혼식에 진짜 조효익이라는 사람이 참석했을까? 아무리 떠올려보려 해도 기억나지 않는다. 당연하다. 조효익이라는 사람을 알지 못하니 기억에 없는 게 당연하다. 하지만 내 기억을 신뢰할 수 있을까?

그가 결혼식에 참석한 것이 아니고 추후에 어떤 이유로 방명록에 이름을 써넣었다면? 이게 말이 되나? 아니다. 그 이름은 방명록 중간쯤에 다른 이름들과 나란히 적혀 있었다. 그자가 서명을 하지 않았다면 다음 사람이 그 자리에 서명했을 것이다. 굳이 빈칸을 만들었을 리 없다. 그리고 결정적으로 조금 전 내가 방명록을 펼쳐본 건 단순한 우연이다. 결혼 이후 방명록을 펼쳐보는 사람은 거의 없다.

내가 펼쳐보리라는 희박한 확률에 기대서 굳이 우리 집에 들어와 서명하고 다시 나가는 모험을 할 바보는 없다. 이것으로 한 가지는 확실해졌다. 조효익. 그가 누군지는 모르지만 내 결혼식에 참석한 것만은 틀림없는 사실이다.

머릿속이 정리되기는커녕 더 복잡해진 상태에서 경찰서에 도착했다. 일단 알아봐야 하는 게 한두 가지가 아니니 잔뜩 꼬여버린 머릿속은 잠시 그대로 두자, 자료들을 찾다 보면 실마리를 발견하게 될지도 모른다. 성후는 서둘러 차에서 내려 뛰기 시작했다. 그 모습을 멀리서 본 창성이 소리쳐 물었다.

"선배, 퇴근하신 거 아니셨어요?"

성후는 듣지 못했는지 다급히 안으로 들어가 버렸고, 후배 형사는 왠지 모를 불길함에 한동안 자리를 떠나지 못했다.

성후는 모든 방법을 동원해 조효익의 흔적을 뒤쫓았다. 동일인일지도 모를 이명도 박사의 신상을 털어 통화기록 조회를 했더니, 유독 발신번호 표시제한이 많은 것이 눈에 들어왔다. 통화 시간은 1초 내지 그 미만이 대부분이었다. 통화를 한 것이 아니라 그냥 흔적을 남기기 위해서 일지도 모른다. 일단 정보과 동료에게 발신번호 제한이 걸린 전화번호를 알아봐 달라고 부탁을 해놓고, 박사가 언급한 대로 종교단체를 운영하는 사람 중에 조효익이라는 이름을 가진 사람으로 반경을 좁혀갔다. 조건에 부합되는 곳은 강원도 지산군에 있는 '믿음 공동체 모두'라는 곳이 유일했다. '모두'라는 말이 덜컥 마음에 걸렸다. 홈페이지만 봐서는 평범한 종교단체에서 운영하는 유기농 농장 조합처럼 보였다. 소규모로 농산물을 판매하는 쇼핑몰과 교회 소식 그런 것이 전부였다. 특이한 점이 있다면 대표 혹

은 목사라는 명칭이 아닌 소개 글에 '리더 조효익'이라고 쓰여 있는
부분이었다. 박사가 말한 단체가 이곳일 확률이 더 높아졌다. 리더
의 사진은 한 장도 보이지 않았다. 생각에 잠겨 있는데 전화벨이 울
렸다. 발신번호 제한이 걸린 전화번호를 알아봐달라고 부탁한 정보
과 동료로부터였다.

"안 될 것 같아."

"왜? 그냥 간단한 조회잖아."

"나도 어떻게든 해보려고 했는데, 정식 수사 요청이 있거나, 영장
이 발부된 다음에⋯⋯"

"여태 잘 해줬었잖아. 갑자기 왜 그래?"

"지난번 감사에서 그게 문제가 돼서⋯⋯ 그러지 말고 정식 수사
요청해."

"아직은 심증만 있는 단계라⋯⋯ 어떻게 안 될까?"

"미안해. 내가 알려 줄 수 있는 건 발신번호 표시제한으로 걸려온
전화가 전부 동일한 기지국을 통했다는 거 정도야."

"거기가 어딘데?"

"강원도 지산군 중앙 기지국."

또 하나의 퍼즐이 맞춰졌다. 홈페이지를 나오려는데 한쪽 귀퉁이
에 작게 '모두의 날'이라는 글귀가 눈을 사로잡았다. 망설이지 않고
클릭해 안으로 들어갔다. 거기에는 커다랗게 이렇게 쓰여 있었다.

'모두의 날. 남녀가 하나 되고. 새 생명이 태어나며. 죽음으로 영
광이 이뤄진다.'

단지 이름만 '모두의 날'로 같은 게 아니었다. 그날이 결혼기념일
이며, 동시에 민준이 생일. 그리고 사고가 있었던 것까지 전부 일치
한다. 이건 우연이 아니다. 절대 우연이라고 할 수 없다. 뭔가 있다!

모니터에서 공동체의 주소를 확인하고 서둘러 자리를 떴다.

알아내야 한다. 대체 나한테 왜 그러는지. 왜 이런 일을 꾸몄는지! 더는 지체할 시간이 없다.

밖으로 나오자 어느새 동이 터 있었다. 미친 사람처럼 차에 올라타는 성후를 발견한 후배 창성은 더는 가만히 있으면 안 되겠다고 판단했지만, 성후의 행동이 너무 빨라서 출발을 막을 순 없었다. 뒤쫓은 수밖에 다른 방법은 없다. 지금 선배는 자신을 위험에 몰아넣고 있다. 창성은 자신의 직감이 틀리길 바라며 선배의 뒤를 따라 힘차게 차를 몰았다.

인적 드문 도로변, 커다란 '믿음 공동체 모두' 표지판 아래로 나 있는 샛길에 자동차 두 대가 엇갈려 서 있다. 선배를 막을 수 없던 창성이 위험을 무릅쓰고 성후의 차 앞을 막아선 것이다. 차에서 내린 성후가 다짜고짜 화부터 냈다. 하지만 이번에는 창성이도 물러서지 않았다. 한 치의 양보도 없는 신경전은 계속 이어졌다.

"미쳤어요, 선배! 영장 없이 들어가면 큰일 나요. 정신 차려요. 여기 교회예요! 종교시설!"

"그니까 넌 따라 들어오지 말라고 한 거야. 얼른 돌아가. 넌 모르는 일이야! 알았어?"

"어떻게 그래요!"

"그럼 날더러 뭘 어쩌라고!"

성후가 변명하듯 소리를 질렀고 창성은 지지 않고 대들었다.

"선배가 말한 그 조효익이라는 사람이 살인범이라는 확실한 증거는 있어요?"

성후는 고개를 저었다.

"선배, 들어가지 마세요, 이러지 말고 돌아가서 보강 수사해서 다시 와요. 네?"

"그러다 다른 피해자가 생기면?"

"선배 솔직히. 다른 피해자가 생길까 봐 그러는 거예요? 아니면……"

"아니면 뭐?"

잠시 둘 사이에 어지러운 침묵이 감돌았다.

"죄송해요, 선배……."

"지금부터 내가 하는 말 잘 들어. 넌 아무것도 모르는 거야. 만약에 들어갔다가 문제가 생기면 너까지 곤란해져. 그건 절대로 안 돼! 그러니까 너는 이 길로 그냥 돌아가. 아무한테도 내 얘기하지 말고. 반장님께도. 알았지? 넌 나 못 본 거야. 누가 어디 갔다 왔냐고 물으면 내가 급히 나가는 거 보고 쫓았는데 놓쳤다고 그래. 알았지?"

"지금 형사한테 거짓말하라는 거예요? 선배, 왜 자꾸 잃을 게 없는 사람처럼 왜 이래요!"

"맞아. 나 잃을 거 없어. 근데 넌 아니잖아. 징계라도 먹으면? 아니, 징계로 안 끝나고 일이 더 커지면? 그건 안 되잖아. 다른 사람은 몰라도 너는…… 그니까 얼른 뒤도 돌아보지 말고 돌아가."

; 믿음 공동체

기분 나쁘게 느껴질 만큼 아무런 인기척도 느껴지지 않는다. 사방은 마치 깊은 밤처럼 고요하다. 언뜻 살펴봐도 여섯 동 정도의 건물이 눈에 들어왔다. 생각보다 큰 규모에 잠시 주춤했다. 규모도 규모지만 기괴한 느낌을 지울 수 없는 건 사실 다른 이유 때문이었다. 부서진 부분도 하나 없고 깨끗하게 청소가 되어 있음에도 마치 폐허 속을 걷고 있는 것 같은 느낌이 계속해서 따라붙었다. 부지 한

가운데 정도까지 왔는데도 여전히 사람은 코빼기도 보이지 않았다. 몸을 한껏 웅크리고 도둑처럼 빠르게 걷고 있자니 민망한 기분과 함께 자괴감이 몰려들었다. 일단은 바로 눈앞에 있는 예배당 같아 보이는 건물로 들어가 보기로 하고 입구 쪽으로 다가가 주저 없이 커다란 문을 밀었다. 다행히 잠겨 있지는 않았다. 하지만 열려있는 자체가 불길함을 더해왔다. 마치 함정 속으로 걸어 들어가는 것 같은 기분을 느끼며 안으로 들어섰다.

익숙한 보통의 예배당 모습. 다른 것이 있다면 단상 한가운데 십자가나 성상이 아닌, 의미를 알 수 없는 영어 비슷해 보이는 언어로 어떤 문장이 새겨져 있다는 점이었다.

Siku za kila mtu hukusanyika ili kufanya siku ya kila mtu.

휴대폰을 꺼내 문자를 추출해 검색을 해보았다. 그 결과 '스와힐리어'로 나왔다. 처음 들어보는 언어다. 바로 번역기를 돌려 뜻을 알아냈다. – 모두의 날이 모여서 모두의 날을 이룬다. – 모호한 말이다. 찜찜함을 뒤로 하고 다시 걸음을 옮겼다. 밖은 여전히 종말 이후의 세계처럼 휑하기만 했다. 이번에는 바로 앞에 보이는 정사각형의 반듯한 건물로 향했다.

문을 열자 기다란 복도가 눈앞에 펼쳐졌다. 양쪽으로 늘어선 똑같은 모양의 문들이 줄지어 있었다. 문을 닫았더니 외부의 빛이 완전히 차단되어 흐릿한 형광등만 복도에 남았다. 그렇게 두세 걸음 옮겼을 때 어떤 확신에 가까운 느낌이 강렬하게 찾아왔다. 인. 기. 척. 틀림없는 사람의 기척이다! 너무 희미해서 존재하는지조차 의심스러운 작은 기운이었지만, 이곳에 들어와서는 모든 인간이 사라져 버린 듯한 느낌으로 가득 찼던 터라, 단 한 방울의 인기척도 폭포처럼 크게 느껴졌다. 이 복도 끝에서 분명 인간의 기운이 퍼져 나오고 있다.

저기에 그놈이 있을까? 추측은 곧 근거 없는 확신이 되었다. 성후
는 발소리도 숨기지 않고 그곳을 향해 굳은 걸음으로 나아갔다. 잠
시 후, 복도 끝 갈색 문 앞에서 발이 멈췄다. 이 문 뒤에는 뭐가 있을
까? 누가 있기는 한 걸까? 조효익. 그 인간이 있을까? 그것도 아니
라면…… 용기 내어 문고리에 손을 가져갔다. 차가울 거라는 예상
과는 달리 은색 문고리는 따뜻했다. 철컥! 소리를 내며 손잡이가 돌
아갔다. 문은 잠겨 있지 않았다. 다행인 건가? 아니면…… 생각을
마치기도 전에 발이 한걸음 먼저 안으로 들어갔다. 그곳에서 성후
를 기다리고 있는 건…….

"어째서…… 왜 여기……?"

성후와 눈이 마주친 현우는 마치 외계인을 목격한 꼬맹이처럼 동
그래진 눈으로 그를 바라보았다.

; 리더

예상치 못한 현우의 등장에 어찌할 바를 모르고 그저 멍하니 그
녀를 바라보기만 했다. 그때 소파 상석에 앉은 남자가 성후에게 말
을 건넸다.

"어서 오세요. 기다리고 있었습니다."

기다리고 있었다니! 이건 또 무슨 소린가?

"그리로 앉으세요."

남자가 자리를 권했다. 성후는 그제야 뒤늦게나마 그의 얼굴을
바로 볼 수 있었다. 순간, 아득한 낭떠러지로 떨어지는 기분이 성후
를 사로잡았다. 환하게 미소 짓는 남자는 장례식장 복도에서 만났
던 소년과 같은 잿빛의 초점이 느껴지지 않는 눈동자를 가지고 있

었다. 회색 눈의 남자는 자신을 이 교회의 리더인 조효익이라고 소개했다. 이명도 박사가 말한 그자다. 실감이 나지 않았다. 게임의 첫 판을 막 시작했는데 난데없이 최종 보스가 나와 버린 것 같은 황당한 기분마저 들었다.

"오랜만입니다. 민성후 씨."

이 한마디 말이 더욱 깊게 성후를 뒤흔들었다. 오랜만이라니? 언제 본적이 있다고? 아니야. 그럴 리 없어. 전에 봤다면 저 눈빛을 내가 절대 잊었을 리 없어!

"혹시, 절 기억 못 하시는 건 아니시죠?"

"……."

"무례했다면 죄송합니다."

어떻게 대답해야 하지? 대충 넘겨야 할까? 아니면, 초면이라고 잡아떼야 하나? 이렇게 망설이고 있는데 조효익이 기다렸다는 듯이 요상한 종교관을 설교처럼 늘어놓기 시작했다.

"개미 한 마리가 인간을 이해해 보겠다고 좁다란 개미굴을 나와 봤자 밟혀 죽을 뿐입니다. 아무도 밟혀 죽은 개미를 보고 숭고하다고 생각하지 않죠. 이런 개미적 사고에 빠져서는 그 어떤 의미에도 도달할 수 없습니다. 오히려 그런 것들을 버려야 합니다. 이성. 논리. 합리. 윤리. 도덕. 이딴 것들이 인간을 가로막는 겁니다. 이것들을 버리지 않으면 개미와 한 치도 다르지 않습니다."

무슨 헛소리를 이렇게 정성스럽게 하는 거야? 성후는 이런 생각이 들었지만, 잠자코 있었다.

"대표적인 예가 신을 믿으면 행복하게 살 수 있다는 기복적 믿음을 들 수 있습니다. 예수님의 열두 제자를 보세요. 그들은 가장 가까이서 신을 모신 사람들입니다. 그들이 어떤 인생을 살았습니까?

고난이란 말이 무색할 정도로 힘든 삶이었습니다. 심지어 베드로는 십자가에 거꾸로 못 박혀 죽었습니다. 신의 아들인 예수님은 어떻습니까? 신앙적으로 행복했을지 몰라도 일반적으로 말하는 세속적인 행복과는 거리가 먼 삶을 살았습니다. 성경에는 이런 예는 지겨울 정도로 많이 나옵니다. 그런데도 많은 사람들은 신을 믿으면 세속적 행복이 올 거라고 철석같이 믿습니다. 정말 바보 같지 않습니까? 신앙을 가지면 건강, 부, 성공, 좋은 배우자 이런 것들을 얻을 것으로 기대합니다. 실제로 이런 것들을 바라는 기도로 몇 날 며칠 아니 몇 년을 보내기도 합니다. 그런데도 잘 안 풀리면 믿음이 부족해서라고 생각합니다. 이 얼마나 어리석은 행동입니까."

더 이상 참고 들어줄 수 없는 지경이 된 성후가 말을 끊기 위해 막 헛기침을 하려던 그때, 문밖에서 웅성웅성- 소란함이 전해져왔다. 그러자 리더는 하던 말을 멈추더니 목소리를 조금 바꿔 이렇게 말했다.

"완료됐나 보군요."

뭐가? 대체 뭐가 완료됐다는 거지? 도무지 알 수 없는 일의 연속이다.

"당신이 이곳으로 들어오는 걸 CCTV로 확인하고서 작은 이벤트를 준비해 봤습니다."

"지금 뭐 하자는 거야?"

조효익은 앞에 놓인 찻잔의 식은 커피를 한 모금 마시더니 이렇게 말했다.

"경찰이 영장도 없이 종교단체에 무단침입을 해서 시설을 파괴하고 신도들을 폭행했습니다."

되물어 따지기도 전에 문이 벌컥 열렸고, 사람들이 우르르 안으로 밀고 들어왔다. 들어온 이들은 하나 같이 상처를 입고 피를 흘리고 있었으며 절뚝이는 사람도 눈에 띄었다. 마치 괴수와 싸우다가 도망친 사람들 같은 몰골이었다. 그리고 잠시 후, 이들을 그렇게 만든 괴수가 양손에 몽둥이를 쥐고 땀에 흠뻑 젖은 채로 숨을 몰아쉬며 문으로 걸어 들어왔다.

"창성아! 네가 왜……?"

"선배 괜찮아요?"

창성이 씩씩거리며 물었다. 그 역시 이 상황이 좀 이상하다고 생각은 했지만, 여전히 경계를 풀지 않고 성후의 안부를 물었다. 기묘한 상황에 잠시 아무도 어떤 말도 꺼내지 않았다. 그제야 함정임을 깨달은 성후가 리더에게 날카롭게 물었다.

"이게 뭐 하는 짓이야!"

"좋은 질문입니다. 앞으로도 그렇게만 하세요. 훌륭한 질문은 인류를 앞으로 나아가게 합니다."

이에 성후가 폭발하며 소리쳤다.

"그게 무슨 개소리냐고!"

흥분한 성후와 완벽하게 대조를 이룰 만큼 차분한 잿빛 눈의 사내는 작은 목소리로 이렇게 말했다.

"대업을 위한 첫 번째 걸음이 이곳에서 지금 막 시작되었습니다."

"뭔 소리냐고, 똑바로 말 안 해!"

모두의 시선이 리더에게 모아졌다. 긴장감이 맴돌았다. 그가 쩝. 하더니 손가락으로 성후를 가리켰다. 그러자 이번엔 모두의 시선이 성후를 향했다.

"대업은 당신 민성후 형사의 몰락으로부터 시작됩니다."

; 몰락

"사동 경찰서 형사과 경위 민성후(35세). 종교시설 무단 침입 및 폭행, 시설파괴, 재물손괴 등으로 진정이 접수됐습니다. 교단에서는 공식적으로 문제가 되면 시끄러워질 것을 우려해 법적인 처분은 원치 않습니다. 다만 추후에 또다시 이런 일이 생기는 것을 방지하기 위해 내부징계로 (최대 파면) 처리를 원하고 있습니다."

처분을 받은 성후는 아무런 변론도 하지 않았다. 그런 그가 입을 뗀 것은 단 한 번. 아래의 질문에 대답했을 때 뿐이었다.

"무단 침투를 하고 문제를 일으킨 것 전부 민성후 경위 단독으로 벌인 일입니까?"

"네. 전적으로 저 혼자 계획하고 실행한 일입니다. 아무에게도 말한 적 없습니다."

창성은 아득해졌다. 사고를 친 건 자신이다. 선배가 염려돼서 뒤늦게나마 들어갔고 순식간에 둔기를 든 신도들과 맞닥뜨렸다. 생명에 위협을 느꼈고 방어를 위해 싸웠다. 그게 다다. 하지만 어쨌든 간에 그곳에 들어간 것도 싸운 것도, 부순 것도 전부 내가 한 짓이다. 나의 자발적인 판단과 행동이었다. 오히려 선배는 돌아가라고 했고, 전부 잊으라고 했다. 하지만 지금 선배는 한사코 함구하라고만 한다. 선배는 교단에서도 자신을 몰락시키기 위해 혼자 벌인 일이라는 쪽으로 몰고 가고 있으니 넌 안전할 거라며 오히려 나를 걱정해 주었다. 놈들이 자신이 이런 선택을 할 줄 알고 일을 벌인 거라며, 기꺼이 당해주겠다는 말을 하고서 껄껄 웃기까지 했다.

"전부 제가 한 거잖아요. 사실대로 말하면 정상참작 될 거예요."

"창성아…… 증거 있어? 우리도 증거로 판단하잖아. 그치? 증거가 전부야. 그들이 먼저 공격했고, 넌 정당방위 차원에서 대응한 거라는 증거가 있냐고? CCTV를 교회 놈들이 감추고 있는 이상 아무 것도 증명할 수 없어. 반대로 영장도 없이 무단으로 종교단체 시설에 몰래 들어간 건 빼도 박도 못해, 게다가 어찌 됐든 다친 사람이 있어. 그들이 전부 나한테 맞았다고 증언하고 있고."

"그렇다고 그자들 뜻대로 당하기만 할 거예요?"

"그래야지. 더럽고 치사해도 당하는 척 해줘야지. 그래야 기회가 생기지 만약에 네가 나와 똑같은 입장이었어도 너도 같은 선택을 했을 거야. 넌 지켜야 할 게 많잖아. 윤서 내년에 초등학교 들어가지? 아프신 어머니 경찰병원 덕 많이 보고 있잖아. 그리고 제수씨…… 어디 그것뿐이냐…… 너 파면되면…… 아서라."

"그러는 선배님은……"

"나는 더 잃을 게 없는 사람이야. 더는 군소리 말고 내가 시키는 대로 해. 지금은 놈들에게 말리는 것처럼 보이겠지만 끝내 어떻게 되는지 잘 두고 봐."

본 징계위원회는 만장일치로 민성후 경위의 파면을 의결하였으나, 최종 승인을 위해서는 심각한 법률적 위반이 증명되어야 하기도 하고, 피해 주체가 법률적 처분을 원치 않고 있기 때문에 아래와 같이 최종 의결을 했음을 알린다. 민성후 경위. 무기한 직무 정지 및 감봉. 일 계급 강등.

허름한 순댓국집 구석. 빈 잔에 소주를 따르는 성후의 입가에 미소가 번져갔다. 아무리 봐도 징계를 받고서 나락으로 떨어진 사람의 표정은 아니었다. 쓴 소주를 마시며 성후는 어쩌면 '몰락'이라는 단어가 지금 자신에게 가장 잘 어울리는 말이 아닐까 생각했다. 아버지는 식물인간이 되었고, 사랑하는 아내와 아이를 허망하게 잃었다. 그리고 형사 일도 이제 제대로 할 수 없게 되어버렸다. 아프다 못해 고통에 절여진 남자는 더욱 처절하게 복수를 하고야 말겠다는 각오로 활활 타올랐다.

'그래, 조효익. 네놈이 무엇 때문에 이러는지는 모르겠지만, 바라는 대로 얼마든지 더 당해주마. 끝끝내 누가 이기나 해보자. 네놈 덕분에 다른 생각 안 하고 오로지 한 곳만 바라보게 됐으니 그 점은 고맙게 생각한다. 몰락? 그래 몰락 좋다. 더 처절하게 곤두박질쳐주마. 기라면 기고 핥으라면 싹싹 핥아주마. 그러니 너도 한 가지는 잊지 마라. 내게 준 몰락에 백배 아니 천배로 네놈에게 갚아주겠다. 도저히 빠져나갈 수 없는 증거를 찾아서 내가 널. 반드시 살인범으로 평생 감옥에서 썩게 해주마. 그래, 어디 한번 해보자!'

그때 한쪽에서 술을 마시던 어떤 손님이 조금 소리를 높여 술집 주인에게 이렇게 말했다.

"저기, 사장님 텔레비전 볼륨 좀 키워주세요."

그의 요구에 식당 주인으로 보이는 남자가 리모컨을 들어 볼륨을 높였고, 성후도 무의식적으로 카운터 위에 있는 텔레비전으로 시선을 옮겼다.

"속보입니다. 얼마 전 전국을 떠들썩하게 만들었던 천재 소년 서이준 군의 모친 살인 사건의 범인이 자수를 했다는 소식입니다. 조효익이라고 자신의 이름을 똑똑히 언론에 밝힌 범인은 당당히 자신의 신상 명세 공개를 요구하며 경찰에 자수했다고 전해집니다. 자세한 상황은……."

이게…… 무슨……? 또다시 이유를 알 수 없는 일이 일어났다. 납득이 되질 않는다. 설명할 방법이 없다. 이게 대체 무슨 일이란 말인가! 이 소식은 그에게 내면 깊숙한 곳에서 무언가가 무너져 내리는 것 같은 기분을 느끼게 했다. 진정한 몰락이 시작되었다는 강렬한 느낌이 성후를 사로잡았다. 소주잔이 바닥으로 떨어져 깨졌지만 신경 쓸 겨를도 없었다.

⸴ 취조

베테랑인 최필우 반장도 콘크리트를 부은 것 같은 조효익의 잿빛 눈동자만은 도무지 적응이 되질 않았다. 조사실에 들어오기 전에 '회색눈동자 증후군'에 대해서 보고도 받았고 사례 사진도 여러 장 봤지만 막상 맞닥뜨리고 보니 형언할 수 없는 기괴함에 몸이 절로 움츠러들었다.

"왜 그런 짓을 저질렀지?"

"신의 뜻을 이루기 위해서입니다."

"거실에 피를 잔뜩 칠해 놓은 것도 신의 뜻을 이루기 위해서 그런 거야?"

"레위기 4장 34절에 이런 말씀이 있습니다. '그 속죄 제물의 피를 손가락으로 찍어 번제단 뿔들에 바르고 그 피는 전부 제단 밑에 쏟고……' 일종의 의식이라고 이해하시면 됩니다."

"그러니까. 살해된 정하진이 제물이라는 거야?"

"단순한 제물이 아닙니다. 신의 현현을 위해서는 반드시 있어야만 할 가장 중요한 제물이었지요."

"신이 현현? 그게 뭐야? 그러니까 그딴 짓을 해서 신이 나타났다는 거야?"

조효익은 이 질문에는 굳게 입을 다물었다.

"그래, 차라리 묵비권을 행사해라. 되지도 않는 얘기 듣느니 그게 백번 낫다."

잠시 사건 기록들을 살펴보던 최 반장이 다시 물었다.

"거실에 있는 유리란 유리는 전부 깼던데 그것도 무슨 의식인가? 성경에 유리도 깨라고 나왔어?"

"유리요?"

효익이 의아한 듯 되물었다. 순간 이상한 기운이 조사실에 흘렀고 최 반장은 그걸 놓치지 않았다.

"아하. 유리요……. 네. 그렇습니다. 제가 한 겁니다."

유리가 깨진 건 모르는 눈치다. 그렇다는 건 공범이 있을 확률이 매우 높다는 의미기도하다. 그도 그럴 것이 다수의 신도들이 있는데 교주 혼자 했다는 것 자체가 말이 안 된다.

"안방 벽에 피로 '모두의 날'이라고 썼다고 증언했지? 왜 그런 거야? 그것도 신의 계획이야?"

"……."

"모두의 날이라는 게 도대체 뭐야?"

이 질문에 굳어 있던 효익의 얼굴이 조금 풀어졌다.

"이번 모두의 날은 신의 눈을 뜨게 만드는 중요한……"

"잠깐. 이번 모두의 날이라는 말은! 또 모두의 날이 온다는 얘기야? 이전에도 있었고?"

"모두의 날은 계속 있었고, 끝 날까지 이어질 겁니다."

"그럼 할 일이 많을 텐데 자수는 왜 한 거야?"

"처음부터 자수할 생각은 없었습니다. 이상하게 들리시겠지만 저는 형이 감면되는 걸 원치 않습니다. 그래서 자수보다는 잡히는 쪽을 택하기로 했었죠. 헌데 그게 잘 안됐습니다. 박사를 통해 체포될 계획이었는데 작은 퍼즐 조각이 자꾸만 튀어 나가서 끝내 맞추지 못했습니다.”

“박사? 그건 또 누구야?”

이 질문에도 조효익은 입을 다물었다.

“뭐, 암튼. 그러니까 지금 어쩔 수 없이 자수를 했다는 거야?”

최 반장은 놈이 하는 말마다 어이가 없어서 웃음이 다 났다.

“신한테 빌지 그랬어. 자수는 싫으니까 잡히게 해달라고. 왜? 그런 부탁은 안 들어주나 보지?”

이번에도 묵묵부답.

“다시 물을 게, 좀 전에 말한 박사는 누구야?”

“계속 형사님만 질문을 하셨으니 저도 질문 하나만 하고 대답해 드리면 안 되겠습니까?”

“그래, 그럼.”

“민성후 형사는 어떻게 됐습니까?

취조가 끝나고 잠시 쉬는 시간. 문 앞을 지키고 있던 창성이 큰 한숨을 내쉬었다. 성후 선배만 생각하면 숨이 쉬어지지 않을 만큼 가슴이 답답해져 왔다.

“세상이 무너지기라도 했냐? 뭔 한숨을 그렇게 쉬어!”

“서, 선배……!”

예상치 못한 성후의 등장에 창성은 어떻게 반응해야 할지 몰라 멈칫멈칫했다.

“창성아, 생각 너무 많이 하지 마.”

“…….”

"이건 내 싸움이야. 네가 죄송해할 필요 없어."

"선배, 어쩌시게요?"

"어쩌긴, 여기까지 온 거 보면 모르겠어?"

성후가 창성의 어깨에 손을 두르며 옆에 앉았다.

"창성아. 너 나한테 고맙지? 그러면 부탁 하나만 하자."

그 말에 창성은 굳게 닫힌 조사실의 문과 선배의 얼굴을 번갈아 바라보았다.

"어쩌시게요?

"문제 안 일으킬 테니까 걱정 마. 그냥 몇 마디만 나누고 나올게."

"실은…… 반장님께서도 선배가 조효익 저놈을 만나러 올 거라고 그러셨어요."

"그 영감탱이가? 뭐래? 얼씬도 하지 못하게 막으라디?"

"아니요. 들키지만 말랬어요."

철컥. 창성이 문을 열었다. 그렇게 성후는 어둠 속으로 몸을 밀어 넣었다.

마주 앉은 두 사람. 여전히 잿빛 눈은 기묘한 느낌으로 상대를 사로잡았다.

"유다가 예수님을 배신했다고 생각하십니까?"

또다시 헛소리. 하지만 성후는 원하는 걸 얻기 위해서 일단은 들어주는 척하기로 했다.

"유다야말로 예수님의 목적을 이루기 위해 자신을 희생한 사람입니다. 거대한 계획을 위해서 필연적 희생을 받아들인 사람이지요. 어떻게 보면 제자들 중에 가장 위대한 사람일지도 모릅니다."

"그 말은 뭐야? 네가 무슨 유다라도 된다는 거야?"

"제가 왜 유다 이야기를 꺼낸 것 같습니까?"

"질문은 하지 말고, 그냥 너 하고 싶은 얘기를 해."

"보혈. 즉 피는 죄를 씻어줍니다. 예수님이 십자가에서 피를 흘리신 것도 그 때문이죠. 덕분에 인류는 죄 사함을 받았습니다."

"그래서 사람을 죽이고 사방에 피 칠갑한 게 전부 그런 이유야? 네가 예수님이고 유다야?"

"생각보다 단순하시군요."

"됐고, 내 결혼식 방명록에 왜 네 이름이 있는 거야?"

"결혼식에 참석했으면, 축의금도 내고 방명록에 서명도 하는 건 당연한 거 아닙니까?"

"그니까 내 결혼식에 왜 왔냐고!"

"축하해주려고 갔지요."

"이 새끼가!"

성후가 그대로 자리를 박차고 일어나서 그의 멱살을 틀어쥐었다. 흥분한 건 성후뿐이었다. 차분한 조효익이 잿빛 눈을 가늘게 뜨며 나지막하게 말했다.

"모두의 날. 어미가 자식을 죽이고……"

이 말을 듣자마자 성후의 주먹이 그의 얼굴에 내리꽂혔다. 조효익 이놈이 아내와 민준이를 그렇게 만들어버린 것 같다는 생각에 도저히 참아지지가 않았다. 주둥아리부터 부숴버릴 거다. 성후가 악다구니를 쓰며 그를 내동댕이쳤다. 리더는 바닥에 나뒹굴면서도 말을 이어갔다.

"어미가 자식을 죽이고!"

"뭐? 이 새끼야!"

다시 성후가 달려들었다. 거의 동시에 문이 열렸고 창성이 뛰어

들어와 그를 말렸다.

"선배님. 그만 해요. 선배! 참아요!"

"놔! 놓으라고!"

잿빛의 눈이 성후를 가리키며 예언하듯 부르짖었다.

"어미는 자신의 피로 새로 태어날 신의 눈을 뜨게 할지어다!"

말을 마친 조효익은 털고 일어나 다시 자리에 앉았다. 그러더니 갑자기 태도를 바꿔 언제 소리쳤냐는 듯이 차분한 목소리로

"원래대로라면 모두의 날에 어미의 피를 받은 아들이 눈을 떠야 했습니다. 하지만 불행히도 아들이 그 자리에 없었지요. 그래서 새로운 신은 눈을 뜨지 못했습니다."

"그건 또 무슨 개소리야!"

조효익이 회상하듯 이야기를 풀어 놓았다.

"모두의 날. 우리는 기다렸습니다. 완벽하게 준비를 마쳤다고 생각했는데 예상치 못한 일이 일어났죠. 어미의 피를 받아야 할 아들이 사라져 버린 겁니다. 결국 우리는 때를 놓치고 말았고 실패를 맛봐야 했습니다. 하늘의 뜻이 그러했습니다."

"닥쳐! 이 새끼야!"

성후가 창성이를 밀쳐내고 다시 조효익의 멱살을 틀어쥐었다.

"똑바로 말해! 그 아들이라는 게 천재 꼬맹이를 말하는 거야?"

조효익은 대답 없이 그저 웃기만 했다. 그 잔혹한 웃음 속에서 성후의 본능은 강렬한 징후 한 가지를 포착해냈다.

– 그 꼬맹이가 위험해!

성후는 박사의 연락처를 받아놓지 않은 것을 뼈저리게 후회했다. 소년과 연관이 있는 재단에 전화를 걸어 통사정을 한 끝에 겨우 박

사의 연락처를 손에 넣을 수 있었다.

여전히 알 수 없는 것 천지다. 어미가 자식을 죽인다는 말에 정희와 민준이가 떠올라 주체할 수 없을 정도로 흥분했지만, 리더의 말이 향하고 있는 건 우리 가족이 아니라, 같은 날 사고를 당한 천재 소년 가족이었다. 아닌가? 맞나? 자, 잠깐만⋯⋯ 생각은 앞으로 나가지 못하고 금세 구렁텅이에 쳐박혔다.

정리해 보자. 천재 소년은 살아 있고, 그 아이의 엄마는 죽었다. 그렇다는 건 놈의 말과 반대 아닌가? 엄마가 자식을 죽이는 게 아니라, 엄마가 죽고 자식이 살아남은 거 아닌가? 가만있어 봐. 놈의 원래 계획은 엄마가 아들을 죽이도록 하고, 엄마 역시 죽여 그 피를 아들에게 칠한다는 말인가? 모르겠다. 아무것도 정리가 안 된다. 성후는 전화기를 든 채 신호음을 들으면서 혼란 속을 헤맸다. 그러다 갑자기 어떤 생각 하나가 불쑥 찾아왔다. 설마, 진짜 민준이와 천재 꼬맹이 사이에 어떤 연관성이 있는 거 아니야? 이때 박사가 전화를 받았다.

"이명도 박사님? 저 민성후 형사입니다."

"절대로 연락 말라고 했잖아요! 끊겠습니다."

성후가 발악을 하듯 그에게 하소연했다.

"꼬맹이가 위험해요!"

달리는 차 유리로 빗방울들이 떨어져 나부꼈다. 규정 속도를 한참이나 넘었지만, 박사는 속도를 줄일 생각은 하지 않았다. 집에 도착하자마자 차에서 내려 곧장 현관문을 향해 뛰었다. 보란 듯이 현관문은 활짝 열려있었다. 집안으로 들어섰을 때 제일 먼저 눈에 띈 것은 소년의 운동화였다.

"이준아!"

아무런 대답도 들려오지 않았다. 거실로 들어온 박사를 기다리고 있던 건 처참한 광경이었다. 일부러 그런 것처럼 집 안의 모든 유리란 유리는 전부 깨진 채로 바닥을 수놓고 있었다. 그리고 군데군데 떨어져 있는 핏자국들.

"이준아! 이준아!"

며칠 전 일이 떠올라서 욕실로 가보았지만, 그곳에 소년은 없었다. 욕실 거울도 산산조각이나 깨져 있었다. 돌아 나가려는 순간, 세면대 아래 바닥에 무언가가 그의 눈을 잡아끌었다. 박사는 자세히 보기 위해 몸을 구부렸다. 그곳에는 이렇게 적혀 있었다. – 살려주세요.

; 한 마디 말

성후는 고함을 치며 머리를 비벼댔다.

"으아아아! 모르겠다."

문득, 한 가지 잊고 있던 궁금증이 피어났다. 현우가 왜 조효익과 함께 있었던 거지? 어쩌면 현우가 뭔가 알고 있을지도 모른다. 설령 아무것도 모른다고 해도 성 기자가 어떤 식으로든 연관이 돼 있다는 것만은 틀림없다. 그녀가 왜 거기 있었는지는 중요한 게 아니다. 핵심은 이 알 수 없는 일들의 어느 부분을 그녀가 담당하고 있다는 점이다.

성후는 그녀를 보자마자 다짜고짜 믿음 공동체에 조효익과 왜 함께 있었냐고 따지듯 물었다. 돌아온 대답은 당돌했다.

"지금 취조하는 거예요?"

현우는 미간에 힘을 주며 이렇게 말했고, 성후는 한 방 맞은 듯

덜컥 내려앉았다. 실마리를 찾을 수 있을까 해서 찾아왔는데, 묻자마자 비수처럼 그 말이 꽂혀 들었다. 그날 밤 아내의 병실에 찾아갔을 때 들었던 말과 같다.

"지금 취조하는 거야?"
"그런 거 아닌 거 알잖아"
"그럼 뭔데?"
"난 그냥 무슨 일이 있었는지 알고 싶을 뿐이야."

그때, 조금만 더 다정하게 대했더라면 정희는…… 어쩌면…….
갑자기 성후가 멈춰버린 것 같은 태도를 보이자, 현우는 내가 너무 쌀쌀맞게 말했나? 잠시 되짚었다. '뭐 그런 것 같지는 않은데'라고 생각할 무렵 믿기지 않는 말이 들려왔다.
"미안해."
틀림없이. 미안하다고 말했다. 아무리 미안한 마음이 있어도 툴툴거리기만 하던 이 남자가 지금 나에게 미안하다고 했다.
"그렇게 느꼈다면 사과할게. 미안해. 그냥 왜 거기 있었는지 궁금해서 물은 건데…… 습관이 돼서 말이 곱게 안 나갔어, 취조하는 거 아니야, 대답하기 싫으면 안 해도 돼."
성후는 여기까지 말하고 그냥 밖으로 나가버렸다. 병상에서 아내와 말다툼하던 기억이 후회로 돌변해 그의 가슴을 후벼 팠다.
맑을 거라던 예보와는 정반대로 비가 내리기 시작했다. 성후는 처마 아래로 떨어지는 빗방울을 보며 마음의 복잡함을 달래려 애썼다. 소리도 없이 따라 나온 현우는 그의 옆에 서서 담배에 불을 붙이고는 멀리로 힘차게 연기를 뿜어내더니 불쑥 이런 말을 꺼냈다.

"그 선배는 형사님과 비슷한 사람이었어요."

"갑자기 그게 무슨 소리야? 웬 선배?"

"말도 엄청 못됐게 하고, 표현도 서툴고."

"그니까 네 말은…… 지금 그 선배 얘기가 이번 일과 상관있는 거야?"

"단도직입적이고, 기다릴 줄 모르고."

"내가 그래?"

피식, 성후가 웃었고 현우도 웃었다.

그 선배 이름은 곤일이예요. 이곤일. 선배라고는 하지만 같은 학교를 다닌 적도 없고, 같이 근무한 적도 없어요. 남들은 다 애인 사이라고 말했지만, 정작 우리는 데이트 한 번 못 해본 바보 같은 관계였어요. 그냥 적당한 호칭이 없어서 '선배'라고 불렀는데 그게 굳어진 거예요. 뭐 덕분에 제가 기자가 되었으니 결과적으로는 '선배'라는 호칭이 맞는 셈이 되긴 했지만요. 다른 건 몰라도 곤일 선배는 기자 정신 하나만은 투철한 사람이었어요.

"너 정의감이나 진실, 뭐 이런 걸 밝혀내겠다는 마음으로 기자를 할 생각이라면 관두는 게 좋아 정의나 진실은 서 있는 방향에 따라 얼마든지 달라지는 거야. 절대적인 것으로 보이지만, 조금만 생각해 보면 절대 절대적이지 않지. 그런 걸 따르다 보면 반드시 길을 잘못 들게 돼."

"그럼 뭘 따라야 하는데요?"

"아무것도 따르지 마. 그냥 어떤 일이든 객관화하려고 온 힘을 다해 노력하면 그뿐이야. 물론 '완벽한 객관화'라는 것 역시 존재하지 않아. 그럼에도 최대한 객관에 가까이 가기 위해 노력해야 해. 일어난 일을 객관화시킬 수 있는 능력! 그게 기자에게 필요한 가장 중요한 덕목이야. 기자의 입에서 '믿음' '진실' 어쩌고저쩌고하는 말이 나오면 그땐 끝이야. 기자로서 아웃!"

추억에 가득 차서 미소를 지으며 말하던 현우의 얼굴이 순식간에 어두워졌다.

"당시 선배는 신앙이라는 이름으로 착취를 일삼는 믿음 공동체의 실상을 파헤칠 기획 기사를 오랫동안 준비하고 있었어요. 잠입 취재라고 들어봤죠? 곤일 선배는 2년이 넘는 시간 동안 신도로 위장하고 그들 사이에 스며들기 위해 노력했어요."

"그 선배라는 사람도 조효익에게 당했구나? 죽었어?"

"아니에요. 그런 스토리. 물들어 버렸어요. 파헤치기 위해 들어갔는데 도리어 파헤쳐진 거죠. 곤일 선배가 내 눈을 똑바로 바라보면서 이렇게 말했어요. 믿음을 갖게 되었다고. 기자의 입에서 '믿음'이라는 말이 나오면 끝이라던 사람의 입에서 '믿음을 갖게 되었다'라는 말이 나왔어요……. 그리고 얼마 후에 제 앞으로 작은 소포 하나가 도착했어요. 선배가 가장 아끼던 만년필이었어요. 그 의미를 모르겠더라고요. 기자를 관둔 마당에 나라도 잘 해보라는 의미인 건지, 아니면 나에게만 보내는 어떤 신호인지…… 그리고 얼마 지나지 않아 떠나버렸어요. 완전히. 사라졌어요."

"사라졌다고?"

"네. 말 그대로. 행방불명. 선배 부모님이 신고를 하셨어요. 공동체 사람들은 선배가 '더 이상은 이곳에 있을 수 없다'는 말만 남기고 훌쩍 떠나버렸다고 했어요. 영문을 모르겠더라고요. 믿음을 갖게 됐다는 사람이 공동체를 나오다니. 말이 안 되잖아요. 하지만 생각해보면 곤일 선배가 믿음을 갖게 됐다는 것 자체도 말이 안 되는 이야기긴 했어요. 갖가지 이상한 생각들이 머릿속을 맴돌더라고요. 선배가 피치 못할 이유로 마음과 다른 행동을 한 것은 아닐까? 공동체 일원들에게 무언가를 증명해내기 위해 나까지 속여야 했던 건 아닐까? 혼란은 계속됐지만, 어느 하나 시원하게 밝혀지지 않았어요. 그러던 차에 만년필 잉크가 다 달아서 카트리지를 교체하려고 돌려 열었는데 작은 종이 한 장이 카트리지에 말려 있는 걸 발견했어요. 마음이 덜컥 내려앉는 것만 같았죠. 종이에는 단 한 줄 이렇게 써 있었어요. - '펜은 믿음보다 강하다'

보자마자 선배가 그들의 신뢰를 얻기 위해 나마저 속이는 슬픈 연극을 하고 있었다는 확신이 들었어요. 하지만 금세 이건 선배가 아끼는 펜이었고, 그 속에 평소의 생각을 적어 간직했었는데 더는 필요 없어서 나한테 보내버린 건 아닐까 하는…… 어떤 게 진실일까 고민하던 중에 아이러니하게, 상황을 객관화하는데 온힘을 다하라는 선배의 말이 떠올랐어요. 그래서 실종에 대해 파헤치기 시작했죠. - 돌이켜보면 그 원동력으로 제가 기자가 될 수 있었던 것 같아요."

"현우 네 말은, 그 선배의 행방을 알아내기 위해 직접 공동체에 침투했다는 거야?"

"침투처럼 거창한 거 아니에요. 리더는 제가 기자라는 걸 알고 있어요. 선배 일은 모르지만."

"그래서 뭣 좀 알아냈어?"

"경찰서를 들락거리면서 곤일 선배 자료를 볼 수 있었어요. 단순 행방불명이라 자료가 많지 않더라고요. 그냥 정황 기록과 신도들의 증언들이 고작이더라고요. 근데 이상한 게 있었어요. 신도들의 증언이 하나같이 똑같다는 점이었어요. 같은 걸 봤으니까 일치하는 그런 수준이 아니었어요. 마치 한 사람이 반복해서 여러 번 증언한 것을 기록한 것처럼, 내용. 순서. 전부 일치했어요. 그리고 무엇보다 진짜 이상했던 건 증언에서 선배 얼굴에 흉터가 있었다는 말이 계속해서 나왔다는 거예요. 선배가 덩치가 좀 있어 험악해 보일 수는 있어도 흉터는 없었거든요."

"어려웠을 텐데 그런 얘기까지 해줘서 고마워. 교단에서 창성이 일 아무 말 안 해 준 것도 고맙고."

성후는 현우에게 진심으로 말했다.

"저도 고마워요."

"성 기자가 왜 나한테 고마워?"

"요즘 보기 드문 믿을만한 진짜 기자라고 말씀해 주셨잖아요."

성후는 믿을 수 없다는 눈동자로 현우를 바라보았다.

"아니, 그걸 어떻게……"

"사모님께 들었어요. 사고가 있기 하루 전날 사모님께서 제게 전화를 주셨거든요."

현우는 잠시 말을 멈추었다. 그러고는 코를 찡긋하더니 다시 말을 이어갔다.

"이 말을 해야 할지 말아야 할지 고민 많이 했는데, 역시나 해야 한다고 결론 냈어요. 정의, 진실 뭐 이런 게 아니라 사건을 객관적으로 봐야 하니까요."

'당혹감'이 밀려옴과 동시에 표현하기 힘든 여러 감정들이 휘몰아쳐 성후는 그저 현우를 바라볼 수밖에 없었다. 하지만 놀라긴 아직 일렀다.

"사모님은 어떤 파일을 가지고 있다고 하셨어요."

"정희가 뭘 가지고 있었다고? 파일? 그게 뭔데?"

"저도 잘 몰라요. 끝내 전해 받지 못했으니까요. 제가 알고 있는 거라고는 그 파일에 든 건 어떤 은밀한 일에 관한 것이고, 대한민국 정보국이 깊게 관여되어 있다는 것 정도예요."

성후에게 '정보국'이라는 말이 마치 오래된 악몽처럼 들려왔다. 아버지 대의 망령이 아직도 주변에서 춤을 추고 있다는 생각에 캄캄한 기분마저 몰려들었다.

"9월 17일 저녁 7시 30분에 사모님께 그 파일이 든 메모리카드를 받기로 하고 약속을 했었어요."

"뭐? 다시 말해봐. 9월 17일 7시 30분이 확실해?"

"왜 그러세요?"

"아무것도 아니야……."

"결론적으로 사모님은 약속 장소에 나오지 않으셨어요."

이야기를 듣는 내내 성후의 머릿속은 요동쳤다. 아내에게 그런 일이 있었을 거라고는 상상조차 하지 못했었다. 얼마나 힘들었을까? 왜 나에게는 말하지 않은 걸까?

"사모님은 몹시 두려워하셨어요. 혼자 짊어지려고 하셨고, 빨리 그걸 저에게 넘기려고 하셨죠."

"만약에 그 파일이 아직 노리는 놈들 손에 들어가지 않았다면, 틀림없이 거기 있을 거야!"

"거기요?"

"그 병원!"

급하게 병원으로 향하려는데 주머니 속 휴대폰이 울었다. 성후는 받지 않으려고 했지만, 발신자가 '이명도' 박사임을 확인하고는 마음을 바꾸었다.

"여보세요?"

물어보기가 무섭게 전화기 너머로 절규하듯 겁에 질린 목소리가 쏟아졌다.

"형사님! 이준이가 사라졌어요! 없어졌다고요!"

; 원점

소년이 사라졌다. 남은 건 화장실에 작게 피로 쓴 '살려주세요.'라는 글씨뿐이다. 전화를 끊은 성후의 직감은 소년이 그곳에 있을 거라며 쭈뼛 신경을 잡아당겼다. 이유는 모르겠다. 근거도 없다. 그냥 그 꼬맹이가 모든 사건의 원점인 그 집으로 돌아갔을 거라는 생각이 확신을 넘어 기정사실처럼 받아들여졌다. 왜일까? 누군가 어디론가 데려갔을 수도 있는데 말이다. 이상한 확신. 소년은 주도적이다. 모든 걸 자신이 이끌어 갔을 것이다. 그 소년이 누군가에게 끌려간다는 것은 상상하기 어려운 그림이다. 복잡하게 생각하지 말자. 아이가 제집에 가고 싶어 하는 건 당연한 욕구다. 단순하게 생각해도 일단 집부터 가보는 게 맞다.

현관문은 반쯤 열려있었고, 스토퍼가 걸려있었다. 누가 올 줄 알고 열어둔 걸까? 아니면 이렇게 해놓고 나간 걸까? 현관에 발을 들여놓았는데도 인기척은 느껴지지 않았다.

"이준아! 야! 서이준! 너 어디 있어?"

불러봤지만 텅 빈 집안을 울리기만 할 뿐 대답은 돌아오지 않았다.

"경찰 아저씨야! 숨어 있지 않아도 돼! 있으면 대답 좀 해봐!"

여전히 기척은 느껴지지 않았다. 마치 모든 사람이 증발해 버린 것 같은 기분. 믿음 공동체에 잠입했을 때와 같다. 감정의 혼선. 대체 왜 이런 걸까? 사실 성후는 그 이유를 이곳에 들어오기 전부터 이미 알고 있었다. 문제의 그 벽. 거기에 쓰여 있던 '모두의 날'이라는 글자를 처음 봤을 때의 소름 끼치는 공포가 여전히 그의 발목을 붙잡고 있는 것이다. 아직 안방 문을 열어보지도 못한 것도 전부 그 때문이다. 그날 이곳에서 뛰쳐나간 후배처럼 도망치고 싶다는 생각이 그를 지배했다. 하지만 물러서지 않았다. 성후는 두려움을 입안에 가득 물고서 방문을 열었다.

시선은 곧바로 모두의 날이 적혀 있었던 벽으로 향했다. 현장 정리가 모두 끝나 깨끗해졌지만 안도감이 들지는 않았다. 그저 흰 벽일 뿐이다. 안방에도 소년은 없었다. 그렇게 발길을 돌려 나가려는데 뭔가가 눈길을 잡아당겼다. 조심스럽게 걸음을 옮겨 벽으로 다가갔다. 성후가 발견한 것은 벽에 아주 작게 연필로 쓰여진 삐뚤빼뚤한 글씨였다. - 살려주세요.

등골이 서늘해졌다. 박사의 말에 따르면 욕실 세면대 아래에도 같은 말이 쓰여 있었다고 한다. '살려주세요.' 나중에 필체를 대조해 보기 위해 휴대폰을 꺼내 촬영을 해두었다. 그리고 혹시 뭔가 더 있을까 하고 방을 살펴보는데 문 옆에 조그맣게 또다시. '살려주세요.'를 발견했다. 삐뚤빼뚤한 글씨는 처절하게 그곳에 적혀 있었다. 샅샅이 '살려주세요.'를 찾기 시작했다. 그것은 거실 벽에도 콘센트 옆에도 있었다. 작은 글씨는 성후를 계단을 통해 2층으로 안내하고 있었다. 저벅저벅 글씨를 따라 위를 향해 올라갔다. 한걸음 옮길수록 빗소리가 강하게 들려왔다.

위층은 베란다 바깥문이 열려있었고, 안으로 거세게 비가 들이치고 있었다. 거기에 소년이 있었다. 위태롭게. 베란다 난간 위에서 한쪽 팔로 프레임을 잡고 바들바들 떨면서.

"자, 잠깐만!"

아이의 발이 미끄러지거나 손에 힘이 풀린다면 그대로 깊은 곳으로 곤두박질 처질 것 같이 상황은 위험천만했다. 소년은 불안한 눈으로 성후를 바라보았다. 아찔하게 서 있는 이준이의 등 뒤로 빗물은 엉켜 쏟아져 휘몰아쳤다.

"움직이지 마!"

조금만 몸을 틀어도 미끄러져 버릴 것 같은 숨 막히는 상황

"이준아, 일단. 가만히. 가만히 있어. 아저씨가 내려줄게. 움직이거나. 절대 뒤돌아보지 말고."

지금은 왜 이런 곳에 위태롭게 서 있는지 그 이유를 따지고 물을 때가 아니다. 무엇보다도 우선 아이를 구해야 한다. 나머지는 전부 그 뒤다.

"아저씨가 천천히 한발씩 갈 테니까 꼭 잡고 있어."

"살려주세요."

울먹이는 소년의 목소리에 성후는 멈칫했다. 이런 절체절명의 상황에서 들려온 한 마디가 주는 울림이 너무나도 기묘했기 때문이다. "살려주세요." 구해달라는 요청이 틀림없지만, 한편으로는 제발 다가오지 말라는 것처럼 들리기도 했다. 자신을 제발 죽이지 말아달라고 애원하는 것 같은 느낌에 성후는 어지러워졌다.

"아저씨…… 제발…… 살려주세요……."

"가만있어! 꼭 잡고 있어 아저씨가 살려줄게!"

소년은 계속해서 다가오는 성후를 향해 살려주세요 - 살려주세요 - 를 반복했다. 조금씩 다가가던 성후가 팔을 내뻗었다.

"천천히 아저씨 손잡아."

이준이의 손이 닿을 수 있는 거리까지 손을 내밀었다. 소년은 내민 손과 성후의 얼굴을 번갈아 바라보았다. 성후 역시 이준이의 손과 눈을 번갈아 바라보았다. 그때 소년의 눈동자가 천천히 물에 잉

크가 스며들 듯 회색에서 검정색으로 변하더니 다시 회색으로 변해 갔다. 아이의 눈동자는 혼돈 그 자체였다.

"손잡아!"

절규에도 이준이는 꼼짝하지 않았다. 마치 손을 잡을지 말지 망설이는 것처럼 보였다. 상황은 다급했지만, 움직임은 느릿했고 두 사람 사이의 긴장감은 팽팽했다. 성후의 머릿속에 잠시 불손한 생각이 머물다가 사라져 갔다. 설마 내 손을 잡지 않고 아래로 떨어지는 것이 사는 길이라고 생각하는 건 아니겠지?

"이준아, 아저씨 봐봐. 아저씨 믿고 손잡아!"

"왜요?"

뜻하지 않은 소년의 반문에 오싹함이 감돌았다. 왜 나는 손을 잡으라고만 소리칠 뿐, 재빨리 다가가 소년을 붙잡지 않는 걸까? 아마도…… 만에 하나 소년이 뛰어내릴지도 모른다고 생각해서 그런 걸까? 아이가 날 두려워하고 있다는 게 느껴져서 그런 걸까?

"손잡아! 네가 장례식장에서 그랬잖아. 본능은 나쁜 게 아니라고. 이준아 넌 살고 싶잖아. 이 손 잡고 싶잖아! 지금은 그것만 생각해! 살고 싶다는 본능에만 충실하라고, 아저씨 손잡아!"

"아저씨는 왜 저를 살리려고 해요?"

"세상에 어느 하나 소중하지 않은 생명은 없어!"

성후는 말이 끝나기가 무섭게 빠르게 소년의 팔목을 휘어잡았다. 순식간에 서로의 팔목을 맞잡고 있는 상태가 되었다. 그때. 단지 기분 탓인지 모르겠지만 소년이 강하게 자기 쪽으로 잡아당겨 함께 떨어지려고 하는 것 같은 느낌이 몰려들었다. 착각일까? 성후는 조금 더 힘을 내어 소년을 끌어당겼다. 우려는 사실이었다. 착각이 아니었다. 이번에는 확실하게 따라오지 않겠다는 강력한 저항감이 느꺼졌다.

'나를 끌어당겨서 같이 떨어지려고 하고 있어!'

마치 운명이 잡아당기는 것 같은 압도적인 기분이 파도쳐왔다. 왜? 왜? 질문을 할 시간도, 답을 생각할 여유도 없었다. 아무리 어린 애라고 해도 체중을 실어 당기는 힘을 견디기란 쉽지 않았다. 성후가 고함치며 물었다.

"대체 너 왜 그래!"

소년은 답하지 않았다. 힘을 다해 소년을 잡아당기고 있는 성후의 눈에 믿기어려운 모습이 포착되었다. 소년이 미소를 지었다. 순간 압도적인 공포가 성후를 사로잡았다. 23층 난간에서 성인 남자를 잡아당겨 함께 떨어지려고 하는 이 순간에도 조금도 겁에 질리지 않고 도리어 상황을 즐기듯 웃고 있다니…… 그때 이준이가 성후의 팔목을 잡은 손에 힘을 풀고 놓아 버렸다.

"안 돼!"

성후는 더욱 강하게 소년의 팔목을 다잡았다.

"아저씨, 살려주세요."

완전히 다른 사람이 되어버린 것 같이 소년의 태도가 돌변했다. 조금 전까지 미소를 지으며 함께 떨어질 기세로 힘을 주던 모습은 온데간데없고 난간에는 공포에 벌벌 떠는 초등학생만이 남아 있었다. 무슨 영문인지, 어떻게 된 일인지 파악조차 되지 않았다.

이 일로부터 많은 시간이 지난 후에 ─ 성후는 이때 손을 놓아 소년을 떨어뜨리지 않은 것을 뼈저리게 후회했다. 이 순간이 대재앙을 막을 마지막 기회였다는 사실을 지금의 그는 알지 못했다. 단지 온 힘을 다해 소년을 구하고 말겠다는 생각만이 가득했을 뿐이었다.

그렇게 형사는 끝없는 어둠 속으로 빠져들던 괴물을 결국 끄집어
내고야 말았다.

2부

지나간 시간의 그림자들

(1999년. 2009년. 2011년. 2019년. 그리고)

4

; 조효익

성후가 무단으로 조사실에 들어가서 피의자 신분인 조효익을 폭행했음에도 아무런 조치가 내려지지 않았다. 중요 사건이라 윗선 보고도 끝났을 텐데 잠잠하기만 했다.

이유는 단 하나. 그가 원치 않아서다! 이게 말이 되나? 화가 치민다. 어처구니가 없다. 조효익은 조사실 폭행은 문제 삼지 않겠다는 말과 함께, 다시 한번 나와 단둘이 만나는 조건으로 – 이번 사건뿐 아니라 그동안 있었던 모든 범죄 사실을 낱낱이 고백하겠다는 제안을 했다고 한다. 문제는 이 얼토당토않은 제안을 빌어먹을 윗대가리들이 냉큼 받아들였다는 데 있다. 배알도 없는 놈들 같으니라고.

"왜 다시 날 보자고 한 거야?"

"제가 보고 싶지 않으셨습니까?"

"보고야 싶었지, 그러니까 이렇게 냉큼 달려온 거 아니야. 그니까, 왜 보자고 한 거냐고?"

"궁금한 게 많으실 것 같아서요."

"그래서? 친히 궁금증을 해결해 주려고 날 불렀다?"

"당신은 알아야 합니다. 순서가 그렇습니다."

"대체 내가 뭘 알아야 하는데? 순서는 또 뭐고?"

"우리가 언제 처음 봤는지, 어떻게 얽혔는지 말입니다. 이제는 알아야 합니다."

"이제는?"

가지고 놀려는 수작인 게 뻔했지만, 다른 건 몰라도 '이제는 알아야 한다는' 말만큼은 놈의 의견에 전적으로 동의한다. 물론 지껄이는 말의 대부분은 헛소리기 때문에 곧이곧대로 믿어서는 안 된다는 것쯤은 나도 잘 알고 있다.

1999년

; 세기말 두 소년

2월. 대한민국 최초 체세포 복제 젖소 영웅이가 황우진 박사 연구팀에서 탄생했다. 그리고, 5월에는 어느 종교단체 신도들이 자신들을 부정적으로 다룬 시사 프로그램에 항의하며 여의도 방송국 주조종실을 점거하는 사태가 일어났다.

까까머리 중학생 조효익은 이 두 사건의 신문 기사를 오려 책상 유리 아래에 잘 보이게 나란히 넣어두었다. 질풍노도의 시기에 막 진입한 중학생의 눈에 비슷한 시기에 일어난 이 두 가지 사건은 무척이나 흥미롭게 다가왔다. 첨단과학에 열광하는 사람들과 종교적 맹신에 빠진 사람들이 이 작은 나라 안에 바글바글 모여 함께 살아가고 있다니! 소년은 이것이 21세기를 눈앞에 둔 세기말 대한민국을 상징하는 것 같다고 생각했다.

아이러니하게도 종교단체 일원들에게 주조종실을 점거당한 그 시사 프로그램은 5년 후, 나란히 책상 유리 아래 스크랩되어 있는 최초 복제 소 영웅이를 만들어낸 황우진 박사 연구팀의 실상을 세상에 공개해서 줄기세포의 아버지를 침몰시킨다.

"무기수 신창인이 부산 교도소를 탈옥한 지 2년이 넘어가고 있습니다. 하지만 여전히 경찰의 포위망을 비웃듯이 행방이 묘연한 상태입니다. 그를 잡기 위해서 경찰 수만 명이 동원되었고……"

초등학교에 입학한 지 얼마 안 된 어린 성후는 혀를 차며 TV를 껐다.

"경찰은 뭐 하나 몰라 탈주범 하나 제대로 못 잡고!"

성후의 툴툴거리는 모습에 아빠는 읽고 있던 신문을 내려놓았다.

"경찰만 탈주범을 잡는 게 아니야."

"경찰이 안 잡으면 누가 잡아?"

"나라를 위하는 일에는 너와 내가 없는 거야. 대한민국 국민이면 누구나 탈주범을 잡을 수 있어."

"그럼 나도? 나도 탈주범을 잡을 수 있어? 대한민국 국민이니까?"

"물론."

"어린이인 내가 어떻게 어른인 탈주범을 잡아?"

아들의 당돌한 물음에 흐뭇해진 아빠는 성후를 냅다 들어 무릎에 앉혔다.

"성후야. 정의를 지키는 데는 말이다 나이는 상관없어. 나라를 사랑하는 마음이 첫 번째지."

"첫 번째? 그럼 두 번째는 뭐야?"

"글쎄…… 뭘까? 투철한 신고 정신?"

아빠는 껄껄껄 웃었고 성후는 시시하다는 투로 삐쭉거렸다.

중학생인 효익이네 집은 웃음소리가 언제 멎었는지 기억이 안 날 정도로 무거운 나날들이 이어졌다. 남부럽지 않은 풍족한 삶을 살았던 가족에게 IMF는 직격탄이 되어 한순간에 모든 것을 허물어뜨렸다. 다시 일으키기 위해 아버지는 온 힘을 다해 고군분투했고, 어머니 역시 살림에 보탬이 되고자 한 번도 해본 적 없는 생업 전선으로 뛰어들었다. 그런 부부에게 가장 큰 위로이자 유일한 즐거움은 하나뿐인 아들 효익이가 가져오는 성적표였다. 무슨 수를 써서라도 아들이 공부할 수 있는 환경을 만들어 주는 것이 두 사람의 목표이자 소망이었다.

"여보, 효익이가 방학 때 어학연수 가고 싶은가 봐요."

"그놈이 그런 말을 해?"

"말이나 하면 속이라도 시원할 텐데. 아시잖아요 성격. 걱정 안 시키려고 내색도 안 해요. 어울리는 친구들이 전부 방학 때 간다나 봐요. 몰려다니는 애들이 다 가는데, 안 가고 싶겠어요?"

말을 듣던 아버지는 잠시 깊은 생각에 잠겼다가 입을 열었다.

"까짓. 보냅시다. 우리."

"여, 여보……."

"뭐, 비밀로 한 건 아닌데, 사흘 뒤에 투자 계약할 거야. 도장까지 찍고 말해주려고 했는데 하루라도 당신 걱정 안 시키는 게 나을 것 같아서 말하는 거야. 여보. 그동안 고생 많았어. 다 된거나 진배없어. 도장만 찍으면 되는 거니까 안심해도 돼."

아내의 눈시울이 붉어졌다. 고생의 시간들이 주마등처럼 스쳐 지나갔다. 남편은 그녀를 꼭 안아주었다.

"고생 많았어. 우리 이제 예전처럼 살 수 있어. 효익이 하고 싶어 하는 거 다 시킬 수 있고……."

"안 돼!"

엄마의 불호령에 꼬맹이 눈에 눈물이 찔끔 맺혔지만 성후는 조금도 물러서지 않았다.

"조심해서 탈게요. 안전하게. 집 근처에서만."

"엄마가 자전거는 안 된다고 몇 번을 말했어!"

"친구들은 전부 자전거 있단 말이야"

성후는 지칠 줄 모르고 징징댔다. 형이 한마디만 거들면 엄마는 분명 넘어올 텐데, 꿈적도 안 하고 책상에 앉아서 공부만 한다. 성후는 그런 동후가 자전거를 안 사주는 엄마보다 더 미웠다.

"사줘! 사줘! 자전거 사달라고!"

아무리 징징대도 엄마는 꿈쩍도 하지 않았다.

아빠 차 조수석에 앉아 밖을 내다보는 효익이는 모든 것이 꿈만 같았다. 아침에 아빠가 대뜸

"오늘은 학교 가지 말고 아빠 따라와."

"왜요?"

"너 방학 때 어학연수 가고 싶지?"

그동안 한 번도 내색하지 않았는데 어떻게 아셨을까?

"오늘 아빠 큰 계약 하나 하는데 같이 가자. 끝나는 대로 종로 유학원에 가서 연수 알아보게."

"저…… 정말?"

"이놈아, 이 아빠가 언제 거짓말하는 거 봤어? 효익아. 이제 우리 예전처럼 살 수 있어."

계약하러 가기 전 최종 점검을 위해 변호사 사무실에 들르신 아버지를 기다리는 효익의 입이 다물어지지 않았다. 앞으로 펼쳐질 나날들에 대한 행복한 상상을 하는 것만으로도 전혀 지루하지 않았다. 한참 어학연수 가서 신나게 공부하고 뛰어놀 생각에 빠져 있던 그때. 똑똑. 누군가 자동차 문을 두드렸다. 내다보니 초등학교 저학년 정도로 보이는 꼬맹이가 동그란 눈으로 자신을 바라보고 있었다. 창문을 내리고 효익이 물었다.

"꼬마야, 왜?"

"형아. 혹시 근처에 파출소 어디 있어?"

"왜? 누가 널 괴롭히니?"

"아니."

"길 잃어버렸어?"

"아니."

"그럼 파출소는 왜?"

성후는 대답하지 못하고 한참이나 망설였다. 그러고는

"왜인지는 비밀이야. 파출소 어디 있는지나 가르쳐줘."

자전거를 사주지 않아서 심통이 난 성후는 겁도 없이 번화가에 있는 자전거 가게까지 혼자서 걸어갔다. 쇼윈도 안에 전시되어 있는 번쩍이는 자전거들은 닿을 수 없는 행복처럼 눈앞에 가까이 있었지만, 절대로 잡을 수 없는 그런 것이었다. '어떡하면 저 자전거를 가질 수 있을까?' 궁리하던 성후는 결국 뾰족한 답을 찾지 못한 채 집으로 발을 돌릴 수밖에 없었다. 터덜터덜 축 처진 어깨를 하고 돌아서는데 전혀 뜻밖의 일이 꼬맹이의 눈을 사로잡았다. 바로, 눈앞에…… 탈주범 신창인이…… 벌건 대낮에……

순간, 아빠의 말이 맴돌았다.

"경찰만 탈주범을 잡는 게 아니야……. 나라를 위하는 일에는…… 투철한 신고 정신……."

머릿속은 신고해야 한다는 생각으로, 가슴은 정의감으로 가득 찼다. 그리고 어쩌면 이 일로 자전거가 생길지도 모른다는 엄청난 기대감이 소용돌이쳤다. 하지만 큰길까지 혼자 나온 것은 이번이 처음이라 파출소가 어딘지 몰랐고, 동네 파출소는 너무 멀었다. 당장이라도 신고하지 않으면 탈주범이 도망쳐버릴 것 같아 성후는 발을 동동굴렸다.

그때 마침 정차해 있는 자동차 안에 있는 중학생 형이 눈에 띈 것이다. 다짜고짜 다가가 자동차를 두드렸다. 중학생 형이 왜 파출소를 찾냐고 물었지만 솔직하게 대답할 수 없었다. 신고할 기회를 뺏기면 안 되니까. 정의의 사도가 되고 싶고, 칭찬도 듣고 싶고. 무엇보다도 자전거…….

"형이 도와줄게, 말해 봐. 파출소는 왜 찾는 건데?"

"아니야, 됐어. 내가 찾아볼게."

"짜식! 고집 한번 되게 세네. 알았어. 근데 파출소는 어디 있는지 모르고, 저기 공중전화 있지? 거기 빨간색 긴급 통화 누르면 112, 119 이런 데는 돈 안 넣어도 통화 할 수 있으니까 그렇게 해 봐."

공중전화를 향해 걸어가는 성후의 심장은 증기기관차처럼 내달렸다. 마침 휠체어용 낮은 전화가 있어서 어렵지 않게 수화기를 들수 있었다. 형이 가르쳐준 대로 빨간색 긴급통화 버튼을 누르자 신호음이 들려왔고, 거침없이 번호를 눌러나갔다.

"여보세요, 저기…… 있잖아요…… 제가 방금 탈주범 신창인을 봤거든요."

예상과는 달리 전화를 받은 경찰의 반응은 너무나 밋밋했다. 몇 번이나 신창인이 틀림없다고 그렇게 말했지만, 곧이듣지 않고 어물쩍 받아넘기기만 했다. 어린 학생이니 장난으로 생각했을 수도 있고, 세간의 모든 관심이 탈주범에 쏠려 있어 하루에도 수십 수백 통의 제보 전화에 지칠 대로 지쳐 그랬을 수도 있다. 하지만 어린 성후는 그걸 알 리 없었다. 그저 타오르는 정의감으로 신고했을 뿐인데 칭찬은커녕 전화 너머 누군지도 모르는 사람에게 꾸지람을 들었다. 억울하긴 했지만, 그것보다도 바로 코앞에 탈주범이 있는데 놓쳐버릴 것만 같아 더 애가 탔다. 그때 성후의 머릿속에 아빠가 떠올랐다. 아빠는 평소에 늘 자신이 경찰보다 높은 사람이라고 말해 왔다. 무슨 일을 하시는지는 정확히 알지 못했지만, 나라를 위한 일이라는 것만은 알고 있었다. 꼬맹이는 망설이지 않고 과자를 사 먹으려고 아껴두었던 동전을 꺼내 아빠가 전에 알려주신 기억을 떠올려 회사로 전화를 걸었다.

효익의 아버지는 변호사 사무실에서 나와 조금은 들뜬 마음으로 아들이 기다리고 있는 자동차를 향해 걸었다. 이제 가서 도장만 찍으면 된다. 코끝이 찡해졌다. 서둘러 가고 있는데 싸한 기분이 찾아왔다. 그렇잖아도 걸리는 게 하나 있었는데 - 이런 짓까지 하다니! 이 계약이 성사되면 경쟁 업체인 대규실업은 곤란해진다. 그들은 어떻게든 이 계약을 막고 싶을 것이다. 그래도 설마 이렇게 노골적으로 나올 줄은 몰랐다. 주변을 둘러보니 정체를 알 수 없는 남자 몇이 다가오는 것이 선명하게 느껴졌다.

'그래 아무리 막아봐라. 내가 보란 듯 해내고 말 테니까. 이건 우리 가족의 목숨이 걸린 일이라고!'

아들이 기다리는 자동차를 뒤로하고 서류들을 꼭 쥐고 반대 방향으로 달리기 시작했다.

"아빠! 탈주범 잡았어? 내가 아빠한테 말했잖아. 그래서 잡은 거지?"

성후가 아빠의 품으로 달려가 와락 안겼고, 아빠는 히허허. 너털웃음을 웃었다.

"이걸 어쩌지. 우리 아들이 말해줘서 잡았으면 좋았는데 그놈이 워낙 빨라서 이번에도 도망쳤어."

"그게 뭐야! 알려줬는데 왜 못 잡아! 내가 경찰이면 파바박 다 잡았을 텐데."

"그러게. 우리 성후가 경찰이었으면 한 번에 파바박 다 잡아버렸을 텐데. 아쉽다 그치? 그래도 성후야, 아주 잘했어. 경찰에 신고도 했고, 안 들어주니까 아빠한테 전화도 했잖아. 그게 잘한 거야. 그게 나라를 위한 일이야."

"정말? 내가 잘한 거야? 나 나라를 위해 일 한 거야?"

"그럼. 우리 성후 장한 일 했으니까 그렇게 가지고 싶어 했던 자전거 사줄게."

"정말? 진짜지? 딴소리하기 없음!"

둘이서 신이나 하하 호호 하고 있는데 거실에 있는 엄마의 목소리가 방으로 들려왔다.

"여보! 전화 좀 받아 보세요. 회산데 급한 일이라네."

거실로 나온 창진은 무선 전화기를 받아 들고 안방으로 들어가 문을 잠갔다.

"왜? 무슨 일인데 집으로 전화를 해?"

"일이 좀 귀찮게 됐어요. 그 조사장이란 사람이 오인 신고와 체포 때문에 중요한 계약을 못 갔다고 소송이나 뭐다 아주 난리를 치는데…… 경찰 쪽에서는 자기들 난감하다고 여차하면 정보국에서 그런 거라고 말해버린다고 빨리 와서 수습하라네요. 이거 까딱하면 일 커지겠는데요."

"뭐 그런 거 가지고 그래. 넌 그런 거 하나 처리를 못 해서 어쩌려고 그러냐. 장사 하루 이틀 해? 너 정보국 짬밥 먹은 지 몇 년인데 그런 일로 쪼르르 집에 전화나 하고…… 됐어. 내가 알아서 할 테니까 넌 잠자코 있어."

마른하늘에서 날벼락이 내리쳤다. 풍비박산. 무너진 것은 어학연수의 꿈만은 아니었다. 계약 불발로 인한 타격으로 그렇지 않아도 오늘내일하던 쥐꼬리만 한 회사는 공중분해 되어버렸고, 집은 온통 빨간 딱지들이 점령했다. 일면식도 없는 사람들이 신발을 신은 채 거실과 방들을 오갔으며 처음 들어보는 욕설과 폭력이 여기저기서 난무했다. 그래도 그런 것들은 어떻게든 견딜 수 있었다. 끝끝내 가족을 무너뜨린 것은 다름 아닌 가까운 사람들이었다. 효익이네 가족이 탈주범의 탈출을 도왔다는 것이 기정사실처럼 퍼져서 아무리 아니라고 주장을 해도 누구도 믿지 않는 지경이 되어버렸다. 다정했던 이웃도 학교도 늘 어울렸던 친구들까지 순식간에 마치 무슨 병균을 대하듯 그들을 등졌고 밀쳐냈다. 벼랑 끝으로 내몰린 세 사람은 너무나 기막혔지만, 하소연할 곳 하나 없었다. 어떤 드라마나 영화도 이처럼 어이없지는 않을 것이라고 생각했다.

끝에 다다른 가족은 아주 늦은 밤 모두의 눈을 피해 집을 빠져나왔다. 이 순간조차 그들은 자유롭지 않았다. 그들을 지켜보던 검은 사내는 도주 사실을 전화로 보고 했고, 전화를 받은 민창진은 그냥 못 본 척하라는 지시를 내리고서 다시 성후를 끌어안고 행복한 잠 속으로 빠져들어 갔다.

"이거 비타민이야. 몸에 좋아. 이럴 때일수록 건강이 중요한 거 알지?"

좁디좁고 더러운 여관방에서 아빠가 비타민이라고 건넨 작은 알약을 받아 든 효익은 생각에 잠겼다. '이거 비타민 맞아?' 되묻고 싶었지만 말을 삼켰다. 그날. 차 안에서 아빠가 한 말이 떠올랐다.

"이놈아, 이 아빠가 언제 거짓말하는 거 봤어? 효익아. 이제 우리 예전처럼 살 수 있어."

효익은 거짓말이라는 것을 알았지만, 군말 없이 입에 넣고 물을 마셨다. 다만, 넘기지 않고 입 안 한쪽에 밀어 넣고는 화장실에서 퉤 - 뱉어냈다. 변기 아래로 가라앉는 조금 녹아버린 그것을 바라보다가 물을 내렸다. 두려움보다는 왠지 모를 화가 치밀었다.

그날 밤 중학생 소년은 번개탄 연기를 뚫고서 모텔을 나와 홀로 거리에 섰다. 사방은 어두웠고 어디로 가야 할지도 막막했다. 하지만 아무리 갈 곳이 없다고 하더라도, 뒤돌아서 자욱한 연기로 가득 찬 모텔 방으로는 절대 돌아가지 않겠다고 다짐하며 총총히 앞을 향해 걸음을 옮겼다.

이른 아침. 소년은 다시 집 앞에 당도했다. 떠난 지 얼마 되지 않았음에도 그새 흉가처럼 을씨년스럽게 변해있었다. 집안은 더욱 엉망이었다. 빚쟁이들이 몰려와 전부 부쉈는지 어느 하나 성해 보이는 게 없었다. 온통 신발 자국들과 빨간 딱지들이 어지럽게 널려 있었다.

효익은 불도 켜지 않은 채 어스름한 새벽빛을 의지해 한때 자신의 방이었던 곳으로 들어갔다. 책상 유리 안에 끼워 놓은 두 개의 신문 기사가 눈에 들어왔다. 그것을 바라보는 자신의 얼굴에 미소가 지어져 있다는 사실을 그때 중학생이었던 조효익은 알지 못했다.

이야기를 마친 리더는 조금은 길었던 과거의 이야기에 목이 탔는지 몇 차례 마른입을 다셨다. 하지만 물을 가져다주는 사람은 없었다.

"그해 여름, 탈주범 신창인은 순천에서 체포되었습니다. 우리 가족과 아무런 연관이 없다는 사실이 밝혀졌지만, 너무 늦었습니다. 부모님 목숨을 되돌릴 수 있는 것도 아니니까요. 잊고 살려고 애를 썼습니다. 그냥 재수가 없던 걸로 생각하자. 그러자. 그랬는데……그해 가을, '우연'이 또다시 제 발목을 붙잡았습니다. 부랑자처럼 거리를 떠돌다가 아주 우연히 간첩 사건의 주요 제보자가 초등학생이라는 뉴스를 보게 되었습니다. 별것 아닌 뉴스였는데…… 표창을 받는 사진을 보자 그날 저에게 파출소의 위치를 물었던 그 아이라는 것을 단번에 알 수 있었습니다. 그래서……"

"그래서?"

"확인하고 싶었습니다. '혹시'가 사실인지. 단순한 '우연'이 아니라. 누군가의 신고로 우리 가족이 파탄이 난 것은 아닌지. 그때부터

'우연'의 뒤를 밟아가며 당신을 쫓기 시작했습니다. 그리고 알게 되었습니다. 가족과 나를 망친 건 '우연'이 아니라 누군가의 '잘못'이라는 사실을요. 다짐했습니다. 어떻게든 당신을 망가뜨리고 말겠다고……."

더 이상 조효익은 말을 잇지 않았다. 성후는 갑자기 견딜 수 없이 타는 목마름을 느꼈다. 조효익이 말한 지난 시간들의 이야기가 전부 기억나는 것은 아니었지만, 몇 부분은 또렷하게 기억으로 남아 있었다. 알 수 없는 감정들이 소용돌이쳤다. 사과를 해야 할지, 분노해야 할지 갈피도 잡히지 않았다. 침도 제대로 삼켜지지 않았다.

"형사님은 우연을 믿으십니까?"

"돌려 말하지 말고, 그냥 하고 싶은 말해."

"대부분의 '우연'은 단순한 우연이 아닙니다. 그것은 '지나간 시간들의 그림자'입니다. 다만, 우리가 그 실체를 모를 뿐이죠. 모른다고 해서 존재하지 않는 것은 아닙니다. 과거의 일들은 '현재의 이유'입니다. 그리고 '미래의 나침반'이기도 하죠."

2009년

; 기록 / 2009. 09. 16.

내일은 둘째 아들 성후의 결혼식 날이다. 형을 제치고 이른 나이에 결혼하는 것까지 어쩌면 그렇게 나를 쏙 빼닮았는지 모르겠다. 하지만 흐뭇하기보다는 미안함이 앞선다. 국가에 충성하는 것이 곧 가족을 위하는 일이라고 여기며 살아왔지만, 필요할 때 곁에서 지켜봐 준 적 한번 없는 빵점짜리 아빠라는 사실은 변하지 않는다. 아빠의 자리는 늘 비어 있었고, 간혹 한국에 들어갔을 때도 비공식적인 경우여서 먼 곳에서 지켜볼 수밖에 없었다. 미안하다고 말할 기회조차 만들지 못했다. 그렇다보니 막상 만나면 무슨 말을 해야 할지 막막하기만 하다. 자식을 어색해하는 부모라니 - 한심하다 못해 최악이다. 결혼식장에서 쩔쩔매면 안 되는데, 자신이 없다. 그런 꼴을 당하지 않으려고 며칠 전부터 어떤 말을 할까 연습했지만 잘되지 않는다. 죄지은 게 많아서 아들 앞에만 서면 말문이 턱 막힌다. 그래도 좋다. 아버지 노릇을 제대로 할 생각에 어린애처럼 설렌다.

이번엔 무슨 일이 있어도 반드시 귀국할 생각이다. 전쟁이 터지고 핵무기가 발사된다 하더라도 성후 결혼식에는 반드시 참석할 것이다. 막무가내로 한국행 비행기 표를 사고 내일 아침 무조건 입국한다고 권 부장에게 통보했다. 이번만큼은 명령이건 뭐건 반려되어도 무조건 입국할 생각이었는데, 예상과 달리 승인이 떨어졌다. 곧장 아내에게 내일 아침 비행기라고 연락을 넣고, 큰맘 먹고 미츠코시 백화점에서 양복도 샀다. 오늘 밤은 왠지 잠이 안 올 것 같다.

; 배신자

정보국 비밀 요원인 '블랙'은 어떠한 경우라도 절대로 흔적을 남겨서는 안 된다. 기본 중의 기본이다. 그러므로 일기를 쓴다는 건 절대로 해서는 안 되는 일 중에서도 첫 번째다. 민창진은 일기장을 덮으면서 수년 간의 일본 생활 동안 매일 같이 하루도 빼지 않고 규정을 위반해 왔다는 사실이 새삼 떠올라 피식 - 웃음을 흘렸다.

전화가 울린 건 결혼식에 간다는 기쁨에 들떠 한참을 뒤척이다가 겨우 잠이 든 깊은 밤이었다.

"2시. 신주쿠. 히미츠."

상대는 아주 짧은 말만 남기고서 전화를 끊었다. 눈을 비비며 바라본 시계는 새벽 1시 18분을 가리키고 있었다. 신주쿠까지는 10분 거리니 아직 좀 여유가 있다. 하지만 마음은 그렇지 못했다. 뭔가 불길한 기분. 타이밍이 그렇다. 아침 8시 10분 비행기를 타야 하는데 지금 이 시간에 호출이라니. 찜찜함을 가득 안고 침대를 빠져나왔다. 슬리퍼에 닿는 발이 차가웠다.

카페 히미츠. 쩝쩝이 사토시는 늦은 밤인데도 잠을 잘 생각 같은 건 애초에 없는 사람처럼 커피에 샷 추가까지 해서 잘도 마시고 있다. 사토시는 음식을 먹을 때만 쩝쩝대는 게 아니라 커피를 마실 때도 그런다. 싫지는 않지만 결코 듣기 좋은 소리는 아니다. 단숨에 쩝쩝쩝 커피를 비워버린 사토시가 졸린 목소리로 말했다.

"코드 8(에이트)야."

"뭐?"

"되묻지 마, 알다시피 난 그냥 전해주는 역할일 뿐이니까. 아는 게 없어"

코드 8는 배신자가 있거나, 오염된 정보로 내부 혼란이 예상될 때 요원 간의 연락은 물론 본사와의 라인도 끊고 모든 공유를 차단하는 비상조치다. 쩝쩝이 사토시는 사진 한 장을 테이블 위에 내려놓으면서 마치 미리 외워둔 대사를 연기하는 삼류 배우처럼 지령을 전달했다.

"전석주. 일본 이름 쿠조 타케시. 규슈에서 활동하는 블랙 요원인데, 푸른 토끼(배신자를 뜻하는 은어)야. 코드명은 파친코. 현재 심야버스를 타고 도쿄로 오는 중이고, 도착 예정 시간은 아침 8시 20분. 일급 기밀문서를 빼돌렸어. 그게 들어있는 메모리카드를 가지고 있는데, 수단과 방법을 가리지 말고 회수하라는 지시야. 코드 8가 해제될 때까지는 어떠한 지원도 없고, 협조를 구해서도 안 되는 건, 뭐 말할 필요도 없을 테고…… 다른 블랙들과도 상호 연락도 금지. 오케이? 자, 그리고 다음은 중요 전달 사항이니까 신경 써서 잘 들어 - 푸른 토끼에게 배신의 이유나 경위에 대해 절대로 묻지 말 것. 그리고 가장 중요한 거, 무슨 일이 있어도 회수한 파일을 열어봐서는 안 돼. 복사는 당연히 안 되고, 입수한 그대로 '딜리버리'에게 넘겨야 해. 지체하는 것만으로도 규정 위반이 될 수 있으니까 유의하고."

민창진은 아침 8시 10분 출국이 예정되어 있고, 권 부장과도 끝난 얘기라는 말이 턱 끝까지 차올랐지만 끝내 내뱉지 않았다. 어차피 앞에 앉아있는 쩝쩝이는 그저 메신저일 뿐이다. 그러니 아들 결혼식이니, 내가 여태껏 기여한 바가 어떻다느니 말해봐야 소용없는 짓이다. 하필 코드 8 상황이라 권 부장에게 따질 수도 없다. 쉽게 말해서 오늘 아들 결혼식에 참석하지 못한다는 의미다. 순간, 민창진의 머릿속에 어쩌면 자신이 아침 8시에 도쿄역이 아니라 하네다 공항 출국장에 있을지도 모른다는 생각이 잠시 피어올랐다가 사라져 갔다.

니혼바시에 있는 더블 문 빌딩 1803호. 민창진은 결국 비행기를 타지 않았다.

'젠장, 난 대체 여기서 뭘 하고 있는 거야!'

한 번도 들지 않았던 요원으로서의 회의감이 당혹스러울 정도로 강렬하게 들이닥쳤다. 창진은 한쪽 구석에 벌거벗겨진 채 의자에 묶여 있는 푸른 토끼를 향해 걸어갔다.

"전석주. 아니 파친코!"

입이 봉해져 있는 남자는 당연히 불러도 대답하지 않았다.

"너 때문에…… 내가…… 하아……"

창진은 다음 말을 어렵사리 집어삼켰다. 그러고는 파친코의 입을 봉하고 있는 테이프를 떼어냈다. 캑캑. 그는 성급하게 몇 번의 거친 기침을 해댔다.

"길게 얘기 안 할게. 파일 어디 있어?"

아마도 꽤 긴 심문이 될 것 같다. 블랙 요원은 각종 고문을 견딜 수 있는 특수 훈련을 받기 때문에 입을 열게 하는 건 엄청나게 어려운 일이라는 것을 민창진은 누구보다도 잘 알고 있었다.

"구두 굽 안에."

예상과는 달리 파친코가 순순히 대답하자 창진은 그가 기만전술을 쓰기로 한 것이라고 판단했다. 역시 만만치 않은 놈이다. 파친코는 마치 그런 그의 마음을 읽은 것처럼 말을 이어갔다.

"기만전술 같은 거 아니니까. 열어봐. 이렇게 된 마당에 숨길 게 뭐가 있겠어. 이봐, 나도 너 못지않게 블랙으로 잔뼈가 굵어. 이미 틀렸다는 거 정도는 아니까 쉽게 쉽게 가자고."

믿을 수 없다. 믿어서도 안 된다. 상대는 배신자다. 설령 그의 말대로 기만전술이 아니더라도 구두 굽 안에 작은 부비트랩이 있어 함부로 열려고 하면 폭발할지도 모르고, 치명적인 독극물이 분사될 수도 있다. 푸른 토끼는 이번에도 또다시 창진의 생각을 읽은 것처럼 말했다.

"혹시나 염려되면 내가 열어 볼까?"

이에 민창진은 별다른 대꾸 없이 가만히 파친코를 바라보다가 다른 질문을 하나 던졌다.

"왜 배신을 한 거지?"

"네 임무는 파일을 회수하는 거지, 내 배신의 이유를 알아내는 게 아닐 텐데."

"닥치고 묻는 말에나 대답해!"

"내가 왜 배신했는지 그렇게 궁금해?"

"됐다. 그만하자."

창진은 휴대용 스캐너를 들고 푸른 토끼의 구두가 있는 곳으로 가서 조사를 시작했다. 양쪽 전부 확인해 봤지만, 폭발 징후는 발견되지 않았다.

"어느 쪽 굽에 있지? 왼쪽? 오른쪽? …… 됐다. 어차피 남는 게 시간인데 뭐, 다 열어보면 되지!"

우선 왼쪽 구두를 들고 힘주어 굽을 돌려보았다. 쉽게 우두둑 - 굽이 빠졌고 작은 홈 안에 들어있는 메모리카드가 눈에 들어왔다. 약 올리듯 푸른 토끼를 향해 미소 지어 보였지만, 생각보다 빨리 끝난 것이 기쁘기보다는 오히려 화가 났다. 굳이 내가 아니어도 됐을 일이다. 고작 이런 일 때문에 아들 결혼식에 가질 못하다니. 대체 권 부장이 나한테 왜 이러는 건지 모르겠다. 이런 생각을 하면서 정리를 하는데 불현듯 놈의 오른쪽 구두가 눈에 들어왔다. 꺼림칙한 생각이 들어 그것을 집어 들었다. 그러자 파친코가 좀 전에 내가 던진 미소를 미소로 되갚아줬다.

이럴 줄 알았어. 쉽게 끝날 것 같지 않았다니까. 창진은 곧바로 오른쪽 구두의 굽을 돌려 열었다. 역시나 그곳에도 메모리카드가 들어있었다. 빼내고 있는데 파친코가 입을 열었다.

"혹시, 매트릭스라는 영화 봤어? 그 영화에서 모피어스라는 사람이 주인공에게 빨간약과 파란약 중에 어떤 걸 먹겠냐고 묻는 장면이 있어. 하나는 진실을 알게 되는 약이고, 또 하나는 이전처럼 계속 거짓 속에 살게 되는 약인데. 그 장면을 보자마자 야, 정말 재미없는 설정이고만! 이런 생각이 들더라고. 내가 감독이면 똑같은 색 알약 두 개를 준비했을 텐데 말이야. 그러면 약을 먹은 이후의 세상이 진짜인지 가짜인지 구별할 수 없을 거 아니야. 얼마나 신나겠어. 그치? 그쪽이 훨씬 더 재미있었을 것 같지 않아?"

"닥쳐. 그 입 다시 막아버리기 전에."

"아마도 너는 절대 파일을 열어보지 말라는 지시를 받았을 거야. 그렇지?"

"딜리버리에게 메모리카드 두 개를 다 보내면 돼. 내 역할은 거기까지야."

"매트릭스 주인공은 약을 먹지 않아도 되는 선택지는 제시받지 못했어. 굳이 안 먹어도 되는데 말이야. 애초의 선택지에서 가장 중요한 게 빠져 있었던 거지. 말은 번드르르 선택의 자유 어쩌고 하지만, 실상은 가장 중요하다고 할 수 있는 '선택을 안 하는 선택지'는 말도 꺼내지 않았어. 그건 선택할 기회조차 주지 않은 것과 같아."

"뭔 개소리야. 그만하자. 피곤한데."

민창진이 다시 파친코의 입을 테이프로 봉하려는데

"왜 배신자가 됐는지 물었지? 그 이유가 그 둘 중 하나에 담겨 있어. 어때? 열어보고 싶지?"

"음…… 별로."

창진은 바로 테이프로 푸른 토끼의 입을 봉해버렸다. 시계를 보니 2시가 넘어가고 있었다. 그러면…… 결혼식은 끝났겠구나…… 라는 생각이 들었다.

; 기록 / 2009. 09. 17.

철석같이 약속한 아들 결혼식에 결국 가지 못했다. 그렇잖아도 날 미워하는 둘째 녀석과의 관계가 이번 일로 더욱 돌이킬 수 없게 되었다. 이런 와중에 아내로부터 신혼여행으로 일본에 온다는 얘기를 전해 들었다. 꼬치꼬치 캐물어 마지막 밤을 도쿄에서 보낸다는 사실을 알아내고선 녀석의 의사도 묻지 않고 저녁 7시에 올리에라 호텔 로비에서 기다리고 있겠다고, 그렇게 꼭 전하라고 막무가내로 말을 해놓았다. 성후 이놈이 올지 안 올지는 모르겠지만, 나로서는 이게 최선이다. 이런 내 태도에 녀석은 진저리를 치겠지만, 그래도 어찌 됐든 꼭 만나서 제대로 사과를 하고 싶다.

코드 8가 해제되었다. 권 부장에게 연락해서 어떻게 된 일인지 따져 물었지만, 이번 일은 사안의 중대성 때문에 자신이 직접 딜리버리로 갈 테니 준비하라는 말만 돌아왔다. 내일 아침 9시 비행기로 출발해서 메모리카드를 건네받고 곧바로 귀국행 비행기에 오를 계획이니까 늦지 않게 하네다 공항으로 나오라고 했다. 왜 이번 일에 꼭 나였어야 했냐고 몇 차례나 물었지만, 역시나 권 부장은 상부의 결정에 이의를 제기하지 말라는 말만 반복했다. 그리고 전화는 끊어졌다. 파친코가 했던 말이 머릿속에서 지워지지 않는다.

– "그건 선택할 기회조차 주지 않은 것과 같아."

; 파일

창진은 명령을 어기고 두 개의 메모리카드 중 한 개를 임의로 골라 노트북에 꽂았다. 열어보지 말라는 지시를 받았는데. 내가 지금 왜 이러고 있는 거지? 푸른 토끼가 배신한 이유를 알고 싶어서? 아니면 선택할 기회조차 받지 못했다고 생각해서? 그것도 아니면 단순히 권 부장에 대한 화가 가라앉지 않아서? 어찌 됐든 명령을 어겼다는 사실은 변하지 않는다. 그래, 뭐 어차피 나는 매일 같이 규정을 어기면서 일기를 쓰고 있다. 그러니 딱히 신경 쓸 일은 아니다. 메모리카드 안에는 [ONLY]라는 이름의 폴더가 하나 있었고, 그 안에는 여러 개의 파일이 들어 있었다.

> 본 프로젝트는 현재 인류의 가장 강력한 에너지원인 원자력이 안정적인 미래 에너지가 될 수 없다는 판단하에 한국 미국 일본 3개국이 극비리에 협력하여 새로운 에너지원을 개발, 실용화를 위한…… 인류의 미래가 달린 중요…… 중략.

파일의 내용은 민창진이 살아온 인생은 물론, 앞으로의 삶도 뒤바꿀 만한 엄청난 것이었다. 다 읽은 후에 가장 먼저 떠오른 건 뭔가 잘못되어도 단단히 잘못되었다는 생각이었다. 그동안 가족도 제대로 돌보지 못하고 모든 것을 쏟아부으며 블랙으로 살아온 세월이 송두리째 의미를 잃어버리는 느낌이 몰려들었다. 내용을 짧게 정리해 보면 인류의 미래를 위한다는 명분으로 무고한 사람들을 실험 대상으로 삼으려 한다는 것이었다. 단지 계획만이 아니었다. 이미 작년에 실시한 예비 실험에서 사망자 1명을 포함 300명 이상의 부상자가 발생했다. 물론 피해자들은 자신들이 실험 대상인지도 모른 채 그저 자연재해를 당했다고 생각하고 있다. 이건 시작에 불과하다. 빠르면 1년 늦어도 2년 안에 실시 예정인 1차 본 실험은 예비 실험에 비해 무려 20배 정도 강력할 것으로 보이며, 피해 예상 인원이 사망자만 만 명을 넘을지도 모른다고 적혀 있었다. 미친 짓이다. 눈 깜짝 않고 수많은 목숨을 빼앗으려 하다니…… 더 큰 문제는 그

것으로 끝나는 게 아니고 일정 수준에 도달할 때까지 2차 3차······
계속해서 실험을 진행할 예정이라는 것이었다.

창진은 보고서에 적힌 '불가피하게 희생자는 발생할 수밖에 없
다.'는 문장에 격분했다. 불가피! 불가피라니! 어떻게 국가가 불가
피하다는 말로 국민을 죽음으로 몰고 간다는 말인가! 말도 안 된다.
이건 아니다. 한쪽 뺨이 경련하듯 마구 떨려왔다.

그런데, 뭘 어떻게 막아야 하지? 첫 번째 걸림돌은 파일의 신빙
성이다. 파일의 내용이 사실이 아니라면······ 아니, 그럴 리 없다. 정
황이 그렇다. 코드 8이 내려진 것도 그렇고, 권 부장의 태도도 심상
치 않다. 이것이 세상에 드러나면 엄청난 일이 일어날 거라는 건 불
보듯 뻔한 일이라 정보국에서도 전전긍긍하고 있는 모양새다. 분위
기가 그렇다. 그러고 보니 파친코를 잡는 건 어려운 일도 아닌데 그
많은 대원중에 굳이 나를 투입한 것도 이 때문일 것이다.

가장 큰 문제는 파일을 가지고 있다는 것만으로는 할 수 있는 일
이 아무것도 없다는 데 있다. 이 메모리카드를 들고 도망친다고 해
도 뾰족한 수는 없다. 내 손으로 잡았던 파친코와 같은 신세가 될
뿐이다. 폭로한다고 해도, 그들은 역으로 나를 희생양으로 만들어
조리 돌림 할 것이다. 정보국의 대응 방식은 누구보다도 잘 알고 있
다. 틀림없이 그렇게 할 것이다. 그렇다면 언론은? 그들 역시 한 패
일 공산이 크다. 일본 언론도 다르지 않을 것이다. 개인이 상대하기
에는 너무나 거대한 존재들이다. 과연 내가 무엇을 할 수 있을까?

지금 내 눈앞에는 각각 알약이 하나씩 놓여 있는 두 개의 손바닥
이 펼쳐져 있다. 손의 주인은 이대로 노트북을 덮고 아무 일 없었다
는 듯이 권 부장에게 파일을 전해 줄 것인지, 아니면 바로 호텔을
박차고 나가 푸른 토끼가 될 것인지를 선택하라고 한다. 왜 약을 먹

지 않는 것은 선택지에 없는지 되물었지만 어떠한 대답도 돌아오지 않았다.

⁏ 추적

택시 안에서 창밖을 바라보는 사내의 눈동자가 지나가는 풍경을 따라 이리저리 움직였다. 남자는 오늘 아침까지만 해도, 자신이 바다 건너 일본까지 날아와 임무를 수행하게 될지는 상상도 하지 못했다. 코드명 매미. 코드명이 한글인 것에서 알 수 있듯이 그는 국내 업무를 담당하는 요원이다.

1803호에서 내다본 도쿄의 풍경은 서울과 크게 다르지 않았다. 매미는 여전히 자신이 일본에 와 있다는 사실이 실감이 나지 않았다. 이상한 하루다. 주어진 임무 또한 기이했다. 푸른 토끼 사냥을 마친 사냥꾼이 갑자기 푸른 토끼로 돌변해서 우리에서 빠져나갔다. 코드명 덴포잔. 수년간 일본에서 활동한 잔뼈 굵은 베테랑이란다. 주목표는 그가 가지고 있는 파일을 회수하는 것이다. 특이 사항으로는 무슨 일이 있어도 회수한 파일을 열어봐서는 안 된다는 것이다. 이 명령에는 결정적인 오류가 있다. 명령대로라면 열어볼 수 없으니 회수한 파일이 가짜인지 진짜인지 확인할 방법이 없다. 푸른 토끼가 진짜를 감추고 가짜로 나를 속이려 든다면 당할 수밖에 없다는 말이다. 게다가 덴포잔은 이전 임무에서 사냥꾼의 입장에서 같은 명령을 받았을 것이기 때문에 내가 그것을 열어보지 못한다는 사실을 알고 있을 것이다. 바보가 아닌 이상 진짜를 숨기고 가짜를 내놓을 것이다. 가끔, 아니 자주. 윗대가리들은 정말 아무 생각 없이 지령을 내린다.

자료에 따르면, 덴포잔의 아들이 며칠 전 결혼을 했고, 현재 일본에서 신혼여행 중인데 여행 마지막 날인 22일 도쿄 올리에라 호텔에 묵는다고 한다. 권 부장은 틀림없이 푸른 토끼가 아들을 만나려고 할 것이라고 했다. 자신을 잡으려고 혈안이 돼 있는데 굳이 아들을 만나려고 모습을 드러낼까? 파일 수거 후 푸른 토끼도 제거하라는 명령도 떨어졌다. 꽉 조인 탓인지 겨드랑이 아래의 권총이 걸리적거리게 느껴져 불편했다. 출발 직전 권 부장은 이런 말도 했다.

"푸른 토끼를 제거하는데 웬만하면 총은 사용하지 마. 그게……외교적으로 꽤 피곤해지거든."

하아 – 진짜 돌아버리겠다.

민창진 – 푸른 토끼로 변한 나를 잡기 위해서 투입될 사냥꾼은 아마도 현재 일본에서 활동하는 인물이 아닐 것이다. 배신자가 생겼을 때 통상적으로 함께 일했던 동료들에게는 사냥을 시키지 않는다. 감정이 개입될 여지가 있기 때문에 아무런 연관성이 없는 사냥꾼을 투입한다. 나는 이곳에서 오랜 시간 활동을 해왔으니 파견 요원들 중에 나와 관계없는 사람은 거의 없다고 해도 과언이 아니다. 이런 이유로 현지 요원들이 사냥꾼이 되어 나를 쫓을 리는 없다. 아마도 그들은 내가 푸른 토끼가 되었다는 사실조차 알지 못할 것이다. 사냥꾼은 이곳 현지에 생소한 인물일 것이라는 결론이다. 내게 유리한 상황인 건 맞다. 하지만 방심은 금물. 반대로 놈이 누군지 모르니 어느 정도의 실력을 갖췄는지도 알 수 없다. 그가 최고의 요원이라는 가정하에 탈출 루트를 개척해야 한다. 이런 상황에서는 완벽하게 사라지는 것보다는 완벽하게 사라진 것처럼 보이는 것이 중요하다. 그러기 위해서는 사냥꾼의 레이더에 적절한 타이밍에 걸려주어야 한다. 사냥꾼에게 '노력은 가상하지만 나를 속일 수는 없다. 다른 사냥꾼이라면 속을지 몰라도 나에게는 어림없다.'는 마음을 갖게 만들어야 한다. 굳은 확신을 심어주어야 탈출 루트가 열린다. 승부처는 미끼를 아주 깊숙한 곳에 잘 묻는 데 달려있다. 사냥꾼이 그걸 발견했을 때 어둠 속에서 나타난 한 줄기 빛처럼 보이게 해야 한다.

계획은 이렇다. 우선 추적이 불가능한 선불폰을 만들고, 위조 면허증으로 렌터카를 빌린다. 렌터카 대여 서류에 그 선불폰 번호를 적는다. 그리고 나와 비슷한 체형의 쩝쩝이 사토시에게 모자와 마스크를 씌우고 렌터카에 태워 적당히 CCTV를 피해 가며 홋카이도까지 질주하도록 시킨다. 사토시는 비밀 임무 협조라고 둘러대면 두말없이 그렇게 해 줄 것이다.

이 계획에서 가장 중요한 건 미끼다. 선불폰은 반드시 이케부쿠로에 있는 '데몬 폰 샵'에서 구입해야 한다. 매장 CCTV 위치는 파악해 놓았다. 카메라를 등지고 서면 모니터에는 얼굴이 보이지 않지만, 매대 안쪽 판매원 등 뒤 거울에는 내 얼굴이 아주 살짝 비친다. 한눈에 발견할 수 없지만, 유심히 들여다보면 겨우 찾을 수 있을 정도의 난이도다. 사냥꾼은 결국 발견해 낼 것이고, 확신할 것이다. '어림없지, 넌 내 손안에 있어!' 부디 사냥꾼이 제대로 된 프로페셔널이길 바랄 뿐이다.

매미 - 나는 프로다. 눈에 보이는 것을 전부 믿지 않는다. 상대가 실력자일 때는 더더욱 그렇다. 하지만 그럼에도 이번에는 하마터면 속아 넘어갈 뻔했다. 휴대폰 대리점 CCTV 화면 속 거울에 비친 덴포잔의 얼굴을 발견했을 때, 솔직히 그를 붙잡은 것처럼 환호했다. 하지만 결과적으로 나는 속지 않았다. 계획은 나름 참신했다. 하지만 놈은 계획에만 집중한 나머지 아주 기초적인 것을 간과했다. 요원이 푸른 토끼가 되는 순간 가장 먼저 하는 일은 모든 연락을 끊고 수면 아래로 가라앉는 일이다. 그런 상황에서 굳이 선불폰을 만든다고? 도망자들이 제일 먼저 하는 일이 휴대폰을 버리는 일인데? 아무리 추적할 수 없는 선불폰이라고 해도 빌미를 줄 수 있기 때문에 나중에 정 필요하면 그때 만들지 도주 직후 이런 일을 하지 않는다. 더구나 렌터카를 빌리려고 굳이 휴대폰을 만든다고? 그렇게까지 하면서 차를 빌릴 필요가 있을까? 고속버스를 타거나 신칸센을 타면 신분을 드러내지 않고도 얼마든지 도쿄를 빠져나가 멀리로 갈 수 있다. 사냥꾼을 어떻게든 속이고 말겠다는 마음이 너무 커서 정작 가장 기본적인 것을 놓친 것이다.

자, 그럼 놈은 왜 홋카이도로 내 눈을 돌리려고 한 걸까? 반대 방향으로 도망치기 위해서? 혹시 오키나와? 아니다. 푸른 토끼 그놈은 지금 많이 긴장한 상태다. 아주 기초적인 것을 간과할 만큼 평정심을 잃은 것으로 보인다. 왜 베테랑인 그가 이런 상태가 된 걸까? 힌트는 권 부장 말에 있다. 어떤 무리를 해서라도 아들을 만나고 싶은 것이다. 핏줄의 당김이 명줄을 끊어놓을지도 모르는데 그걸 감수하겠다는 태도다. 이로써 확실해졌다. 놈은 틀림없이 22일 저녁 7시 올리에라 호텔 로비에 나타날 것이다.

성후 - 마음 같아선 그 인간의 얼굴도 보고 싶지 않지만, 정희의 부탁으로 로비에 나와서 필요 이상으로 화려한 소파에 앉아 있다. 무책임한 인간. 굳이 결혼식에 안 와도 된다니까 무슨 일이 있어도 간다고 약속에 약속까지 하는 바람에 혼주석도 비워뒀는데…… 역시나 나타나지 않았다. 그래 놓고 뭐? 신혼여행 마지막 날 잠깐 보자고? 그것도 일방적으로 시간이랑 장소도 통보하다니! 자기밖에 모르는 그 무책임함에 화가 치민다. 그런 내 속을 아는지 모르는지 정희는 시아버지한테 잘 보여야 한다며 일찍부터 화장하고 꾸미고…… 뭐가 그리 좋은지…… 이러려고 그런 건 아니겠지만 신혼여행을 일본으로 오자고 한 것도 정희다. 지금도 계속해서 출입문 쪽만 바라보고 있다. 물론 나와 아버지의 화해를 바라는 마음은 잘 안다. 그런데 미안하지만 나는 화해할 마음이 조금도 없다. 솔직히 나타나지 않기를 바란다. 평소대로 그 인간이 약속을 어겨줬으면 좋겠다.

매미- 로비 한구석에 깊숙이 앉아 신문을 펴서 얼굴을 가리고 먼 발치의 푸른 토끼의 아들 부부를 응시하고 있다. 마치 철 지난 스파이 영화의 한 장면처럼. 고전적인 이 느낌. 나쁘지 않다. 과연 예상대로 덴포잔이 아들을 만나기 위해 위험을 무릅쓰고 나타날까? 아니면 정말 홋카이도로 도망쳤을까? '혹시?' 하는 마음이 들기도 하지만, 다시 선택의 순간으로 돌아간다고 해도 나는 지금 이곳 올리에라 호텔을 택할 것이다. 푸른 토끼. 그놈은 반드시 여기로 온다.

민창진 - 택시 안에서 초조함을 못 이겨 발을 굴렀다. 하필 오늘따라 차가 더 막힌다. 평소 같았으면 벌써 빠지고도 남았을 시간인데. 혹시 사고라도 났나? 약속 시간까지는 15분밖에 남지 않았다. 불안하다. 늦으면 안 되는데. 성후 녀석 조금만 늦어도 휙 가버릴 텐데. 걱정이다. 손에 땀이 날 지경이다. 사냥꾼에 대한 걱정보다 성후 녀석이 없으면 어떡하지? 라는 조바심이 더 크다. 어쩌면 마지막 만남이 될지도 모르는데…… 그건 그렇고, 차가 막혀도 너무 막힌다.

성후 – 한숨이 길어졌다. 7시 정각. 역시나 그 인간의 모습은 보이지 않는다. 마음 같아선 바로 일어나서 '시간 됐다. 이럴 줄 알았어. 가자.' 이렇게 말하고 싶지만, 로비 입구에서 눈을 떼지 못하는 정희 때문에 차마 그러기 힘들다. 최소한 십 분 정도는 기다리는 시늉이라도 해야 된다. 십분. 딱 십 분이다. 일 초도 더 넘기지 않는 십분. 7시 10분이 되면 나는 정희 손을 붙잡고 뒤도 돌아보지 않고 이 자리를 뜰 것이다.

매미 – 얼굴을 가렸던 신문을 내려놓았다. 7시 정각. 아무런 지원 없이 혼자 출입문, 비상문, 로비 예상 탈출로 전부를 한 번에 커버할 수 없기 때문에 이리저리 바쁘다. 그래도 불만은 없다. 혼자 움직여야 하는 블랙의 숙명이다. 시간이 흐른다. 하지만 놈의 모습은 아직 보이지 않는다. 초조함이 칼같이 날아든다.

민창진 – 입이 바싹 말라왔다. 7시 5분. 늦었다. 아직 로비에 있어야 할 텐데…… 빠른 걸음으로 정문을 통과해 로비에 들어선다. 눈동자를 빠르게 움직여 아들의 모습을 찾는다. 다행이다. 조금 멀리 아들로 짐작되는 사람이 보인다. 맞다. 성후다. '녀석, 정말 어른이 다 되었구나. 옆에 있는 건 네 짝이구나. 그래. 잘 어울리는구나.' 한 걸음 아들 내외를 향해 다가가는데 고질병이 돈다. 만나면 무슨 말부터 꺼내야 하지? 첫마디로 뭐가 좋을까? 하아…… 이거 혹시 쩔쩔매는 거 아니야? '어…… 그러니까……' 바보 같이 이러지는 않을런지…… 아무렴 어때, 널 볼 수만 있다면, 한 번 안아볼 수만 있다면…… 그렇게 점점 아들에게 가까워져 간다.

매미 - 주먹을 꽉 쥐었다. 놈이 나타났다! 예상이 틀리지 않았다. 홋카이도는 역시나 속임수였다! 속지 않은 나에게 상이라도 주고 싶다. 침착하자. 서둘지 말자. 중요한 건 타이밍이다. 두 사람이 만나서 그리움이 폭발하는 순간을 노려야 한다. 경계심이 가장 약해질 그때 낚아채야 한다. 기다리자. 조바심은 접어두고 기다리자. 아들을 향해 걸어가고 있는 그의 등 뒤에서 들키지 않게 조심하며 따른다. 한 걸음 한 걸음 사냥감을 눈앞에 둔 사자처럼 슬며시- 하지만 팽팽하게 목표를 향해 다가간다. 그래, 드디어. 두 사람이 마주섰다.

; 체포

아들에게 멋쩍은 인사를 하던 그때, 갑자기 나타난 사내가 남자의 팔을 잡아 올려 쓰러뜨리며 완벽하게 제압을 했다.

"아악!"

거친 비명이 호텔 로비를 울렸다.

'어떻게 된 거지? 계획은 완벽했는데……'

영문을 알 수 없었다. 놀란 건 성후와 정희도 마찬가지였다. 어렵게 성사된 만남이 알 수 없는 사람의 난입으로 아수라장이 되어버렸다. 너무나 순식간에 일어난 일이라서 그 누구도 대체 이게 무슨 일이냐고 묻는 사람이 없을 정도였다. 남자를 순식간에 깔아뭉갠 요원은 자신감 넘치는 목소리로 이렇게 말했다.

"이제 끝났어. 성공할 줄 알았겠지만 넌 손바닥 안이야. 저항하지 말고 순순히 받아들여 파친코!"

파친코? 그건 내 코드명이 아니다. 그게 대체 누구야? 내 코드명은 매미란 말이다! 이거 봐 난 파친코가 아니라고! 그게 누구야? 난 몰라! 난 매미라고! 매미! 그리고 니들 누구야!

고래고래 소리를 지르며 항변을 해봐도 아무런 소용이 없었다. 서울에서 온 정예 요원은 그렇게 순식간에 제압되어 검은 자동차에 실려 아무도 모르는 곳으로 끌려갔다.

민창진 - 나를 잡으려는 사냥꾼이 최고의 요원이라는 전제하에 계획을 세워야 한다. 평범한 요원이라면 모르겠지만, 최고의 실력자라면 '홋카이도 플랜'이 속임수라는 걸 간파해 낼 것이다. 놈은 내 계획을 다 알고 있다고 확신을 가지고서 틀림없이 올리에라 호텔에서 나를 잡으려고 할 것이다. 그런 상황에 내가 로비에 나타나면, 역시 자신이 틀리지 않았다는 생각에 쾌재를 부를 것이다. 모든 게 자신의 계획대로 되고 있다고 확신. 이것이 두 번째 포인트다. 확신이 방심이 되는 그 순간에 제압해야 한다. 물론 그걸 꼭 내 손으로 할 필요는 없다. 나를 잡으러 온 사냥꾼의 임무는 아마도 이전에 내게 내려진 것과 같을 것이다. 파일의 존재를 아는 사람을 최소화해야 하는 단독임무. 그렇기 때문에 지원이나 백업도 없다. 사안이 사안인 만큼 극비를 유지하기 위해 다른 파견 요원들에게도 일절 비밀이다. 그럼에도 혹시나 해서 넌지시 확인해 봤는데 파견 요원들 중에 내가 푸른 토끼가 됐다는 사실을 아는 사람은 역시나 아무도 없었다. 파친코를 잡는 임무는 코드 8 상황에서 받은 거라서 현지 요원들은 그런 임무가 있었는지조차 모른다. 그걸 이용했다. 파친코 체포 임무를 현지 요원들에게 알리고 지원을 요청했다. 쩝쩝이에게는 다른 요원들에게는 기밀파일 이야기는 안 했으니 상부에 보고하지 말라고 하면서 몇 푼 찔러 넣어주었다. 계획은 간단했다. 7시 올리에라 호텔 로비. 내가 파친코를 유인할 테니 제압을 부탁

한다.

'미안하네. 하지만 어쩌겠나. 속고 속이는 것이 이 바닥의 생리인 것을. 그러니 날 원망하지 마시게. 조만간 오해였다는 걸 알게 되고 풀려날 테니 너무 걱정하지 않아도 되네. 물론 나에게 당한 것이 분하고 치가 떨리겠지만, 멀리 보면 그건 자네에게 자양분이 될 거야. 관행상 자네는 앞으로 나를 쫓는 임무를 계속 이어가게 될 거야. 쉽지는 않겠지만 언젠가 나를 잡을 날이 올 것이고…… 그날이 돼서 나를 붙잡게 되면 지금의 그 분노를 다 내게 쏟아내게, 그때는 내 달게 받겠네. 하지만 오늘은 내가 이겼네. 그래야만 하는 이유가 있었으니 이해해 주길 바라네.'

성후는 바로 옆에 아내 성희가 있는데도 화를 참지 못하고 아버지를 향해 절규하듯 소리쳤다.

"결국, 이거였어요? 오랜만에 보자고 한 게! 그 잘난 아버지 임무에 이용하려고! 이 난리를 치려고 아들 신혼여행을 이용해요? 이게 말이 돼요? 아버지는 늘 이런 식이었어요. 일이 먼저고 가족은 늘 뒷전이었다고요! 아주 조금이나마 혹시 정말 나를 보고 싶어서 무리해서라도 여기서 만나자고 했을 수도 있다고 생각해서, 나오기 싫었는데 혹시나 혹시나 하고 나왔어요. 근데 이래요? 네! 아버진 아무 잘못 없어요! 기대한 내가 바보지. 됐어요. 맨날 똑같은 변명 듣고 싶지 않아요. 오늘 지금 이 순간부터, 난 아버지 없는 사람이라고 생각하며 살 거예요. 그러니까 아버지도 아들 하나 죽은 셈 치고 사세요!"

'만나면 무슨 말을 할까, 어떤 말을 할까, 혹시 아무 말도 못 하고 시간만 보내진 않을까 걱정했는데, 녀석, 기특하게도 어색할 틈도 주지 않고 말해줘서 고맙구나. 잘 자라줘서 고맙다. 며느리랑 말은 해보지 않았지만 좋은 아내를 맞이한 것 같구나. 늦었지만 결혼 축하한다. 못난 아버지를 용서하라는 말은 하지 않으마. 그러니 부디 행복하게만 살아다오.'

2011년

; 장소와 시간

민창진은 올리에라 호텔을 떠난 후 지난 2년간 사냥꾼을 피해 도망치며 메모리카드에 들어 있던 'ONLY' 파일의 내용을 보충해 나갔다. 푸른 토끼가 된 그가 의지할 수 있는 유일한 것은 파친코의 오른발 구두 굽 안에 들어 있던 또 다른 메모리카드였다. 그때 파친코는 자신이 푸른 토끼가 된 이유가 그 안에 들어 있다고 말했었다. 민창진은 그 파일을 열어보고서야 그 말의 정확한 의미를 알 수 있었다. 메모리카드에는 'ONLY' 프로젝트 파일을 빼돌리는데 연관되어 있는 이들의 리스트와 임무 그리고 비밀 연락 체계에 관한 것이 들어 있었다. 소수의 스파이들이 여러 방법으로 자료를 빼돌렸고, 파친코는 그것들을 취합 정리하는 역할이었다. 지금은 민창진이 그의 역할을 이어받아 수행하고 있다. 시간은 흘렀고 지난 2년 동안 꽤 많은 자료가 업데이트되었다. 그것은 그사이에 인류의 비극이 더 늘었다는 걸 의미했다. 그리고 오는 3월 11일 대규모로 본 실험이 진행될 것이라는 사실을 알아냈다. 장소는 산리쿠 연안 센다이시 동쪽 부근. 정확한 시간은 아직 알아내지 못했다. 어쨌든 그날 엄청난 일이 일어난다는 것은 변하지 않는다. 예상 피해 인원은 만 명 이상. 이 자체도 문제지만 더 큰 일은 앞으로 할 실험의 규모가 점점 더 커진다는 데 있다. 이번 실험은 일본 후쿠시마 앞바다지만, 다음 실험 장소는 대한민국 영해가 될 것이다. 이건 한미일 3개국이 미리 정해둔 것이라 변동될 가능성은 없다. 그때는 만 명보다 훨씬 큰 규모의 희생이 예측된다. 그것만은 무슨 수를 써서라도 막아야 한다.

; 기록 / 2011. 03. 03.

늦은 저녁. 예상치 못한 연락이 날아들었다. 예전에 블랙으로 활동했던 시절에 사용했던 추적이 불가능한 비밀 메일로 권 부장, 아니 이제 실장으로 승진한 옛 보스로부터의 메시지였다.

그동안 잘 지냈나? 일이 잘 안 풀려서 고생이 많지? 이제 슬슬 편하게 살 때도 됐잖아. 나이도 있고 말이야. 이제 그만 돌아오게. 두 아들과 고생만 한 아내도 생각 좀 해줘야지. 언제까지 힘들게 놔둘 거야? 우리가 여태 왜 자네 가족들에게 아무런 조치도 취하지 않았는지 아나? 그건 한때나마 동료였다는 책임감 때문이었네. 하지만 우리도 더 이상은 기다려줄 수 없어. 빨리 답변 부탁하네. 24시간 이내에 말이야. 그렇지 않으면 더 이상 자네 가족들의 안위를 보장해 줄 수 없어. 그건 실장의 권한으로 할 수 있는 일이 아니야. 그러니. 제발. 옛정과 가족을 생각해서 돌아와 주게.

노골적인 협박. 하지만 이미 나는 가족들에게 더 이상 남편도 아버지도 뭣도 아닌 사람이다. 미안하다. 목표는 단 하나. 무슨 일이 있어도 실험을 막는 것뿐이다. 그것 말고는 아무것도 없다.

; 세미 (セミ)

지난 2년간 나에게 내려진 명령은 거두어지지 않았다. 푸른 토끼가 된 덴포잔에게서 파일을 회수하고 그를 제거하라. 나는 여전히 혼자서 낯선 땅에서 알지도 못하는 놈을 찾아 허우적대고 있다. 달라진 것은 단 하나. 코드명이 한국어 '매미'에서 일본어 '세미'(セミ·매미)로 바뀌었다는 것뿐이다. 이것 말고는 모든 게 그대로다. 나의 시간은 이곳 일본에서 완전히 멈춰버렸다. 그동안 한국에 다녀온 것은 고작 한 번뿐이었다. 이래저래 죽을 소리를 해대면서 빌고 빌어 겨우 얻은 짧은 휴가. 그게 다였다. 며칠 전 아들이 태어났다는 소식에도 안절부절 어쩔 줄 몰라 할 뿐, 마음 놓고 전화도 할 수 없는 처지다. 이래 가지고는 내가 쫓는 사람인지 쫓기는 사람인지 구분이 안 될 지경이다. 돌아가고 싶다. 진심으로! 그러기 위해서는 어떻게든 놈을 잡아 파일을 회수해야 한다. 그렇지 못하면 나는 어쩌면 영영 한국으로 돌아가지 못할지도 모른다.

놈은 생각보다 더 대단했다. 손에 잡힐 듯 아른거렸지만, 매번 바람처럼 손가락 사이로 빠져나갔다. 놈의 흔적을 따라가고 있으면 거대한 미로 속을 헤매는 것 같은 기분에 휩싸이게 된다. 하지만 나 역시 만만한 놈이 아니다. 갈 데까지 가볼 생각이다.

; 후쿠시마

평소 감기 한 번 걸리지 않았는데 밤새 고열과 두통에 시달렸다. 순식간에 만여 명을 죽일 실험이 눈앞에 다가왔다. 형언할 수 없는 공포. 그럼에도 아무것도 할 수 없다는 압도적인 무기력감이 피처럼 온몸에 흐르고 있다. 지난 몇 년간 이 실험만은 막기 위해서 그렇게 고군분투했건만, 단 한 걸음 더 앞으로 나가지 못했다. 그 어떤 것도 제지하지 못 했고. 도망 다니기 급급했다. 소수의 사람의 도움을 받긴 했지만 그건 정말 소수 힘일 뿐이었다.

내일 수많은 사람들이…… 죄 없는 수많은 사람들이 영문도 모른 채 죽게 될 것이다. 손을 놓고 가만히 있을 수만은 없다. 그들의 힘은 독가시처럼 퍼져 있어서 언론, 시민 단체, 그 어디에도 없는 곳이 없다. 알려야 한다. 막을 수 없다면 그들이 저지른 악행을 세상에 알리기라도 해야 한다. 하지만 방법이 없다. 절망. 절망. 어디를 보아도 절망뿐이다. 지푸라기라도 잡는 심정으로 무작정 후쿠시마로 향한다. 지옥이 될 그곳으로 간다. 힘을 내어 아픈 몸을 일으켰다.

지역 언론이라면 받아 주지 않을까? 놈들의 손아귀가 시골 촌구석 언론사에까지 뻗쳐있지 않겠지…… 물론 아무런 영향력도 없는 신문사지만, 그래도 하지 않는 것보단 낫다. 돈을 요구한다면 있는 대로 전부 줘서라도 단 한 줄의 기사라도 남겨야 한다.

사무치도록 가족들이 보고 싶다. 관둬버릴까? 있는 자료를 전부 지역 일간지 기자에게 떠넘기고 도망칠까? 그래, 후쿠시마로 가서 파일을 전해 준 후에 완벽하게 사라지는 거다. 수만 명이 죽건 말건. 전부 잊어버리고 도망치는 거다……. 과연 내가 그럴 수 있을까?

세미는 고민에 빠졌다. 왜 그렇게 민창진은 후쿠시마에 집착하는 걸까? 최근 그의 흔적은 너무나 이상하다. 나는 지난 몇 년간 그의 뒤를 쫓아왔다. 이제는 조금 알 것도 같은데, 최근의 패턴은 심각할 정도로 수상쩍다. 이전의 행동과는 전혀 다른 양상이다. 마치 다른 사람인 것만 같다. 무엇이 덴포잔을 이렇게 만든 걸까?

당연히 나에게 그의 흔들림은 기회다. 그동안 그토록 기다렸던 빈틈이 이제 조금 보이려고 하고 있다. 하지만 불안감은 사라지지 않는다. 추격을 완전히 따돌리기 위한 커다란 계획이 진행되고 있는 건 아닌지 의심이 되기도 한다. 이렇게 일부러 빈틈을 보이다가 갑자기 사라져 버릴 것만 같다. 처음 놓쳤을 때 그가 사용했던 '미끼 던지기' 수법이 떠올랐다. 선불폰을 사는 척하면서 자신의 얼굴을 거울에 비쳐 내게 보여줬다. 하지만 결국 그것은 전부 꿍꿍이였고, 나는 보란 듯이 당하고 말았다. 그때와 상당히 유사하다. 여기저기 사방에 흔적이 뿌려져 있다. 놈은 후쿠시마로 향하고 있고, 그곳에서 지역 일간지 기자와 만날 약속이 잡혀 있다. 예전 홋카이도처럼, 후쿠시마 역시 나의 시선을 돌리기 위한 장치일까? 아니면 정말 그가 무언가에 동요하고 있는 걸까? 머리가 아파질 무렵에 권 실장으로부터 메시지가 도착했다.

[푸른 토끼는 반드시 후쿠시마로 간다.]

도대체 이 양반은 어디까지 알고 있는 거야? 현지에서 직접 쫓고 있는 나보다 어째 아는 게 더 많은 것 같다. 그럴 거면 차라리 본인이 와서 잡는 게 빠르지 않나? 괜한 성질이 났다. 후쿠시마로 가는 기차표를 끊고. 덴포잔이 만나기로 한 지역 일간지 기자에게 전화를 걸어서 일본 내각정보조사실이라고 서툰 일본어로 둘러댔다. 내일 3월 11일 2시. 자그마한 카페에서 그를 만나기로 했다는 정보를 입수한 후에 기자에게 그의 체포를 도와 달라고 부탁했다. 그는 흔쾌히 응해주었다. 밑도 끝도 없이 정의로운 타입인 것 같다. 이런 사람들이 이용하기 가장 쉽다. 이번엔 잡을 수 있을까? 한국으로 돌아갈 수 있을까? 이번에 놓치면 영영 놈을 잡지 못할 것만 같은 기분이 든다.

카페에서 기자를 기다리고 있던 민창진은 5년 전 새벽 2시에 히미츠에서 쩝쩝이 사토시를 만났던 기억을 떠올렸다. 그때 코드 8가 내려졌고, 명령 하나로 인생이 바뀌었다. 오늘도 그럴까? 기자와의 만남은 나를 어디로 끌고 갈까? 그게 어디든 상관없다. 나는 어차피 가족에게 돌아가지도 못한다. 그렇다면 어디를 가도 지옥이다. 이런 생각을 하고 있는데 문이 열렸다. 그리고 한 남자가 카페 안으로 들어왔다. 순간 민창진의 신경이 곤두섰다. 확실한 건 그가 기자가 아니라는 것이다. 언젠가 본 듯한 낯익은 얼굴에 경고등이 울렸다. 아주 짧은 순간 그날의 올리에라 호텔 로비가 떠올랐다. 사냥꾼이다! 생각할 것도 없이 몸을 움직여 주변 집기들을 집어 던지고 부엌 쪽으로 가서 창문을 깨고 밖으로 내달렸다. 충분히 짐작할 수 있는 상황이었는데 왜 이리 어이없이 당한 걸까? 자책이 밀려왔다. 오랜 도망자 생활 탓에 긴장이 느슨해진 데다가 오늘 시행될 실험을 막아야 한다는 강박관념과 무력감이 경계심을 약하게 만든 것이다. 변명의 여지 없는 완벽한 패배. 이 바닥의 승부는 한 번의 패배로 모든 것을 잃는다. 절대로 잡혀서는 안 된다. 그럴 바에는 차라리 죽는 편이 낫다. 모든 것이 송두리째 묻혀 버릴지도 모른다는 두려움이 점점 현실로 다가오고 있다.

잡는다! 잡고야 만다! 놈이 눈앞에서 달리고 있다. 아직 잡은 건 아니지만 보이는 곳에 있다는 사실만으로도 아드레날린이 치솟았다. 죽을 만큼 보고 싶었다. 네놈을! 꼭 잡고 말 것이다. 그래야 돌아갈 수 있다. 놓치면 한국으로 돌아갈 수 있는 기회는 닫혀버리고 만다. 다음은 없을 것이다.

– 그때. 하늘이 그르렁. 울부짖었다.

"오늘 오후 일본 중북부를 강타한 최악의 지진과 엄청난 쓰나미로 일본 열도가 아비규환에 빠졌습니다. 도호쿠 지방 부근 해저에서 발생한 규모 8.9의 강진은 지진이 잦은 일본에서도 유래를 찾아보기 힘든……"

; 권 실장

밖을 내다보던 권 실장은 수년간 함께한 동료이자 그렇게 애를 먹이던 푸른 토끼였던 덴포잔이 의식불명 상태로 일본에서 호송되어 왔다는 보고를 받고는 아련한 기분에 잠시 감상에 젖어 들었다. 하지만 금세 냉정함을 되찾고 후속처리 서류를 집어 들었다. 덴포잔은 국가 기밀 서류를 훔쳐 도주했다. 정보국 블랙 요원 신분이었기 때문에 가중처벌이 불가피하다. 아무리 식물인간 상태라고 해도 죄를 묻지 않을 수 없다. 이것은 국가를 위해 반드시 해야만 하는 일이다.

권 실장은 '국가 이적 행위자 처리 방안'이라고 쓰인 서류에 서명하기 위해 펜 뚜껑을 열었다. 동시에 책상 위 검은 전화가 거세게 울어댔다. 권 실장은 서명하려던 것을 멈추고 전화기를 들었다.

전화를 걸어온 사람은 지금 막 서명하려던 서류의 당사자인 민창진의 큰아들 민동후였다. 그가 아주 정중한 목소리로 만나기를 청했다. 한때 삼촌 조카 할 정도로 가까운 사이였지만, 지금은…… 정보국 실장이라는 신분으로 국가 전복 행위를 한 범죄자의 아들을 만난다는 것은 큰 문제를 야기할 수 있기 때문에 거절할 수밖에 없었다.

"삼촌, 잠깐만요. 끊지 마시고 제 얘기를 조금만 들어주세요."

"동후야, 다음에……."

"제안을 하나 하고 싶습니다. 들어보시면 거절하실 수 없는 그런 제안입니다."

이 녀석 이런 말도 할 줄 알고, 참 많이 컸구나. 쌍둥이인 제 동생과는 성정이 달라서 어려서부터 냉정하고 사리 분별이 정확했지……. 가끔 내 아들이었으면 좋겠다는 생각을 하기도 했는데, 역시나 전화 한 통으로 사람을 들었다 놨다 하다니. 여전히 재미있는 녀석이다.

"그럼 오늘 저녁 8시 타워호텔 702호로 오너라."

비밀 거점으로 사용하는 호텔로 오라고 하고서 전화를 끊었다. 그러고는 서류를 덮었다. 녀석을 만난 후에 서명해도 늦지 않을 것이라는 판단에서였다.

타워호텔 702호. 동후는 미동도 하지 않고 서 있었고, 권 실장은 녹차를 조금씩 나누어 마셨다.

"아버지께서는 일본에서 활동하신 기간 내내 하루도 빠지지 않고 매일 일기를 쓰셨습니다."

이번만은 권 실장도 당황한 표정을 감출 수 없었다. 동후의 말에 확인해야 할 것도 있고 묻고 싶은 것도 많았지만, 일단 가만히 들어보기로 하고 다시 온화한 표정으로 얼굴을 바꾸었다.

"지진이 나기 전, 아버지께선 자신의 운명을 직감하셨는지 일기장을 전부 박스에 담아 제게 보내셨습니다. 물론 쫓기는 상태이기 때문에 택배나 우편이 아닌 믿을 만한 지인을 통해 저에게 보내셨습니다."

"그래서? 날 보자고 한 용건은? 어떤 제안을 하겠다는 거지?"

"아버지가 푸른 토끼가 되었다는 걸 알고 있습니다."

"흠…… 푸른 토끼라는 말을 아는 걸 봐서는 일기를 읽어본 모양이구나. 뭐 당연히 읽어봤겠지."

"그 파일은 저에게 없지만, 파일의 내용과 정보국에 대해서는 일기에 상세히 적혀 있었습니다."

말이 끝남과 동시에 묘한 긴장감이 호텔 방을 맴돌았다. 동후는 소리 나지 않게 굵은 침을 삼켰고 권 실장은 녹차를 다시 들어 올렸다.

"그걸로 뭐? 날 협박이라도 할 생각이냐?"

날카로운 시선이 동후에게 날아들었다. 그것은 오래 알고 지낸 삼촌의 눈빛이 아닌 냉혹한 승부사의 그것이었다. 하지만 동후 역시 피하지 않고 권 실장의 눈을 바라보며 대답했다.

"그 반대입니다."

"반대?"

갑자기 자리에서 일어난 동후는 그의 앞에 무너지듯 무릎을 꿇고 고개를 숙였다.

"살려주십시오."

"살려달라? 누가 동후 널 죽이기라도 한다더냐?"

"그 일기. 한 권도 빼지 않고 전부 넘겨드리겠습니다. 그럴 테니 아버지 일을 덮어주십시오."

"무슨 말인지는 알겠는데. 그건 내 선에서 할 수 있는 일이 아니야. 이미 푸른 토끼가 식물인간인 채로 일본에서 호송되어 왔다는 사실은 더 이상 비밀이 아닐 정도로 쫙 퍼져서 되돌릴 수도 없어."

"삼촌, 제발요……."

"이런다고 될 일이 아니야."

"일기가 세상에 드러나면 삼촌이 어찌 되실지 장담할 수 없잖아요."

동후의 말이 끝나기가 무섭게 권 실장이 박장대소했다.

"하하하. 녀석아, 지금 그게 협박이 아니면 뭐냐?"

"협박 아닙니다. 애원하는 겁니다. 이렇게 무릎 꿇고 말입니다. 아버지가 간첩인 게 드러나면 우리 가족은 풍비박산 납니다. 아니, 가족도 가족이지만 저, 저는 절대로 이렇게 무너질 수 없습니다. 저는 큰일을 하고 싶어서 법학을 선택했고, 지금껏 미친 듯이 달려왔습니다. 그런데…… 아버지 때문에 저의 미래를 포기할 순 없습니다. 전부 물거품이 되게 그냥 놔둘 수는 없습니다!"

동후는 절규에 가깝게 호소를 하며 머리를 바닥에 대었다.

"넌 네 앞길을 위해서 일기장을 보낸 아버지의 뜻을 저버리겠다는 거냐?"

"제 앞길만을 위한 건 아닙니다. 아버지는 이적 행위를 했습니다. 대한민국을 배신했습니다. 그런 자의 뜻은 따를 이유가 없습니다. 아무리 아버지라 해도 말입니다."

"하하하하하. 얘, 동후야. 만약에 내가 말이다. 철석같이 약속하고 너한테 일기장을 받는다고 치자. 그래 놓고 그다음에 언제 그랬냐는 듯이 입을 싹 씻고 네 부탁을 안 들어주면 그땐 어쩔 거냐? 대비책은 세워놓고 이런 제안을 하는 거냐? 네 아버지 일기장 복사라도 해놓은 게냐?"

"복사 같은 거 하지 않았습니다. 그건 공정하지 않습니다."

"동후야, 너는 나를 믿냐? 나는 너를 못 믿는데…… 애초에 삼촌은 사람을 믿지 않아."

"저 역시도 사람을 믿지 않습니다."

"그런 놈이 나를 믿고 일기장을 건네준다고 해?"

"삼촌을 믿어서 그런 게 아닙니다. 저는 저를 믿기 때문에 제안을 드린 겁니다."

"그렇단 말이지? 근데 나는 너한테 일기장을 받으면 돌변할 생각인데, 그래도 건네주겠느냐?"

"삼촌, 아니 권 실장님은 반드시 약속을 지키실 겁니다. 그렇게 하실 수밖에 없으실 겁니다."

권 실장은 호기심 가득한 얼굴로 무릎 꿇은 동후에게 조금 더 가까이 다가가 물었다.

"그렇게 생각하는 근거는?"

이에 동후는 자리에서 일어나 바로 서고는 옷매무새를 정리했고, 권 실장은 말없이 그 모습을 지켜보기만 했다. 짧은 침묵이 흘러간 후. 동후가 소리치듯 말했다.

"저를 받아 주십시오. 권 실장님 밑에서 일하고 싶습니다."

그러고는 허리를 90도로 꺾어 크게 인사했다.

"아하하하하 아하하하 하하하하 하하하."

권 실장은 웃음소리가 호텔 복도 전체로 흘러넘쳤다.

⁞ 청천벽력

믿을 수 없는 일이 일어났다. 거대 지진과 쓰나미가 일본을 덮쳤다. 하지만 그건 어디까지나 남의 나라 일이다. 그러니 안타깝기는 하지만 실제 삶에는 별 영향이 없다. 하지만 늦은 밤 울린 전화벨은 매미의 아내에게 쓰나미가 결코 남의 나라 일만은 아니라는 것을 뼈저리게 느끼게 해주었다.

"후쿠시마에서 남편분의 시신을 발견했습니다."

하늘이 무너져 내렸다. 모든 걸 바쳐 국가에 헌신해 왔던 남편의 끝이 이토록 허무하고도 혹독할 줄이야…… 슬픔을 머금고 있는 그녀에게 채 눈물이 가시기도 전에 엄청난 소식 한 가지가 더 전해졌다. 소식을 전해준 것은 검은 정장을 한 사내들의 무리였다. 그들은 구두를 벗지도 않고 마음대로 거실까지 들어와서는 남편이 국가를 배신하고 일급비밀을 빼돌린 것이 밝혀졌다는 말을 전했다. 그러면서 혹시 집안에 남아 있을지 모를 증거를 수집하러 왔다고 짧게 말했다.

"아니야! 그럴 리 없어! 우리 남편은 그럴 사람이 아니라고!"

절박한 그녀의 절규도 구둣발을 막지 못했다. 사랑으로 가꿔온 소중한 집이 무참히 짓밟혔다.

"영장 보여줘! 니들 뭐야! 깡패지? 어디서 온 놈들이냐고! 영장 내놔 봐!"

저항을 해보았지만, 여자 혼자 몸으로는 상대가 되질 않았다.

"이봐요, 조금만 기다려 봐요. 좀 더 조사해 보세요. 그러면 뭔가 오해를 찾을 수 있을 거예요!"

통사정도 해보았지만 요지부동. 전혀 먹혀들지 않았다. 그러자 그녀는 돌변하여 고래고래 소리치며 그들의 바짓가랑이를 물고 늘어지고 고함치고 때리고 꼬집었다.

"니들 뭐야! 꺼져! 꺼지라고!"

그 순간 검정 옷의 사내 한 명이 닫힌 방을 가리키며 말했다.

"여기 뭔가 있는 것 같습니다."

그녀는 절대 그곳만은 안 된다며 - 초인적인 힘을 발휘해서 문 앞을 막아섰다.

"여긴, 절대 안 돼! 못 들어가!"

"당장. 열어!"

남자의 명령에 다른 양복들이 우르르 그녀를 떼어내고 문을 부수듯 열었다. 아무리 그녀가 발버둥 쳐도 여러 남자들을 막을 순 없었다. 남자들이 방안에 쏟아지듯 들어섰고 안에서는 하늘을 찌를 듯한 울음이 밖으로 새어 나왔다. 그녀는 온 힘을 다해 부엌으로 가서 칼을 챙겨 방으로 들어왔다. 사내들은 그 모습에 한 걸음 뒤로 물러서지 않을 수 없었다. 그녀는 방 한가운데 요람 위에 있는 갓난아이를 잽싸게 안아 올리면서도 칼끝을 남자들에게서 내리지 않았다.

"니들이 누구든, 우리 이준이한테 손끝 하나라도 대면 내가 다 죽여 버릴 거야!"

; 나락

그날 이후 정하진의 삶은 냉혹한 겨울이었다. 남편이 조국을 배신했다는 사실은 여전히 믿을 수 없었지만, 그건 문제도 아니었다. 간첩의 아내라는 낙인은 이미 찍혔고, 남편을 도왔을 거라는 의심에 강도 높은 조사가 끊임없이 이어졌다. 어떻게 알았는지 주변에서 간첩이라고 수군대기 시작했고, 소문은 퍼지고 퍼져 동네를 떠나라는 노골적인 차별과 압박에 시달렸다. 먹고 살길도 막막해졌다. 일자리 하나 부탁할 사람 남아 있지 않았고, 어렵사리 일을 구해도 소문은 그녀를 다시 벼랑 끝으로 내몰았다.

멀지 않은 곳에서 이런 정하진을 지켜보던 권 실장은 마음이 복잡했다. 그녀의 남편 서무열. 코드명 매미(세미)는 훌륭한 요원이었으며, 마지막 순간까지 국가를 위해 임무를 수행하다가 안타까운 죽음을 맞이했다는 사실을 그는 누구보다도 잘 알고 있었다. 그런 그를 영웅 대접은 못 해줄망정 배신자 낙인을 찍고 가족을 파탄의 길로 들어서게 한 장본인이 바로 자신이니, 마음이 편할 리가 없었다. 하지만 그건 어디까지나 개인적인 감정일 뿐. 나라를 위해서. 국민을 위해서 자신의 선택이 최선이었음을 다시 똑같은 선택의 순간이 온다고 하더라도 주저 없이 그렇게 하겠다고 권 실장은 생각했다. 다른 방법이 없었다. 이미 정보국 내에는 일본에 있는 블랙 요원이 푸른 토끼가 되어 나라를 위협하고 있다는 이야기가 심심찮게 퍼져 있었다. 어찌 됐든 누군가 푸른 토끼가 되어 이 사태를 종결지어야 했다. 그럴 사람은 단 하나 '매미'뿐이었다.

동후의 제안은 녀석의 말대로 국가적 차원에서 도저히 거절할 수 없는 것이었다. 그 제안을 받아들이면 기밀 자료의 존재가 세상에 드러나지 않고, 일기도 수면 아래로 가라앉는다. 게다가 전도유망한 인재가 국가를 위해 헌신을 하겠다고까지 하니 어찌 선택하지 않을 수가 있겠는가. 권 실장은 갓난쟁이를 업고 야반도주하는 여인의 뒷모습을 보면서 매미를 위한 마지막 묵념을 했다. 그 자리를 떠나기 전 권 실장은 동후에게 전화를 걸었다.

"네가 해야 할 일이 정해졌다. 요원 신분을 감추고 한국우주과학연구원에 들어가라. 앞으로 너는 이 나라, 나아가서는 온 인류를 위한 막중한 일을 하게 될 거야. 각오는 되어 있지?"

"네. 국가와 조직을 위해 최선을 다하겠습니다."

❟ 흩날리는 눈발 속에서

아이를 업은 채 밤을 걷는 그녀는 이대로 사라져 버려야지, 이대로 죽어버려야지 끝없이 이런 말들을 중얼거리며 앞으로 나아갔다. 차디찬 겨울밤의 야반도주. 이렇게 하면 정보국 놈들도 우릴 쫓지 못할 거야. 아무도 없는 곳에서 이준이랑 나랑 둘이서 다시 시작할 거야. 그녀는 짐도 제대로 챙기지 못하고 포대기에 이준이를 업고 집을 뛰쳐나왔다. 하염없이 내리는 눈이 소복소복 쌓이며 그녀가 걸어간 발자국을 지워주었다.

얼마나 걸었을까? 냉혹한 추위는 한계를 넘어선 그녀를 봐주지 않았다. 하진은 본능적으로 죽음이 가까이 왔음을 알아차렸다. 그러던 그때 아주 멀리서 희망처럼 작은 불빛이 눈에 아른거렸다. 저곳이 지옥이라고 해도 따뜻하기만 하다면 어떻게든 닿고 싶다고 그녀는 생각했다. 멀리 보이는 빛은 지금 이 상황을 벗어날 수 있는 유일한 동아줄처럼 보였다. 그래, 저곳에 가면 살 수 있을 거야. 그녀의 생존 욕구가 강하게 눈을 짓밟고 나아가게 했다. 한 걸음. 한 걸음. 하지만 더 이상 아무런 힘도 남아 있지 않은 그녀의 보폭은 점점 줄어들었고 불안정해져 갔다. 바들바들. 그녀를 따르던 발자국들은 어느새 질질 끌려 일자 모양으로 변해 있었다. 넝마가 된 정하진은 결국 눈에 덮인 작은 돌 하나에 쓰러져 내리고 말았다. 발을 헛디뎠고 곧바로 바닥으로 나뒹굴었다. 그렇게 곤두박질쳤지만 업은 이준이는 울지 않았다. 조금만 더 가면…… 저 빛이…… 하지만 이제 그녀에게는 한 톨의 힘도 남아 있지 않았다. 그렇게 스르륵 눈을 감으려는데 눈발 속에서 누군지 알 수 없는 이의 손이 빛처럼 나타났다. 아, 이제 죽는구나. 하진은 그것이 하늘이 자신을 데려가기 위해 손을 내민 것이라고 생각했다. 저 손을 붙잡으면 죽겠구나 라는 생각이 들어 몹시 겁이 났지만, 동시에 필사적으로 잡고 싶은 마음도 간절했다. 하지만 그녀의 생각과는 다르게 들려온 목소리는 하늘에서 내려온 것이 아니라 너무나도 선명한 사람의 것이었다.

"제 손을 잡으세요. 이제 다 괜찮을 거예요."

온 힘을 짜내 손을 잡은 하진은 고개를 들어 그의 얼굴을 바라봤다.

"잘 오셨어요. 안심하세요."

조효익이 그녀를 일으켜 세웠다.

"당신은 지금 구원을 받으셨습니다."

2019년

; 사다리

시간이 흘렀고 많은 것이 변했지만, 어떤 것은 조금의 변화도 없이 그대로이기도 했다. 눈 오는 밤 조효익을 만난 이후 시작된 하진의 공동체 생활은 이제는 제법 익숙해졌지만, 삶의 무게는 여전했다. 자급자족을 모토로 하는 공동체의 특성상 밭일은 기본이고, 끝나지 않는 갖가지 일거리들이 언제나 일원들을 기다리고 있었다. 게다가 노동과 노동 사이에 예배와 신앙 공부까지 병행해야 했으며 아이를 돌보고 기본 일상도 꾸려가야 했다. 그래도 그녀는 무너지지 않고 꿋꿋이 하루하루를 살아 나갔다. 그러는 사이 어느덧 이준이는 초등학교에 입학할 나이를 넘어서 버렸다. 하지만 아이는 학교에 다니지 않았다. 흔히 생각하는 종교 공동체의 폐쇄성 때문은 아니었다. 이곳에서 함께 살고 있는 또래의 다섯 아이들은 인근 초등학교에 잘만 다녔다. 이준이가 초등학교에 다니지 못하는 건 전혀 다른 이유 때문이었다.

연구팀이 해체된 이후 바닥까지 무너져 내린 이명도 박사는 가족, 친구 그리고 과학자의 삶을 등지고 자신의 이름마저 감춘 채 밑바닥에서 겨우 목숨만 부지하고 있었다. 처음에는 아무도 모르는 곳에 가서 학원 강사라도 할까 했지만, 대한민국은 생각보다 좁았고, 줄기세포 사태의 악령은 끈덕지게 그를 놓아주지 않았다. 어떤 일을 하려 해도 빗발치는 항의와 악의적 소문, 그리고 막무가내의 해코지로 그곳을 떠날 수밖에 없었다. 가짜 신분을 내세워서 일해 볼까도 생각해 봤지만, 그 사태 이후 더 이상 양심을 속이고 살고 싶지 않았다. 아니, 정확하게 말하자면 자신을 속이려고 할 때마다 가슴 한가운데가 불에 덴 것 같이 뜨거워져서 견디기 힘들었다. 평생 몸을 써서 돈을 벌어본 적이 없었기 때문에 노동 현장에서는 쉽게 고꾸라졌고, 쫓겨나기 일쑤였다. 죽어버리자는 마음이 턱밑까지 차올랐다. 그렇게 허우적대는 삶을 살던 어느 날. 그의 앞에 조효익이 나타났다.

　"모두의 날을 함께 맞이하시겠습니까?"

　그 사람은 전부 알고 있었다. 내 이름도, 줄기세포 팀에 있었다는 것까지……

　"다시 일어설 수 있는 사다리를 놓아드리겠습니다."

　조효익은 그에게 거절할 수 없는, 아니 거절할 이유 없는 제안을 해왔다. 자신이 운영하는 공동체에 영재 소년이 있는데 어린 나이에 이미 고등학교 수준을 넘어섰다고 말하면서 그 아이의 교육을 맡아주면, 숙식은 물론 학위에 걸맞은 급여 또한 제공하겠다는 제안이었다. 촌구석에 있는 소규모 종교 공동체에 그럴만한 돈이 있을까? 혹 그냥 듣기 좋은 말로 꼬드기려는 게 아닐까 의심도 들었지만, 시설을 둘러본 명도는 고개를 끄덕였다. 말이 종교 공동체지 여러 일원들이 믿음이라는 명목하에 제공하는 무상의 노동력으로 돌아가는 시스템이라는 걸 한눈에 알 수 있었다.

조효익은 리더로서 그들을 착취하는 전형적인 사이비 교단의 전형 같은 곳이었다. 이런 곳에서 일한다는 것이 꺼림칙하기는 했지만, 지금은 찬밥 더운밥을 가릴 때가 아니기도 했고, 보아하니 여기 사람들도 자발적으로 일하는 것으로 믿음과 평안을 얻는다고들 하니 굳이 꺼릴 필요는 없다는 생각이 들었다. 돈이 필요하다. 정당하게 일하고 정당하게 돈을 받으면 그만이다. 하지만 이곳에서 먹고 자고 하는 것만큼은 아무래도 내키지 않아서 가까운 곳에 집을 얻어 수업이 있을 때만 방문하겠다고 하고 제안을 수락했다. 이렇게 이명도 박사와 서이준은 겹겹이 쌓인 우연을 따라 외진 곳에서 만나게 되었다.

명도는 아이에게서 우주를 보았다. 무한한 가능성. 이준이의 천재성은 상상 이상, 생각 이상이었다. '과학계로 돌아가서 모든 걸 되돌리고 싶다'는 불가능할 것만 같은 자신의 꿈을 이 소년을 통해 이룰 수도 있지 않을까? 하는 작은 희망도 품게 되었을 정도다. 이 아이는 대한민국을 일으킬 인재다. 줄기세포 황 박사처럼 거짓으로 이 나라를 들끓게 하는 것이 아니라. 누구도 따라올 수 없는 천재적인 두뇌로 대한민국을 1등 국가의 반석 위에 올려놓을 인재다. 이준이는 무조건 과학을 시켜야 한다. 인류를 위해서라도 반드시! 그렇게 되면 나는 위대한 과학자를 발굴하고 키운 스승이자 조력자로 다시 이름을 떨치게 될 것이다. 이건 하늘이 내게 준 두 번째 기회다.

"절대 그럴 순 없어요!"

박사의 뜻은 예상치 못한 곳에서 커다란 걸림돌을 만났다.

"그러지 마시고 이준이 어머님, 다시 한번 생각해 보세요."

"아니요. 절대로 우린 다시 세상으로 나가지 않을 거예요. 밖은 거짓으로 가득 차 있어요. 이준이와 난 목숨을 걸고 거길 빠져나와 이곳에 왔어요. 죽는다 해도 절대 밖으로 나가지 않을 거예요."

"어머니, 이준이의 재능은 천재 그 이상입니다. 넓은 세상에서 아이의 능력을 마음껏 펼치게 해야 합니다. 그게 아이를 위하는 길입니다. 이런 촌구석에서 썩는 건 국가적인 손해기도 해요."

"그렇다면 더욱 안 돼요. 난 이 나라가 싫어요. 우리 가족이 어쩌다 이렇게 됐는지 몰라서 그러시는 거예요? 나는 진심으로 국가적 손해를 바래요. 우리 이준이가 나가지 않는 것이 국가적 손해라면 나에게는 너무 행복한 일이네요."

말이 통하지 않는 정도가 아니다. 바늘 하나 들어가지 않는다. 교단의 세뇌도 세뇌지만, 그녀가 가진 세상에 대한 증오가 너무나 뿌리 깊어서 흔들리지조차 않는다. 하지만 포기할 생각은 없다. 작전을 바꿔 이준이를 공략하기로 했다. 아이에게 세상에 대한 호기심을 부추기고 관심을 쏠리게 할 것이다. 세상으로 나가고 싶다는 욕망에 불을 질러야 한다. 자식을 이기는 부모는 없다. 아무리 철벽이라고 해도 자식의 간절한 소망을 깡그리 무시하지는 못할 것이다.

기회는 얼마든지 있다. 이준이 엄마는 평일 낮 시간에는 밭일을 나간다. 이준이의 수업 역시 그 시간인데, 그때가 기회다. 물론 신도가 아닌 나와 이준이를 단둘이만 있게 하지는 않는다. 고등학생쯤으로 보이는 여자아이 하나가 늘 수업 시간에 함께하지만, 같은 교실 안에 있다 뿐이지 감시도 참관도 전혀 하지 않는다. 말 그대로 그냥 있을 뿐이다. 매번 그런 걸 보면 그 여학생도 학교에 다니는 것 같지는 않다. 뭘 물어봐도 잘 대답하지 않고, 연습장에 쉼 없이 그림을 그릴 뿐이다. 그나마 이준이와는 친한지 둘이 있을 때는 제법 말도 하고 그러는 모양새다. 짐작건대 내가 수업 이외에 다른 말을 - 이를테면 신앙에 해가 되는 - 하면 리더에게 보고하는 것이 아닐까 추측된다. 이런 약간의 위험 부담이 있긴 하지만, 이준이에게 과학을 비롯한 세상의 호기심을 불어넣으려면 이 시간밖에 없다. 시도해 볼 가치는 충분히 있다.

"대한민국 같은 나라들이 모여 지구를 이루는 건 알지? 지구 같은 별들이 모여 태양계를 이루고, 태양계 같은 천체들이 모여 은하가 된다는 건 알고 있었니? 은하들이 수십 개 모여 은하군을 형성하고, 은하가 수백 수천 개 모이면 은하단이 돼. 이런 은하군 은하단이 모여 초은하단이 되고 이런 초은하단들이 모여 필라멘트가 돼. 지구의 탄생이 약 45억 년 전이라고 알려져 있는데 이 필라멘트는 지름이 50억 광년이라 지구 탄생과 동시에 필라멘트 끝에서 출발한 빛이 아직도 반대편에 도달하지 못했어. 진짜 엄청나지 않니 이준아?"

말하는 도중, 그림을 그리고 있던 여학생이 갑자기 "탁!"하고 연필을 내려놓았다. 명도와 이준은 동시에 고개를 돌려 바라보았다. 소녀는 한동안 움직이지 않고 그저 허공만을 응시했다. 그러다 다시 연필을 쥐고 무언가 다시 그림을 그리기 시작했다. 순간, 명도는 학생이 뭘 그리고 있는지 궁금해졌지만 동시에 절대 물어봐서는 안 된다는 생각도 함께 몰려왔다.

박사의 예상은 완벽하게 적중했다. 무엇도 이준이의 왕성한 호기심을 짓누를 수 없었다. 아이는 타오르는 호기심을 질문으로 표출했지만, 대답해 줄 사람은 주변에 명도밖에 없었다. 이준이 그렇게 명도를 의지하기 시작했다. 하지만 수업은 일주일에 세 번 정도가 고작이어서 소년은 지적 욕망을 채우지 못해 늘 굶주린 사자처럼 흐느적거렸다. 그나마 책이라도 있으면 좋으련만 신앙을 해친다는 이유로 외부 서적의 반입은 금지였고, 인터넷 사용도 제한적으로만 이뤄져 갈증은 심해져만 갔다. 소년은 답변이 돌아오지 않을 것이라는 걸 알면서도 눈앞에 있는 아무한테나 질문을 퍼부었다. 무차별적으로 쏟아지는 질문들에 공동체 일원들 슬슬 이준이를 피하기 시작했다. 친밀감은 서서히 거리감으로, 그것은 다시 위화감으로 번져갔다.

정하진은 본능적으로 위기를 느꼈다. 공동체 생활에서 이질감은 무엇보다도 두려운 치명적인 병균과도 같다는 것을 그녀는 잘 알고 있었다. 당장 이명도 박사를 불러 세웠다.

"다음 주부터 나오지 마세요. 우리 이준이는 제가 가르칠 거예요."

"그럴 수 없다는 거 어머니께서도 잘 아시지 않습니까?"

"더 이상 할 말 없으니까 그만 돌아가세요."

"일전에 그러셨죠, 세상은 거짓투성이라 절대 나가서는 안 된다고요. 저도 그렇게 생각합니다."

"그런 분이 우리 이준이를 세상에 내보내려고 해요?"

"네! 내보내야 합니다. 그렇기 때문에 더더욱 이준이가 세상에 나가야 하는 겁니다."

"우리 이준이를 망칠 셈이군요!"

"아닙니다. 그게 이준이를 위한 일이고, 우리 모두를 위한 일입니다."

"말도 안 되는 말씀 하지 마세요. 모두를 위한 일이라고요? 아니요. 그 모두에 우리 가족은 쏙 빠져 있어요. 남편과 제가 바깥에서 어떤 일을 겪었는지…….”

하진은 잠시 말을 잇지 못했다.

“어머니의 억울함은 잘 알고 있습니다. 남편께서 세상에 속아 돌아가신 것도 알고 있습니다.”

“아신다는 분이 어떻게 그래요? 신께서 저와 이준이를 여기로 인도해 주셨어요. 근데 여길 떠나 세상으로 나가라니요? 그건…….”

“그 신께서 이제 때가 되었으니 나가라고, 이준이의 뜻을 펼치라고, 저를 이곳으로 보내신 겁니다. 그리고 어머니도 더 이상 이 공동체에서 이준이가 설 곳이 없다는 건 잘 알고 계시지 않습니까? 여긴 아이를 담기에는 그릇이 너무 작습니다. 이준이를 위해서라도 큰 그릇으로 바꿔줘야 해요.”

“그렇다고 쳐요. 저 거짓투성이 세상에 나가서 우리가 뭘 할 수 있는데요? 그 어린애가 뭘 할 수 있다는 거죠? 나가자마자 파도에 휩쓸려버리고 사라지고 말 거라고요.”

“어머님. 우리 이준이는 거짓 세상을 바로잡을 힘을 가진 아이입니다. 어머니는 아들을 믿어야 합니다. 어머니가 자식을 믿지 않으면 대체 누가 누굴 믿는단 말입니까. 세상을 뒤집고, 어머님과 남편분의 억울함을 풀어드리고, 모두를 진실로 이끌 그런 능력을 신께서 이준이에게 주셨습니다. 이준이는 그런 아이입니다.”

명도의 말에 하진의 눈은 그 어느 때보다 반짝였다.

; 탈출의 밤

그녀는 처음 왔던 그때처럼, 모두가 잠들어 있는 시간에 이곳을 떠나기 위해 몸을 일으켰다. 하지만 이번에는 이준이와 그녀 단둘만이 아니었다. 하진은 앞서 걷는 이명도 박사의 등을 바라보면서 아들의 앞날을 위해 그리고 이 더러운 세상에 복수를 하기 위해 무슨 짓이라도 하겠다고 굳게 마음먹었다.

숨죽인 세 사람이 조심스럽게 내딛는 발소리만이 저벅저벅 공간을 울렸다. 만에 하나 누구라도 이 소리를 듣고 깨어난다면 그래서 발각된다면…… 배신자는 곧 죽음이다. 하진은 걸음을 더욱 재촉했다. 그때 멈칫. 명도가 발을 멈추었다. 한시라도 빨리 빠져나가야 하는데 멈추다니! 절대 그래선 안 된다. 하진은 명도를 다그치기 위해 다가갔다. 그녀가 등을 두드리는데도 전방을 주시하는 명도의 눈은 도무지 움직일 생각을 하지 않았다. 뭔가 심상치 않은 일이 일어났다는 것을 하진은 본능적으로 알 수 있었다. 그들 앞에 펼쳐진 어둠 속. 그곳에 무엇인가가 있었다. 사람이다! 어둠 속에서 검은 형체가 아주 천천히 그들을 향해 다가오고 있었다. 목줄을 죄듯이, 수명을 갉아먹듯이 무언가가 조여 왔다.

'아, 이렇게 허무하게 끝나버리다니…….'

검은 형체는 점점 가까워져 서서히 실루엣을 드러냈다. 그 모습을 본 명도는 자신의 부주의함에 땅을 칠 수밖에 없었다. 정체는 다름 아닌 수업 시간 한쪽에서 말없이 그림을 그리고 있던 여학생이었다. 명도와 하진은 아무런 대책도 없이 서로를 바라보며 차갑게 굳어졌다. 소녀는 아무런 말도 없이 또각또각 계속해서 다가왔고 걸음은 일행의 바로 앞까지 와서야 멈췄다. 명도와 하진은 입조차 떼지 못했다. 여학생은 세 사람을 번갈아 바라보더니 이렇게 말했다.

"나도 데리고 가요."

예상치 못한 일행이 생겼지만, 들키는 것보다는 훨씬 낫다. 지금은 이 학생이 어떻게 탈출 계획을 알았고, 왜 나가려고 하는지 따위를 궁금해할 때가 아니다. 네 사람은 다시 걷기 시작했다. 미리 준비해 놓은 개구멍이 이렇게 멀리 느껴지다니, 가도 가도 끝이 없는 것만 같았다. 그때, 일행의 머리 위로 고함이 재앙처럼 쏟아져 내렸다.

"배신자다! 잡아라!"

날카로운 목소리와 동시에 귀를 찢을 것만 같은 사이렌이 믿음 공동체 안에 울려 퍼졌다. 큰일이다! 이제 신도들이 쥐 잡듯 내부를 뒤지고 다닐 것이다. 네 사람은 동시에 달리기 시작했다. 도달하지 못하면 죽는다. 네 사람은 오직 앞만을 바라보며 어둠을 밟고 앞으로 전력을 다해 달렸다. 하지만 사람들이 웅성거리며 쫓아오는 소리는 그들보다 더 빨랐다.

저쪽이다ー! 누군가 소리쳤다. 암담함이 몰려왔다. 곧 있으면 눈앞에 펼쳐질지 모르는 지옥에 치를 떨며 네 사람은 사력을 다해 뛰고 또 뛰었다. 조금만 더…… 이 코너만 돌면…… 개구멍이…… 하지만 마지막 모퉁이를 돌기 전에 붙잡힐 것 같은 공포가 그들을 집어삼켰다.

그들을 기다리고 있던 건 희망이 아니라 저승사자였다. 유독 진한 눈썹에 볼에 흉터가 있는 덩치 큰 남자가 기다란 각목을 들고 모퉁이 끝에서 그들을 맞이했다. 소리치며 쫓는 무리들도 가까이 와 있었다. 박사의 입에서 포기를 의미하는 안타까운 탄식이 흘러나왔다. 이런 상황을 뚫고 정하진이 먼저 행동했다. 그녀가 이준이를 거세게 앞으로 밀고는 그녀도 개구멍을 향해 달리기 시작했다. 여학생도 뒤따랐다. 잡히건 말건 때리건 말건 어쨌든 뛰고 본 것이다. 박사는 순간 일단 남자를 붙들고 시간을 끌어볼까 생각했지만, 그 역시도 무턱대고 달리는 쪽을 선택했다.

뺨에 흉터를 가진 남자는 예상치 못한 돌발 행동에 잠시 주춤했

는지 그들을 제지하지 못했다. 이에 명도는 필사적으로·달려 개구
멍을 가리고 있던 물건들을 치워냈다. 구멍이 모습을 드러내자 하
진은 서둘러 이준이를 구멍 안으로 밀어 넣었다. 명도는 각목을 든
사내 쪽을 바라보았다.

도무지 그의 행동을 이해할 수 없었다. 그 덩치가 개구멍으로 들
어가는 우리를 등지고 선 것이다. 웅성거리며 다가오는 소리는 커
져만 갔다. 두 사람이 연이어 개구멍을 빠져나갔을 무렵 몽둥이를
든 한 무리의 사람이 그곳에 도착했다. 흉터의 남자는 각목을 높이
치켜들었다. 상대는 명도 일행이 아닌 몰려든 사람들이었다. 영문
을 몰랐지만 지켜볼 시간도 없었다. 구멍을 빠져나온 네 사람은 뒤
돌아보지 않고 앞만 보면서 내달렸다. 왜? 대체 그 남자는 왜 그런
걸까? 하지만 지금은 등 뒤를 신경 쓸 때가 아니다. 숨이 턱까지 찼
지만 아무도 멈추지 않았다.

그렇게 네 사람은 어둠을 등진 채 – 더 짙은 어둠을 향해서 숨차
게 발을 내디뎠다.

3부
버려진 장난감

5

; 잠복기

어느덧, 벽에 피로 쓴 '모두의 날' 살인 사건이 발생한 뒤로 5년이라는 시간이 지나버렸다. 민성후 형사는 몰락한 채 굳어져 갔다. 멈춰버린 시간이었다. 도망치듯 인적 드문 곳으로 거처를 옮겼지만, 아내와 아들의 유골함을 여전히 떠나보내지 못하고 그대로 놓아둔채 지냈다. 이제 그날을 기억하는 사람들은 희미해졌지만, 그에게는 여전히 진행 중인 선명한 현실이다.

서이준에게는 환골탈태의 시간이었다. 성장기 남자아이에게 5년은 폭풍 같은 변화를 일으키기 부족함이 없는 기간이다. 시간은 그를 청소년과 청년 사이의 그 어딘가로 데려갔고, 변화시켰다. 전국을 들끓게 했던 천재 열풍은 이제 많이 사그라들었지만, 다른 의미로 사람들은 천재 청년에게 열광했다. 이명도 박사는 내심 생명공학 쪽으로 진로를 결정해 주길 바랬지만, 이준의 선택은 우주로 향했다. 어느 잡지 인터뷰에서 어릴 적 박사님이 들려주신 우주 이야기를 들으며 꿈을 키워왔다고 멋쩍게 말하기도 했다. 더는 박사도 말릴 수 없었다.

이준의 천재성은 시간이 흐를수록 더욱 빛을 냈다. 우주 공학 분야의 거의 모든 최연소 타이틀을 갈아치웠고, 엄청난 속도로 박사학위도 따냈다. 그러고는 맡겨놓은 걸 찾아가듯이 한국우주과학연구원 KNSA의 책임 연구원 자리에 올랐다. 더욱 놀라운 사실은, 아직 채 스무 살이 되지 않았음에도 한미일 3국의 우주 프로젝트에 당당히 한국인 연구 위원으로 발탁되어 서이준 이름 석 자를 세계에 알렸다는 점이다. 현재는 최초로 화성 궤도를 돌고 지구로 귀환 중인 우주선인 KN-1을 전담하는 부서의 부팀장으로 일하고 있다.

이명도 박사에게는 회복의 시간이었다. 이준이의 후광 덕분에 조금 입지를 마련할 수 있게 된 그는 심기일전 독자적으로 줄기세포 연구를 시작했고 – 의료계와 협업하며 나름 순항하고 있다.

위태롭지만 아무 일도 일어나지 않은 시간이었다. 간혹 어떤 암시가 담긴 것 같은 징조들이 아른거리기도 했지만, 멱살을 쥐고 흔들만한 것들은 아니었다. 마치 인간의 몸을 쓰러뜨릴 기회를 엿보는 바이러스의 잠복기 같은 기간. – 이제 그 시간이 막을 내리려고 하고 있다.

성후는 한쪽 벽 가득 붙여놓은 각종 뉴스 기사와 프린트들, 그리고 이준이와 이명도 박사 관련된 스크랩을 바라보면서 쓴 커피를 한 모금을 넘겼다. 한직으로 밀려나 빈둥거리는 것 말고는 할 일도 없는 경찰 생활은 성후의 집착에 기름을 부었다. 한순간도 추적을 멈춘 적이 없었다. 벽에 덕지덕지 붙어 있는 실체도 없는 그것들을 – 아무 일도 일어나지 않았으니 사건이라 말할 수도 없는 그런 것들을 – 5년간 붙잡고 매달렸다. 허송세월. 남들은 그렇게 말할 수도 있겠지만 그에게는 처절한 하루하루였다.

무거운 몸을 이끌고 출근하기 위해 나무 계단을 내려가고 있는데 우편함에 뭔가 들어있는 게 눈에 들어왔다. 인적 드문 이런 곳까지 굳이 광고 전단을 꽂으러 오는 사람은 아무도 없다. 요즘 같은 시대에 편지일 리도 만무하다. 고지서는 귀찮아서 전부 이체해 두었으니 우편함은 비어 있는 게 일상이다. 그런데, 그런 우체통에 뭔가가 들어있다. 성후는 불길한 예감을 억누르고서 우편물을 잡아 빼냈다. 유난히 하얀 편지봉투. 보낸 사람을 확인한 순간 심장이 마구 뛰기 시작했다.

[보내는 이 – 청신 교도소 조효익.]

놈이 어떻게 집 주소를 알아냈는지 그딴 건 중요하지 않다. 성후는 아무런 예고도 없이 운명이 정면충돌해 오는 기분이 들이닥치자 치가 떨렸다. 거친 숨으로 편지봉투를 뜯어내고 내용물을 꺼내 들었다. 편지에는 또박또박 정갈한 글씨로 네 글자만 적혀 있었다. – 다시, 시작.

; 면회

조효익은 5년 전과는 백팔십도 다르게 한없이 평온해 보였다. 완전히 다른 사람이 된 것 같은 느낌이 들 정도였다. 면회객이 아무도 없는 건지 면회소에는 문 앞에 있는 감시 요원을 제외하면 조효익과 민성후 단둘뿐이었다. 헛소리를 늘어놓았던 이전과는 달리 그는 입을 열 생각조차 하지 않았다. 먼저 입을 연 건 성후였다.

"오랜만이네."

"반갑습니다."

몹시 차분하게 – 진심으로 반가운 사람을 만난 것처럼, 그는 가벼운 미소와 함께 인사를 했다.

"편해 보이네. 여기 지낼 만한가 봐?"

"이 세상에 우연 같은 건 없습니다. 다만 그렇게 보이는 일들이 있을 뿐이지요. 우연 뒤에는 부단히 노력한 이들의 땀이 배어 있습니다."

"헛소리는 여전하구만."

"기억하십니까? 5년 전. 신이 되지 못한 소년 말입니다. 그분은 어미의 피를 받지 못해 완전체가 되지 못하셨죠. 사실 그때 저는 이해하지 못했습니다. 신의 계획은 언제나 한 치의 오차도 없이 정확한데…… 왜 그분은 피를 받지 못하신 걸까? 오랜 시간을 보내며 곰곰이 생각을 해보았습니다. 쉬지 않고 기도했고, 답을 구하기 위해 긴 명상에 들기도 했습니다. 아시다시피 이곳은 신을 만나기에는 최적의 환경이니까요. 아마 그분이 절 이리로 보낸 것도 다 그때문이라고 생각합니다."

"신이 기도나 하라고 너를 여기로 보냈다고? 정신 승리 하나는 기가 막히네."

"신과의 긴 교감 끝에 저는 그분이 어미의 피를 받지 못하신 것은 더욱 커다란 계획의 일부라는 사실을 깨닫게 되었습니다. 그리고 그토록 기다리던 5년의 세월이 지났습니다. 이제 그분은 대업을 이룰 완전체로 거듭나실 겁니다."

"대업? 완전체? 이봐 사이비 교주 양반. 그래 당신 말이 다 맞다고 치자고, 근데 이준이가 무슨 변신 로봇처럼 완전체 어쩌고가 될거라고 진짜 믿는 거야?"

말은 이렇게 했지만, 성후는 '완전체'라는 것을 빌미로 또다시 피칠갑 살인이 일어나지나 않을까 걱정이 앞섰다. 하지만 내색하지 않고 비아냥대는 태도를 유지하며 계속해서 물었다.

"무슨 근거로 이준이가 완전첸가 뭔가가 된다고 생각하는 거야? 뭐, 신의 계시 그딴 거야?"

"엄마를 잃은 소년은 답을 찾아 헤맸습니다. 그럴수록 자그마한 머릿속에서는 쉴 새 없이 호기심 가득한 질문이 쏟아져 내렸죠. 평범한 이들은 꿈에서조차 상상하지 못할 - 태초부터 지금까지의 모든 질문들의 홍수 속에서 소년은 답을 갈망하면서 천지사방을 헤맸습니다. 어떤 책을 뒤져도 지적 호기심을 채울 수 없게 되어버리고 말았죠. 천장에 닿은 겁니다. 더 이상 아무 곳에도 갈 수 없게 된 소년은 자신이 갈 수 있는 곳, 가야 할 곳은 단 한 군데뿐이라는 결론은 받아들입니다. 원점. 바로 자신이 나왔던 그곳으로 가야 한다는 사실을 말이죠. 어느 날 이준 군이 저를 찾아왔습니다. 제 곁을 떠난 지 한참 만에 돌고 돌아 제자리로 돌아온 것입니다. 엄청나게 허기진 얼굴로 저를 찾아오신 그분은 끝없이 많은 질문들을 쏟아내시며 답을 구하셨습니다. 저는 전부 대답해 드리진 못했지만, 제가 알고 있는 선에서 하나하나 차분히 신의 섭리를 설명해 드렸습니다. 못 믿으시겠다면 면회 기록을 살펴보세요. 지난 몇 년간 그분이 몇 번이나 이곳을 드나들었는지 말입니다."

성후는 말을 들으면서 머릿속에 펼쳐있는 퍼즐 조각들을 연결할 단서들을 찾으려고 애를 썼다.

"저는 그분을 성장시키기 위해 이곳에 왔습니다. 저도 나중에야 알게 되었습니다. 소년을 신으로 만드는 일. 그것이 제 사명이라는 것을요. 5년 전 '모두의 날'의 실패는 '계획된 미완'이었습니다. 저는 신의 은총에 힘입어 이곳에서 제 사명을 다할 수 있었습니다."

"그래서? 사명을 다해서 이준이를 신으로 만들었다. 그거야? 걔가 신이 됐어?"

"어떤 대답을 듣고 싶으십니까?"

"넌 어떤 대답을 원해서 나한테 그딴 편지를 보낸 거야? 뭐가 '다시, 시작.'이라는 거야?"

"저는 모든 것을 말했습니다. 그러니 형사님께서도 그분처럼 스스로 길을 찾으시길 바랍니다."

조효익이 마치 작별 인사를 건네듯 말을 던졌다.

"그분이 마지막 수업 때 이런 질문을 하셨습니다. ─ 유전자를 후대에 전하는 것이 대체 무슨 의미가 있을까요? 아니 의미라는 것 자체에 어떤 필요가 있긴 한 걸까요? ─ 그래서 제가 이렇게 되물었습니다. ─ 생각의 끝에 다다르셨습니까? 거기에 무엇이 있습니까? 그랬더니 그분께서 이러시더군요. ─ 제 결론은 인류가 존재해야 할 이유가, 존재하지 말아야 할 이유보다 적다는 겁니다. 그러면서 키우던 잉꼬 이야기를 하셨습니다. 더 이상 필요 없는 존재를 어떻게 하셨는지 말입니다. 그러고는 '필요 없는 것'을 없애버리면 '필요한 것'만 남게 되는 것이 아니라는 사실을 깨달았다고도 하셨습니다. 그래서 제가 물었죠. 그럼 남는 건 무엇입니까? 그랬더니 그분께서 먼 데를 바라보시며 이렇게 말씀하셨습니다. 필요 없는 것을 없앴더니 '공허'가 남았어요. 그리고 그 공허를 채울 수 있는 건 '재미있는 놀이' 뿐이더라고요. 이렇게 말씀하시고는 환하게 웃으셨습니다."

"그래, 알았어. 그건 전부 니들 광신도 집단의 놀음이잖아. 멋대로 해! 하고 싶은 대로 헛짓거리 다 하라고! 근데 왜 엄한 나는 가만두지 않는 건데? 납작 엎드려서 살고 있는 사람한테 왜 이상한 편지를 보낸 거냐고! 왜 들쑤시는 거냐고!"

"그건 본인이 잘 알고 계시지 않습니까?"

"내가 뭘? 대체 내가 뭘 안다는 거야?"

"민성후, 당신이 이 거대한 계획을 움직이는 중심이라는 사실을 말입니다."

이때 차분한 발소리를 내며 교도관이 다가왔다.

"면회 신청하실 때 맡겨놓으신 휴대폰이 계속 울려서요……. 뭔지는 모르지만 급한 일일 것 같은데…… 화면에 [최 반장님]이라고 뜨더라고요……. 말씀드려야 할 것 같아서……."

성후는 몸을 일으켜 교도관을 따랐다.

경찰차와 구급차가 나란히 정차해 있다는 것만 빼면 너무나도 평범한 주택가. 성후는 현관문 앞에서 뭔가 불편한 사람처럼 들어가지 못하고 망설였다. 이를 본 최필우 반장이 말을 걸어왔다.

"뭐해? 왔으면 들어오지."

"아, 그니까 왜 불렀냐고요."

성후는 긴장을 감추기 위해 사건 현장이 아니라 싫은 집에 억지로 방문한 손님처럼 굴었다.

"뭐 현장에 '모두의 날'이라고 피로 쓴 글씨라도 나왔어요?"

"들어와 보면 알아."

최필우 반장이 앞장서서 안으로 들어갔고, 마지못해 성후가 뒤를 따랐다.

"유서도 있고, 침입한 흔적도 전혀 없는 거로 봐서는 영락없는 자살인데……."

말과는 다르게 최 반장의 얼굴은 씁쓸해 보였다.

"그런데 말이야, 사망 추정 시간 두 시간 전쯤에 일본행 왕복 항공권을 구입했더라고, 료칸도 2박 예약했고…… 자살할 사람이 보통은 안 그러잖아?"

"반장님 보통은 말이죠. 자기 팀원도 아닌 사람을 현장에 오라고 하지는 않죠."

최 반장은 실없는 성후의 말에 반응하지 않고 말을 이어갔다.

"뭐, 그래. 갑자기 충동적으로 저지른 거면 그럴 수도 있다고 치자. 유서도 사망 직전에 쓴 게 아니라 써놓은 지 좀 됐다고 하니까……."

최 반장은 말하면서 책상에 있던 작은 액자를 집어 건넸다. 받아 든 성후는 말문이 막혔다.

"이거 때문에 성후 널 부른 거야."

액자에는 오래된 사진 한 장이 들어있었다. 네 사람이 나란히 서서 환하게 웃으며 카메라를 보고 있는 평범한 사진. 성후의 얼굴에 심각함이 내려앉았다. 사진 속 네 사람 중, 최소한 한 명의 얼굴만큼은 정확히 누군지 알아볼 수 있었다. 지금보다는 많이 젊은 모습이지만 틀림없는 이명도 박사다. 그리고 그 옆에선 어린아이 역시 많이 변한 모습이긴 하지만 서이준으로 보인다. 꼬맹이 뒤에 있는 사람은 살해당한 이준이 엄마 정하진일 것이고…… 그런데 나머지 한 사람은? 고등학생쯤으로 보이는 이 여자아이는…… 누구지?

"그 사진에 있는 여학생이 이 집 주인이야. 아까도 말했지만, 타살의 흔적은 없어. 벽 같은 데를 아무리 살펴봐도 '모두의' 날 어쩌고 그런 건 안 쓰여 있더라."

낡은 사진을 봤을 때, 가장 먼저 성후의 머리에 떠오른 것은 이곳에 오기 전에 만났던 조효익의 얼굴이었다. 그는 '다시 시작'을 선언했고, 기다렸다는 듯이 사건이 일어났다. 꾹꾹 눌러놓았던 5년 전 먹구름이 다시 몰려오기 시작했다는 걸 성후는 본능적으로 느낄 수 있었다.

성후의 태도가 돌변하자 최필우 반장은 눈짓으로 다른 수사 요원들에게 잠시 나가 있을 것을 지시했고, 자신 역시도 밖으로 나갔다. 성후는 온 신경을 현장에 집중해서 이곳저곳을 살폈지만, 아무리 봐도 특별한 것은 나오지는 않았다. 집이 넓은 편도 아니어서 더 뒤져볼 만한 곳도 없었다. 마지막으로 혹시나 화장실 문을 열어보았는데 – 멈칫. 그의 발이 주춤했다. 아담한 화장실. 세면대 옆 비누곽 아래쪽에 그것이 보란 듯이 놓여 있었다. 청포도 사탕.

; 브리핑 (일부 발췌)

이름 : 남우희

성별 : 여

니이 : 27세

직업 : (전) 만화가 (현) 무직.

  출판 경력도 있으나 인기가 없어 중단. 만화가도 관둠. 그녀의 유일한 작품인 [괴물의 한 조각]은 절판 이후 일부 광적인 팬덤을 형성, 나름 컬트 작가로 이름을 알림. 하지만 그마저도 인지도가 너무 낮음. 현재 그 만화책은 구하기 힘들어서 고가에 거래됨. 3권이 미완인 채로 완결이 안 된 상태

사인 : 개방성 목맴 의한 의사 추정 (경부압박질식사)

특이 사항 : '믿음 공동체 모두' 출신. 가족 없음. 서이준, 정하진, 이명도 박사와 함께 탈출한 것으로 추정.

; 놓친 것

성후는 끝내 잠들지 못하고 침대에서 나와 불을 켰다. 5년 만에 다시 나타난 청포도 사탕은 역시나 죽음과 가까운 곳에 놓여 있었

다. 청포도 사탕이 죽음을 불러오는 것인지, 아니면 어떤 상징이나 의미를 가지고 있는 건지 전혀 모르겠지만 – 어쨌든 일은 일어났다. 조효익이 '다시 시작'을 선언한 지 하루도 지나지 않은 시점이었다.

다시 죽은 만화가의 집으로 향했다. 거의 자살로 마무리되는 분위기라 현장을 보호하는 아무런 조치도 취해져 있지 않았다. 어제와 같은 풍경. 시신이 다른 곳으로 옮겨졌다는 점과 조사하던 요원들의 모습이 보이지 않는다는 것만 다를 뿐이다. 아무리 살펴도 특이할 만한 건 발견되지 않았다. 사막에서 물을 찾는 것 같은 기분만 계속되었다. 뭔가 놓쳤는데…… 뭘 놓친 거지? 어차피 수사관들이 한바탕 뒤지고 간 이후라서 단서가 될 만한 건 전부 쓸어 갔을 것이다. 그런데 왜 자꾸 뭔가가 있는 것 같은 기분이 드는 걸까? 이게 전부 청포도 사탕 때문이다. 사탕을 보자마자 장례식장에서 갑자기 소년이 건넨 그것을 입에 넣었을 때 느껴졌던 엄청난 단맛이 떠올랐고, 동시에 그날 느꼈던 비참함도 다시 올라왔다.

문득, 사건 브리핑이 떠올랐다. 절판된 그녀의 만화책이 고가에 거래되고 있다는 내용. 책장을 보니 [괴물의 한 조각] 1.2.3권이 나란히 꽂혀 있었다. 아무리 구하기 힘들다 해도 작가니까 본인의 책 정도는 가지고 있는 게 이상하지는 않다. 별생각 없이 만화책을 뽑아서 훌훌 넘겼다. 그리고 얼마 후 – 급발진하듯이 갑작스럽게 그의 눈에 '성후'가 와 닿았다.

'뭐지? 성후? 등장인물의 이름이 내 이름과 같잖아?'

페이지를 넘겼고, 또다시 손이 멈췄다. 아들이 잠시 집을 비운 사이 엄마가 괴한으로부터 살해당하는 부분에서 성후의 눈동자는 미친 듯 요동쳤다. 이럴 수가……! 하지만, 끝이 아니었다. 실루엣으로 표현된 범인이 안방 벽에 피로 '모두의 날'이라고 커다랗게 쓰는 장면에 이르렀을 때 – 마치 피가 마르는 것 같은 기분에 성후는 가슴을 움켜쥐었다. 만화는 다시 5년의 세월을 되감아 그를 나락으로 패대기쳤다.

'이건 만화일 뿐이야. 실제 일어난 사건과는 달라! 하지만……'

한 장을 넘기자 범인의 실루엣이 옅어지면서 형체가 조금 드러났다. 다음 장에는 본모습이 그려져 있을 것이다. 범인의 얼굴을 확인하기 위해서 성후는 다급하게 책장을 넘겼다. '범인은 조효익이야. 전부 끝난 사건이라고. 다른 사람이 범인일 리 없어……. 하지만…… 아니, 이건 단지 만화일 뿐이야.' 다시 손이 멈췄다. 예상과 달리 다음 페이지에는 범인의 얼굴이 그려져 있지 않았다. 거기서 3권은 끝났다. 4권은 발행되지 못했다. 작가가 죽었으니 앞으로 발행될 일도 없을 것이다. 발이 절로 동동 굴러졌다. 만화책을 들고 집을 뛰쳐나왔다. 목적지는 그곳뿐이다. 이번에야말로 놈을 죽여서라도 전부 털어놓게 해야겠다고 각오하며 청신 교도소로 차를 몰았다.

; 다시, 면회실의 두 남자

조효익은 여전히 평온했다. 그 모습이 성후를 더욱 자극했다. 교도관은 반입검토를 마친 만화책 [괴물의 한 조각]을 효익의 앞에 내려놓고서 되돌아갔다. 조효익은 흥미롭다는 듯이 손을 뻗어 차근히 하지만 제법 빠른 속도로 읽어나갔다. 1권을 다 읽지도 않았는데 성후가 그를 다그쳤다.

"이 만화 뭐야? 똑바로 말 안 하면 진짜 부숴버릴 거니까. 하나도 빠뜨리지 말고 전부 말해!"

"우연이라는 말로 담기에는 너무나 기막히지 않습니까? 기억납니다. 남우희라는 아이……. 그림 그리는 걸 참 좋아했어요. 만화가가 되다니 잘 자라준 것 같아 제 마음이 다 뿌듯합니다."

"헛소리 집어치우고 묻는 말에 대답이나 해."

"대답했지 않습니까. 모르는 만화라고."

성후가 갑자기 솟아나듯 일어나 조효익의 멱살을 쥐어 잡았다. 미리 언질을 들었는지 교도관은 모른 척 다른 곳을 바라보았다.

"대체 무슨 일을 꾸미는 거야?"

조금 걱정이 됐는지 교도관이 성후를 바라보았고, 어쩔 수 없이 멱살을 풀 수밖에 없었다.

"저는 민성후 당신에 대한 분노로 젊은 시절을 살았고, 당신 인생의 궤적을 쥐새끼처럼 뒤에서 쫓으며 몰락을 도모한 것도 사실입니다. 되돌아보니 교단을 만든 초창기에도 저는 여전히 분노를 다스리지 못했던 것 같습니다. 단상 위에서 수도 없이 간증과 설교를 빙자해 당신을 짓누르고 저주했습니다. 우리 신도들 중에 당신과 당신 가족을 모르는 이는 아무도 없을 겁니다. 지금 생각하면 부끄럽고 미안한 일이지만, 그땐 저 역시 눈이 멀어 있었습니다. 우리 신도들 모두 당신을 '악마'라고 믿었습니다. 다 지난날의 제가 그렇게 만든 겁니다. 이 만화 역시, 제 설교를 바탕으로 상상력을 더해 그려진 것으로 보입니다. 뭐 어쨌든 이젠 다 지난 일일 뿐입니다. 제가 진정으로 신을 영접하기 전에 있었던 미숙한 나날들에 있었던 일입니다. 그분이 나타나셨고, 내 인생의 지난 모든 일들이 신의 계획임을 깨닫게 되었습니다. 당신 민성후는 철천지원수도 아니고, 복수의 대상도 아니라 나를 신으로 이끈 인도자라는 사실도 알게 되었습니다. 당신은 소년 서이준의 눈을 뜨게 만들어서 신으로 만든 선구자입니다."

"그렇게 말한다고 사람을 죽이고 피를 묻힌 네 죄가 씻겨지지 않아."

"신의 이름으로 행한 일이어도 인간 세상의 법을 어겼으면 대가를 치러야 한다는 것쯤은 저도 알고 있습니다. 그래서 자수한 것이고, 이렇게 성실하게 복역하고 있는 겁니다."

"그래서? 앞으로 뭘 어쩔 건데? 또 무슨 일을 저지를 거냐고!"

조효익은 수갑으로 묶인 팔을 들어 보이며 이렇게 말했다.

"이런 처지에 제가 뭘 할 수 있단 말입니까? 제 역할은 이미 끝났습니다."

"그럼 '다시 시작' 그딴 편지는 왜 나한테 보낸 건데?"

"그렇게 하면 당신이 절 보러 올 거라 생각했습니다. 그래야 마지막 사명을 다할 수 있으니까요."

"마지막 사명?"

"그분의 말씀을 전하는 것입니다. 수업을 마치고 다시 세상으로 나가실 때 마지막으로 그분은 제게 이런 부탁을 하셨습니다. - 때가 되면 이 말을 꼭 민성후 형사님께 전해주세요."

효익은 잠시 주변을 둘러보았다. 조금 먼 곳에 교도관만 서 있을 뿐, 아무도 없었지만 뭔가 은밀한 말을 전하려는 사자처럼 신경을 곤두세운 자세였다. 그는 아주 작은 목소리로 이준이가 남기고 간 마지막 말을 또박또박 전해주었다.

"민성후 형사님. 어서 와서, 저를 죽여주세요."

; 코스모스

성후는 깊은 생각에 잠겼다. 한때나마 아버지와 행복했었던 어린 시절, 단지 정의감에 탈주범 신고를 했을 뿐인데, 그것으로 인해 얼굴도 본 적 없는 부부가 목숨을 끊었고, 살아남은 아들은 신의 이름을 함부로 휘두르는 괴물이 되어버렸다. 조효익 그는 모든 걸 걸고서 내 뒤를 쫓는 삶을 살았다. 대체 왜 그렇게 된 걸까? 내 잘못일까? – 아니다. – 아니, 모르겠다.

아버지와 다툴 때마다 내가 자주 했던 말이 있다.

"그건 아버지의 정의일 뿐이잖아요! 어쩔 수 없다고 말하는 건 전부 핑계예요. 나라를 위한답시고 가족은 안중에도 없었잖아요!"

이 말들이 칼날이 되어 전부 되돌아왔다. 조효익의 가족 일은 미안하지만, 그건 당시 어렸던 나의 미숙한 정의였다. 의도한 게 아니다. 어쩔 수 없는 일이었다. 나는 단지 나라를 위한 일을 한 것뿐이다. 조효익은 어렵고 지저분한 방식으로 그토록 증오하던 아버지와 내가 한 치도 다르지 않은 인간이었다는 사실을 전해주며 다시 나를 진흙탕으로 밀어 넣었다.

아버지의 병실은 지난번 파일을 찾으러 왔을 때와 달라진 것이 하나도 없었다. 그때 끝내 파일은 찾지 못했고, 다시 발길을 끊었다. 그토록 원망했었는데 – 그토록 미워했었는데. 이젠 전부 부질없는 것같이 느껴졌다. 가만히 침대 위의 아버지를 내려다보았다. 한때는 대한민국을 지탱하는 유능한 요원이었는지 몰라도, 지금은 껍데기만 남은 허수아비다. 신념에 따라 앞만 보고 죽어라 달려온 한 인간에 대한 일종의 동정심과 경외심이 처연한 마음을 불러일으켰다. 이런 마음을 담아 아주 오랜만에 아버지에게 인사를 건네보았다.

"저, 왔어요."

대답해 줄 리 없다는 건 알고 있지만, 그러고 싶었다. '용서'라는 거창한 마음도 들지 않았고 '후회'라는 애틋함도 들지 않았다. 이렇게 감상에 젖어 들고 있는데 난데없는 이상한 감정 하나가 성후의 뒤통수를 쳐왔다. 뭐지? 이 위화감은?

묘한 느낌의 정체는 간단하게 밝혀졌다. 침대 머리맡에 있는 액자 사진이 바뀌어 있었다. 전에는 케이블카를 타러 갔을 때 찍었던 사진이었는데 이번엔 민준이 초등학교 입학식 사진이다. 빌어먹을 형사의 촉은 별것 아닌 일에도 아무 때나 날뛰는 게 문제다. 그렇게 생각을 접으려는데, 잠깐만…… 이 사진은 누가 가져다 놓은 거지? 전에 왔을 때는 정희가 가져다 놓은 거라고 생각했었다. 하지만 이제 아내는 세상에 없다. 그러니 당연히 사진을 바꿔 넣을 수 없다. 그렇다면 사진이 바뀐 걸 어떻게 설명해야 하지? 대체 누가? 왜? 생각을 이어 가고 있는데 보란 듯이 사진이 – 다른 사진으로 휙– 하고 순식간에 바뀌었다. 아! 작은 탄식이 나왔다. 나무 프레임으로 된 엔틱 스타일 때문에 디지털 액자라고는 상상조차 하지 못했던 것이다. 또다시 바보처럼 허를 찔렸다. 슬라이드 쇼였다니. 더 이상 할 말도 없다. 그러다 곧바로 다시 얼굴이 굳어졌다. 액자는 이 병실에서 유일하게 정희가 가져다 놓은 것이다. 왜 나는 이것부터 살피지 않은 걸까? 가장 먼저 봤어야 하는 건데! 에드거 앨런 포의 도둑맞은 편지를 떠올리며 편지꽂이에 편지를 숨긴 고전적 트릭에 걸린 자신의 어리석음에 다시 한번 진저리를 쳤다. 떨리는 손으로 액자를 집어 들고 뒤쪽 커버를 벗기기 위해 힘을 주었다. 덜컥. 그것은 너무나도 쉽게 열려버렸다. 안에는 – 그것이 깊게 잠들어 있었다. – 바로 그 메모리카드.

﹔고요한 밤

'경찰 간부 권총 자살. 총기 행방 오리무중. 타살 가능성 수면 위로. 경찰은 쉬쉬'

썩 마음에 드는 헤드라인은 아니지만, 직관적이기는 하니 일단은 이렇게 두기로 하고 현우는 본격적으로 사건 자료를 뒤적이기 시작했다. 그때 사무실 문이 열리고 누군가 들어왔다. 눈을 의심하지 않을 수 없었다. 늦은 밤 찾아온 손님은 다름 아닌 성후였다. 면도를 한 얼굴에 머리도 단정하게 정리가 되어 있었고, 옷차림도 깔끔해서 다른 사람을 보고 있는 것처럼 느껴졌다.

"이제 좀 사람 같네요."

"그럼 언젠 내가 사람 같지 않았어? 사람 아니면 뭐 같았는데?"

"음……. 그걸 말하면 큰 상처를 받으실 것 같으니까, 그냥 제 가슴속에 담아두기만 할게요."

"왠지 그 말이 더 아픈데 허허."

"근데 어쩐 일이에요? 이 늦은 시간에 그렇게 때 빼고 광내시고 이런 누추한 곳까지."

"이거 먹어."

"뭔데요?"

"조각 케이크."

"진짜 안 어울리게 왜 이러실까?"

"도로 가져갈까?"

"아뇨. 아뇨. 딱. 거기 놔요!"

"바쁜 거 같은데, 하던 일 해."

"잉? 벌써 가게요?"

"그래야지……. 케이크 꼭 혼자만 먹어."

"같이 먹고 싶어도 보시다시피 아무도 없네요."

"방해해서 미안. 나 갈게."

"아니, 정말 이 늦은 시간에 딱 이것만 전해주려고 온 거라고요?"

"그것도 그거고. 앞으로 많이 바빠질 테니까 얼굴 잠깐 보러 온 거야."

"민 형사님 어디 가세요? 많이 바빠질 거예요?"

"나 말고. 현우 네가 바빠질 거라고."

"제가요? 왜요?"

"갈게. 늦었다."

손을 흔들며 성후가 사무실을 나섰다. 현우는 한참 동안 그가 나간 문을 바라보았다. 그러다 뭔가가 떠올라 케이크 박스를 열어보았다. 안에는 앙증맞은 치즈 케이크 한 조각이 들어있을 뿐이었다. 조심스럽게 그것을 들어내자 니코틴 패치가 눈에 들어왔다.

"뭐야? 담배 끊어라. 이거야?"

웃으며 패치를 꺼내려는데 – 안쪽 깊숙한 곳에 무언가가 눈을 사로잡았다. – 바로 그 메모리카드.

; ONLY

현우의 입이 다물어지지 않았다. 메모리카드 안에는 도저히 믿을 수 없는 이야기가 담긴 파일들이 들어있었다. 과학에 근거한 데이터를 기반으로 각종 설명과 함께 나열된 사실들은 엄청나다고밖에 할 수 없는 그런 종류의 것이었다.

[온리]는 신종 에너지의 임시 명칭이다. 그것은 인류가 한 번도 경험해 보지 못한 에너지원으로, 핵에너지처럼 폐기물을 남기지 않고, 탄소배출도 전혀 없다. 지구 온난화가 가속되는 지금 시점에 환경에 일조하면서도 발생하는 에너지는 핵연료를 훨씬 뛰어넘는…… 성공만 한다면 인류의 거의 모든 부분을 획기적으로 바꿀 게임 체인저, 아니 인류 운명 체인저가 될 것은 의심의 여지가 없

다고 쓰여 있었다. 하지만 그것을 만들기 위한 실험 과정은 차마 입에 담을 수 없을 정도로 비참했다. 미래 에너지 개발이라는 미명하에 거행된 실험의 결과로 자연계에서는 한 번도 발견되지 않은 각종 파장들이 퍼져 나갔고, 그것의 영향은 집계할 수 없을 정도로 광범위했다. 세계 각지에서 발견된 변형된 생물의 가지 수가 백여 종이 넘었으며, 한 번도 경험해 보지 못한 각종 바이러스들이 창궐했고, 상식이 통하지 않는 여러 질병들이 속속 학계에 보고되기 시작했다. 회색눈동자 증후군 역시 실험 이후 나타나기 시작했고, 세계를 뒤흔든 유행병 사태 역시 그렇다. 뿐만 아니라 각종 데이터에 이상이 발생했고, 정밀기기들은 오류를 쏟아냈다. 물론, 모든 일들이 전적으로 실험에 의해서만 발생한 것이라고는 말할 수 없겠지만 – 아니라고 단언할 수 있는 것도 없다. 무엇보다 큰 충격은 2011년의 일본 도호쿠 지방 태평양 해역의 심해 실험이 동일본 대지진을 발생시켰다는 기록이었다. 후쿠시마 사태는 피해 인원이 3만 명이 넘는 거대한 비극으로 아직도 그 아픔이 다 치유되지 못하고 있다. 그런데 그 일이······

파일을 마지막까지 훑어본 현우의 얼굴에 전에 없던 심각함이 감돌았다. 5년 전 채 팀장이 자신에게 전하려고 했던 것이 바로 이 파일이라는 확신이 들었다.

'그런데 어떻게 이 파일을 민 형사님이 가지고 있는 거지······?'

파일 이력을 살펴보니 최초 작성은 십 년도 훨씬 전이고, 최근 업데이트된 것은 채정희 팀장이 이 파일을 전해주기로 한 5년 전이다. 누군가가 긴 시간 동안 꾸준히 자료들을 모아 파일을 보강해 나갔다는 의미다. 그렇다는 건 이 문서를 작성한 것은 단순 개인이 아니라 – 어떤 집단일 가능성이 크다. 그리고 어딘가에 지난 5년의 데

이터가 업데이트된 최신 자료도 있을지 모른다. 성후가 말한 바빠질 거라던 말의 의미를 조금은 알 것도 같았다.

파일 검토가 끝나자마자 현우는 성후에게 메시지를 남겼다.

[진짜 이거 기사로 내보내도 돼요?]

날아온 답신은 이랬다.

[정희가 너한테 주려고 했던 걸 뒤늦게나마 내가 대신 전했을 뿐이야.]

이제 현우는 이제 공이 완벽하게 자신에게 왔음을 느꼈다. 그날 채 팀장이 느꼈던 무게감이 긴 시간을 지나 나에게 쏟아졌다. 현명한 판단을 내려야 한다. '진실.' '믿음.' 이런 말들에 넘어가지 말고 깊게 생각하자. 세상을 뒤엎을 만한 것이 지금 내 손에 있고, 나는 기자다. 하지만 파일의 내용을 기사로 쓴다고 해도 윗선에서 짤릴 건 뻔하다. 이건 일개 언론사가 감당할 수 있는 사안이 아니다. 아무리 애쓴다 해도 세상에 알리기는 쉽지 않을 것이다……. 하지만 이대로 그냥 놔둘 수도 없다……. 또다시 고질병이 도지고 있다. 다시금 망설이고 있다. 이러고 싶지 않은데 자꾸 주저되고 겁이 난다. 그러면서도 동시에 기자로서의 사명감이 가슴을 후벼 팠다. 메모리카드를 손에 꼭 쥐어보았다.

"너 정의감이나 진실 뭐 이딴 것을 밝혀내겠다는 마음으로 기자를 할 생각이라면 관두는 게 좋아. 정의나 진실은 서 있는 방향에 따라 얼마든지 달라져. 그런 걸 따르다 보면 반드시 길을 잘못 들게 되지. 그러니 아무것도 따르지 마. 그냥 어떤 일이든 객관화하려고 노력하면 그뿐이야. 최대한 객관에 가까이 가기 위해 노력해야 해. 일어난 일을 객관화시킬 수 있는 능력! 그게 가장 중요해."

그래, 그렇게 하자. 현우는 망설임을 뿌리치고 결심의 지점에 다다랐다.

'이 특종, 포기하자.'

이게 최선이고 모두를 위한 일이다. 민 형사님도 나보고 알아서 하라고 했어, 이게 내 선택이야.

굳게 다짐했을 때 성후로부터 메시지가 도착했다.

[이번 주말에 정희랑 민준이 추모관으로 옮기는데 같이 가줄 수 있어?]

; 따뜻한 술

비가 내리고 있는 야외 추모관에는 성후와 현우 두 사람뿐, 다른 사람들의 모습은 보이지 않았다. 예약한 공간 안에 둥근 모양의 도자기 두 개를 나란히 넣고서 입구를 닫은 성후는 두 손을 모으고 기도하는 자세로 눈을 감았다.

"진즉에 옮겼어야 하는데. 내 욕심 때문에 보내지 못하고 두 사람만 고생시켰어."

"사모님도, 민준이도 그동안 민 형사님과 같이 있어서 좋았을 거예요."

성후가 닫힌 납골묘에 손을 가져다 댔고, 현우는 그의 어깨에 손을 가져다 댔다.

"너무 내 생각만 했어, 그동안."

"괜찮아요."

현우는 계속해서 괜찮다며 다독였다.

"그러는 현우 너는 괜찮아?"

"저 뭐요?"

"특종 놓쳤잖아."

"아, 그거요. 괜찮아요. 어차피 기사 올렸어도 윗선에서 짤렸을 거예요. 언론사도 회사고, 기업이에요. 기사 하나 때문에 문 닫을지도 모른다면, 안 하는 게 당연하죠."

"현우 네 선택 충분히 이해해."

"그렇게 말해줘서 고마워요. 위로가 좀 되네요."

"비도 오고 좀 쌀쌀한데 어디 가서 따뜻한 술이라도 한잔할까?"

두 사람은 그렇게 하나의 우산을 나눠 쓰고서 천천히 빗속으로 걸어 들어갔다.

현우는 만약에 본인의 이름으로 기사를 낸다면, 세계적인 특종이 될 거라는 걸 누구보다도 잘 알고 있었지만, 그렇게 하지 않았다. 그녀는 이 엄청난 사실이 담긴 파일을 그 어떤 언론사도 선뜻 기사화시키지 못할 것이라고 판단했고, 단독 특종에 대한 아쉬움이 없는 건 아니지만 이번 사안은 그런 것을 따지면 안 된다는 결론에 다다랐다. 무슨 수를 써서라도 세상에 알려야 하는 일이다. 그깟 '특종'에 목맬 것이 아니라고 판단한 현우는 파일의 주요 내용을 요약정리해서 보도 자료를 만들었고, 원본을 복사한 파일과 함께 대한민국의 모든 언론사, 독립 언론을 비롯한 각종 시민 단체에 배포했다. 또한 동료들의 도움을 받아 영어와 일어로 번역을 해 각국 언론사에도 같은 내용의 메일을 보냈다. 개인의 특종을 포기하고 사실을 세상에 알리는 쪽을 선택한 것이다.

메일을 받은 언론사들은 자신들뿐만 아니라 수많은 언론사가 동시에 같은 내용의 보도 자료를 받았다는 사실을 알게 되면 ─ 부담감은 다른 언론사보다 먼저 보도해야 한다는 경쟁의식으로 바뀔 것이다. 언론사의 생리가 그렇다. 우리가 발굴한 기사가 아니라는 것에 대한 자유로움과 이왕 발표될 것 우리가 먼저 해버리자는 마음이 기사의 확산과 재생산에 기름 같은 역할을 할 것이다.

따뜻한 술을 현우의 잔에 따라주며 성후가 말했다.

"지금쯤 난리 났겠네."

"아마도요……."

"그래서 그런지 참 술맛이 기가 막히게 좋다."

"그러게요."

; 파급

"그걸 지금 말이라고 해!"

화가 머리끝까지 난 정보국 권 실장은 씩씩거리면서 부서져라 전화를 끊었다. 도무지 화가 풀리지 않는지 짜증 섞인 신음을 내면서 책상 위 결재 서류들을 전부 집어 던지고서, 다시 어디론가 전화를 걸었다.

"어, 나 권인데. 어떻게 됐어? …… 야 이 새끼야, 지금 그게 어디서 샜는지가 중요해? 그건 나중이고 수습해야 할 거 아니야! 수습을!"

이번에는 끊지 않고 전선 째 뽑아 전화기를 벽으로 던져버렸다.

하루아침에 모든 게 달라졌다. 거의 모든 언론사에서 동시에 터뜨린 기사는 바싹 마른 건조한 숲을 한순간에 삼켜버리는 불처럼 엄청난 파급력으로 세상을 뒤흔들었다.

"한미일 3국은 한목소리로 대부분이 거짓 뉴스라고 선을 그었지만, 세계 곳곳에서 연일 반인륜적 실험에 분노한 시민들의 시위가 격해져만 가고 있고 점차 폭력적인 양상으로 기울고 있어 우려의 목소리도 나오고 있습니다. 일부 지역에서는 유혈

사태가 발생했다는 소식도 들려오는 가운데……."

　현우는 회사 옥상 철제 기둥에 기대서서 다 써버린 니코틴 패치 상자를 만지작거리면서 입맛을 다셨다. 그런 그녀에게 동료인 정찬호 기자가 다가와 담배를 건넸고 현우는 고개를 저었다. 담배를 권한 사람도, 거절한 사람도 마치 짜기라도 한 듯 동시에 후아 – 하고 큰 숨을 뽑아 쉬었다. 현우가 동료 기자의 손에 있는 담배에 시선을 고정한 채 물었다.

　"넌 왜 그래?"

　정찬호 기자는 피우던 담배를 비벼 끄고는 곧바로 새 담배에 불을 붙이며 말을 이었다.

　"몇 년을 꼬박 준비한 기획이 한순간에 날아갔어. 휠휠."

　"그런 걸 준비하고 있었어? 금시초문인데?"

　"짠! 하고 터뜨리려고 엄청 조심하고 얼마나 공을 들였는데……."

　"날아간 거니까 이제 말해줘도 되는 거 아니야?"

　"말 참 예쁘게도 하네."

　정 기자는 담배를 깊게 빨아들이더니 후아 – 하며 허탈하게 연기를 내뿜고서 말했다.

　"내가 말이야. 떡잎부터 알아보고서 도신흥 대원이 우주비행사 후보가 되기 전부터 접근해서 단독 기사를 조건으로 말을 끝내놨거든. 거의 인간 다큐였다고 그게…… 그걸 지구로 귀환하면 짜자잔! 하고 세상에 내놓으려고 했는데…… 후아……."

　"하면 되잖아."

　"아이고, 성 기자야. 넌 기자라는 사람이 왜 이리 깜깜하냐."

　"그게 뭔 소리야? 도신흥은 대한민국 최초로 화성 궤도를 돌고 귀환한 우주인……."

"그니까, 내 말이. 국민 영웅이 되는 건 시간문제였는데 하루아침에 어떻게 이렇게 되냐고!"

"그 사람한테 무슨 문제 생겼어?"

"이런 깜깜이를 보았나! 지금 여론이 말이다 영웅은커녕 역적 분위기야. 너 [온리]인가 하는 에너지 때문에 난리인 건 알지? 그 반인륜적으로 만들어진 신에너지를 지구로 돌아오는 우주선 연료로 시험 사용한다는 사실을 도신홍은 이미 우주로 가기 전부터 알고 동의했다는 사실이 밝혀졌어."

"아무리 그래도 그 대원이 사람을 죽이는 실험을 한 건 아니잖아. 그냥 우주비행사잖아."

"대중들은 정확한 타깃을 원해. 단 한 사람! 타도할 대상! 그게 필요하거든. 히틀러, 후세인 같은 그런 존재가 필요하다고. 그게 대중의 속성이야. 그런데 이번 사태에는 그런 사람이 없어! 책임자라 할 만한 사람이라고는 기껏 각국 대통령 정돈데, 다들 이전 정부의 일이라면서 손절하는 분위기거든. 대중들은 그 말을 믿지는 않지만, 그렇다고 타깃으로 하기에는 찜찜했는데 이런 상황에서 상징적 인물이 떡하니 나타난 거지. 돌아올 때 연료로 [온리]를 사용하는 버튼을 누르는 게 도신홍 대원이잖아. 악마의 실험체 사용 버튼을 누르는 첫 인간! 어때? 끝내주지!"

"휴우……."

"성 기자. 어째 네가 나보다 더 크게 한숨을 쉬냐?"

"정 기자. 저기 있잖아……."

"답답하게 왜 그래, 속 시원히 얘기 좀 해봐. 넌 뭔데 그래?"

한참을 망설이던 현우가 어렵사리 입을 열었다.

"있잖아……. 담배 한 개만 주라."

; 커피

성후는 기차표부터 끊었다. 덜컹거리는 기차에 앉아 휴대폰으로 뉴스를 훑어보았다. '연일 시위. 유혈 사태 발생' – '그들이 만들어낸 건 신에너지가 아니라 괴물이다.' 예상했던 기사들이라 놀랄만한 건 없었다. 다만 세상이 이토록 부글부글 끓고 있다는 소식과는 달리 기차 안은 너무나 평온해서 휴대폰 속의 뉴스가 모두 거짓말인 것처럼 느껴졌다. 그렇게 뉴스들을 살펴보다 낯익은 기자 이름 하나가 눈에 들어왔다.

'화학 공장에서 대규모 화재. (특보. 기자 성현우.) 나흘 전 발생해서 어제 겨우 진화를 끝낸 연청 화학 공장의 대규모 화재 현장에서 방화의 흔적이 나타나 당국이 수사에 착수했습니다. 이 공장은 SNS 등에서 국제적으로 금지되어 있는 생화학 무기를 만드는 공장이라고 괴소문이 퍼져 있는 곳으로 이번 '온리'사태와 맞물려 관심이 집중된 곳 중에 하나입니다…….'

바쁘게 지내고 있구나……. 여러 기사들을 읽는 내내 불편한 마음이 감춰지지 않았다. 모두를 위한다는 선의와 정의감을 가지고 파일을 현우에게 넘겼다. 파일은 세상을 뒤흔들었고 많은 이들을 혼란으로 빠뜨렸다. 곳곳에서 유혈 사태가 발생하고 있고, 목숨을 잃은 사람도 생겨났다. 나는 과연 옳은 선택을 한 걸까? 어린 시절 정의감에 휩싸여 탈주범을 신고했을 때와 비슷한 것 같다는 생각이 든다. 당시 의도야 어찌 됐든 내 신고로 인해 한 가정이 파괴되었다는 사실은 변하지 않는다. 부모를 잃은 소년은 괴물이 되어 나를 망가뜨리기 위해서 자신의 인생을 바쳐 줄곧 내 뒤를 쫓았다. 어쨌든 내가 그들의 인생에 악영향을 주었다는 사실은 부정할 수 없는 사실이다. 그런데…… 또다시…… 똑같은 짓을 저질러 버린 것 같은 두려움이 목을 졸라왔다. 지구로 귀환하고 있는 도신홍 대원. 한때 국민 영웅으로 칭송받았지만, 파일이 공개된 이후 인류의 반역자 취급을 받고 있다. 그는 지금 이 시간에도 조금씩 지구와 가까워지고 있다. 도신홍 대원은 알고 있을까? 오고 있는 길이 금의환향이 아닌 사자의 입속으로 들어오는 길이라는 것을…….

강릉에 도착한 성후는 바닷가로 향했다. 하지만 그의 목적지는 해변이 아닌 조금 떨어진 곳에 홀로 서 있는 작고 아담한 주택이었다. 택시에서 내린 성후는 트렁크에서 물건이 가득 든 비닐봉지 두 개를 꺼내고서 택시를 보냈다. 양손 가득 분유와 기저귀를 들고 낡은 단층집 앞에 도착한 그는 봉투를 내려놓고서 초인종을 눌렀다.

"누구세요?"

"전화 드렸던 민성후라고 합니다."

문이 열렸고 만삭의 여인이 그를 맞이했다. 거실에 두 살배기 아이가 요람에서 잠을 자고 있어서 성후는 발소리를 죽이고 안내받은 소파에 조용히 앉았다. 하지만 엉덩이가 소파에 닿기가 무섭게 다시 일어나 바닥에 무릎을 꿇었다.

"죄송합니다."

물론 아이가 자고 있어 크게 말하지는 못했다. 만삭의 그녀는 작은 접시에 커피 한 잔과 물이 담긴 유리컵을 가지고서 부엌에서 나왔고, 무릎 꿇고 있는 성후의 모습에 조금의 놀란 기색도 없이 소파 테이블에 쟁반을 내려놓았다.

"됐으니까 그만하시고 커피 드세요."

그 말에 성후는 숙였던 고개만 살짝 들어 올렸을 뿐 일어서지 않았다. 그러자 그녀는 쟁반의 커피를 들어 그의 앞에 놓아주었다.

"커피 드세요. 이게 별것 아닌 것 같아도 저한테는 세상에서 가장 마시고 싶은 것이거든요. 임신 때문은 아니고요……. 전에는 즐겨 마셨어요. 근데 애 아빠가 우주로 나간 이후에 다짐을 했어요. 그렇게 힘든 여정을 하고 있는 남편의 어려움을 어떻게 하면 함께 나눌 수 있을까? 생각 끝에 고통 분담 차원에서 가장 좋아하는 커피를 남편이 귀환할 때까지 마시지 않기로 나와 약속했어요."

나와의 약속이라니! 성후는 그동안 자신과 해왔던 지키지 못한 많은 약속들이 떠올라 씁쓸해졌다.

"그러니까, 부디 맛있게 마셔주세요. 대리만족이라도 하게요."

그 말에 도저히 커피잔을 들지 않을 수가 없었다. 무릎을 꿇은 채 달그락 커피를 들어 올렸다.

"일어나셔서, 소파에 앉아서 드세요."

"저는 용서를 구하러 왔습니다."

"그러니까요. 용서를 구하러 온 사람이 이렇게 말을 안 듣는 게 어디 있어요."

그녀가 웃으며 말했다. 용서해 줄 때까지 꿇은 무릎을 펼 생각은 없었지만, 이렇게 나오는 데 별도리가 없었다. 그녀는 물을 마치 커피인 듯 음미하며 마시더니 이렇게 말했다.

"전화로도 말씀드렸지만, 그쪽이 우리한테 잘못 한 건 아무것도 없어요. 그러니 용서하고 말 것도 없는 일이에요."

이번에도 정의감으로 한 일이 희생자를 만들어냈다. 의도하지 않았다고 해도 책임이 없다고 말할 수는 없다. 조효익의 가족은 과거의 일이라고 쳐도, 도신홍의 가족은 현재진행형이다. 순식간에 이 가족이 분노의 표적이 되었다. 성후는 가족의 울타리가 붕괴된다는 것이 얼마나 고통스러운 일인지 누구보다 더 잘 알기 때문에 어떻게든, 무엇이든 하고 싶었다. 억지를 부리는 것 같고 떼를 쓰는 것으로 보여도 사과를 하고 용서를 구해야 한다고 생각했다. 그래서 이렇게 왔는데 때조차 쓰지 말라고 한다. 진짜 나쁜 사람이 된 것 같은 기분이 지워지지 않았다. 수십 번 아니 수백 번 나쁜 사람이 된다고 해도 이들 가정이 행복할 수만 있다면 좋겠다.

"커피 드세요."

꿇은 무릎을 펴고 소파에 앉은 성후가 커피를 입에 가져다 댔다. 향긋하고 맛이 좋은 커피였다.

"어때요?"

"정말 맛있네요."

"아, 부러워라."

그녀는 마실 온 친구처럼 성후를 대했다. 정말 원망 같은 건 하나도 없는 사람인 것처럼 보였다.

"저기, 정말 저한테 원망이 들거나, 화가 나지 않으세요?"

얼마나 경박스러운 질문인지 잘 알지만, 도저히 묻지 않고는 못 견뎌 질문을 던져보았다. 돌아온 그녀의 대답은 너무나 선명했다.

"그럼요. 사과를 하고, 용서를 구하고 싶은 마음은 잘 알겠어요. 그 마음은 무척 아름답다고 생각해요. 하지만 아무리 아름답다고 해도 제가 당신의 사과를 받아들이면, 남편의 선택이 잘못되었다고 제가 동의하는 게 되잖아요. 절대 그렇지 않아요. 남편은 본인이 선택해서 우주로 간 거예요. 물론 저도 그 선택에 동의를 해주었고요. 그 선택에 후회나 부끄러움 같은 건 없어요. 물론 요즘 떠들썩한

[온리]인가 뭔가는 잘 모르지만, 남편은 나만 잘못 없다. 이러면서 쏙 빠질 사람이 아니에요. 전 알아요. 그이는 두 아이에게 절대 부끄러울 행동은 하지 않을 아빠라는 걸요……. 이제 아셨죠? 제가 당신 사과를 받을 수 없는 이유를요. 저는 당신의 사과를 받으면 안 돼요. 물론 용서를 하고 말고 할 입장도 아니고요. 그이는 두 아이와 인류를 위한 선택을 했고, 목숨을 걸고 지구 밖으로 나갔어요. 저는 그걸 응원할 뿐이에요."

전혀 예상치 못한 그녀의 말에 성후는 부끄러움이 차올라서 어디론가 도망치고 싶은 마음이 들었다. 그런 성후에게 그녀가 한 가지 제안을 해왔다.

"정 마음이 그러시면…… 용서 그런 거 말고, 다른 부탁 한 가지만 들어주시면 안 될까요?"

"네. 제가 할 수 있는 일이라면 뭐든 하겠습니다."

"감사해요. 제 부탁은요……. 그 커피 남기지 말고 전부 마셔주셨으면 해요. 저는 그걸 원해요."

이 말에 성후의 두 눈에 눈물이 그렁 모여들었다.

"물론입니다. 너무 맛있어서 눈물이 날 지경입니다."

⸎ 비상대책회의

대회의실에 모인 많은 연구원들과 한국우주과학연구원 KNSA 관계자들의 얼굴은 모두 어둡기만 했다. 감당할 수 없는 압박과 비난 속에서 그래도 어떻게든 도신홍 대원의 무사 귀환을 최우선으로 해야 한다는 사명감을 가진 사람도 있었지만, 대부분은 순식간에 '인류의 적' 취급을 당하게 된 것에 대해 겁을 먹고 감당하기 힘든 회의감에 빠져 있었다.

커다란 회의실 문이 열리고 모두가 기다리던 화성 궤도 프로젝트의 부팀장인 서이준이 들어왔다. 말이 부팀장이지 팀장인 KNSA 원장은 명목상 팀장일 뿐, 실제 모든 걸 지휘한 인물은 부팀장인 서이준이었다. 그가 회의장에 들어서자 모두들 뭔가 해결해 주지 않을까 하는 애틋한 희망의 눈빛으로 이준을 바라보았다. 나이는 많이 어리지만 보통 사람은 넘보지 못할 엄청난 저 천재에게는 이 상황에서 우리를 구원해 줄 어떤 비책이 있지 않을까? 기대감이 금세 회의장을 가득 메웠다. 자리에 앉은 서이준이 마이크를 켜고 한두 번 손가락으로 두드린 다음에 입을 열었다.

"저는 지금 이 사태가 우리에게 기회라고 생각합니다. 아시다시피, 전부터 미국과 일본은 [온리]를 연료로 하는 첫 우주 비행이라는 타이틀을 결코 우리나라가 갖는 걸 원치 않았습니다. 그래서 이번 귀환에 [온리]가 사용되는 데도 철저하게 비공개를 요구했고, 반드시 비공개 테스트라는 명칭을 사용하라고 한 것입니다. 실패 확률이 높고 피해가 클 것으로 예상되는 짐은 우리에게 전부 떠넘기고, 영광은 지들이 차지하겠다는 심보입니다. 물론 이런 게 어제오늘 일은 아닙니다. 예상외로 피해가 커져 버린 후쿠시마 사태 역시 같은 맥락에서 보시면 될 겁니다."

모두 숨죽이고서 경청하는 가운데 이준이 천천히 그들을 둘러본 후에 말을 이었다.

"우리 모두는 알고 있습니다. 이 테스트 프로젝트의 성공 확률이 지극히 낮다는 사실을요. 그러니 미국과 일본이 순서를 우리에게 '양보'라는 명분으로 떠넘긴 것입니다. 하지만 우린 그걸 알고서도 받아들였고, 기적을 만들고자 하는 마음으로 전력으로 매달렸습니다. 지금 지구로 오고 있는 도신흥 대원 역시 대한민국과 인류의 미래를 위해 목숨을 걸고서 엄청나게 낮은 확률의 비행에 선뜻 나선 겁니다. 변한 건 아무것도 없습니다. 아니, 어쩌면 우리 입장에서는 더 좋아졌다고도 할 수 있습니다. 어쨌든 [온리]의 존재가 세상에 알려졌고, 전 세계가 이번 비행이 [온리]를 이용한 첫 사례임을 알게 되었습니다. 성공한다면 그 영광은 우리의 몫이 될 겁니다."

"하지만 비난 여론이……"

누군가 어렵사리 입을 열었지만, 말을 마무리하지는 못했다.

"바뀔 겁니다. 엄청나게 낮은 확률의 이 우주 비행이 성공한다면! 모두들 언제 그랬냐는 환호할 겁니다. 대중은 그렇습니다. 환경에 어떠한 악영향도 주지 않는 신에너지. 무한한 에너지를 갖게 되는데 어느 누가 비난을 하겠습니까! 지금의 사태는 열병 같은 겁니다. 결국 [온리]를 만든 이들은 인류의 구원자로 기억될 겁니다. 그러니 우리가 할 일은 이 순간에도 지구를 향해 오고 있는 우주선 안의 대한민국 국민을 무사히 착륙시키는 데 온 힘을 집중해야 하는 것뿐입니다."

이준의 열띤 연설에도 회의실 분위기는 변하지 않았다. 어디까지나 그건 장밋빛 희망일 뿐 현실은 온갖 비난의 화살을 받고 있는데 실패까지 한다면 누구도 감당할 수 없는 지경이 되어버릴 것이라고 생각했다. 더구나 가장 중요한 무사 귀환 성공 확률이 너무나 낮다는 사실은 변하지 않고 그들의 목을 졸라왔다. [온리]로 연료 교체를 하는 순간 터져버려도 전혀 이상하지 않다. – 그것은 너무나 위험하고 불확실한 물질이다.

"제가 모든 걸 책임지겠습니다!"

부정적인 기운이 감도는 회의장이 이준의 이 말 한마디로 다시 웅성거리기 시작했다.

"제가 모든 반대를 무릅쓰고 강경하게 프로젝트를 진행 - 성사시킨 책임자가 되겠습니다. 그렇게 공표하고 독불장군 리더로 알려지겠습니다. 만에 하나 일이 잘못되면, 여러분도 '저에게 당한 희생양이다.' 이러시면 됩니다. 제가 방송에 출연해서 무사 귀환을 완벽하게 성공시킬 자신이 있다고 호언장담하겠습니다. 전부 제가 책임질 테니 여러분도 무사 귀환에 모든 걸 쏟아부어 주십시오."

박수가 이어졌다. 엄청난 박수와 함성이 회의실을 가득 메웠다. 서이준은 만장일치로 이번 프로젝트가 마무리될 때까지 공식적인 팀장으로 전권을 가지게 되었다. 이준은 손을 흔들어 미소로 화답했다. 하지만 이들 중에 이준의 이 미소의 진짜 의미를 아는 사람은 단 한 사람도 없었다.

만찬

"오늘 무슨 날이야?"

이명도 박사는 차려진 화려한 음식에 놀라 부엌을 향해 물었다.

"오셨어요?"

앞치마 차림의 이준이 명도를 맞이했다. 차려진 음식들과 평소와는 다른 이준의 태도에 명도는 뭔가 싸한 느낌이 들었지만 내색하지는 않았다.

"이걸 다 이준이 네가 만든 거야?"

"레시피대로 하면 되는 거라 어렵지는 않았어요."

쓱싹 - 고기 자르는 소리와 음식 씹는 소리만이 식탁을 맴돌았다. 박사는 분위기를 전환해보려고 미소 지으며 말을 던져보았다.

"맛있네. 넌 과학자가 안 됐으면 요리사 했어도 성공했겠다."

이렇게 말했지만, 돌아온 대답은 건조하기만 했다.

"저는 지금 제가 하는 일이 좋아요."

명도는 '그럼 그렇지' 하는 표정으로 샐러드를 씹었다. 전에도 농담 같은 걸 하는 아이는 아니었지만, 사춘기를 지나고부터 한결 심해졌다. 박사는 그게 전부 '회색눈동자 증후군' 때문이라고 생각했다. 지금도 이준이는 렌즈를 끼고 생활하고 있다. 명도는 렌즈 뒤에 있는 잿빛 눈동자를 떠올리며 안타까워했다. 단지 눈동자뿐만 아니라 상황도 명도의 마음을 아프게 했다. [온리] 때문에 세상이 들썩거리고 있다. 줄기세포 때와는 비교할 수 없을 정도로 전 세계가 요동치고 있다. 그런데 하필이면 이준이 몸담고 있는 KNSA가 깊게 연관되어 있고, 그 중심에 이 아이가 있다. 박사는 과거의 자신처럼 이준이가 화풀이 대상을 찾는 이들의 분노의 표적이 되지 않을까 부척이나 염려되었다.

"저 오늘 공식적으로 화성 궤도 프로젝트 총책임자로 임명됐어요. 내일 뉴스 나올 거예요."

"뭐……? 뭐라고!"

"축하해주세요."

명도는 눈앞이 캄캄해졌다. 암담함이 몰려왔다. 대체 지금 얘가 무슨 말을 하고 있는 건지 – 헛소리를 들은 것 같은 착각이 들기도 했다. 이런 능구렁이 같은 KNSA 놈들! 지들 살겠다고 이 어린애한테 책임을 떠넘기다니! 그걸 이준이가 덮어쓸 줄이야!

"무슨 말씀 하실 줄 알아요. 근데 제가 선택한 일이에요. 책임 회피하기에 급급한 임원진이 자리를 차지하고 있으면 제 계획대로 일을 할 수가 없거든요."

거실로 자리를 옮긴 두 사람은 커피를 사이에 두고 마주 보고 앉앚다. 박사는 커피를 마시면서도 조금 전 식사 때부터 뭔가 이준이 평소와는 많이 다른 것 같은 느낌에 긴장을 늦추지 않고 있었다. 불행이도 그 예상은 적중했다.

"박사님, 부탁이 있어요."

"네가 어쩐 일로 나한테 부탁을 다?"

"듣기 전에 꼭 들어주시겠다고 약속해 주세요."

"뭔데 이렇게 거창하게 나오는 건데? 아무래도 엄청 어려운 부탁인가 보구나. 일단 들어나 보자."

이준은 자리에서 일어나서 독립하기 전까지 머물렀던 자기 방으로 들어갔다. 그리고 잠시 후, 운동화 상자 크기의 박스를 들고 돌아와 박사 앞에 내려놓았다.

"열어보세요."

"분위기상 선물은 아닐 테고……."

박사는 망설임 없이 상자를 열었다. 안에 든 것을 보자 얼굴이 굳어졌다.

"너……!"

안에 든 것은 권총 한 자루였다.

"어디서 난 건지는 묻지 마세요."

총을 보고 놀란 명도는 얼어붙어서 아무 말도, 어떤 생각도 할 수 없는 상태가 되어버렸다. 하지만 곧바로 정신을 차리고서 상자의 뚜껑을 급히 닫았다.

"너, 대체 뭘 어쩌려고 그래?"

몹시 놀란 명도와는 대조적으로 이준의 얼굴은 무표정했다. 심지어는 평온해 보이기까지 했다.

'너 똑바로 대답 안 해! 이 총 어디서 난 거야!'

이렇게 소리치고 싶었지만, 명도는 현재 상황에서 그런 행동은 아무런 도움도 되지 않는다는 것을 잘 알고 있었다. 그렇기에 목구멍까지 올라온 그 말을 꾹 내리 담고서 최대한 이 상황을 이해하려 애썼다. 그러다 문득, 얼마 전 수사를 받던 경찰 간부가 자살한 뉴스가 떠올랐다. 총기의 행방이 묘연해 타살 가능성도 배제할 수 없다는 뉴스. 그의 가슴이 쿵! 소리를 내며 무너져 내렸다.

"박사님. 부탁이 있어요. 꼭 들어주세요."

명도의 바싹 말라버린 입 안에서 공기 같은 침이 꿀꺽하고 목구멍 뒤로 넘어갔다.

"무슨…… 부탁인데……?"

"저를 막아주세요."

"너 그게 무슨 소리야? 너를 막아달라니!"

"이해 못 하시겠지만, 저는 저를 죽일 수 없어요."

"알아듣게 말해 줄 수 없겠니? 아저씨는 네 말이 무슨 말인지 하나도 모르겠어. 네가 너를 죽일 수 없다는 게 무슨 말이야? 내가 왜 널 막아야 하는데? 이준아, 뭐야? 대체 무슨 생각인 거야?"

"모두를 위한 일이에요."

명도는 '모두'라는 말에 소름이 돋아났다.

"너…… 혹시…… 조효익!"

"그 총으로 저를 쏘시면 아저씨는 모두를 구하게 되는 거예요."

"너 그게 무슨 소리야! 널 쏘라니!"

"만약 박사님이 절 쏘지 않으신다면 수많은 사람들이 목숨을 잃게 될 거예요. 아저씨의 선택과 행동으로 많은 사람을 살릴 수 있어요."

박사는 총이든 상자와 이준을 번갈아 바라보았다. 서이준은 상자를 열고 권총을 꺼내 탄창에서 탄을 확인하고는 명도 앞에 내려놓으며 말을 이어갔다.

"물론, 절 쏘시면 아저씨는 살인자가 될 거예요. 세상을 구하는 대신 박사님은 몰락하는 거죠. 아무도 박사님이 세상을 구한 지 모를 거예요. 단지 살인자로 기억될 뿐이겠죠."

"너…… 지금 그게……."

"부탁해요. 박사님."

"야! 서이준! 너 미쳤어? 아니, 진짜로 미쳤어도 이건 도가 지나치잖아!"

"어서 그 총 드세요. 그리고 제 머리에 한 방. 가슴에 한 방. 부탁드려요."

명도는 소리치며 권총과 탄창을 분리해 집어 던져버렸나.

"당장 나가! 나가! 썩 꺼져!"

이준은 평온하기만 했다.

"역시, 박사님은 안 되겠네요."

"너…… 그게…… 무슨 말이야?"

"역시 그 사람밖에 없군요."

"그 사람……?"

따져 물으려던 명도가 순간 멈칫했다. 이준의 두 눈이. 정확히는 두 눈동자가 검정색에서 잉크가 번지듯 서서히 잿빛으로 변해갔기 때문이다. - 렌즈를 착용하고 있던 게 아니었어? 잿빛 눈의 이준은 자리에서 일어나 총과 탄창을 집어 들었다. 그리고 그것을 철컥 - 다시 결합하고는 차디찬 회색 눈으로 이명도 박사를 바라보았다.

; 뜻밖의 것

최 반장에게서 메시지가 도착했다.

[시위가 너무 많아서 우리한테까지 불똥이 튀어 죽을 지경.]

[너 잠적 했다고 너희 팀장 화내더라.]

[링크 하나 보낸다. 알아서 해라. 내 코가 석 자다.]

성후는 덤덤한 마음으로 최 반장이 보내준 링크를 열었다. 흔한 커뮤니티의 한 페이지. 게시 글 제목은 [대박, 이게 다시 연재되다니!]였고, 작성자 닉네임은 [정체불명의 누군가]였다. 이끌리듯 게시 글 안으로 들어갔다. 거기에는 연재가 중단된 만화 [괴물의 한 조각]의 다음 부분이 올라와 있었다. – 아니, 이게 어떻게……?

그것은 성후의 뒷덜미를 잡아채 다시 지난 시간 속으로 던져 넣기에 충분한 것이었다.

[괴물의 한 조각] 다음 부분은, 피로 '모두의 날'이라고 쓴 범인이 서서히 모습을 드러내는 것부터 시작됐다. 놀랍게도 범인은 남자가 아니라 여자였다!

침착하자…… 이건 단지 만화일 뿐이다. 하지만 어쩌면 진짜로 진범이 조효익이 아닐 수도 있다는 생각에 성후는 잠시 서늘함을 느꼈다. 일단 조금 더 읽어보자.

만화 속 범행을 마친 그녀는 현장을 벗어나기 위해 방문을 열었다. 그러고는 "끝났어요." 누군가에게 말을 했다. 뭐야? 단독 범행도 아니었다고!?

"수고했어." 목소리의 주인공이 어둠 속에서 모습을 드러냈다. 누가 봐도 조효익의 모습 그대로였다. 완벽하게 똑같지는 않았지만, 얼굴의 특징을 정확히 묘사해 냈다. 그녀는 그를 '리더'라고 불렀다. 두 사람은 함께 희생자의 피로 거실을 피범벅으로 만드는 의식을 거행했다. 그렇게 온 집안이 새빨개지자 그들은 서둘러 나갈 준비를 했다. 그러다 멈칫. 갑자기 여자가 멈추더니 입을 열었다.

"리더님. 이제 저를 놓아주세요. 시키는 대로 다 했잖아요. 이젠 저를 보내주세요."

"어디로 가게? 단 한 번도 내 품에서 벗어나 본 적도 없잖아."

이 말에 여자의 눈물이 터져버렸다.

"시키는 대로 다 했잖아요!"

"전부 네가 원해서 한 거잖아. 내가 억지로 시킨 일이 하나라도 있어?"

"그건…… 그건……"

만화는 망설이고 있는 그녀의 모습 뒤로 – 가스라이팅 되는 회상 장면으로 이어졌다.

철조망이 쳐져 있는 높다란 벽. 그리고 깊은 밤. 네 사람이 숨죽인 채 어둠을 가르며 도망치는 그림이다. 조금씩 어둠이 걷히고 그들의 얼굴이 하나씩 드러났다. 성인 남녀 두 사람과 여학생, 그리고 어린 꼬맹이다. 앞 장면의 리더처럼 인물의 특징을 아주 잘 잡아내서 모르는 사람은 모르겠지만 아는 사람이라면 성인 남자는 이명도 박사이고, 여자는 5년 전 살해당한 정하진임을 알 수 있을 정도로 또렷했다. 그리고 꼬맹이는 별다른 특징은 없지만, 이들과 함께인 걸 봐서는 정황상 서이준일 것으로 추측할 수 있다. 그러면…… 여학생은?

다음 장면은 – 다시 점프해서 – 이들이 탈출하기 전 리더와 여학생의 비밀스러운 대화로 이어졌다. 둘 사이에는 촛불이 놓여 있었고 조효익은 사제복을 입고 있는 것으로 묘사되어 있었다. 리더의 손은 너무나도 거대해서 한 손에 그녀를 움켜쥐었다. 만화적 비유다. 손아귀에 잡힌 여학생에게 조효익이 말했다. 그의 목소리는 마치 그녀의 뇌를 뒤흔드는 것처럼 묘사되어 있었다.

"너도 함께 가서 ─ 그들과 함께하며 ─ 어디서 뭘 하는지, 하나도 빠트리지 말고 보고하거라! 늘 해오던 일이니 잘 해낼 거다. 아무 걱정하지 말거라. 넌 선택받은 사람이니."

여학생은 그 말을 되받아 중얼댔다.

"나는 선택 받은 사람이다. 나는 선택받은 사람이다……."

"신의 아이야. 가서 너의 사명을 다하거라!"

"나는 신의 아이야. 나는 신의 아이야. 사명을 다해야 해."

리더는 흡족한 미소를 지으며 움켜쥔 손을 펴서 그녀를 다시 현실에 내려놓았다. 만화는 여기서 다시 도망치는 밤 장면으로 이어졌다. 미리 봐둔 개구멍에 다다랐을 무렵 서둘러 어둠을 걷는 그들 앞에 큰 몸집의 남자가 길을 막아섰다. 탈출의 꿈이 좌절되려는 그 순간, 얼굴에 흉터가 선명한 덩치 큰 남자와 여학생의 눈이 마주쳤다. 그리고 둘만 아는 눈짓이 오갔다.

성후는 잠시 보던 것을 멈추고서 만화에 나오는 덩치 큰 남자가 일전에 현우가 말했던 실종된 선배가 아닐까 생각해 보았다. 흉터 얘기도 있었다. 아마도 맞을 것이다. 이걸 현우에게 보여줘야 할까? 잠시 망설였지만, 곧 정신을 다잡고 다시 만화 속으로 들어갔다.

벽 밖으로 나온 네 사람은 누가 먼저랄 것도 없이 전력 질주를 한다. 그러나 얼마 못 가서 여학생은 조금씩 뒤처지기 시작했다. 아무리 따라가려고 해도 속도는 나지 않고 몸은 무거웠다.

"괜찮아. 나는 신의 아이야. 나는 신의 아이야. 나는 신의 아이야……."

엎친 데 덮친 격으로 여학생은 돌부리에 걸려 쓰러지고 말았다.

비명이 밤을 가르자 앞서 뛰던 이들이 일제히 멈추고 뒤를 돌아보았다. 그러고는 모두 마치 짠 것처럼 그녀에게로 달려왔다. 조금의 주저함도 없이, 너무나 당연하다는 듯이. 여학생은 아픈 와중에도 이 상황을 도저히 이해할 수 없었다.

'시간을 끌면 잡힐 게 뻔한데…… 달리기에도 부족한 시간인데……? 왜……? 나에게 온 거지?'

"일어설 수 있겠어? 괜찮아?"

모두 진심으로 그녀를 걱정해 주었다. 여학생은 지독한 혼란에 빠져들었다. 리더는 이들이 악마에게 영혼을 팔고 도망치는 사악한 인간들이라고 했다. 하지만 지금 이 행동은…… 여학생의 눈에 그들은 조금도 사악해 보이지 않았다. 혼란이 정리되기도 전에 남자가 그녀를 냅다 업었다. 그러고는 다시 힘차게 앞을 향해 달리기 시작했다. 많이 느려졌지만, 여전히 함께다. 여학생은 너무나 궁금해서 업고 달리는 남자의 귀에 대고 물었다.

"절 데리고 가지 않으면 더 빨리 도망칠 수 있잖아요."

그때 누군가 말했다. 달리고 있는 그들을 멀리 그린 그림 위에 적혀 있는 대사라 누구의 말인지는 불분명하지만, 밤하늘을 배경으로 이런 대사가 쓰여 있었다.

"이제, 우리는 우리야."

조금 전까지 '나는 신의 아이야.'라고 중얼거리던 여학생은

"이제, 우리는 우리야. 이제, 우리는 우리야……"

이렇게 중얼거리기 시작했다. 여기서 만화는 다시 현재로 돌아온다. 살인 현장. 벽에 쓴 '모두의 날'이 차차 어둠에 묻혀간다. 집으로 돌아온 그녀는 불도 켜지 않고 어둠에 묻힌다. 그리고 얼마 후. 현관문이 열렸고 건장한 청년이 안으로 들어왔다. 그녀의 눈에 비친 청

년의 얼굴은 비정상적이게도 그날 밤 함께 도망쳐 나온 꼬마 아이의 모습을 하고 있다. 꼬맹이 얼굴의 청년이 그녀에게 물었다.

"왜 그랬어요?"

대답할 말을 찾으려고 해도 아무것도 찾을 수 없었다. 그녀는 자신이 텅 비어버렸다는 사실을 알게 되었다. 꼬마 얼굴이 다시 물었다.

"왜 그랬어요? 우리 엄마를……"

텅 빈 그녀는 대답할 말을 찾고 찾았지만, 여전히 아무 말도 할 수 없었다.

"나는 신의 아이야!"

청년은 아무런 말 없이 그녀를 바라보았고 - 그녀는 그 말만 계속해댔다.

"나는 신의 아이야. 나는 신의 아이라고! 신의 아이!"

그녀는 변명처럼 이 말만 반복했다. 그러다 결국 복받쳐 오르는 눈물을 도저히 참을 수 없었는지

"미, 미안…… 해……."

깊은 사과를 내뱉었다. 청년은 그런 그녀에게 이렇게 말했다.

"나는 사과를 받으러 온 게 아니에요. 단지 엄마를 죽인 이유가 알고 싶어서 온 거예요."

성후는 만화 속 이 청년이 서이준이 틀림없다고 확신했다. 장례식장에서 - 그리고 비 오던 그날 베란다 난간에서 느껴졌던 그 알 수 없는 기분이 이 만화를 통해 고스란히 되돌아왔기 때문이다. 이 장면 뒤로는 한동안 그녀의 독백이 이어졌다. 만화답지 않게 글이 많았다. 그리고 그 끝에 여자는 스스로 목을 맨다. 하지만 만화적 표현으로는 그녀를 죽인 건 그녀 자신이 아니다. 목을 매는 그녀의 뒤

로 이런 대사가 쓰여 있다.

'이건 내 의지로 하는 일이 아니야. 나는 의지라는 것을 가져 본 적이 한 번도 없어.'

그녀의 손이 청년의 손으로 변한다. 스스로 목을 매는 그림은 청년이 매달아 주는 것으로 오버랩되며 바뀌었다. 성후는 이 장면을 보며 혼잣말을 내뱉었다.

"자살로 위장한 타살!"

여기까지다. 4권이 끝난 것 같지는 않지만, 게시판에 올라온 부분은 이게 마지막이다. 성후의 가슴은 통제불능으로 요동쳤다. 이건 만화일 뿐이야……. 그렇지만…… 이건…… 어떡해야 하지? 다시 조효익을 찾아가야 하나? 아니, 그건 아니다. 침착해야 한다. 지금 나는 지나치게 흥분해있다. 가라앉혀야 한다. 그렇게 심호흡을 몇 번 했음에도 조금도 진정되지 않았다. 만화가는 이미 죽었다. 그럼 이건 누가 그린 거지? 미리 그려둔 분량일까? 그렇다고 해도…… 대체 누가 이걸 인터넷 게시판에 올린 거지? 왜? 하필 지금?

성후는 만화를 커뮤니티 게시판에 올린 아이피를 추적하기 위해 사이버수사팀에 있는 동료에게 전화를 걸려다가 바로 휴대폰을 내려놓았다. 지금 이 나라의 모든 경찰들은 [온리]와 관련된 시위와 테러 위협에 비상사태로 정신이 없을 것이다. 이럴 때 정식 요청도 아닌 부탁 수준의 일은 뒷전으로 밀리기 마련이다. 물론 말로는 알아보겠다고 하겠지만, 언제 결과를 얻게 될지 미지수다. 흐지부지 될 가능성이 크다. 그러니 경찰에 맡기는 건 무리다.

성후의 뇌리에 한사람이 떠올랐다. 불법과 합법 사이에서 줄타기를 하는 전문 해커인 그 녀석.

"여보세요? 영운이냐? 나다. 민성후."

전화기 너머 들려온 목소리는 정말 전화 받기 싫지만, 그랬다가는 무슨 험한 꼴을 볼까 겁나서 어쩔 수 없이 받은 사람의 태도 딱 그것이었다.

"영운아 있잖아. 인터넷 커뮤니티에 게시 글 올린 사람을 찾아야 하는데…… 외국 서버 이용해서 추적 피하는 것 정도는 나도 알아…… 근데 대부분 우리나라에서 우회하는 거잖아……. 알지, 안다고! 내가 오죽 급하면 너한테 전화를 했겠냐……. 야, 나영운! 너 나한테 이러면 안 되는 거 아니냐……. 뭔 소리야 그게? 상자가 뭐어째? …… 남의 집 앞에 있는 상자를 네가 왜 조사를 하는 건데! …… 너 지금 그게 하기 싫다는 게 아니면 뭐야? 됐고! 얼른 해서 빨리 알려줘……. 되지도 않는 소리 그만 좀 하고! 너 한 시간 내로 결과 보고해! 안 그러면……."

전화를 끊고 벽시계를 바라보았다. 그러고는 한 시간. 해커인 나영운으로부터 연락이 오기까지 성후는 꼼짝하지 않고 그 자리에 굳어버린 사람처럼 그대로 앉아있었다. 내심 주소지가 현재 서이준이 살고 있는 주소와 일치하기를 바라고 있었다. 다시 그 소년, 아니 이제 더 이상 소년이 아닌 그를 만나게 되면 과연 어떨까 상상하고 있는데 때마침 메시지 알림이 들려왔다. 확인하는 것과 거의 동시에 자리를 박차고 밖으로 달려 나갔다.

주소지는 예상과는 다르게 서이준이 사는 곳에서 멀리 떨어진 동네였다. 면목동의 아주 오래된 빌라. 시간이 90년대에 멈춘 것 같은 분위기가 공기 중에 배어 있는 그런 곳이었다. 계단을 오르던 성후의 발이 낡은 문 앞에 멈췄다. 초인종을 눌렀지만 아무런 응답도 들려오지 않았다. 혹시나 문고리를 잡아 돌려보았다. 역시나 열려있었다. 텅 빈 집안. 곰팡내 나는 그곳 거실 한가운데 낡은 박스 하나가 덩그러니 놓여 있었다. 이번에도 역시 보란 듯이. 혹시 폭발물일 수도 있으니 주의해가며 가까이 다가갔다. 반쯤 열린 틈으로 종이 뭉치들이 언뜻 보였다. 역시나 예상대로였다.

안에는 한가득 만화 원고가 들어있었다.

상자를 집으로 가지고 온 성후는 테이블 위에 올려놓고는 열어볼 생각도 하지 않고 깊은 생각 속으로 빠져들었다. 외면하려 하면 할 수록 악몽은 오히려 또렷해졌다. 그래, 도망칠 수 없다면 들이받는 방법뿐이다. 마치 성배라도 되는 듯 만화 원고를 꺼내 첫 장을 넘겼 다. 그러고는 단숨에 끝까지 읽어나갔다. 그림체는 1~3권과 크게 다르지 않았지만, 내용은 잘 이어지지 않았고 중구난방에 개연성도 엉망이었다. 한마디로 만화로서의 가치는 제로에 가까웠다. 한눈에 봐도 원래 작가가 아닌 대필 작가의 솜씨가 확실했다. 하지만 다른 건 몰라도 이 만화가 자신에게 보내는 메시지라는 사실을 성후는 너무나도 선명하게 느낄 수 있었다. - 놈이 나를 부르고 있다!

괴물과의 마지막 싸움을 앞두고 있는 만화 주인공 '성후'는 괴물 에게 가까이 가기 위해 고군분투한다. 결국 만화의 거의 뒷부분에 서 두 사람은 나란히 마주 서게 된다. 어찌된 영문인지 주변에는 많 은 사람이 죽은 듯 쓰러져 있다. 그들 사이에서 괴물과 성후가 대화 를 시작한다. 하지만 이상하게도 대사 처리가 하나도 안 돼 있다. 그 냥 그림만 그려져 있을 뿐이다. 무슨 대화를 하는지 모르게 몇 장이 나 넘어간다. 그러다가 만화는 뜬금없이 지구 밖 풍경을 보여준다. 지구로 향하고 있는 우주선. 아무런 설명도 없다. 우주선이 지구 대 기권 내로 진입한다. 한참 내려오다가 그냥 '펑!' 폭발해 버린다. 더 욱 어처구니가 없는 것은 단지 우주선이 폭파되었을 뿐인데 그 파괴력이 기괴할 만큼 크다는 것이다. 폭발은 멈추지 않고 엄청난 기세로 퍼져 나갔다. 그리고 다음 컷은 우주에 덩그러니 떠 있는 지구의 모습. 평온한 가운데 갑자기 지구의 한 부분이 폭발하는 장면으로 이어진다. 앞선 우주선 폭발의 연장선인 것 같은 묘사다. 그런데 폭발은 그치지 않고 더욱 거세져 끝내는 지구를 삼켜버린다. 그리고 다음 장면에 지구의 모습은 보이지 않는다. 완전히 사라져 버린 것이다.

여기서 끝이 아니다. 만화는 다시 성후와 괴물의 대화 장면으로 이어진다. 지구는 이미 폭발했는데 두 사람은 지금 어디 있는 거지? 무슨 말을 하는지 여전히 대사는 쓰여 있지 않다. 만화는 거기서 끝. 두 사람이 마주한 그림 아래 작게 '계속'이라고 쓰여 있을 뿐이다. 지구가 끝난 마당에 뭐가 계속이란 말인가. 말만 계속이지 사실상 만화는 여기서 끝이다. 더 이상은 없다.

성후는 마지막 장을 덮고, 후우 – 참았던 한숨을 길게 뽑아냈다. 그러고는 고개를 돌려서 벽에 붙어 있는 기사들을 바라보았다. 몇 몇 기사들이 유독 도드라지게 눈을 사로잡았다.

[서이준. 한국우주과학연구원 KNSA 책임 연구원 임명.]

[우주비행사 도신흥 화성 궤도 진입 성공.]

[귀환 마지막 단계 연료로 [온리] 사용 예정 소식에 시위 격화.]

벽을 바라보는 그의 머릿속에 무서운 생각 하나가 피어올랐다. 만약에 핵보다 몇 배나 큰 에너지가 대기권에서 폭발한다면…… 아니다. 말도 안 된다. 그건 정말 만화에서나 나올법한 허무맹랑한 일이다. 정말 그런다고? 왜? 이준이 왜? 그렇게 할 이유가 없다. 왜? 머릿속에 계속해서 왜만 떠돌았다. 납득할 수 없어서도 아니고, 너무 허무맹랑해서도 아니었다. 단지…… 성후는 '혹시'라는 생각이

구체화될 것이 두려워 필사적으로 '왜'를 집어던지며 막고 있는 것이었다.

; 계획

정보국 해외 공작실 권삼영 실장의 굳게 다문 입과 펴질 줄 모르는 미간은 사태가 얼마나 심각한지 보여주는 징표처럼 보였다. 잠시 후, 사무실 문이 열렸고 피곤에 지친 것처럼 보이는 동후가 들어와서는 고개 숙여 인사를 했다.

"이리와 앉아라. 그래, 그쪽 상황은 어떠냐?"

"흔들리지 말고 도신홍 대원의 무사 귀환에만 역량을 집중하자고는 하는데…… 뭐, 엉망입니다."

"올라오는 보고는 많은데 해결책은 전혀 없고, 죄다 징징거리기나 하니! 어디 답답해서 살 수가 있나…… 요즘은 정말 믿을 만한 요원 하나가 절실하다 절실해. 오죽하면 내가 널 불러들였겠냐. 지금 분위기 같아서는 우리 정보국이 전부 박살 나도 할 말 없을 것 같다야."

혀를 차던 권 실장이 상체를 동후 쪽으로 옮기며 넌지시 물었다.

"네 생각은 어떠냐?"

"어떤…… 생각 말씀이십니까?"

"앞으로 어떻게 될 거 같냐 이거야. 분위기 바꿀 방법이 있으면 더 좋으니까, 뭐라도 좀 읊어봐."

이에 동후는 허리를 꼿꼿이 펴더니 준비라도 한 것처럼 말문을 열었다.

"현재 같은 상황에 처한 미국과 일본이 각각 어떻게 대응하고 있는지를 알아봤습니다. 일단, 미국은 아시다시피 신 에너지원인 [온리]를 인정했습니다. 개발 완료 단계에 진입했다는 사실을 공식적으로 발표했고, 동시에 친환경 미래 에너지에 방점을 찍고서 적극 홍보 모드에 돌입했습니다. 하지만 공개된 파일에 언급된 실험이나 피해에 대해서는 완강히 부인하고 있습니다. 파일은 반정부, 반세계 집단의 악의적인 기록들로 미 정부는 절대로 어떠한 실험도 승인한 바가 없으며, 반인륜적 실험은 단 한 차례도 하지 않았다는 입장입니다. 그런데 재미있는 것은 '대한민국과 일본 정부가 독단적으로 그런 실험을 했을 가능성은 배제할 수 없다.'는 태도를 취하고 있기도 합니다. 늘 해오던 것처럼 애매한 입장에 서서 여차하면 나 몰라라 덮어씌우자는 속셈이죠. 반응도 나쁘지 않습니다. 우선, 자국민의 직접적 피해가 없었습니다. 여론도 잠잠해서 미국은 그냥 이대로 깔고 앉을 분위깁니다. 일본 역시 미국과 마찬가지로 [온리]의 존재는 인정했습니다. 하지만 동일본대지진이 실험에 의해 발생했다는 것만은 말도 안 되는 일이라고 강력히 부인하면서 각종 데이터를 들이대며 반박 중입니다. 일본 정부는 반인륜적인 실험 자체가 있었다는 사실 자체가 거짓이며, 파일 역시 전부 왜곡이라는 입장입니다. 여론은 무척 좋지 않습니다. 우리나라처럼 시위가 곳곳에서 일어나고 있고, 동시에 혐한 분위기도 증가하는 추세입니다. 그리고 우리나라는…… 아시다시피 정부는 일관된 대처를 하지 못하고 있고, 여론이나 정치권 모두 둘로 나뉘어 서로 반대 진영의 잘못이라고 아귀다툼 중입니다."

들고 있던 권 실장이 엄지손가락으로 턱을 지그시 문지르다가 만면에 미소를 띠며 물었다.

"민동후 너. 뭔가 계획이 있긴 있구나."

"저희가 먼저 선수를 쳐야 합니다. 정부가 공식 입장을 내놓지 못하고 있는 지금이 - 논리를 선점하고, 저희 쪽에 피해 없이 사태를 마무리할 수 있는 명분을 만들어서 국민들의 뇌리에 심을 수 있는 절호의 기회라고 생각합니다."

"어떻게? 정보국은 나서서 대국민담화나 기자회견 같은 걸 대놓고 할 수 있는 기관이 아니잖아. 아니, 그렇게 한다 하더라도 도둑이 제 발 저려 저런 거다 그러지 않겠어?"

"그렇습니다. 그렇기 때문에 저희는 저희가 늘 해오던 방법으로 일을 진행해야 합니다."

권 실장은 흥미롭다는 듯이 입맛을 다셨다.

"우리가 나서지 않으면서 우리의 목소리를 전국에 알릴 수 있는 방법이 있습니다."

"빙빙 돌리지 말고 얘기해 봐."

"청문회를 하는 겁니다. 현재 국회는 진상조사위원회다 뭐다 구색은 갖추어 놓았지만, 우왕좌왕할 뿐입니다. 딱 주무르기 좋은 시점이죠. 면피할 명분과 주목할 만한 성과를 준다고 하면, 없는 꼬리라도 만들어서 흔들어댈 그런 종자들입니다. 국회의원들은."

"그래, 그렇다고 치자. 근데. 우리 정보국 사람을 청문회장에 앉히자고? 그건 좀…… 누가 해? 지금 상황에서는 증인으로 실장인 내가 딱인데? 날더러 하라고?"

"절대 안 됩니다. 실장님뿐만 아니라 그 어떤 정보국 요원도 청문회장에 앉으면 안 됩니다. 우리 정보국은 파일과 관련된 어떠한 것에도 연관이 없기 때문입니다."

"그럼. 누가 청문회에 나가서 그 일을 하는 건데?"

"청문회의 내용은 우리 정보국이 준비한 그대로 진행될 테지만, 우리의 입이 아니라, 이 사태의 또 다른 주체인 한국우주과학연구원의 입을 통해 세상에 드러날 겁니다."

"너…… 혹시……"

"네. 법무실장인 제가 적임자라고 생각합니다. 명분도 충분합니다. 제가 법률 대변인 역할도 맡고 있으니 저만한 사람은 없습니다. KNSA 내부에서도 서로 면피하기 바빠서 제가 나가겠다고 하면 옳거니 할 겁니다. 제가 청문회에 나가서 교과서적인 얘기만 하고 오겠다고 하면, 이의를 제기할 사람은 없을 겁니다. 그리고 여기……."

동후는 가지고 온 서류 가방을 열어 두툼한 종이 뭉치를 꺼냈다.

"청문회 시나리오를 한 번 만들어 봤습니다. 검토 바랍니다."

허허허. 권 실장은 만족 가득한 웃음을 웃었다.

"심촌. 조식에 충성할 기회를 주세요. 정말 제대로 해 보이겠습니다."

; 청문회

모든 관심이 한국우주과학연구원 KNSA 대회의실로 몰려들었다. 대한민국의 모든 방송사를 비롯해서 외신에, 각종 인터넷 매체들까지 청문회를 생중계하기 위해 장사진을 이뤘다. 물론, 이곳에 모인 대부분의 관계자들조차 이것을 기획한 곳이 대한민국 정보국이라는 사실을 알지 못했다. 하나부터 열까지 정보국 주도하에 완벽한 시나리오가 갖추어진 정치 쇼로, 사안이 중대한 만큼 질문을 하게 될 청문 위원들 역시 사전에 배포된 대본을 들고 모처에서 리허설까지 마친 상태로 오늘 이 자리에 모였다.

권 실장은 자신의 사무실에서 정보국과는 공식적으로 아무런 상관없는 이 쇼를 보기 위해 텔레비전을 켰다. 마침 단정한 검정 슈트

차림의 동후가 청문회장에 들어서는 모습이 방영되고 있었다. 기다렸다는 듯이 카메라 플래시가 쏟아졌고, 동후는 눈도 깜짝하지 않고 담담하게 준비된 자리로 가서 앉아 잠시 목을 가다듬었다. 사무실의 권 실장은 이 모습을 지켜보며 따뜻한 녹차로 입을 적시면서 정해진 각본의 드라마를 즐길 준비를 했다.

첫 번째 질문자인 장선모 국회의원이 근엄한 얼굴로 약속대로 꾸짖듯 질문을 했다.

"단도직입적으로 묻겠습니다. 그 파일의 내용 사실입니까?"

시작부터 강수를 두는 설계다. 이 질문에 '아니요.'라고 대답하면 장 의원이 더욱 강하게 동후를 몰아쳐 궁지로 몰아붙인다. 구석에 몰린 동후가 역전 만루 홈런을 치듯 조목조목 반론을 제기하며 역으로 장 의원을 민망하게 만들어버린다. 이 계획에서 장선모 의원이 받을 타격은 크다. 그렇기에 얻어가는 것도 가장 많다. 장 의원은 대가로 사위를 통해 받은 뇌물이 완벽하게 없었던 일이 된다. 국회의장 자리도 약속받았다. 단 한 번 치욕의 대가로는 차고 넘치는 것이니 마다할 이유도 없다.

"왜 대답을 못 합니까! 못 들었어요? 파일이 사실이냔 말입니다! 지금 여기 묵비권 쓰러 나왔어요?"

장선모 의원은 더욱 거세게 몰아쳤고 동후는 약속한 대로 머뭇머뭇 난처한 표정을 지었다. 무언가 골똘한 동후의 모습은 각종 매체를 통해 실시간으로 중계되었다. 안쓰럽기 그지없는 모습. 그 표정마저 계획된 것이라는 걸 모른 채 - 전국의 시청자들은 혀를 차며 그 모습을 지켜보았다. 잠시 후 민동후 변호사는 마음먹었다는 듯이 입을 열었다.

"의원님께서는 그 파일의 내용이 사실이냐고 물으셨죠?"

"그걸 누가 몰라서 짚어줘요? 말 돌리지 말고 대답이나 속 시원하게 해봐요!"

동후는 카메라를 똑바로 응시하며 말했다.

"그 파일에 담긴 내용은 하나도 빼지 않고 전부 사실입니다."

그 순간. 동후의 말이 세상 밖으로 쏟아져 나오자 - 거의 모든 사람들이 자신의 귀를 의심했다. 틀림없이 증인석 마이크를 통해 전달된 건 다름 아닌 '모두 사실'이라는 말이었다. 잘못 들은 게 아닌가 하는 대중의 생각은 - 잘못 말한 게 아닌가로 옮겨갔다. 하지만 틀림없이 그렇게 말했다. 당연히 부정할 거라고 생각했는데…… 반인륜적 실험이 실제로 실행된 일이라고 KNSA 법무실장의 입으로 인정을 해버린 것이다. 그 한마디가 충격파로 변해 모두를 혼란으로 빠뜨렸다.

"어…… 그러니까……."

질문을 던진 장선모 의원도 인지 부조화에 빠져버렸다. 대본대로 하자면 법무실장은 '아니오!' 강하게 부정을 했어야 하는데, 모두 사실이라고 인정을 해버리다니! 무슨 일이 일어난 건지 감도 잡히지 않았다. 시작부터 대본과 완전히 다른 대사를 치고 있는 상대 배우를 보며 어떻게 대응할지 준비조차 못한 엉성한 배우는 아무런 말도 못한 채 얼굴만 붉으락푸르락 했다.

대부분의 국민들도 이 청문회가 면피용 요식행위라고 생각했기에 당연히 파일의 내용은 거짓이라고 부정할 것은 불 보듯 뻔한 사실이며, 그럴싸한 변명이라도 들어볼 양으로 시청하고 있는 사람들이 대부분이었다. 그런데 다른 사람도 아닌 한국우주과학연구원 법무실장이 사실이라고 인정해 버렸으니…… 쓰나미에 버금가는 충격이 한반도를 강타했다. 권 실장은 마시던 녹차를 내려놓았다.

"파일의 담긴 내용은 하나도 빼지 않고 전부 사실입니다. 한미일 3국이 공조해 개발을 준비하고 실행한 것도, 위험을 알면서도 실험을 한 것도, 대한민국 정부 주도하에 한국우주과학연구원과 정보국이 나서서 진행한 일도 모두 사실입니다."

화가 머리끝까지 난 권 실장은 전화기에 대고 버럭 소리쳤다.

"당장 방송 끊어! 끊으라고! 전기를 끊던지, 저 새끼 끌어내던지! 죽이던지 암튼 끝내! 끝내라고!"

"그게 생방송이고 외신도 와 있고…… 외국 방송사에서도 생중계……."

"이 미친 새끼야! 끝내라면 끝내!"

몹시 놀란 사람들 사이에서 민동후 변호사는 담담하게 말을 이어 갔다.

"공개된 메모리카드에 든 파일이 사실이라는 것을 뒷받침할 또 다른 증거가 있습니다. 지금 바로 각 언론사와 기자님들의 메일로 전송해드릴 테니 확인 바랍니다."

동후는 노트북에 미리 펼쳐 놓은 메일 창의 전송 버튼을 누른 후에 다시 마이크를 잡았다.

"저희 아버지는 일본에서 오랫동안 활동하셨던 정보국 블랙 요원이셨습니다. 그러던 2009년 정확히는 9월 17일 새벽 두 시. 어떤 정보국 요원이 배신을 했으니 그를 체포하는 명령을 받게 됩니다. 그 작전 중에 아버지는 최근 세상에 공개된 [온리] 파일이 든 메모리카드를 입수하게 됩니다. 그것을 열어본 아버지는 도저히 묵과할 수 없는 일이라고 생각하셨고, 상부의 명령을 어기고 파일을 가지고 세상에 밝히고자 하는 일념으로 스스로 배신자가 되는 고된 길로 가시게 됩니다. 아버지는 그날 이후 목숨을 걸고 증거를 더 모

으고 파일을 보충해 나가는 데 온 힘을 쏟으셨습니다. 당시 아버지
께서 매일 쓰셨던 일기가 있는데, 그 일기 전문이 방금 제가 여러분
께 보내드린 파일 안에 첨부되어 있습니다. 그 안에 속속들이 적혀
있으니 참고 바랍니다. 또한, 실험에 관련된 이들의 실명은 물론 이
전 파일에 없던 내용도 추가되어 있습니다. 그리고 아시다시피 최
근 공개된 [온리] 파일은 5년 전까지의 진행 상황만 담겨 있습니다.
제가 한국우주과학연구원과 정보국에서 나온 정보를 추가해서 현
재까지의 진행 상황을 정리한 파일도 보내드렸습니다.”

모두 숨죽인 채 동후의 충격 발언을 지켜보고 있던 그때, 정보국
요원들이 동후를 끌어내리기 위해 청문회장에 도착했다. 그러나 시
위와 테러에 대비해 배치된 경찰 병력이 그들의 앞을 막아섰다.

“이거 안 열어! 우리가 어디서 나왔는지 몰라서 그래!”

그들이 정보국 소속이라는 것을 알고는 경찰들은 주춤주춤했다.
아무도 들이지 말라는 명령이 있었기 때문에 상황 파악이 힘들어
주저주저하는 것이다. 결국 어쩌지 못하고 정보국 요원들을 통과시
켜 주려는데 어디선가 목소리 하나가 날아들었다.

“니들 그거 열면 전부 옷 벗을 줄 알아”

꾸부정한 자세로 최필우 반장이 나타났다. 그가 인상을 잔뜩 찌
푸리며 정보국 요원들에게 말했다.

“그렇잖아도 담당도 아닌 일에 동원돼서 짜증나 죽겠는데 이것
들은 뭐야?”

“이거 안 열어! 윗선에 보고 못 들었어?”

“못 들었는데.”

협조하라는 상부의 지시를 받은 최 반장은 모르쇠로 일관했다.

“니들 한 걸음이라도 이 안으로 들어오면, 전부 테러리스트로 간

주해서 싹 다 잡아 처넣을 테니까 그런 줄 알아!"

그러고는 경찰들을 향해서도 이렇게 말했다.

"너흰 뚫리면 진짜 다 죽는 거야! 알아들어?"

"네!"

돌아가는 모양새를 보고 상황 파악을 끝낸 최필우 반장이 동후에게 시간을 벌어주고 있는 사이에 청문회는 어느새 기자회견장으로 바뀌어 있었다. 충격 발언은 계속 이어졌다.

"한국우주과학연구원 채정희 팀장이 파일이 든 메모리카드 파일을 가지고 있다는 사실을 알게 된 정보국 해외 공작실은 그녀의 자동차에 손을 대서 사고로 위장해 죽음에 이르게 했습니다. 이 말을 증명할 녹취파일도 첨부되어 있습니다. 저는 KNSA 법무실장이기도 하지만, 본 소속은 정보국에서 파견된 비밀 요원이기도 합니다."

이 대목에서 기자들의 플래시는 더욱더 격렬하게 터졌다.

"저는 이곳을 나가자마자 체포될지도 모릅니다. 어떤 것으로든 옭아매서 저를 끝장낼 것입니다. 그게 그들의 방법입니다. 하지만 도저히 묵과할 수 없었습니다. 아버지처럼……."

동후는 목이 메는지 잠시 말을 멈췄다.

"저는 대한민국을 위해 일할 뿐입니다. 조국에 충성할 뿐입니다. 그렇기 때문에 잘못된 조직의 명령은 받아들일 수 없었습니다. 제 역할은 이 폭로까지입니다. 여러분. 망설이지 마시고 이 나라를 위해 그리고 인류를 위해 행동해 주시길 바랍니다."

책상 위의 전화기가 미친 듯 울어댔지만, 권 실장은 받지 않았다. 휴대폰이 울어대자 주머니 안의 휴대폰을 꺼내 고함을 치며 벽을 향해 던져버렸다. 퍽 - 부서지는 소리와 함께 벨 소리도 끝이 났다. 하지만 분을 삭이지 못한 권 실장은 성질을 이기지 못하고 고래고래 악다구니를 써댔다. 그러다 지쳐 담배를 꺼내 불을 붙이려는데 귓전에 뚜벅 – 사무실로 다가오는 발소리가 선명하게 들려왔다.

열린 문으로 들어온 것은 푸른 토끼였다. 식물인간이 되어 병원에 누워있어야 할 덴포잔이 두 발로 버젓이 걸어서 자신의 사무실로 들어온 것이다. 아니다. 자세히 보니 그가 아니라 그의 아들 민동후. 그 개자식이다. 뺨이라도 후려갈기려고 다가가는데 – 자세히 보니 그도 아니다. 문을 연 이들은 권 실장을 긴급 체포하기 위해서 온 정보국 감사팀 요원들이었다.

"니들이 뭔데 날 체포해? 이게 나 혼자 한 일이야? 정보국장 어디 있어? 숨어 있지 말고 당장 나오라 그래! 다 지가 시킨 거……."

감사팀 요원들은 그의 입부터 틀어막았다.

; 다시_형제

"역시 잘나가는 변호사는 다르네. 나는 맨날 소주인데."

크리스털 유리잔으로 위스키가 맑은 소리를 내며 채워졌다. 고풍스러운 바에 나란히 앉은 똑 닮은 쌍둥이 형제는 무심하게 잔을 부딪쳤다. 어색함이 컸지만, 이전과는 다른 묘한 유대감 같은 것이 조금씩 엿보였다. 술을 천천히 삼킨 동후가 어렵사리 말을 꺼냈다.

"미안해……."

성후는 자신의 귀를 의심했다. 평생을 다투며 지내왔지만, 그의 입에서는 단 한 번도 '미안하다.'는 소리가 나온 적이 없었기 때문이었다.

"형이 뭐가 미안해."

동후 역시 귀를 의심했다. 평생 원수처럼 지낸 동생의 입에서 단 한 번도 '형'이라는 말이 나온 적은 없었다. 형제는 다시 잔을 부딪치고 말없이 쓴 술을 넘겼다.

"그 메모리카드. 5년 전에 내가 제수씨한테 준 거야."

짐작은 하고 있었지만 이렇게 듣게 되니 성후는 가슴이 찌르는 듯 아파 왔다.

"아니다. 제수씨는 내가 그랬는지 몰랐으니까…… 내가 일방적으로 떠넘긴 셈이야. 슬쩍 핸드백에 넣었거든. 그럴 수밖에 없었어. 그때 나는 정체를 드러내면 안 됐었고, 파일은 세상에 공개해야만 하는 시점이었으니까. 후쿠시마 이후에 다시 실험이 재개되려던 때였거든."

동후는 잠시 말을 멈추더니 위스키로 마른입을 적셨다.

"나를 제외하고 그 파일을 공개하는데 가장 적합한 사람이…… 제수씨였어. 일단은 한국우주과학연구원 소속이었던 게 크고. 네가 잘 알겠지만, 채 팀장은 신념도 강하고 책임감도 뛰어나. 그리고 무엇보다도 성후 네가 옆에 있기 때문에……."

탁! 말을 끊듯 성후가 잔을 조금 세게 내려놓았다.

"미안하다……."

형의 사과에 성후는 빈 잔을 바라보며 무뚝뚝하게 말했다.

"잔 비었어. 한 잔 더 줘."

쪼르륵 – 성후의 마음은 두 갈래 길 앞에서 갈팡질팡했다. 당장이라도 형의 멱살을 잡고 싶기도 했고, '다 지난 일이야.'라고 말해주고 싶기도 했다.

"근데 형, 괜찮은 거야?"

"지금까지는 보다시피."

"지금까지라는 건……?"

"보는 눈이 많아서 아직은 그냥 날 내버려 두는 거야. 조금 잠잠해지면 온갖 핑계를 대서 잡아들일 거야. 그다음에 갈아버리든지 부수든지 하겠지. 뭐.”

“남 말하듯 하네.”

“그만하자. 그 얘긴.”

형제는 다시 잔을 부딪쳤다.

“처음부터 이럴 생각으로 정보국에 들어갔던 거야? 그래서 결혼도 안 하고, 가족들 앞에서도 가면을 쓰고 살아온 거야?”

이번엔 마음이 흔들린 동후가 잔을 탁! 내려놓았다.

“아버지가 식물인간이 되어 돌아오시기 일주일 전에, 일기와 [온리] 파일이 들어있는 커다란 상자가 나한테 전해졌어. 편지 한 통과 함께. 거기 이렇게 쓰여 있더라. 아무래도 위험해질 것 같다고 - 그러니 지금까지 해 온 자신의 일을 이어서 할 사람이 필요하다고 말이야. 인류와 정의에 관한 일이라고…… 가족에게 보내는 편지가 아니라 동지한테 임무를 전달하는 서신 같았어.”

동후는 허탈하게 웃으며 말을 이어갔다.

“인류? 정의? 웃음 밖에 안 나오더라고. 가족 하나 지키지 못한 위인이 할 소리는 아니니까 말이야. 무슨 의무감 같은 거였을 거야. 그 일기를 읽기 시작한 건 말이야. 읽고 또 읽었어. 며칠 밤을 지새우며 쉬지 않고 읽으면서 끙끙 앓았어. 답이 보이지 않았거든. 그때만 해도 나는 어떻게서든 성공한 삶을 살고야 말겠다고 다짐하고 앞만 보며 달리고 있었어. 국제 변호사가 돼서 이 지긋지긋한 가족도, 대한민국도 떠나서 진짜 나만을 위해서 살자! 그러고 있었는데. 아버지가…… 그 기록들이 내 발목을 잡았어. 사실 그 파일 내용은 나한테는 아무것도 아니었어. 인간이 인간을 상대로 어마무시하게 잔혹한 짓을 해 온 건 하루 이틀이 아니니까. 역사가 시작된 이래 계속된 게 그거니까 말이야.”

"대체 일기에 뭐라고 쓰여 있었기에 그랬던 형이 변한 거야?”

"아버지 일기의 대부분은 현지 임무나 생활 아니면 그 자료에 대한 것들이었어. 중간중간 가족에 대한 그리움, 사랑 뭐 이런 것들이 적혀 있기도 했는데…… 그 부분이 참…… 우리한테는 따뜻한 말한마디 안 하신 분이 일기 안에서는 한없이 가족을 그리워하고 생각하는 따뜻한 사람이더라고……. 참. 어이가 없어서……. 근데…… 그게…… 조금 생각해 보니까…… 꼭 내가 그렇더라고. 보고 싶다고, 사랑한다고 말 한마디 못하는 모습이…… 읽는 내내 아팠어. 마음이.”

형제는 또다시 말없이 잔을 부딪쳤다.

"아버지의 마지막 기록까지 읽은 후에…… 지금 생각하면 참 어처구니없는 결심을 했어. 세상 온갖 미움은 내가 다 받겠다. 때가 되면 니들은 나를 몰라본 걸 후회할 거다. 나는 정의로운 사람이다! 하. 하. 하. 우습지? 처음엔 진짜 이 생각뿐이었어.”

"아버지랑 똑같네.”

"아버지랑 똑같지……. 그렇게 삼촌, 아니 권 실장을 찾아갔고, 그다음은 뭐…… 하루하루 살다 보니까 내가 왜 이 길을 택했는지, 왜 이런 삶을 선택한 건지 전부 잊고 살고 있더라고”

후우 – 동후가 크게 숨을 내쉬고는 성후를 바라보았다.

"성후야.”

"술이나 마셔, 미안하단 소리 그만해. 한 번만 더 그 소리 하면 진짜 갈겨버릴 줄 알아!”

피식. 웃으며 아직 남아 있는 형의 술잔에 술을 조금 더 따라주었다. 그러자 동후가 다시

"미……"

"그만하랬지!"

"미친놈."

피식. 형제는 미소를 지으며 서로의 눈을 바라보았다.

"민동후. 이 재수 없는 새끼."

"사돈 남 말 하네."

; 단지, 내 차례가 되었을 뿐

청문회를 기점으로 여론은 감당할 수 없는 수준으로 달아올랐다. 비난의 목소리는 더욱 거세져 폭력적 양상이 두드러졌지만, 한쪽에서는 소수긴 하지만 새로운 에너지인 [온리]를 지지하는 목소리도 나오기 시작했다. 말 그대로 전국은 용광로처럼 들끓었다.

성후는 상자 가득한 만화를 반복해 읽으면서 서이준이 하려고 하는 일에 대해 골몰했다. 현시점에서 한국우주과학연구원의 전권을 가지고 있는 건 서이준이다. 그렇지 않아도 그곳은 1급 보안시설인 데다가 테러의 위험까지 가중되어 쥐새끼 한 마리 안으로 들어갈 수 없다. 말 그대로 철옹성 안에서 외부의 어떠한 방해도 받지 않고 자신의 계획을 실행할 수 있는 최적의 조건인 셈이다. 그리고 아주 우연히도 우주선 KN-1이 연료를 [온리]로 교체하고 지구로 돌아올 예정이다. 대기에서 폭발하는 우주선이 묘사된 장면이 자꾸만 눈에 밟혔다.

이제 시간이 얼마 없다. 우선 철통 경비를 뚫고 한국우주과학연구원에 진입해야 한다. 들어간다고 문제가 끝나는 게 아니라 - 거기부터가 진짜 시작이다. 놈이 있을 거라고 예상되는 관제센터까지 가는 도중에 어떤 일이 일어날지 아무것도 장담할 수 없다. 1급 보안시설에 들어갔다가 잡히기라도 하면 영락없이 테러리스트가 되고 만다. 변명할 시간도 주어지지 않을 것이다. 게다가 나는 현직 경찰 신분이다. 그리고 얼마 전 청문회 발언으로 논란의 중심인 민동후의 동생이라는 것까지 알려진다면…… 어떤 결말이 기다리고 있을지 안 봐도 뻔하다. 무엇보다도 가장 큰 걸림돌은 확신이 서지 않는다는 데 있다. 이 만화가 어떤 의미도 없는 단지 그냥 만화일 뿐이라면…… 전부 우연이고, 아무 일도 일어나지 않는다면……

그렇지만 만에 하나 사실이라면…… 나는 후회할 시간도 갖지 못한 채 끝을 맞게 될지도 모른다. 생각하면 할수록 수렁에 빠져드는 것 같은 기분이 지워지지 않는다. - 대체, 왜 이런 일이 나한테 일어난 거야! 답답함이 목을 졸라왔다. 하필! 왜? 나야! 이런 생각에 빠져 있는데 사람들의 얼굴이 떠올랐다. 처음에는 핸드백에서 그 메모리카드를 발견하고 열어봤을 아내의 얼굴이 그려졌고, 다음으로는 파일에서 실험의 실체를 처음 접한 아버지의 모습도 떠올랐다. 아버지의 일기를 읽고 있는 형의 모습도 보였다. - 모두들 그 순간에 이렇게 생각했을 것이다.

'왜. 하필. 나야?' 하지만 그 후에 그들은 하나같이 자신이 할 수 있는 최선의 일을, 정말 최선을 다해서 했다. 목숨을 걸고서 말이다. 그들은 자신의 인생을 송두리째 걸고 달려들었다.

'그래, 특별한 건 없어, 이제 단지 내 차례가 되었을 뿐이야.'

계획을 세우고 행동하기 전에 먼저 해야 할 일이 한 가지 있다. 그건 바로, 추모관에 아내와 민준이를 보러 가는 일이다. 아무래도 다가올 9월 17일 '모두의 날'에는 가보지 못할 것 같다. 아니, 어쩌면 앞으로 영영 찾아가지 못할지도 모른다. 그러니 마지막 인사는 꼭 해야겠다.

'여보, 민준아 곧 갈게. 기다려. 이번에는 안 늦어. 약속할게.'

꽃다발도 준비하고 정장도 입어야지. 멋진 모습으로 기억할 수 있도록 보여주고 와야지.

정장을 꺼내 입었다. 5년 만이다. 어깨는 그런대로 품이 맞았지만, 바지는 눈에 띄게 헐렁해졌다. 꽃다발은 사두었고, 구두도 닦아 놓았다. 이제 집을 나서기만 하면 되는데, 초인종이 울렸다. 벨을 누른 건 택배기사였다. 문을 열자 그의 모습은 보이지 않았고, 상자 하나가 덩그러니 발밑에 놓여 있었다. [보낸 사람: 서이준] 의도를 숨기지 않고 이렇게 대놓고 자신을 드러내다니, 너무나 노골적이라 다른 사람이 보낸 건 아닌지 의심이 될 정도다. 상자를 안으로 들이자마자 곧바로 뜯어보았다. 먼저 눈에 들어온 것은 사진 한 장이었다. 보자마자 분노와 함께 욕지거리가 쏟아져 나왔다.

"서이준, 이 미친 새끼!"

입이 테이프로 봉해진 채로 꽁꽁 묶여 있는 여자의 사진이었다. 더 들여다볼 것도 없이 묶여 있는 사람은 현우였다. 그녀의 머리에서 흘러나온 것처럼 보이는 핏줄기는 성후의 이성을 무너뜨리기에 충분했다. 선을 넘었다. 놈은 인간이 아니다. 쌓여왔던 모든 분노가 놈에게로 모두 모아졌다. 죽은 아내와 아들의 일과 아버지가 저렇게 되신 것, 형이 인생을 전부 갈아 넣으며 이중생활을 한 것도⋯⋯ 그리고 무수한 사람들이 실험으로 희생된 것까지 전부 서이준의 짓처럼 느껴졌다.

"네 놈을 반드시 내 손으로 끝장내버릴 거다!"

떨림이 가시지 않은 손으로 사진을 돌려 뒤쪽을 살펴보았다. 예상대로다. 놈은 메시지를 남기고 싶어 환장한 괴물이다. 사진 뒷장 아래쪽에는 이렇게 적혀 있었다. - 살려주세요.

살려주세요! 살려주세요! 그놈의 빌어먹을 살려주세요! 놈은 습관처럼 이 말을 해왔다. 이명도 박사의 말에 따르면 비가 내리던 그날 사라졌을 때도 세면대 아래 이 말을 적어 놓았다고 했다. 그리고 펜트하우스에도 벽에도 살려주세요- 라고 작은 글씨로 나를 베란다 난간으로 이끌었다. 나에게 손을 내밀면서도 "살려주세요."라고 직접 말하기도 했다.

"미친 새끼!"

놈은 놀이를 하듯 살려달라는 말로 사람을 유인한다. 그리고 이번에는 마치 사진 속 현우가 애원하는 것처럼 사진 뒤에 그 말을 써 놓았다. 최악의 장난질이다. 절대로 용서할 수 없다. 사진 속에서 단서를 캐내 보려 했지만, 떨리는 가슴 때문에 전혀 눈에 들어오지 않았다. 실상 묶여 있는 현우를 제외하고 사진에 보이는 건 아주 낡아 보이는 마룻바닥뿐이어서 그것만으로 장소를 알아내긴 거의 불가능했지만, 그럼에도 성후는 유일한 단서인 사진을 내려놓지 못했다. 그는 그곳이 5년 전 박용재가 이준을 납치해 묶어 놓았던 비밀스런 장소라는 것을 알 리가 없었다. 5킬로미터 반경에는 풀과 나무를 제외하면 아무것도 없는 곳. 게다가 시간이 많이 지나서 주변이 풀들로 무성해져 밖에서도 건물이 있는지 전혀 예상할 수 없는 곳. 지금 그곳에 현우가 묶여 있다.

사실 사진을 처음 봤을 때부터 어렴풋하게나마 현우를 구할 수 있는 방법은 서이준 그놈이 있는 곳으로 가서 대면하는 것뿐이라는 것을 알고 있었다. 하지만 솟구쳐 오르는 감정을 주체하지 못했고 분노를 다스리지 못했다. 생각해 보면 현우는 다쳤을지는 몰라도 생명에는 지장이 없을 것이다. 왜냐하면 그녀는 나를 이끄는 미끼니까. 내가 놈의 앞에 섰을 때 나는 그녀의 안전을 물을 것이고 놈은 무사하다는 증거를 내게 보일 것이다. 최소한 그때까지 현우는 안전할 거다. 그래, 차분하게 생각하자. 이건 어차피 함정이고, 어차피 시작된 일이다. 빠져나갈 수도 도망칠 구멍도 없다. 우주선이 지구를 향해 날아오고 있고 – 그것을 막을 유일한 방법은 만화에서처럼 내가 서이준 그놈을 대면하는 것뿐이다. 다른 방법은 없다. 생각이 여기에 이르자 성후는 좀 전과는 완전히 다른 사람처럼 차가워졌다.

놈은 나를 악마의 파티에 초대했다. 그래, 기다리던 바다. 놈은 내가 망설일 것을 알고서, 단 한 장의 사진으로 그 망설임을 날려버리게 했고, 오직 자신에게만 집중하도록 만들었다. 놈은 나를 정말 잘 알고 있다. 그래서 두렵기도 하지만, 그래서 해볼 만한 싸움이기도 하다. 나를 잘 아는 만큼, 나도 놈을 잘 알 것만 같다. 이유는 모르겠지만 암튼 그렇다. 최 반장에게 전화를 걸어서 열 일 제쳐두고 무슨 수를 쓰더라도 현우를 찾아 달라고 부탁했다. 이에 최필우 반장은

"성후 네가 직접 안 나서고?"

"저는 꼭 해야만 하는 일이 있습니다."

"성 기자를 구하는 일보다 중요한 거라면 틀림없이 위험하고 중대한 일일 텐데 어떻게든 해내라. 덮어놓고 응원하마. 짜식, 내가 널 모르냐? 남들이 다 잘못된 길이라고 해도 네가 옳다고 생각하면 뛰어드는 놈인 거. 성후야, 이놈아 닭살 돋겠지만, 이거 하나만은 절대 잊지 마라. 언제나 널 믿는 사람들이 네 주위에 있다는 거. 이만 끊는다."

단 하나의 목표만 남은 성후의 머릿속에 가장 먼저 떠오른 것은 언젠가 읽었던 괴물과 싸우기 위해 스스로 괴물이 되어버린 기사가

등장하는 동화였다. 하지만 어째선지 제목이 기억나지 않았다. 동화의 제목을 생각해 내려 애쓰면서 다시 놈이 보내온 상자를 들여다보았다. 한 눈에 들어온 것은 방독면이었다. 문외한이 보아도 화재 때 쓰는 용도가 아니라 특수하게 제작된 - 특정 용도로 사용되는 것이라는 걸 알 수 있었다. 그것을 빼내자 커다란 종이 뭉치가 나왔다. 펼쳐보니 한국우주과학연구원 건물의 설계 도면과 내부 시설 현황. 약도 등이었다. 안으로 찾아 들어오라는 의도가 분명한 것들이다. 만화에서도 필요 이상으로 건물 내부 묘사가 많아 조금 이상하게 생각했는데 설계도를 보니 명확해졌다. 만화가 들어있는 상자를 가져와서 대조해 가며 살펴보니 내부 구조는 완벽에 가까울 정도로 일치했다. 놈은 지금 나를 상대로 놀이를 하고 있다. - 그래, 얼마든지 가지고 놀아라. 나도 질 생각은 없다. 끈질기게 상대해 주마.

다시 방독면을 집어 들었다. 만화에는 방독면이 나오지 않는다. 그렇다는 건……. 생각하다가 문득, 마지막 즈음에 관제센터에서 놈과 단둘이 마주 서는 장면이 떠올라서 만화를 뒤적거려 그 장면을 찾아보았다. 둘 사이에 연구원으로 보이는 많은 사람들이 쓰러져 있다. 앞뒤를 살펴봐도 그 이유는 묘사되어 있지는 않았다. 설마…… 성후는 얼마 전 현우가 썼던 기사가 떠올랐다. 벽에 붙여 놓지는 않았지만, 따로 출력해 보관해 둔 서랍을 열어 그 기사를 꺼내 들었다.

[화학 공장에서 대규모 화재…… 방화의 흔적이 나타나 당국이 수사에 착수했습니다. 이 공장은 국제적으로 금지되어 있는 생화학 무기를 만드는 공장이라고 괴소문이 퍼져 있는 곳으로…….]

시설 도면을 펼쳐 환기 시스템을 살펴보았다. 비상시 외부의 공기를 차단하고 내부의 시스템으로 48시간 동안 산소 공급이 가능하다는 설명이 붙어 있다. 여기에 화학제를 투여해 공기를 순환시키면…… 여기까지 떠올리다가 섬뜩함에 생각을 잠시 억지로 멈춰 세웠다.

이번에도 아내와 아들에게 한 약속을 지키지 못할 것 같다. 마지막 인사도 건네지 못할 것 같다.

한참을 생각에 잠겼다가 권총을 꺼내 들었다. 총에 한 발만을 남기고 한 발을 바지 주머니에 넣었다. 이 결정에 후회나 망설임은 없다. 성후는 암흑 속으로 달려들기 위해 자동차를 출발시켰다. 그것과 거의 동시에 검은 물체가 갑자기 자동차로 뛰어들어 그를 막아섰다.

끼이익! 반사적으로 욕이 튀어나왔다. 하지만 양손으로 보닛을 집고서 헐떡거리는 그의 모습을 보자 성후의 분노는 서서히 심각함으로 변해갔다. 막아선 사람은 다름 아닌 이명도 박사였다.

"왜 이렇게 전화를 안 받아요!"

박사는 성후를 보자마자 따지듯 소리쳤다.

"뭐지……?"

딱히 이곳을 비밀로 한 적은 없었지만, 사람들과 연을 끊고 어떻게든 떨어져 살기 위해 도망쳐온 곳이라 주소 한 번 가르쳐 준 적 없는데, 당연한 것처럼 소포가 쑥쑥 오고 누군가는 이렇게 말도 없이 찾아오고 - 그동안 발버둥 쳤던 시간들이 멋쩍게 느껴졌다. 명도는 불타고 있는 집을 보고도 조금의 놀란 기색도 보이지 않고 운전석 가까이 다가왔다. 오히려 놀란 쪽은 성후였다. 천천히 창문을 내리고 그를 바라보았다.

"민 형사님! 가지 마세요."

"네?"

박사가 갑자기 큰소리로 말렸다.

"뭘 하려고 그러는 건지는 모르겠지만, 하지 마요! 가지 말라고!"

성후는 이해할 수 없는 명도의 행동에 일일이 대꾸하지 않고 핸들을 움직여 방향을 바꿔 다시 앞으로 전진시켰다. 그러자 명도가 다시 보닛 쪽으로 가서 차를 막아섰다.

"가지 말라니까!"

"대체 왜 이러시는 건데요?"

"이준이가…… 이준이가…… 형사님을 기다리고 있다고요! 가지 마세요."

이 사람은 왜 갑자기 찾아와 나에게 이런 말을 하는 걸까?

"이준이는 형사님이 자길 죽여주길 바라고 있어요. 그러니까 가면 안 돼요. 가면 진짜 끝입니다!"

성후에게 이 말은 이준을 죽이지 말라고 부탁하는 건지, 아니면 나에게 살인자가 되지 말라고 충고하는 건지…… 이중적 의미로 교묘하게 들려왔다. 시동을 끄고 차에서 내려 박사에게 다가가 대놓고 물어보기로 했다.

"가지 말라고 하시는 건, 이준이를 살리기 위함입니까? 아니면 제가 살인자가 되는 걸 막기 위해 그러는 겁니까?"

박사는 선뜻 대답하지 못했다. 대신 눈동자가 요동칠 뿐이었다. 그 자체가 성후에게는 충분한 대답이 되었다. 성후는 위로하듯 가볍게 박사의 어깨를 두드리며 이렇게 말했다.

"박사님, 부탁 한 가지만 들어주십시오."

KNSA에는 정문을 포함해 서쪽에 제2문, 북동쪽에 제3문. 이렇게 세 곳의 출입구가 있다. 각각의 문들 사이에는 특수 설계된 이중

벽과 그 사이에 철조망이 쳐져 있어 아무도 담을 넘어서는 들어올 수 없게 되어 있다. 게다가 전국적으로 번진 시위가 향해 있는 최전선이기 때문에 평소보다 더 삼엄하게 통제되고 있다. 서이준도 이것까지는 예상치 못했는지, 보내온 만화에는 통제구역 안의 구조와 이동 방법만 묘사되어 있을 뿐. 어떻게 외부 경계를 뚫고 안으로 들어가야 하는지는 언급되어 있지 않았다. 알아본 바에 의하면 통제구역 안으로는 지정된 인원 말고는 누구도 들어갈 수 없다. 경비하는 경찰들조차 외부만 경계할 뿐 내부 구역으로는 한 발도 들일 수 없다고 한다. 성후는 이 점 만큼은 자신에게 유리하다고 생각했다. 통제구역 안으로 들어가면 경찰도 힘을 쓰지 못한다는 의미이기 때문이다.

특이 사항으로는 정문과 제2문 사이에 조금 떨어진 곳에 대규모 시위대가 진을 치고 있다는 점이다. 겹겹이 세워진 바리케이드 사이로 경찰 병력과 팽팽히 대치 중이다.

성후는 휴대폰을 꺼내 메시지를 전송했다. [시작해 주세요.]

; 작전

"도신흥 씨를 살릴 방법이 있습니다."

갑자기 나타나서 자신을 경찰이라고 소개한 남자의 말에 정찬호 기자는 너무나 어이가 없어서 웃음이 다 나왔다. 하지만 한편으로는 솔깃한 것도 사실이었다.

"도신흥 씨가 죽기라도 한단 말입니까? 살리고 말고 하게?"

"현우, 아니 성 기자에게 들었습니다. 몇 년을 공들여 특집기사를 준비하셨는데 한순간에 영웅이 역적이 되어버려서 힘드시다고 말입니다."

"아니…… 성 기자와는 어떤 관계기에 그런 얘기까지……."

"단도직입적으로 말하죠. 저는 서이준을 만나 [온리]를 사용하지 않고 KN-1호를 귀환시키라고 설득하려고 합니다."

"그게 무슨?"

갑작스런 얘기에 놀랐지만 정 기자의 특종 촉은 순식간에 곤두섰다.

"저는 한국우주과학연구원 안으로 들어가서 담판을 지을 생각입니다. 그때 녹음기를 가져갈 겁니다. 녹음하면 실시간으로 클라우드에 저장되기 때문에 만에 하나 제가 어떻게 되어도 녹음파일은 안전합니다. 여기 클라우드 아이디와 비밀번호입니다."

성후는 쪽지를 정 기자에게 건네며 말을 이었다.

"그리고 아래 적어 놓은 것은 해커 나영운의 전화번호입니다. 미리 말해두었으니까 기자님의 신분을 밝히시면, 안에서 어떤 일이 일어났는지 전부 볼 수 있는 통제실 CCTV 해킹 영상을 받으실 수 있을 겁니다. 그것과 녹음파일로 세상에 진실을, 추악한 진상을 하나도 빠짐없이 전부 알려 주시기 바랍니다. 이것은 기자님만이 할 수 있는 일입니다. 그 악마 같은 놈의 짓거리를 세상 모두에게 알려야 합니다. 부탁드립니다."

"저기, 대체 어떤 어려운 부탁을 하시려고 이러시는 겁니까?"

"지금 가장 큰 문제는 KNSA 안으로 들어갈 수 없다는 겁니다."

이 말에 정 기자는 심각한 표정으로 되물었다.

"그러니까 지금. 1급 보안시설에 무단으로 들어가는 데 도움을 달라 이겁니까?"

정 기자는 당황하기도 했지만, 동시에 머릿속으로 계산기를 두드리며 빠르게 손익을 계산했다.

[시작해 주세요.] 시위대 사이에 섞여 있는 정 기자에게 성후의 메시지가 도착했다. 처음 제안을 듣고서 그는 실소를 금치 못했다. 엄청나게 심각한 얼굴로 꺼낸 부탁이 너무나 간단한 것이라서 듣고도 믿기지 않았다. 요청은 단 하나. 시위대를 전부 제2문 코앞까지 이동시켜 줄 수 없냐는 것이었다. 대중만큼 움직이기 쉬운 건 없다. 이것이 그의 평소 생각이다. 말 몇 마디, 글 몇 줄로 거대한 고래 같은 대중은 깃털처럼 휘날린다.

정찬호 기자는 시위대를 이끄는 행동대장 정도로 보이는 사람 근처에 적당한 거리를 두고 자리를 잡고서 전화기에 대고 몇 마디 호들갑을 떨었다.

"뭐? 진짜야? 국무총리가 극비리에 여기로 온다고? 확실해? 다른 취재진은? …… 어. 알았어. …… 거의 다 왔다고? 정문이 아니라 제2문. 오케이. 거기로 갈게."

서두르는 척 전화를 끊었고, 혹여 누구 들은 사람은 없는지 조심하는 연기도 했다. 그러고는 장비를 챙기는 시늉을 이어갔다. 그게 다였다. 얼마 후 경찰 무전기에서 다급한 목소리가 흘러나왔다.

"시위대. 제2문으로 이동 중. 진입 시도 가능성 크다. 대기 병력 제2문으로 집결하라. 반복한다. 대기 병력 제2문 집결하라. 제2문으로 집결하라!"

명령에 따라 순식간에 병력이 제2문 쪽으로 모이기 시작했고, 그 모습을 본 시위대는 국무총리의 방문을 더욱 확신했다. 무전은 더욱 다급해졌다.

"다가오고 있다. 인원이 너무 많다. 병력 부족 예상. 충원 바람. 충원 바람. 각 문 최소 경비 인력만 남기고 전부 제2문으로 집결! 최소 인원 남기고 전원 제2문 집결!"

무전을 받은 제3문의 책임 반장은 최소 경비 인력인 다섯 명을 제외하고 대기 병력들을 모두 제2문으로 투입했다. 제3문은 상대적으로 작기 때문에 세 명이 문을 지키고, 두 명은 교대 대기로 운영하면 충분하다는 판단에서 그런 것이다. 그렇게 상황을 정리하고 있는데 멀리서 승용차 한 대가 천천히 다가왔다.

　"이곳은 통제구역입니다. 돌아가 주시길 바랍니다."

　"아이고, 수고가 많으십니다."

　창문을 내리며 명도가 말했다.

　"전 이명도 박사라고 합니다. 여기 총책임자인 서이준 팀장과 한 집 사는 그런…… 뭐."

　"죄송합니다. 이곳에는 아무도 출입을 할 수 없습니다."

　"알아요. 알아. 근데. 일이 너무 급해가지고……."

　"죄송합니다. 돌아가 주십시오."

　"그니까. 이준이한테 내가 왔다고 전해만 주세요."

　명도 역시 조금 전에 [시작해 주세요.]라는 메시지를 받았다.

　"죄송합니다. 누구도 들여보내지 말라는 명령을 받았습니다."

　"들여보내 달라는 게 아니고, 그냥 이준이한테 내가 왔다고만 전해줘요."

　"그건 직접 전화를 하시는 게……"

　"하. 이런 답답한 사람을 봤나. 전화가 됐으면 내가 이런 부탁을 하겠어요?"

　"저희는 그런 권한이 없습니다."

　"그게 뭔 소리야? 무슨 권한? 가족이 찾아왔다는데 무슨 권한 타령이야?"

　명도는 차에서 내리더니 소리를 높였다. 조금 부끄러웠지만, 진상 짓은 꽤나 그의 적성에 맞았다.

"그게 그렇게 어려워? 누가 들여보내 달래? 누가 명령 어기래? 왔다고 전해주는 게 뭐!"

실랑이 중에도 무전기에서는 계속해서 다급한 목소리가 들려왔다.

"아, 씨! 누가 들여보내 달래?"

"여기서 이러시면 안 됩니다. 계속 이러시면 공무집행 방해 및 보안 사항 위반으로······."

"아니, 가족한테 연락 좀 해달라는 게 무슨 공무집행 방해야? 이게 말이 돼?"

멀리로 시위대의 웅성거림이 조금 떨어져 있는 이곳 제3문에까지 전달됐다. 무언가 터지기 일보 직전처럼 긴장감이 가득찬 가운데 가까운 곳에서 날카로운 고함이 찌를듯이 들려왔다.

"거기 서! 잡아! 저놈 잡아!"

명도를 비롯한 제3문의 경찰들 모두 소리가 나는 쪽으로 시선을 돌렸다. 어둠 속에서 권총을 든 성후가 헐레벌떡 달려나왔다. 그러고는 다짜고짜 경찰에게 물었다.

"어디 있어? 어디로 갔냐고!"

상황 파악을 미처 못 한 경찰이 되물었다.

"저기······ 누구······?"

"어서, 주변 샅샅이 뒤져! 그놈 찾아!"

"그니까 무슨 일인지 알아야······."

"니들 그놈 놓치면 전부 모가진 줄 알아! 구경났어! 얼른 찾아!"

"근데 누굴 쫓으······."

"누구긴 누구야 테러리스트지!"

경찰들은 우왕좌왕했다. 남자가 들고 있는 총은 한눈에 보아도 경찰의 것이다. 그렇다는 건…… 이때 명도가 다시 소리쳤다.

"아, 뭐하냐고! 이준이한테 얼른 연락이나 하라고! 어! 사람 말이 말 같지 않아!"

무전기에서는 병력집결 하라는 다급한 목소리가 이어졌고 - 시위대의 웅성거림은 더욱 가깝게 들려왔다.

"뭐 하고 있어 새끼들아! 멍하니!"

성후는 누구보다 조직의 생리를 잘 알고 있다. 찍어 누르는 권위 앞에서는 무력할 정도로 약하다는 것을…… 신분증을 보여주기보다는 '내가 누군지 알아?'라는 말로 윽박지르는 편이 효과가 좋다는 것을…… 제3문의 경찰들은 순식간에 벌어진 난장판 같은 상황에 제대로 대처하지 못했다. 이 틈에 성후는 권총을 들고 어둠으로 뛰어 들어가며 크게 소리쳤다.

"전부 따라와! 놓치면 다 모가진 줄 알아! 직무 유기로 다 처넣어 버릴 거야!"

제3문 경비반장은 상황 판단을 하고 명령했다.

"지훈이는 박사님 잘 설득해서 돌려보내고, 나머지는 전부 개인화기 들고 나 따라와!"

그러고는 앞장서서 성후의 뒤를 따라 뛰기 시작했다. 그걸 본 명도는 더욱 다그쳤다.

"빨리 이준이랑 연락해 보라니까 뭐하고 섰어!"

혼자 남은 제3문 경비 담당 경찰은 혼이 다 빠져나가는 것 같았다. 여기저기서 펑펑 터지는 상황도 상황이지만, 도통 말이 통하지 않는 박사라는 사람은 상대하기가 너무나 버거웠다.

잠시 후 - 막아선 젊은 경찰의 등 뒤 어둠 속에서 성후가 모습을 드러내자 명도는 눈치채지 못하게 하려고 더욱 열연을 해댔다.

"이봐 젊은 양반. 전화 한 통. 그게 그렇게 어려운 건 아니잖아."

"그러니까. 연락을 할 수 있으면 해드렸을 거예요. 근데 저희는 경계만 할 뿐이라……"

말하던 젊은 경찰은 본능적으로 박사에게서 뭔가 이상한 기적을 느꼈다. 어색한 기운이랄까? 박사의 눈동자가 떨리고 있음을 알아챘다. - 뭔가 있다!

낌새를 차린 명도는 경찰의 두 어깨를 손으로 잡으며 고개를 뒤로 돌리지 못하게 막았다.

"그러지 말고……."

경찰은 손을 뿌리치며 재빨리 뒤를 돌아보았고, 문을 통과해 달리고 있는 성후의 뒷모습을 또렷이 목격할 수 있었다.

"뭐야! 거기 서!"

젊은 경찰은 잴 것도 없이 박사를 밀치고 성후를 잡기 위해 내달렸다. 명도는 바닥에 주저앉았다.

"잡아라!"

충돌만은 피하고 싶었던 성후는 불가피한 상황을 막기 위해 전력으로 내달렸다. 본관으로 들어가서 3층까지만 가면 통제구역이다. 도착만 하면 경찰은 더는 쫓아오지 못할 것이다. 최대한 힘을 짜내 내달렸다. 하지만 생각과는 달리 젊은 경찰이 몇 배는 더 빨랐다. 그가 성후의 어깨를 잡아 낚아채듯 뒤로 돌렸고, 순간적으로 성후는 주먹으로 젊은 경찰의 배를 강타했다. 정말 원하지 않은 상황이다. 동료에게 이런 짓만은 하고 싶지 않았다.

크헉 - ! 젊은 경찰은 비명을 질렀지만 쓰러지지 않고 곧바로 반격을 해왔다. 성후는 아픈 마음은 잠시 미뤄두고 오로지 목적만 생각하며 그를 상대했다. 달리기는 젊은 경찰이 훨씬 빨랐지만, 격투는 상대도 되지 않았다. 몇 번 퍽퍽 오가지도 않았는데 순식간에 젊은 경찰은 내동댕이쳐졌다. - 미안.

성후는 뒤도 돌아보지도 않고 달려 나갔다. 본관에 도착하자마자 엘리베이터를 잡아탔다. 3층. 통제구역 안으로 들어가면 그때부터가 진짜 시작이다. 어떤 함정이 기다리고 있을지 예상해봤자 아무런 도움도 되지 않는다. 성후는 외워둔 통제구역의 내부 구조와 만화에 나온 관제소로 가는 방법을 다시 한번 떠올렸다. 그렇게 3층에 도달했고. 벨 소리와 함께 문이 열렸다. 눈에 가장 먼저 들어 온 건 통제구역이 아니라 한 무리의 경찰들이었다. - 젠장!

경찰들은 순식간에 몰려들어 성후를 포박했다. 저항해 봤지만, 상대도 되지 않았다.

허망함이 몰려왔다. 무력감에 화가 났고, 좀 더 치밀하지 못했던 자신이 부끄러웠다. 무엇보다도 지금 이 시간에도 어딘가에 묶여 있을 현우를 구할 수 없다는 자책감, 그리고 서이준의 무모한 그 계획을 막을 수 없다는 좌절감이 사무쳤다. 어처구니없이 잡혀버린 것에 대해 스스로를 도저히 용서할 수 없었다. 끝이다. 테러리스트로 잡혀버린 지금, 할 수 있는 일은 아무것도 없다.

문이 열렸고 취조를 위해 경비 총책임자가 안으로 들어왔지만, 성후는 고개조차 들지 않았다. 대신 발악하듯 이렇게 항변했다.

"되지도 않는 말인 거 잘 알지만, 헛소리처럼 들리겠지만, 한마디만 하겠습니다. 지금 지구로 오고 있는 KN-1호는 대기권을 돌파한 직후 폭발할 겁니다. 단순 폭발이 아니라 연료로 사용한 [온리]가 폭발하는 겁니다. 일이백 명의 피해로 끝나지 않을 겁니다. 그것보다 더 큰 문제는 지구의 대기가 회복 불가능 상태에 빠질지도 모른 다는 겁니다. 그걸 막으려면 절 풀어주셔야 합니다."

말하는 자신조차도 미친 소리로 들리는데, 듣는 사람은 오죽할까. 덧없는 희망에 고개가 숙여졌다. 총책임자에게선 어떤 대답도 들려오지 않았다. 이번에는 작전을 바꿔 어이없는 설득 대신

"압니다. 알아요. 경비 총책임자께서도 아무 힘도 없다는 거. 저도 경찰이에요. 본청 수사관이 올 때까지 잡아두고 조서 정도 쓰는 게 다겠지요. 알겠습니다. 순순히 다 응하겠습니다."

말이 끝나지도 않았는데 경비 총책임자가 입을 열었다.

"맞습니다. 지금 이 상황에서 제가 할 수 있는 일은 아무것도 없습니다. 그렇지만 경찰이 아닌 인간으로서 도리는 할 수 있죠."

무슨 소리지? 의아해진 성후는 천천히 고개를 들어 책임자의 얼굴을 바라보았다.

"차, 창성아……."

살인 사건 현장에서 구토를 하는 바람에 쫓겨났던 어리바리 후배 김창성이 지금 눈앞에 책임자로 서 있다는 사실이 성후는 도무지 믿기지 않았다.

"선배는 여전하시네요."

"야, 너?"

"죄송해요. 선배는 저 때문에 망가지셨는데, 저는 선배님 덕에……."

"뭘 내 덕이야. 네가 잘해서 쭉쭉 승진한 거지."

갑자기 성후가 껄껄껄 웃기 시작했다.

"야…… 이거 외통수구만……. 창성아 있잖아. 나 솔직히 말할게. 나 적당히 기회 봐서 한 번에 때려눕히고 도망치려고 했거든. 뭐 수

갑 푸는 거야 일도 아니고…… 근데 그 책임을 네가 지게 되면……
하하하. 못하겠다. 난."

"선배님 무슨 일인지는 묻지 않겠습니다."

"짜샤, 너 그게 테러리스트를 대하는 태도야?"

"선배……."

"이 자식 여전히 어리바리하네. 이 상황에서 왜 네가 훌쩍여?"

창성은 훌쩍이며 성후의 수갑을 풀어주었다.

"가세요. 그날 선배님이 절 도와주셨던 것처럼, 이번에 제가 선배
를 돕겠습니다."

"야, 너 미쳤어?"

"이걸로 그때 빚 갚은 겁니다."

"창성아……."

"저는 선배가 무슨 일을 하던 그게 옳은 일이라고 생각합니다. 무
조건 믿습니다."

"너…… 괜찮겠어?"

"예전의 어리바리 김창성 아닙니다. 어엿한 경찰 간부라고요!"

"짜식……."

성후는 고맙다는 말도, 미안하다는 말도 하지 않고 뛰기 시작했
다. 대신 그 자리에 반드시 서이준을 막아 모두를 지켜내겠다는 마
음을 한가득 담았다. 사랑하는 사람들을 더는 잃지 않을 거라고 다
짐하면서 - 거친 숨을 쉬며 통제구역 안으로 뛰어 들어갔다.

; 통제구역

긴 복도. 성후에게 그것은 세상 끝으로 가는 통로처럼 느껴졌다.
뚜벅뚜벅. 게임의 마지막 스테이지 보스를 향해가고 있는 착각이

들 정도로 현실감이 들지 않았다. 끝이 없을 것 같은 느낌의 복도를 걸으면서 성후는 만화 속 장면을 떠올렸다. 이 길 끝에는 양쪽으로 갈라지는 두 갈래 길이 나온다. 역시 그랬다. 복도 끝은 'T'자 형태로 꺾여 있었다. 망설일 것도 없이 왼쪽으로 방향을 틀어 걸음을 이어 나갔다. 기억대로 커다란 화분들이 일정한 간격을 두고서 줄지어 있는 게 보였다. 네 번째 화분 앞에 멈춰서 화분 한쪽을 들어 올렸다. 꽤 무거워 보였지만, 생각보다 가벼워서 움찔했다. 들려진 틈에 손을 넣어보니 만화에 나온 대로 카드가 손에 잡혔다. 복도 끝에 있는 보안 게이트의 출입 카드다. 일사천리로 막힘없이 중앙관제센터를 향해 발걸음을 옮겼다. 보안 게이트 앞에선 성후는 문의 오른쪽 중간 정도에 위치한 카드 인식 부분에다 화분 아래서 꺼낸 출입 카드를 가져다 대었다. 잠시 후 삐빅 – 소리와 함께 문이 열렸다. 그곳에도 사람의 모습은 보이지 않았다. 대체 어디들 있는 건지……. 사람이 있었다면, 분명 몸을 숨겨 피해 가며 침투하느냐 더 느려졌겠지만, 아무도 없으니 왠지 목을 조이는 것 같은 기분에 오히려 찜찜했다.

다시 나타난 두 갈래 길. 이번에도 왼쪽이다. 만화를 따라 걷다 보니 만화같이 화장실이 나타났다. 안으로 들어가서, 입구에서부터 두 번째 칸을 확인하고 들어가 문을 잠갔다. 변기 커버를 내리고 뒤쪽 수조를 열어 작은 방수 백을 끄집어냈다. 마치 공략집을 보며 게임을 진행하는 느낌이다. 지나치게 순조롭다. 예전의 기억이 되살아났다. 믿음 공동체에 들어갔을 때도 이것과 비슷한 기분을 느꼈었다. 조효익이 있던 방문을 열기 전까지는 지금과 같았다. 하지만 문을 열자 모든 것이 바뀌어버렸다. 뒤집어지는 건 한순간이다. 어떠한 경우라도 절대 긴장을 늦춰서는 안 된다. 화장실을 나와서 곧

바로 보이는 두 번째 보안 게이트 앞에 섰다. 이번에는 홍채인식으로 열리는 문이다. 인식 장치 아래로 보이는 관리함 앞에 꾸부려 앉아 화장실에서 꺼내온 방수 백을 열어 전자키를 꺼냈다. 그것을 가져다 대자. 관리함이 열렸다. 화면에 불이 들어왔고, 세 가지 모드가 표시됐다. 그 중 '점검 모드'를 터치하자 다시 두 개의 버튼이 나타났다. 둘 중 '수동 개폐점검'을 선택했다. 그러자 홍채인식 보안 장치의 불이 초록색으로 변했고, 문이 스르륵 아주 가볍게 열렸다. – 만화에 나온 내부 출입 요령도 여기서 끝이다.

이제는 어떤 일이 일어날지 알지 못한다. 만화의 도움 없이 혼자 가야 한다. 두려움을 반쯤 가지고서 문 안으로 발을 내디뎠다. 그때 삐이 – 삐이 – 삐이 – 엄청난 소리로 사이렌이 울려대기 시작했다. 예상치 못한 상황에 너무나 당황스러워서 급히 숨을 곳을 찾아봤지만, 마땅한 곳은 보이지 않았다. 위험을 알려오는 경고음이 성후의 고막을 후벼 팠다.

중앙관제센터는 전면 초대형 모니터를 중심으로 주변에 여러 개의 작은 모니터가 설치되어있는 정사각형의 구조로 되어 있다. 대형 모니터를 향해 줄지어 있는 테이블에는 연구원들이 바쁘게 각자의 일을 하고 있다. 센터 맨 뒤에는 계단으로 연결된 복층 형태의 팀장 사무실이 있는데 안에서 보면 한눈에 관제센터를 내려다볼 수 있도록 통유리로 되어 있지만, 바깥에서는 전혀 안쪽이 보이지 않아 어떻게 보면 감시탑처럼 보이기도 한다.

서이준은 창밖 대형 모니터에 우주선 KN-1호의 지구 귀환 궤도 표시를 잠시 바라보다가 책상 모니터 CCTV 화면으로 시선을 옮겼다. 화면에는 이제 막 통제구역으로 진입한 성후의 모습이 실시간으로 선명하게 보고되고 있었다. 카메라는 작은 행동 하나도 놓치지 않고 그를 감시했다. 이준은 잠시 생각에 잠기나 싶더니, 시선을 소파 테이블에 있는 체스판으로 옮겼다. 눈으로 체스 말의 이동을 잠시 살피던 그가 안타깝다는 투로 말했다.

"이런 얕은수로는 나를 이길 수 없어."

누군가에게 말을 했지만, 그곳에는 다른 사람은 아무도 보이지 않았다. 이준은 깊게 고민하지 않고 흰색의 체스 말을 이동시켰다. 그러더니 자리에서 일어나 반대편 의자로 가서 앉았다.

다시 심각한 얼굴로 팔짱을 끼고 체스판을 뚫어져라 바라보면서 이번에는 좀 전과 달리 깊은 고민에 빠져들었다. 눈빛부터 자세, 태도 모든 것이 순식간에 다른 사람인 것처럼 변해있었다. 한참 고심하다가 검은색 비숍을 이동시켰다. 그리고 다시 자리를 옮기더니 체스판을 보고서 혀를 찼다.

"시도는 좋았는데 수가 너무 뻔해. 다른 사람들한테는 통할지 몰라도 나한테는 어림없어. 좀 더 분발해야겠어. 이번 판을 이기면 널 살려주기로 했는데 이래서는 내가 억지로 살려주려고 해도 점점 그럴 수 없게 돼버리잖아. 좀 더 머리를 써봐."

다시 자리를 옮긴 이준은 괴로운 눈으로 체스판을 바라보았다. 도저히 수가 떠오르지 않는지 괴성을 지르고는 옆에 놓인 찻잔을 장식장을 향해 던져버렸다. 쨍그랑 - 유리가 사방으로 튀었지만, 방음이 워낙 잘 되어 있어 밖으로는 작은 소리 하나 빠져나가지 않았다.

"너 언제까지 어린애 같이 이럴래! 유리 깨는 정도로는 날 없앨 수 없다고 내가 수도 없이 말했잖아."

"넌 천벌을 받을 거야!"

"또 이러네. 그러지 말고 실력을 길러서 당당히 체스에서 이겨. 질 것 같으니까 헛소리하지 말고."

"난 다 봤어 네가 한 짓. 전부!"

"얘, 또 나한테 덮어씌우려고 그러네. 야. 그거 전부 네 손으로 한 거야. 내가 한 게 아니라."

"난 아니야!"

"그 만화가 목매달 때 난 거기 없었어. 너였어, 네가 그런 거야."

"아니야. 아니라고! 너야. 네가 그런 거야!"

"말은 바로 하자. 그때 네가 엄마 복수해야 된다고 그래서 그런 거잖아. 너 자꾸 어린애인 척하면서 내 핑계 대는 거. 그거 아주 나쁜 습관이야."

"넌 악마야!"

"왜 예전에 널 납치했던 박용재 차에 손대서 죽게 한 것도 내가 그런 거라고 말해 보시지!"

"아니야! 아니야! 아니라고! 거짓말이야!"

"넌 항상 나를 무슨 악마 취급하는데, 정작 내 핑계 대고 욕망을 채우는 건 전부 너잖아. 잘 생각해 봐. 다 네가 한 짓이야."

"꺼져! 꺼져버려!"

"너 자꾸 이러면 나 진짜 섭섭해."

이준은 절규하며 체스판을 뒤엎어버렸다.

"판이 엎어졌으니 무승부네. 네가 이기면 널 살려주기로 약속한 건 알고 있지? 그것도 기억 안 난다고 발뺌할 생각하지 마."

떨어진 체스 말 중에 가장 작은 말인 검정색 폰을 집어 들었다.

"엄연히 말하면 무승부는 네가 이긴 게 아니잖아. 그치? 그렇다는 건 내가 널 살려줄 필요가 없다는 뜻이고…… 혹시 이의 있어?"

서이준은 걸음을 옮겨 책상 쪽으로 가서 모니터를 바라보았다. 화면에는 이제 막 홍채인식 보안 게이트를 연 성후의 모습이 전송되고 있었다. 그는 체스 말을 화면 앞에 내려놓았다.

"자, 그럼 이제 진짜 게임을 시작해 볼까."

마우스에 손을 가져가서 이동시킨 후. 클릭했다. 화면이 중앙환기시스템으로 바뀌자 이준은 키보드에 이것저것을 입력했다. 모니터가 붉게 물들었고, 본관 건물 전체에 사이렌이 울려 퍼졌다. 삐이 – 삐이 – 홍채인식 게이트를 빠져나온 성후에게도 이 소리가 전해졌다. 본능적으로 놈이 보내온 방독면과 관련이 있는 사인이라고 판단한 성후는 재빨리 숨을 참으며 배낭에서 방독면을 꺼내썼다. 그러고는 중앙통제센터의 문으로 급하게 달려갔다.

가스 살포 버튼을 누른 이준도 방독면을 썼다. 그러고는 다시 컴퓨터로 가서 미리 준비해 둔 음악을 틀기 위해 플레이 버튼을 눌렀다. [모차르트 레퀴엠 D단조 K.626]

통제센터 문을 향해 달려가던 성후에게도 음악이 들려왔다. 사이렌 소리가 점차 사라지고 모차르트가 그 빈자리를 채웠다. 건물 전체에 죽은 이를 위한 미사곡인 레퀴엠이 울려 퍼졌다.

미친 새끼! 욕이 절로 나왔다. 셀 수 없이 많은 사람들을 죽음으로 몰아가고 있는 녀석이 이딴 음악이나 틀고서 스스로를 미화하고 자빠져있다니. 역한 기분이 차올랐다. 마음 같아서는 한시라도 빨리 통제소 안으로 들어가서 연구원들에게 코와 입이라도 막으라고 알려주고 싶었지만, 특수 제작된 방독면의 무게와 숨쉬기 불편한 구조 때문에 뛰기는커녕 조금 빠른 걸음으로 걷는 것만으로도 몸에 엄청난 무리가 왔다. 그럼에도 최대한 걸음을 재촉해 통제센터 문에 다다랐다. 문을 열어 보았지만, 꿈쩍도 하지 않았다. 힘을 끌어모아 열어보았지만, 벽처럼 느껴질 뿐이었다. 마음만 더 급해졌다. 열기를 포기하고 경고라고 해주기 위해 주먹을 쥐고 문을 두드렸다. 하지만 이것 역시 가소로운 시도였다. 크고 두꺼운 문은 아무리 두드려도 쾅- 소리가 안으로 전달되지 못했다. 성후는 문손잡이 위에 있는 작게 세로로 난 방탄유리창으로 내부를 살펴보았다. 여전히 모차르트의 레퀴엠이 울려 퍼지고 있었고, 통제실 안의 연구원들은 음악과 함께 하나둘 스르륵 쓰러져 갔다.

"열어! 이거 열라고!"

사람들이 우수수 낙엽처럼 쓰러지는 모습을 보고도 아무것도 할 수 없다는 무력감과 분함이 솟구쳐 성후의 두 눈에는 눈물이 그렁 맺혀왔다.

"너 이 새끼! 내가 널 반드시! 기필코! 내가 죽인다!"

이 소리 역시 방독면을 뚫지 못하고 웅웅- 공기 중으로 퍼져나갔다. 그러는 사이에도 음악은 계속되었고, 사람들은 무기력하게 쓰러져 갔다. 이제 비틀거리는 연구원도 몇 남지 않았다. 성후의 눈은 분노로 시뻘게졌다. 그렇지만 무기력한 분노는 주인을 갉아먹을 뿐이다. 털썩- 무릎이 꿇어졌다. 꽉 쥔 주먹 역시 허망하기 그지없었다. 아무리 최악의 상황이라도 이렇게 주저앉아 있을 수만은 없다고 판단한 성후는 몸을 추스르고 다시 일어났다. 그때. 갑자기 뚝. 하고 음악이 멈췄다. 안을 들여다보니 이제 서 있는 사람은 아무도 없었다. 잠시 후, 스피커를 통해 기계적인 목소리가 들려왔다.

"지금부터 공기정화 시스템이 가동됩니다."

동시에 어디선가 커다란 펜이 돌아가는 소리가 위잉- 하고 들려왔다. 공기가 정화되면 쓰러졌던 사람들이 혹시 일어나지 않을까? 하는 마음에 다시 통제실을 봤지만, 그런 기적은 일어나지 않았다.

그리고 얼마간의 시간이 더 지나갔다. 스피커에서는 아까와 같은 목소리가 들려왔다.

"공기정화가 완료되었습니다."

멘트가 끝나자마자 기다렸다는 듯이 통제실 출입문이 덜컥- 열렸다. 그토록 열고자 했을 때는 미동조차 하지 않다가 이렇게 허무하게 열리다니. 억울한 마음이 들었다. 하지만 지금은 그런 사사로운 느낌에 취해 있을 때가 아니다. 성후는 문을 조금 더 열고 자신을 기다리고 있는 지옥을 향해 한걸음 안으로 들어갔다. 고개를 들어 전면에 있는 대형 모니터를 바라보았다. 거기에는 KN-1으로 보이는 우주선의 현재 위치와 귀환 궤도로 보이는 점선이 지구를 향해 나 있었다. - 놈은 어디 있는 거지?

주변을 둘러보았다. 방독면 때문에 시야가 좁기도 했고, 뿌에서 무척이나 답답하기도 했다. 그때, 철 - 크 - 덕 - 하는 소리가 들려왔다. 뒤쪽이다! 대형 모니터 반대쪽 끝에 있는 복층 사무실에 문이 열렸다. - 그 안에서 앳되어 보이는 청년이 나와 계단을 천천히 내려왔다. 서. 이. 준. 그놈이다.

"안심해도 돼요. 이제 방독면 벗어요. 나도 벗었잖아요."

뭐? 안심? 지금 그 더러운 입으로 안심해도 된다고 말한 거냐! 이 지경을 만들어 놓고도. 제 손으로 사람들을 전부 쓰러뜨려 놓고도 뭐? 안심? 성후는 당장이라도 권총을 꺼내 놈의 머리통을 날려버리고 싶은 강력한 충동에 휩싸였다. 하지만 그래선 안 된다. 놈이 원하는 게 바로 그거다. 놈은 내가 자신을 죽인 후에 비극을 막을 유일한 방법을 내 손으로 없애버린 사실에 고통스러워하길 바랄 수도 있다. 전부 내게 뒤집어씌우기 위해 파놓은 함정일 확률이 높다. 지난 몇 년간 서이준을 쫓으며 놈의 패턴과 생각을 연구했다. 그렇기에 누구보다 놈을 잘 안다. 장례식장에서 놈이 처음 내게 했던 말이 떠올랐다.

"타인에게 잘못을 뒤집어씌워야 살아갈 수 있어요. 인간은 원래 그렇게 설계된 존재예요."

놈은 그렇게 살아왔다. 타인에게 뒤집어씌우는 방식으로 괴물의 마음을 키워온 것이다. 마치 그러는 것이 당연한 것처럼. 인간의 본성인 것처럼 정당화하며 사람들을 잡아먹어 왔다. 더는 이대로 둘 수 없다.

성후는 부들부들 떨며 입술 안쪽을 피가 날 정도로 꽉 깨물면서 쏴버리고 싶은 충동을 참아냈다.

참아야 이긴다. 흥분하면 말린다. 떨리는 눈꺼풀조차 제어하기 힘든 성후는 속으로 계속 이 말을 되뇌면서 초인적인 인내심을 발휘했다. 현우를 생각하고, 쓰러져 있는 연구원들과 그의 가족들. 그리고 강릉에서 남편을 기다리고 있을 아기 엄마와 지구에 살고 있는 이름 모를 수많은 가족들을 떠올렸다. 마지막으로 정희와 민준이를 머릿속에 그렸다. 그러자 뜨겁기만 했던 그의 분노가 순식간에 차갑게 식었다. 아니, 차갑다 못해 조금만 건드려도 깨질 정도로 냉혹하게 변해버렸다. 이제 성후는 날카롭게 연마된 그 분노를 가지고 눈앞에 있는 뒤틀린 괴물을 상대할 생각이다.

얼굴을 죄고 있던 방독면을 벗자 해방감이 찾아왔다. 하지만 그것도 잠시, 존재만으로도 주변을 위축시켜 버리는 묘한 기운을 풍기며 서 있는 서이준의 모습에 긴장감이 몰려왔다. 형언할 수 없는 기괴한 느낌을 주는 잿빛 눈동자가 성후를 응시했다.

"어쩐 일로 여기까지 오셨어요?"

"그건, 내가 할 질문인데. 왜 날 여기로 부른 거지?"

"제가요? 제가 왜 형사님을 여기로 불러요?"

"그럼 그 만화는 뭐야? 이 방독면은 또 뭐고? 그리고 현우⋯⋯."

어딘가 묶여 있을 현우를 생각하자 당장 놈의 멱살을 잡고 뒤흔들고 싶었지만 눌러 담았다.

"내가 이렇게 왔으니까. 성현우 기자는 이제 풀어줘."

"무슨 말씀을 하시는 거예요? 그 사람이 누군데요? 어디 있는 줄 알고 풀어줘요?"

정말 처음 들어보는 사람 같은 이준의 태도에 성후는 이것이 연기인지, 아니면 진짜 모르는 것인지 잠시 헷갈렸지만 이내 고개를 저었다. 어차피 어떤 쪽이든 바뀌는 것은 없다.

"좋아, 그럼 왜 감옥에 있는 조효익에게 넌 죽여 달라고 전혜달라고 한 거야?"

이준은 잠시 생각에 잠긴 듯 그대로 서 있었다.

"형사님은 지금 리더의 말을 듣고 절 죽이러 여기까지 오신 건가요?"

이 말에 성후는 일격을 당한 사람처럼 흔들렸다. 놈은 내가 자신을 죽여주기를 바란다. 나 역시 놈을 죽일 각오로 이곳에 왔다. 하지만⋯⋯.

"그럼 그렇게 해요. 지금 절 죽이세요."

이준은 바란다는 투로 말하고는 두 손을 벌려 들어오라는 듯한 동작을 취했다.

"어떻게 죽이실 건데요? 혹시 총 가지고 오셨어요?"

"그 전에 뭐 한 가지만 묻자. 대체 왜 그런 거냐?"

성후가 전면의 대형 모니터를 가리키며 말했다.

"왜 저걸 폭파시키려는 거야? 왜 무고한 수많은 사람들을 죽이려고 하는 건데! 그리고 왜…… 널 죽여달라고 하는 건데!"

"형사님. 혹시 어렸을 때 가지고 놀던 장난감들 지금 가지고 계세요? 그 장난감들은 다 어디로 갔을까요? 세상 무엇보다도 소중하고 아끼던 그것들은 어쩌다 전부 사라져 버린 걸까요? 뭐 사람마다 사연도 다르고 이유도 다양하겠지만, 결국 그것들이 전부 버려졌다는 사실은 변하지 않죠. 뭐 대충 이런 이유 아닐까요? 싫증이 나서, 이제 더는 필요 없어서, 더는 가지고 노는 게 재미있지 않아서…… 근데 말이죠, 장난감을 버린 사람한테 어떻게 그럴 수 있냐. 한때는 목숨보다 소중히 여기지 않았었냐? 너무 매몰차고 비인간적이다. 이렇게 말하는 사람은 없잖아요. 인간은 원래 애지중지 잘 가지고 놀다가 잘 버려요. 그게 본성이에요. 신도 그렇잖아요. 애초에 인간을 자신과 닮게 만들었으니 다를 수가 없죠."

더 이상 참지 못한 성후가 품 안의 권총을 꺼내 겨눴다.

"그걸 말이라고 하는 거야? 그래, 나 어릴 때 가지고 놀던 장난감들 어디로 갔는지 몰라. 세상 무엇보다 소중했던 것도 맞고, 아마 버렸겠지. 그것도 맞아. 근데 결정적으로 틀린 게 하나 있어. 애초에 비유 자체가 틀렸어. 우린 인간이야. 장난감이 아니라고!"

잿빛 눈을 한 청년의 입가에 아주 옅은 미소가 번져갔다.

"인간과 장난감의 차이가 뭔데요 형사님? 이성? 역사? 과학? 인식? 뭐 이런 거요? 이것들 전부 인간이 만들어낸 가치잖아요. 자기들이 만든 것을 자기들의 가치 논리로 중요하다고 못 박아 놓고서 인간이 아닌 나머지 것들은 하등하다? 뭐 이런 건가요?"

성후가 들고 있는 권총의 총구가 떨렸다.

"그런, 넌 뭔데? 그런 너도 인간이잖아!"

"그냥 쏘세요. 그럼 간단해져요. 절 죽이면, 말 같지도 않은 이딴

소리 안 들어도 되잖아요."

말하고 있는 이준의 얼굴에서 성후는 기만과 함께 우월감이 퍼져 나가는 것을 목격했다.

이준이 천천히 움직여 성후를 등지고 섰다.

"제 얼굴을 보고서 총을 쏘실 수 없으면 뒤통수에 쏘세요. 훨씬 수월할 거예요. 인간적으로."

방아쇠에 걸쳐 있는 성후의 손가락에 힘이 들어갔다. 쏴버릴까? 망설임에 방아쇠는 끼륵 하고 조금 더 움직였다. 여기서 아주 살짝만 힘을 주면 총은 발사될 것이다. 정말? 그러면 끝날까?

그때 갑자기 — "살려주세요." 이준이 말했다. 이건 또 무슨 소린가? 여태껏 죽여달라고 애원하던 놈이 아니었나? 뒤돌아 있어 놈의 얼굴은 볼 수 없었지만, 설령 봤다고 해도 표정은 읽을 수 없었을 것이다.

"아저씨. 살려주세요."

형사님이라고 하지 않고 틀림없이 아저씨라고 말했다. 마치 그날. 테라스 난간의 시간이 여기로 곧바로 이어진 것 같은 기분이 몰려왔다.

"살려주세요……. 살려주세요……."

생각해 보면 예전부터 이준은 계속해서 살려달라고 말해왔다. 그런데 왜 갑자기 왜 죽여달라고 한 걸까? 그러더니 갑자기 왜 또 번복해서 살려달라고 하는 거지? 살려달라고 애원하는 이준의 목소리에 권총을 잡고 있는 성후의 마음이 떨려왔다. 도저히 이해할 수 없었고 — 감정은 여기저기로 요동쳤다. 그때 이준이 한 발 앞으로 걸어나갔다. 권총으로부터 한 걸음 더 멀어진 셈이다. 그런 식으로 계속해서 아주 천천히 걸음을 옮겼다.

"절 쏘세요. 마지막 기회에요."

성후는 방아쇠를 당길 수 없었다. 이준은 한쪽 끝에 있는 책상으로 가서 빨간 버튼을 눌렀다. 너무나 순식간에 일어난 일이라 막을 수 없었다. 아니, 무슨 일이 일어나고 있는지 모르니 막아야 한다는 생각조차 하지 못했다.

"형사님은 결국 이번에도 아무것도 하지 못했네요. 방아쇠만 당겼으면 끝났을 일인데 이번에도 안타깝게 무기력에 져버리고 말았네요. 그때도 그랬죠? 아내를 지키지 못했잖아요. 그래 놓고 원망만 해댔잖아요."

"너, 대체 지금 무슨 짓을 한 거야!"

이준이 대형 모니터 속 우주선 KN-1의 궤도를 보며 말했다.

"이미 끝났어요. 분노도, 질문도 이제 너무 늦어비렸어요. 제가 버튼을 눌렀으니 이제 연료가 자동으로 [온리]로 교체돼요. 막을 방법은 없어요. 그러니까 제가 버튼을 누르기 전에 쐈어야죠. 이제 되돌릴 방법은 없어요."

; 게임

"저랑 게임 안 하실래요?"

"게임? 지금 상황에서 그런 얘기가 나와!"

"어차피 돌이킬 수 없는 거, 즐기는 편이 낫지 않을까요?"

'이게 전부 내게 총을 쏘게 만들기 위한 수작일 수도 있어.'

이준은 마치 그의 마음을 읽고 있는 사람처럼 이렇게 말했다.

"다시 한번 말하지만 되돌릴 방법은 없어요."

성후는 방법을 바꿔 대항했다.

"됐고, 게임 얘기나 더 해봐."

"방법은 아주 간단해요. 홀짝 게임 같다고 생각하면 돼요. 둘 중 하나를 고르는 거예요."

말과 동시에 이준이 컴퓨터에 무엇인가를 입력했다. 그러자 대형 화면의 우주선 KN-1의 궤도가 둘로 갈라졌다. 기존의 궤도는 여전히 지구를 향하고 있었고, 새로 생긴 궤도는 달을 향하는 쪽으로 그려졌다. 이준이 재미있다는 듯 잿빛 눈을 깜빡이며 말했다.

"둘 중 하나를 고르면 돼요. 1번. 이전 궤도 그대로 지구로 향한다. 2번. 궤도를 바꿔 달로 향한다. 다른 선택지는 없어요. 반드시 둘 중 하나를 골라야 해요. 1번을 고르면 만화에서처럼 지구 대기에서 펑! 하고 끝나는 거고요. 2번을 고르면 우주선은 방향을 바꿔 달로 가서 펑! 터져요. 달에는 아무도 안 사니까 당장 죽는 사람은 없을 거예요. 어때요? 솔깃하죠? 참고로 달은 지구보다 많이 작아요. 대략 사 분의 일 정도. 하지만 작은 만큼 받는 충격은 더 치명적이겠죠? 그렇게 되면 지구와 달 사이 인력은 어떻게 될까요? 지구 중력은 괜찮을까요? 공전 자전 궤도는 괜찮을까요?"

"너, 지금 뭐 하자는 거야!"

"게임이요, 우린 지금 게임을 하고 있는 거예요. 빠르게 멸망할 것이냐, 천천히 멸망할 것이냐. 그걸 고르는 거죠. 어때요? 재밌지 않아요?"

"뭐? 재미?"

"저는 개인적으로 인간에게 가장 부족한 게 유머 감각이라고 생각해요. 조금만 심각한 일이 생겨도 유머 감각부터 틀어막고 보거든요. 그건 좋지 못한 태도예요. 웃음은 상황을 즐기게 해주는 마법 같은 요소거든요."

"당장 그만둬!"

"저는 지금 형사님께 인류의 미래를 선택할 기회를 드리는 거예요."

"내가 네 장난에 놀아날 것 같아! 당장 멈춰! 안 그러면……."

차마 총을 쏜다는 말을 입 밖으로 내지 못했다. 그것이야말로 놈이 바라는 것이기 때문이다.

"이 게임이 재미있는 건, 형사님이 아무것도 선택하지 않으면, 궤도는 바뀌지 않기 때문에 자연스럽게 1번이 선택된 것과 같은 결괏값이 나온다는 거죠. 어때요? 자신의 손에 인류 미래의 결정권을 쥐게 된 소감이"

성후는 이를 앙다물고 지금 상황에서 자신이 할 수 있는 최선의 것을 선택했다.

탕 - ! 선택은 방아쇠를 당기는 것이었다. 그렇게 총소리와 함께 서이준이 쓰러져 내렸다.

; 진짜 게임

총을 맞은 이준이 휘청 - 힘을 잃고 나부꼈다. 그 모습을 성후는 거친 숨을 몰아쉬며 바라보았다. 방아쇠를 당긴 찰나의 순간, 그의 본능은 총구를 놈의 머리가 아닌 다리를 향하도록 만들었고, 그 결과 탄창에 있던 단 한발의 총알이 발사되어 이준의 허벅지를 관통했다. 짧은 비명과 함께 쓰러졌지만, 이준은 금세 고통은 잊었는지 마치 이 상황을 즐기는 것처럼 아픔 속에서 미소를 끄집어내어 펼쳐 들었다.

"좋아요, 내 예상대로 형사님은 이 게임을 아주 잘 이해하고 있어요. 너무 재미있어요."

기만의 말을 들은 성후는 괴물의 머리를 날려버리지 못한 것에 잠시 분한 생각도 들었지만, 이내 그 마음을 던져 버리고 놈에게 다가가 멱살을 쥐어 잡았다.

"좋은 말로 할 때 우주선이 안전하게 착륙할 수 있는 방법을 말해! 어서!"

"좀 전에 누른 빨간 버튼은 되돌릴 수 없다고 했잖아요. 전 거짓말 안 해요. 이 게임의 기본 룰은 '상대에게 절대 거짓말을 하지 않는다.'거든요."

"그럼 버튼 누른 거 되돌리는 거 말고, 다른 방법! 있을 거 아니야!"

"바로, 그거예요! 그렇게 나와야죠. 이거 기대 이상인데요."

괴물과 말을 하면 할수록 성후는 빙글빙글 돌며 끝도 없는 나락으로 떨어지는 것 같은 기분이 진해져만 갔다. 하지만 그렇다고 이대로 가만히 있을 수만은 없기에 더욱 강하게 놈을 압박했다.

"빨리 말해! 안 그러면……."

"안 그러면요? 주머니에 숨겨둔 총알로 절 죽이게요? 그것도 좋은 생각이네요. 하하하."

상황에 질려버린 성후는 고함을 쳐대는 것 말고는 달리 할 수 있는 게 없었다. ─ 아아아악! 소리라도 치지 않으면 어떻게 되어 버릴 것만 같아 계속 악을 써댔다.

"워워워. 그러지 마시고. 생각을 합시다. 생각을요. 왜 그래요. 여기까지 잘 와놓고."

암담함이 차올랐다. 그러다 문득, 놈이 이 상황을 '게임'이라고 말했던 것이 떠올라 성후는 싸움의 태도를 바꾸었다.

"서이준. 넌 무사히 이 상황을 끝낼 방법을 알고 있어. 그렇지? 그래야 이 게임이 성립하니까."

"계속해 보세요."

"네가 뭘 준비했건 간에 기꺼이 응해줄게. 그래 게임을 해보자고! 내가 뭘 하면 되지?"

"진작 그렇게 나왔으면 얼마나 좋아요."

"이제라도 늦지 않았잖아. 안 그래?"

"근데 어쩌죠? 이미 빨간 버튼을 눌러버려서 여기서 더는 상황을 바꿀 방법이 없어요. 좀 일찍 게임에 응해줬으면 좋았을 것을. 아쉽게 됐네요."

아니다. 아니다. 속으면 안 된다. 틀림없이 방법은 있다. 놈은 지금 그 방법을 감춰두고 나를 기만하고 있는 것이다. 생각하자. 어떻게든 생각해 내야 한다! 이 상황을 타개할 필승 법은 분명히 있다. 무조건 그렇게 믿어야 한다. 불쑥. 좀 전의 놈이 한 말이 떠올랐다. 이 게임의 기본 룰은 상대에게 거짓말을 하지 않는 데 있다고 했다. 이 말도 게임의 일부. 사실을 교묘하게 비틀어 거짓말을 하지 않는 선에서 상대를 기만하고 있는 것이다. 뭘까? 지금 나는 어떤 함정에 빠져 허우적대는 거지? 지금 난 뭘 움켜쥐어야 하지? 서둘러 주변을 살폈다. 쓰러져 있는 사람들. 피를 흘리고 있는 이준. 그리고…… 그의 눈을 잡아끈 건 다름 아닌 커다란 화면 속 아이콘으로 표시되어 있는 우주선 KN-1이었다. 순간, 머릿속에 번뜩, 생각 하나가 떠올랐다.

"네가 방금 전에 그랬지? 이미 빨간 버튼을 눌러버려서 여기서 더는 상황을 바꿀 수 없다고."

이 말에 잿빛 눈의 청년이 흥미롭다는 듯이 미소를 지어 보였다.

"아주 좋아요."

"여기서 상황을 바꿀 수 없다면. 저기서는 가능하다는 얘기야?"

성후가 가리킨 것은 화면 속 우주선 아이콘이었다.

"이런 상황에서도 제 말장난을 잘도 찾아내셨네요."

서이준은 신난 꼬맹이처럼 회색 눈을 동그랗게 말아 떴다.

"그 정도야 쉽지. 왜냐하면 너는 여전히 유치한 걸 좋아하는 어린애에 불과하니까."

이준이 더욱 장난스럽게 말했다.

"자 그럼. 이제 진짜 게임을 할 시간이 찾아왔습니다! 와아!"

허벅지에 통증을 느꼈는지 이준이 잠시 얼굴을 찌푸렸지만, 얼굴 가득 모여든 즐거운 표정을 굳이 숨기려 들지 않았다.

"이제 형사님이 '살려주세요.'라고 말할 차례에요. 제가 늘 형사님께 그랬던 것처럼, 애원을 하는 거죠. 살려주세요. 살려주세요."

"지금. 여기서 너한테? 살려달라고 하라고? 그거야 쉽지. 얼마든지 할 수 있어."

"반만 맞아요. 지금 하면 되는데. 제가 아니라. 저기에다 말해야죠."

이준이 커다란 모니터 속 우주선 아이콘을 가리켰다.

"방법은 간단해요. 지금 지구로 향해오고 있는 도신홍 대원에게 제발 지구로 오지 말라고 애원하는 거예요. 살려주세요. 지구로 오지 마세요. 방향을 틀어서 우주 미아가 되어주세요. 그렇게 혼자 죽어주세요. 그래야 우리가 사니까요. 부탁이에요. 살려주세요. 살려주세요! 이렇게요! 하하하!"

'미친놈' 소리가 목구멍 끝까지 차올랐다. 성후의 분노가 쌓여갈수록 이준은 더욱 신나 했다.

"고작, 이딴 장난이나 치려고 그동안 그랬던 거야?"

"고작이라고요? 형사님은 수많은 사람의 목숨을 구하는 일에 지금 '고작'이라는 말을 붙이신 거예요? 아까 장난감 비유에 화내셨던 그분 맞나요? 이건 상황이 다르다고 우기실 건가요?"

성후는 아무런 대꾸도 하지 않았다. 괴물의 말이 맞거나 동의해서 그런 건 아니다. 지금 머릿속에는 온통 이 상황을 어떻게 극복해낼까만 집중되어 있어 다른 생각은 전혀 들지 않았다.

"형사님 여러 가지로 머리가 복잡하신 것 같은데. 그럴 필요 없어요. 이건 무조건 형사님이 이기는 게임이에요. 설득을 했는데 도신홍 대원이 들어주면 형사님은 인류를 구한 영웅이 되는 거예요. 어때요? 멋지죠? 만약 설득이 통하지 않아도 그건 형사님이 잘못이 아니에요. 그건 우주선에 타고 있는 사람 잘못이에요. 사람들은 도신홍 대원을 욕하지 형사님을 욕하지는 않을 거예요. 물론, 터져버리면 욕할 사람들이 남아 있을지 모르겠지만."

말 같지도 않은 소리다. 인간성을 산산 조각내려는 괴물의 얕은 계략에 불과하다.

"뭐 하고 있어요? 시간이 얼마 없어요. 우주선은 자동차가 아니에요. 차선 바꾸듯이 획-하고 바뀌는 게 아니라고요. 화면에 있는 저 레드라인을 넘으면 우주선에서 아무리 조종한다고 해도 지구를 피해 갈 수 없어요."

화면에 뜬 우주선 아이콘의 진행 방향 멀지 않은 곳에 놈이 말한 빨간 선이 깜빡이는 게 선명하게 보였다. 이 속도라면 조만간 레드라인을 통과할 것처럼 보였다.

"말씀드려야 할 게 하나 더 있어요."

"또 뭐!"

"재미를 위해서 제가 설정해 놓은 게 하나 더 있거든요."

재미, 재미, 재미! 들을수록 치가 떨리는 말이지만 참을 수밖에 없었다.

"도신홍 대원은 자기 목숨을 버리고 얼마든지 우주 미아가 되는 걸 선택할 수 있는 사람이에요. 성격이 그렇기도 하고, 영웅심도 작용할 것이고. 무엇보다 아내와 아이, 그리고 새로 태어날 둘째도 지구에 있잖아요. '나 하나 희생해서 가족을 살리자!' 이럴 확률이 아주 높죠. 그러면 게임이 재미가 없잖아요."

지금 무슨 말을 하려는 거냐! 어디까지 인간을 기만해야 그 잘난 네 재미가 충족이 되느냐 말이다! 그러지 마라. 제발 가족만은 건들지 마라…….

"밸런스가 너무 안 맞는 거 같아서 제가 난이도를 좀 조정해 봤어요. 형사님이 살려달라고 설득하는 것까지는 맞아요. 근데 형사님이 선택해야 할 게 하나 더 있어요."

무슨 말인지 다음 내용을 듣지 않았지만, 성후는 가슴 깊은 곳에서 슬픔이 차올랐다. 어떻게 해야 저렇게 될 수 있을까? 유전? 종교? 환경? 뇌의 이상? 인간이 어떻게 해야 인간이 아닐 수 있을까를 연구한 끝에 만들어낸 괴물이 눈앞에 있는 서이준이 아닐까? 자괴감에 마음이 아려왔다.

"뭔데. 말해봐. 아직 놀랄 게 남아 있을지가 더 궁금하다."

"강원도 바닷가 근처에 풍경이 좋은 곳에 주택 한 채가 있어요."

순간 성후의 머릿속에는 얼마 전 만났던 도신흥 대원의 아내 얼굴이 떠올랐다.

"어디 말하는 건지 알죠? 우주선에서 이곳 통제센터의 자동 항법 장치와 연결을 끊고서 자력으로 움직이는 걸 선택하면요, 저기 세 번째 있는 라이트 보이시죠? 그게 노란색으로 바뀌어요. 저기, 지금은 초록색인 저거요. 원리는 아주 간단해요. 저기에 노란불이 들어오면 – 바닷가에 있는 작은 집은 펑! 아무런 흔적도 없이 사라져 버려요. 하하하. 지금 시간이면 도신흥 대원의 아내와 아이는 아마도 집에 있겠죠?"

"너 지금 그게……!"

"어떻게 하실 건가요? 도신흥 대원이 정의감을 발휘해 지구에 사는 인간들을 구하기 위해 우주 미아가 되기로 선택하는 순간, 자신의 아내와 아이. 배 속의 아이까지 모두 죽게 되는 거예요! 완전히 일방적 희생이 되는 거죠. 자기 가족은 몰살당하고, 일면식도 없는 사람들은 룰루랄라 살아남죠. 이게 핵심이에요. - 집에 폭탄이 설치되어있고, 지구를 구하기 위해 우주 미아가 되기로 결심하는 순간 폭탄이 터진다는 사실을 도신흥 대원에게 전할지, 아니면 비밀로 하고 설득할지는 온전히 형사님 판단에 달려 있어요. 지구의 운명을 건 선택! 어때요? 밸런스 좋죠?"

이 순간 성후는 몇 년 진 난간에서 놈을 밀어버리지 못한 것을 뼈저리게 후회했다. 서이준 이놈은 진짜 괴물이다. 그것도 심하게 고장 나서 자신이 괴물인지도 모르는 괴물!

"형사님께 거짓말을 하라는 말은 아니에요. 아까도 말했지만, 이 게임의 핵심은 거짓말을 하면 안 되는 데 있어요. 그치만, 사실을 말하지 않는 것 정도는 괜찮아요. 아닌가? 형사님은 그런 건 양심에 찔려 싫으신가요? 어때요? 사실대로 말 안 하고 에둘러 말하는 건 상대를 '기만'하는 거라고 생각하시죠? 그쵸? 그러면 '당신 집에 폭탄이 설치되어있소!' 대놓고 말할 건가요?"

성후는 망설였고, 그러는 사이에도 모니터의 우주선은 레드라인을 향해 조금씩 다가가고 있었다.

"정말 궁금하네요. 형사님이 어떤 선택을 할지. 지구를 구하는 대신 본인과 가족이 모두 죽는 길을 가라고 애원할 건지. 아니면 가여운 비행사를 기만하고 인류를 구해낼 건지……. 저기 마이크 보이죠. 옆에 스위치를 누르면 우주선에 전달돼요. 시간 없으니까 어서 선택하세요."

성후는 잠시 눈을 감았다. 좋든 싫든 지금이 선택의 시간임에는 틀림이 없다. 어떡해야 하지? 내가 할 수 있는 최선은 뭘까? 감은 눈 뒤로 운명이 걸린 동전을 공중으로 던져 올렸다. 그리고 곧 결론에 다다랐다. – 선택했어!

성후는 마이크 쪽으로 가지 않고, 다시 주머니 안에서 잠자고 있던 총알 한 개를 꺼내 들었다.

"오, 그건 꽤 흥미로운 선택이네요. 예상 밖이에요. 너무 좋아요. 딱 제 스타일이에요."

이준의 비아냥 따위는 신경도 쓰지 않고 총에 마지막 한 발의 탄을 집어넣으며 말했다.

"이건, 끝내기 위한 최선의 선택이야."

성후는 총을 들고서 다리에 피를 흘리며 쓰러져 기대 있는 이준에게로 다가갔다. 그러고는 아주 천천히 그의 머리에 총구를 가져다 댔다.

"고마워요."

"천만에."

잠시 그러고 있던 성후는 권총을 서이준 바로 앞에 내려놓으면서 이렇게 말했다.

"나만 선택하면 재미없잖아. 이러는 편이 더 재밌겠지? 너 재미 좋아하잖아. 그러니 너도 선택해."

바닥에 놓인 총을 이준은 한참 동안 바라보았다.

"서이준. 너는 예전부터 나한테 계속해서 살려달라고 말해왔어, 그러다 갑자기 돌변해 죽여달라고 했지. 그래 놓고선 또다시 번복해서 살려달라고 애원했어. 그런 것조차 선택하지 못하면서 남한테 선택하라고 하는 건 모양 빠지지 않아? 그 정도는 네가 알아서 해. 이제 너 어린애 아니잖아."

이준이 손을 내밀어 권총을 집어 들었다. 성후는 뒤돌아 마이크 쪽으로 향해 걸어가면서 자신에게 아니, 이준에게 아니, 누군가에게 들으라는 듯이 큰 소리로 말했다.

"난 최선을 다할 거야. 아버지 어머니처럼, 형처럼, 정희처럼, 현우처럼, 하루하루를 열심히 살아가는 평범한 사람들처럼. 주어진 상황에서 내가 할 수 있는 일을 할 거라고."

성후는 조금은 떨리는 손으로 우주선과 연결된 마이크 옆 스위치를 눌렀다.

"저기요." – 하지만 아무런 대답도 들려오지 않는다.

"여기는 KNSA 중앙관제센터입니다. 들리세요?" – 역시나 응답은 들려오지 않았다.

"이거 우주선에서 말하는 소리는 어떻게 들어?"

고개를 돌려 이준을 바라보았다. 눈이 마주치자 이준은 총구를 성후의 가슴을 향해 겨눴다. 민 형사는 그쯤은 이미 예상했다는 듯이 미소를 흘려보냈다. 그러고는 다시 한번

"우주선에서 말하는 소리 어떻게 듣냐니까? 그 정도는 말해줄 수 있잖아."

잿빛 눈의 청년은 대답 대신 총구의 방향을 성후의 머리로 옮겼고 이에 민 형사는 당당하게 쏠 테면 쏴보라는 태도로 총구 쪽으로 한 걸음 한 걸음 다가갔다.

"난 선택했어. 속이지 않고 전부 도신홍 대원에게 말할 거야. 거기까지가 내가 할 수 있는 최선이야. 사람은 저마다의 선택의 몫이

따로 있어. 이 상황에서 최후의 선택을 하는 건, 우주에 있는 도신홍 대원이야. 내가 할 게 아니지. 내 몫은 최선을 다해서 설명하고 결과를 기다릴 뿐이야. 거기에 게임이니 재미니 그런 건 없어. 티끌 만한 가능성이라도 있다면 전력을 다하는 것! 너 같은 애송이는 이해 못 하겠지만 그게 바로 어른들의 세계라고!"

삐 – 삐 – 삐 – 화면 속 우주선이 수동 조종 불가 구간인 레드라인을 곧 통과한다는 신호음이 들려왔다. 시간이 없다. 선택이건 뭐건, 도신홍 대원에게 설득을 시도조차 하지 못하고 끝날 판이다. 삐 – 삐 – 삐 – 성후의 귀에는 신호음이 너무나 다급하게 들려왔다.

"어차피 결말은 정해진 게임이었어요."

이준이 총구를 성후에게서 치우더니 천천히 움직여 자신의 머리에 권총을 가져다 댔다.

"형사님이 어떤 선택을 했건 그건 중요하지 않아요. 세상에 옳은 선택 같은 건 없으니까요. 그저 선택하고 또 선택하는 선택만 있을 뿐."

"너 지금 뭐 하는 거야!"

성후가 소리치며 이준에게로 달려갔다. 놈은 살리고 싶은 마음인지, 아니면 죗값을 치른 다음에 죽어야 하기 때문에 지금 죽어서는 안 된다는 마음인지, 아니면 그저 살려달라고 애원했던 꼬맹이를 살려야 한다는 마음인지…… 모르겠다. 왜 이준을 향해 달려가고 있는 자신도 알지 못했다. 설명할 수 없었다. 제 손으로 총을 주었으면서도 어째서인지 스스로 머리를 겨누고 있는 모습을 보자 이렇게 죽으면 안 된다는 마음이 가득 차올랐다. 다른 생각은 전혀 들지 않았다. 삐이 – 삐이 – 삐이 – 경고음은 커져만 갔고 – 방아쇠에 걸려 있는 이준의 손가락은 성후의 걸음보다 빨랐다. 그렇게 탕 – ! 다시 한 발의 총성이 통제실에 울려 퍼졌다.

; 우주의 남자

악마에게서 연락이 왔다. 이 말 말고는 달리 설명할 방법이 없다. 정확한 표현이다. 악마는 믿을 수 없는 제안을 장난치듯 웃으면서 해왔다. 정확하게 '게임'이라는 표현을 썼다. 목소리 뒤로 희미하게 모차르트의 레퀴엠이 들려왔다. 실제 상황이라는 증거로 전송해 준 실시간 영상에는 통제실 연구원들이 하나둘씩 쓰러지는 모습이 담겨 있었다. 놈이 게임을 설명한다면서 처음 꺼낸 말은 이것이었다.

"어떤 선택을 하든 어차피 당신은 죽게 되어 있습니다."

죽음을 각오하고 우주선에 탑승했다. 죽음이 두렵냐고 묻는다면 인간이기에 어쩔 수 없이 그렇다고 대답하겠지만, 기꺼이 받아들일 준비는 얼마든지 되어 있다. 그렇지만 참을 수 없는 건 미치광이의 장난질에 놀아나는 것이다. 그건 죽기보다 싫다.

; 히든 게임

"도신홍 대원. 자, 그러면 게임을 시작해 볼까요?"

악마는 저울을 내밀면서 한쪽에는 인류를, 또 한쪽에는 우리 가족을 올려놓고서 선택하라고 했다.

"일종의 심리 게임이라고 보면 돼요."

알지도 모르는 누군가가 - 어떤 선택을 할지 예상해서 맞춰야 하는 - 미친 짓거리. 놈은 무척이나 신나 보였다. 거부하고 싶었지만 나에게 그런 선택지는 주어지지 않았다. 아무런 선택도 하지 않는 다면, 공멸이라고 했다. 말 그대로 전부 끝.

"잠시 후에, 제가 민성후라는 사람에게 어떤 선택지를 줄 거예요.

정의감이 넘치는 열혈 형사죠. 당신은 그가 뭘 선택했는지 맞추면 돼요, 아주 간단하죠?"

내가 타고 있는 이 우주선이 지구를 비켜 가면, 강릉에 있는 집이 폭파되어 아내와 아이들이…… 그렇다고 경로를 바꾸지 않고 지구로 향하면 모두…… 끝이다. 우주선 창밖 멀리 보이는 지구를 바라보면서 하필이면 이런 괴물이 저렇게 아름다운 행성에 살게 되었을까? 마음이 아려왔다.

"자 정신 차리고 들으세요. 두 번은 설명 안 합니다. 다음 네 가지 중 민성후 형사는 어떤 선택을 하게 될까요? 골라보세요."

1. 강릉 집에 폭탄이 설치된 사실을 당신에게 말하고, 당신이 지구를 비켜 가길 설득한다.

2. 강릉 집에 폭탄이 설치된 사실을 당신에게 말하지 않고, 지구를 비켜 가길 설득한다.

3. 폭탄이 설치된 사실을 당신에게 말은 하지만, 지구를 비켜 가라고 설득하지 않는다.

4. 폭탄이 설치된 사실을 당신에게 말하지도 않고, 지구를 비켜 가 달라고 설득도 안 한다.

"만약 두 사람의 선택이 일치하면 큰 선물을 줄게요. 둘 다 1번을 선택하시면 그 즉시 'Lock (락)'을 풀어드릴 겁니다. 우주선이 아니라 통제실에서 락을 풀면 폭탄은 터지지 않아요. 아시다시피 레드라인을 넘지 않은 상태라면, 우주선을 조종해서 위기를 벗어날 수 있죠. 물론 당신은 우주 미아가 되긴 하겠지만…… 어떤 선택을 하든 도신홍 대원, 어차피 당신은 죽게 되어 있다고 한 말 기억하죠? 그러니까 너무 원망하지는 마세요. 대신 지구도 안전하고 폭탄도 작동하지 않아 아내와 아이들 모두 무사할 겁니다. 만약에 두 분이

2번을 선택한다면, 레드라인을 지나기 30초 전에 락을 풀어드리죠. 아슬아슬하겠지만 승산이 없지는 않으니까 꽤 쫄깃한 승부를 하실 수 있을 겁니다. 그치만 아쉽게도 3번, 4번을 선택할 경우는 꽝입니다. 말 그대로 꽝. 지구가 됐건 당신 가족이 됐건 꽝 하고 터지겠죠. 하하하. 물론 당신의 예측이 실패할 경우에는 민 형사가 뭘 선택하든 당연히 꽝! 이고요."

잔혹한 웃음 뒤로 모차르트의 레퀴엠은 점점 더 크게 들려왔다.

"시간 없어요. 이 음악이 끝나면 선택할 기회는 사라집니다. 더 늦기 전에 도전하세요."

순식간에 충격적인 이야기를 연이어 듣다 보니 뭐가 뭔지 모르게 되어버렸다. 하지만 누구를 탓할 상황은 아니다. 시간은 계속 흘러 갔고, 어쨌든 뭐든 하나는 선택해야 한다는 사실은 변하지 않았으니 말이다. 어떤 것을 선택해야 하지? 3번과 4번은 있으나 마나 한 바보 같은 항목이다. 작은 혼돈을 주기 위한 장치일 뿐 아무런 의미 없는 선택지다. 기만의 항목이다. 의미 있는 선택은 1번, 2번 둘 뿐이다. 잘 생각해 보면 이 게임이 성립되려면 지구에 있는 민성후라는 사람은 우리 집에 폭탄이 설치된 사실을 내가 모른다고 믿고 있어야 한다. 그렇다는 건 설득 과정에서도 내가 알고 있다는 사실을 그에게 알릴 수 없는 무언가 장치가 되어 있다는 얘기다. 아마도 쌍방 소통이 아닌, 일방 소통. 그러니까 나는 그가 하는 말을 들을 수 있지만, 그는 내 말을 못 듣는 상황이 만들어질 확률이 높다. 과연 상대방의 반응을 전혀 알 수 없는 상황에서 설득해야 한다면…… 나라면…… 입장을 바꿔서 내가 설득해야 한다면 어떨까? 결론은 쉽게 내려졌다. 감정은 빼고 이성적으로, 현실적으로 판단하면 답은 쉽다. 이런 상황일수록 상대를 자극하면 안 된다. 마음은 아프지만, 대의를 위해서 감수해야 한다. 나의 선택은 2번이다. 주어진 30초의 시간 동안 어찌 됐든 항로를 바꾸기 위해 최선을 다하면 된다. 불가능하지만은 않을 것이다.

'2번! 우리 집에 폭탄이 있다는 사실을 숨기고 나를 설득한다.' 여기에 모든 것을 걸기로 했다.

; 레드라인

"저기요."

"여기는 KNSA 중앙관제센터입니다. 들리세요?"

"이거 우주선에서 말하는 소리는 어떻게 들어?"

"우주선에서 말하는 소리 어떻게 듣냐니까?"

"난 선택했어. 속이지 않고 전부 도신흥 대원에게 말할 거야. 거기까지가 내가 할 수 있는 최선이야. 사람은 저마다의 선택의 몫이 따로 있어. 이 상황에서 최후의 선택을 하는 건, 우주에 있는 도신흥 대원이야. 내가 할 게 아니지. 내 몫은 최선을 다해서 설명하고 결과를 기다릴 뿐이야. 거기에 게임이니 재미니 그런 건 없어. 티끌 만한 가능성이라도 있다면 전력을 다하는 것! 너 같은 애송이는 이해 못 하겠지만 그게 바로 어른들의 세계라고!"

정답은 1번이었다. 민성후라는 사람은 내 예측과는 달리 전부 솔직히 말하는 쪽을 선택했다. 2번을 선택한 나는 틀렸다. 내가 만약 1번을 택했다면 모두가 살 수 있었을 텐데……인간을 믿지 못한 내 어리석은 선택이 결국 모두를 죽음으로 몰고 가는 길로 들어서게 했다. 삐 – 삐 – 삐– 우주선이 레드라인을 곧 통과한다는 신호음이 들려왔다.

"어차피 결말은 정해진 게임이었어요."

권총으로 성후를 겨누고 있는 이준이 이렇게 말했고, 두 사람의 눈은 마주쳤다. 그 순간, 성후는 이준의 회색 동자에서 미세한 움직임을 발견했다. 순간 잘못 본 건가? 생각이 들기도 했지만, 틀림없이 눈동자 속에서 무언가 꿈틀댔다. 마치 실핏줄이 만들어지는 것처럼 잿빛의 눈에 아주 작게 검고 작은 줄들이 생겨났다가 사라졌고 - 생겨났다가 다시 사라져갔다. 잿빛의 눈동자가 검게 변하기 위해 꿈틀거리는 것처럼 보였다. 여전히 잿빛이 우세하긴 했지만 검은 눈동자가 되기 위해 검은 선들의 사투는 계속되었다. 검은 선들은 처음에는 일방적으로 밀리는 것 같았지만, 어느 순간 눈동자의 꽤 많은 영역을 차지하기도 했다. 하지만 금세 회색의 반격에 밀려나 버렸다. 요동치는 눈동자의 이준은 성후를 겨누던 권총의 방향을 천천히 바꿔 자신의 머리에 가져다 댔다.

성후는 후회했다. 어쩌면 그동안 잘못 생각하고 있었는지도 모른다. 이제껏 살려달라는 말은 괴물에게 잡아먹힌 꼬맹이 이준이가 외치는 구조신호라고 생각했었다. 반면, 죽여달라는 말은 괴물이 나를 기만하는 것이라고 여겼었다. 하지만 지금 이 순간, 자신의 머리에 총구를 가져다 댄 서이준 저놈을 향해 달려가고 있는 이 순간, 어쩌면 틀렸을지도 모른다는 생각이 머릿속을 지배했다.

어쩌면 살려달라는 말은 자신이 고장 난 장난감에 불과하다는 사실을 알아버린 괴물이 자신을 버리지 말라고, 내치지 말라고, 죽이지 말라고 발버둥 치던 절규였는지도 모른다. 그리고 괴물에게 잠식당한 어리고 착한 이준이는 차마 그 모습을 볼 수 없어서 죽여 달라고 애원했던 것인지도 모른다. 하지만 진실은 알 수 없다. 전부 짐작일 뿐이다. 삐이 - 삐이 - 삐이 - 경고음이 커져만 가는 사이 - 이준이 손가락이 성후의 걸음보다 빨랐다. 탕 - !

한 발의 총성이 통제실에 울려 퍼졌고, 거의 동시에 우주선은 레드라인을 완전히 넘어섰다. 그 찰나의 순간 잿빛 눈의 괴물은 온 힘을 다해 꼬맹이 이준이를 짓누르고 총구를 밀쳐냈다. 그 결과 총알은 뇌를 관통하지 않고 머리를 스쳐 지나갔지만 서이준은 피를 흘리며 쓰러졌고 의식을 잃었다.

이준아! 이준아! 성후의 다급한 목소리가 마이크를 타고 우주선의 신흥에게 전해졌다. 그의 눈가는 촉촉하게 젖어 있었다. 우주선은 이미 레드라인을 넘어서 되돌릴 수 없는 곳을 지나고 있었다. 더이상 의미는 없지만, 빨간 선을 통과하는 순간 프로그램대로 락은 자동으로 해제됐다. 레드라인을 넘어서면 지구에 가까워졌다는 의미이기 때문에 혹시 비상 착륙해야 하는 상황을 대비해 자동으로 락이 풀린 것이다. 우주선에서 락을 푼 것이 아니기에 초록불은 노랗게 변하지 않았고, 강릉 집의 폭탄도 터지지 않았다. 하지만 이제 궤도를 바꿀 방법은 없다. 도신흥은 창밖 우주를 바라보며 조금 전 통제실에서 소리쳤던 성후의 말을 다시 떠올렸다.

"최후의 선택을 하는 건 우주에 있는 도신흥 대원이야…… 티끌만한 가능성이라도 있다면 전력을 다하는 것! 너 같은 애송이는 이해 못 하겠지만 그게 바로 어른들의 세계라고!"

우주에서 지구를 바라보던 도신흥의 시선이 조종간을 향했다.

"그래…… 해보자! 저딴 악마 같은 애송이한테 지지 말자!"

현 상황에서 궤도를 바꾸려 한다면 우주선에 엄청난 무리가 올 것이다. 아마 돌이킬 수 없는 치명적인 충격을 받게 되고, 높은 확률로 거의 모든 부분이 고장을 일으킬 것이다. 예측 불가하고 극도로 불안정한 [온리]는 폭발해 버릴지도 모른다. 하지만 상관없다. 그놈 말대로다.

"어떤 선택을 하든 어차피 당신은 죽게 되어 있습니다."

그래, 이왕 죽는 거 할 수 있는 건 전부 해보자!

"여보……. 미안해……. 재호야 미안해……. 배 속의 우리 돌돌이도…… 아빠가 미안……. 우리 하늘나라에서 다시 만나서 행복하게 살자."

신흥은 조종간을 움켜쥐고 방향을 틀기 위해 안간힘을 썼다. 하지만 우주선을 잡아당기는 지구의 힘을 이겨내기에는 턱없이 부족했다. 그럼에도 방향을 바꾸기 위해 온 힘을 쥐어짰다. 선체는 더는 견딜 수 없다고 계속해서 경고음을 울려댔다. 추진 장치 이상 경보음이 울렸고, 산소공급 장치 이상 시그널도 울렸다. 방향 장치의 문제가 생겼다는 신호도 계속해서 들려왔다. 무엇보다도 심각한 건 연료 계통의 위험신호였다. 현재 연료는 [온리]다. 아무런 이유 없이 터져버려도 이상할 것 없는 그것이 - 엄청난 압력을 받고 있다. 혹시나 대기권에 진입해 터져버린다면…… 상상조차 하기 싫은 엄청난 재앙이 찾아올 것이다. 하지만 이미 되돌릴 수 없는 강을 건넜다. 어떻게든 방향을 틀어 지구를 벗어나야 한다. 있는 힘을 다해 조종간을 움직였다. 하지만 산소농도 저하로 몽롱해지는 의식까지는 어떻게 할 수 없었다. 도신흥 대원은 의식이 거의 사라져 가는데도 절대로 조종간을 잡은 손을 놓지 않았다.

; 마지막 풍경

암담한 절망의 끝자락에서 문이 열렸다. 희미해져 가는 현우의 눈에 들어온 사람은 최 반장이었다.

"성 기자! 성 기자! 정신 차려!"

최필우 반장은 서둘러 그녀의 입을 막고 있는 테이프를 떼어내고, 고치처럼 그녀의 몸을 휘감고 있는 줄들을 풀기 시작했다.

"괜찮아. 괜찮을 거야. 괜찮아. 이제 아무 일 없을 거야……. 괜찮아. 괜찮아……."

겨우 의식을 찾은 현우가 힘겹게 입을 열었다,

"미…… 민 형사님은요……?"

최 반장의 손이 잠시 멈췄다. 하지만 곧 다시 줄을 풀기 시작했다. 그녀의 질문은 못 들은 척 대답은 하지 않고 푸는 일에 열중했다. 그렇게 줄이 풀리자 현우는 마치 아빠 품에 안기듯 반장의 품에 안겼다. 최 반장은 그녀의 등을 두드려주며 다독였다.

"괜찮아. 괜찮아. 다 괜찮아……."

"민 형사님은요?"

"녀석도 괜찮을 거야. 반드시. 반드시 그럴 거야!"

두려움 가득한 눈으로 화면을 바라보고 있는 성후의 눈동자가 요동쳤다. 지금 무슨 일이 일어나고 있는지 파악이 잘되지 않았다. 이준이는 머리에서 피를 흘리며 쓰러져 있다. 어떻게 될까? 죽은 건가……? 알 수 없는 감정이 휘몰아쳤다. 게다가 모니터에 표시되고 있는 우주선의 궤적은 과학에 문외한인 그의 눈으로 봐도 어이가 없을 정도로 말도 안 되는 방향으로 마구 움직여댔다. 힘의 방향, 가속도, 관성…… 뭐 하나 상식적인 것 하나 없는 혼돈 그 자체였다. 불 주변을 맴도는 벌레처럼 일정한 패턴 없는 그런 움직임. 성후는 아마도 [온리]가 전부 소멸되어야 움직임이 멈출 것이라고 생각했다. 그치만 전부 소멸되기는 할까? 그 전에 폭발해 버리지 않을까? 제발 그러지 않기를…… 제발 지구에 충돌하지 않아야 하는데…… 우주선에 타고 있는 도신흥 대원은 어떻게 될까? 이준이는? 나는?

우리 모두는? 성후는 난생처음으로 어딘가에 있다고 단 한 번도 믿어보지 않은 신을 향해 간절히 바래보았다. 불나방 같은 우주선의 움직임에 단 한 순간도 눈을 떼지 못하고 있는 성후는 통제실 문이 열리는 것조차 인식하지 못했다. 열린 문으로 무장한 경찰 특공대원들이 일사불란하게 들어왔고 - 뒤이어 구급대원들도 들것을 포함한 각종 장비들을 가지고 안으로 쏟아져 들어왔다.

"손들어!"

그제야 성후는 겨우 상황이 파악됐다. 특공대원들은 순식간에 그를 제압했다. 중요 보안법 위반 어쩌고 하는 말을 들은 것 같기는 한데 전혀 개의치 않았다. 눈은 오직 모니터의 우주선에 닿아 있었다. 여전히 KN-1은 나방처럼 지구 주변을 미친 듯 떠돌고 있었다. 하지만 거기까지다. 성후는 결국 그 끝을 보지는 못했다. 경찰 특공대원들에게 제압당한 채로 질질 끌려 통제실 밖으로 끌려갔다. - 최선을 다했다. 그걸로 된 거다. 후회는 없다.

귀환 중인 우주선 KN-1의 이상 작동이 감지된 가운데, 지구로 충돌할 수 있다는 가능성이 제기되어 전 세계인들은 혼란에 빠졌습니다. 연료로 사용된 [온리]의 불안정성과 파괴력 때문에 만에 하나 대기에서 폭발하거나 지구로 충돌할 경우 끔찍한 재앙으로 이어질 수 있다는 전망이 속속 나오고 있습니다. 미국 정부는 공식 브리핑을 통해 우주선의 움직임이 불규칙적이고 예측 불가이기 때문에 지구로 접근하기 전에 격추할 수 없다고 밝혔습니다.

; 바닷가

'오늘따라 유난히 달이 참 밝네.'

영신은 검은 하늘에 뜬 노란 달을 보며 지금 우주에 있을 남편 신흥을 떠올렸다. 쏴아 – 쏴아 – 파도 소리가 시끄러울 법도 한데 유모차에서 자고 있는 두 살배기 재호는 잘만 잔다. 유모차를 끌며 해변을 걷고 있는데 어디선가 그녀를 부르는 목소리가 들려왔다.

"여보 –"

그럴 리 없지만, 남편의 목소리가 틀림없다. 착각일 수가 없다. 남편의 목소리는 세상 그 어떤 소리들에 섞여 있다 해도 구분해 낼 수 있다. 하지만…… 주변을 살펴봤지만, 아무도 보이지 않았다. 환청인가? 했지만 또다시

"여보 –"

영신은 순간, 우주에 있는 남편이 자신을 부르고 있다는 것을 본능적으로 알 수 있었다. 그녀는 만삭의 배에 손을 올려 아이를 느꼈다. 그리고 고개를 들어 하늘을 향해서 남편을 불러보았다.

"여보 –"

; 최선

대한민국 최고의 의료진이 한자리에 모였다. 이 나라를 선두에서 이끌어 나갈 유망한 인재를 이토록 허망하게 잃을 순 없다는 마음이 그들을 모이게 만든 것이다. 중증 외과 전문의로 유명한 이국준 교수를 수술팀장으로, 권위 있는 뇌 전문의를 비롯한 자타공인 대한민국 최고의 인재들이 의식불명의 서이준을 살리기 위해 뭉쳤다. 아이러니하게도 현재 대한민국에서 줄기세포 관련 최고의 전문가로 꼽히는 이명도 박사도 수술 팀에 합류했다.

비록 관통까지는 아니지만, 총알이 이준의 머리에 준 충격은 어마어마했다. 목숨은 위태로웠고, 그만큼 살려내고야 말겠다는 의사들의 각오도 남달랐다. 하지만 명도만은 그렇지 못했다.

'이준이를 살리는 것이 과연 옳은 일일까?'

좀처럼 결론이 나지 않았다. 오랜 시간 함께한 가족 이상의 관계이자, 나락에 빠져 있던 자신을 일으켜 세워준 것을 생각한다면 - 어떻게든 살려야 한다는 마음이 들었지만, 잿빛 눈의 괴물이 저지른 절대로 용서받지 못할 잔혹한 일들을 생각하면 치가 떨렸다. 괴물이 눈을 떴을 때 또 무슨 일을 벌일지 모른다는 두려움에 명도는 주저했다. 언제 지구를 향해 날아들지 모른다는 폭탄 같은 우주선보다 여기 수술대에 누워있는 한 인간이 훨씬 위험하다는 사실을 아는 건 이 수술실 안에 이명도 박사 혼자뿐이었다. 우주선이 지구를 비켜 간다고 해도 이 괴물이 살아난다면 더 큰 위험이 찾아올 것은 불 보듯 뻔하다.

'지금이라면 괴물을 되돌아올 수 없는 심연으로 밀어버릴 수 있다. 절호의 기회다. 어쩌면 두 번 다시 기회가 없을지도 모른다.'

손끝에 힘이 잔뜩 들어갔다. 지금 수술대에 누워있는 한 인간의 몸속에는 아직 성인이 되지 않은 여린 이준이와 회색 눈의 괴물이 칭칭 얽힌 채로 생사의 기로에 놓여 있다. 수술의 끝이 죽음이라면, 여린 이준이에게는 미안하지만 인류는 커다란 위험에서 한걸음 물러서게 된다.

'그렇지만 만에 하나 살아난다면……'

잿빛 눈동자의 괴물이 다시 눈을 뜨지 않는다는 보장은 없다.

"살려주세요."

갈등하는 명도의 귓가에 이준이의 어린 목소리가 들려오는 듯했다. 주변을 살펴봤지만 아무도 이 목소리를 못 들은 것 같다. 이준이는 마치 이 상황을 예상이라도 한 듯이 어려서부터 줄기차게 살려달라고 말해왔다. 고민의 깊이만큼 수술 시간도 길어져만 갔다. 여전히 생사의 기로에서 사투를 벌이고 있는 의료진들도 조금씩 지쳐만 갔다.

그때 수술실의 문이 열리고 대기하던 백업 의사 중 한 사람이 들어와서 모두에게 기다리던 소식을 전하기 위해 소리쳤다.

"우주선이 지금⋯⋯"

사투 중인 의료진을 대신해 팀장인 이국준 교수가 큰 소리로 꾸짖었다.

"지금 수술 중인 거 안 보여!"

꾸지람에도 그는 상기된 얼굴을 감추지 못하고 소리쳤다.

"지구를 벗어났다고요! 살았어요! 이제 무사해요. 우리!"

이에 몇몇 의료진이 환호와 박수를 치기도 했지만, 이국준 교수는 더욱 크게 소리쳤다.

"당장 나가!"

소식을 전한 의사는 잔뜩 무안해져 말꼬리를 내렸다.

"그래도⋯⋯"

"환자의 목숨이 경각에 달려 있어! 수술실에서 의사에겐 환자보다 더 중요한 건 없어! 당장 나가!"

아이러니하게도 지쳐가던 수술 팀은 이국준 교수의 이 말에 힘을 얻었다. 마음 한 켠에 우주선에 대한 걱정이 크게 자리 잡고 있었던 것도 사실이고, 무엇보다 긴 시간 수술로 인해 지치고 힘들어져 사명감도 점점 사라져가고 있던 차였다. 그런데 한순간, 이국준 교수의 일갈이 수술실 의사들을 다시 불타오르게 만들었다. 이명도 박사 역시 팀장의 말에 정신이 번쩍 들었다.

'그래, 세상은 둘째 문제다. 지금은 오직 환자에게 집중하자. 최선을 다하자. 민성후 형사가 말한 것처럼 [선택은 선택일 뿐이다.] 선택에 휘말리지 말고 지금, 내가 할 수 있는 것에 최선을 다하자! 다른 건 생각하지 말자.'

마음을 다잡은 명도는 환자를 살리는 것에만 집중했다. 그렇게 열 시간 가까운 시간이 지나갔고, 수술은 무사히 끝이 났다. 수술 성공 여부는 하늘만이 알 뿐 누구도 장담할 수 없는 상태라는 것은 변함이 없었다. 이준의 의식이 돌아올지는 여전히 미지수다. 모두가 다시 눈을 뜨기를 간절히 바랬지만 명도만은 달랐다. - 나는 그 아이가 죽기를 바라는 걸까? 아니면 살기를 바라는 걸까?'

명도는 끝끝내 그 답을 내리지 못했다.

; 끝. 그리고 시작.

모두가 깊이 잠든 시간. 심전도계에서 들려오는 일정한 소리만이 긴급 회복실 안을 차분히 울리고 있었다. 잠든 듯, 혹은 죽은 듯이 눈을 감고 누워있는 서이준은 미동조차 하지 않았다. 인류를 위기에 빠뜨린 괴물이라고는 상상도 할 수 없을 만큼 평온한 풍경이었다. 달은 안개 하나 없이 유난히 밝았고, 큰 위기에서 벗어났다는 생각에 - 많은 이들이 한시름을 놓고 잠자리에 들어 있던 그런 시간이었다.

서이준을 제외하고는 아무도 없는 회복실. 평온하기만 하던 이곳의 심전도계 소리가 조금 전과는 아주 미세하게 달라졌다. 마치 그날, 영재 올림피아드 대회장의 분위기가 순식간에 미묘하게 달라진 것처럼…… 하지만 이번에는 당시 이명도 박사처럼 눈치챈 이는 아무도 없다.

이준의 긴 속눈썹이 파르르 떨려왔다. 물론 이것 역시 본 사람은 아무도 없었다. 창백한 손가락 끝이 살짝 까딱였고, 발가락도 움찔했다. 이 순간 병실 밖 대기 중인 간호사는 쏟아지는 졸음을 못 이기고 차트 더미 위에 이마를 가져다 대고 눈을 감았다.

미세한 전기가 흐르듯 움찔 - 눈꺼풀이 움직였다. 감은 눈만으로는 여린 이준이 돌아오려고 하는 것인지, 잔혹한 괴물이 꿈틀거리는 것인지 알 방법은 없다. 어쨌든 둘 중 누군가가 - 지금, 아주 힘겹게 눈꺼풀을 들어 올리고 다시 세상 속으로 들어오려고 하고 있다는 것만은 틀림없는 사실이다. 여전히 주변은 고요하기만 했고, 회복실 공기는 차가웠다.

서서히 움직이던 눈꺼풀이 이윽고 아주 조금씩 열리기 시작했다. 어둠 속에 숨어있던 빛들이 조금 열린 이준의 눈으로 몰려들었다. 몇 번의 깜빡거림. 하지만 오랜 시간 감겨 있던 눈은 작은 빛에도 놀라 아직 사물을 분간해 낼 수는 없었다. 서이준은 세상을 똑바로 바라보지 못했다. 그렇게 얼마간의 시간이 흘러갔고 그의 눈에 흐릿하게 세상이 들어왔다. 죽음의 길목에서 살아 돌아온 그는 어두운 병상 위에서 눈을 뜨고서 아주 천천히 - 경계하듯이 주변을 살펴보았다. 누굴까? 여린 이준이가 돌아온 걸까? 아니면 괴물이 돌아온 걸까?

차가운 맨발이 바닥에 디뎌졌다. 어디선가 쩌억 - 하고 얼음판이 갈라지는 소리가 들려왔다. 하지만 병원에 얼음판이 있을 리 없다. 그럼 그건 무슨 소리였을까? 주변을 돌아보던 이준이 조금은 힘겹게 창가로 다가가 평안한 밤 풍경을 내려다보았다. 어둠이 한가득 내려앉은 세상을…… 그 어둠을 비추며 반짝이는 불빛들이 가득한 세상을…… 눈을 뜨고서 세상을 바라보던 서이준은 밖의 어둠으로 인해 반사되는 창에 거울처럼 반사된 자신의 모습을 발견했다. 아주 천천히 창 쪽으로 더욱 가깝게 몸을 이끌어 다가가서는 검은 창에 비친 자신을 향해 손을 내밀었다. 창문을 보며 서 있는 것은 누구일까? 손을 내민 건 누구일까? 서이준은 그렇게 유리에 비친 자신의 눈동자를 한참 동안 바라보았다.

다시 눈을 뜨고 세상과 자신을 바라보는 서이준의 눈동자 색은…… 다름 아닌……

fin.

에필로그. 하나
9월 17일 / 민준이의 하루

모두의 날? 이름부터가 마음에 안 들어. 왜 내 생일이 왜 모두의 날이 되어야 하냐고! 난 단 한 번도 내 생일에 주인공이 되어본 적이 없어. 이게 말이 돼? 저녁에 반 친구들을 초대해서 파티를 한 적도 없다니까! 맛대가리도 없고, 양도 적고, 가격만 엄청 비싼 엄마 아빠만 좋아하는 식당에서 재미없는 시간 보내는 거 정말 짜증나. 엄마 아빠는 결혼기념일을 따로 하고, 나는 생일을 하면 되는데 왜 굳이 같이해서 내 생일을 망치냐고! 물론 따로 하자고 말을 꺼내면 아빠는 덮어두고 욕부터 할 거고, 엄마는 세상 슬픈 표정으로 날 괴롭힐 거니까. 말도 못 꺼내.

올해도 어김없이 9월 17일이 오고야 말았어. 생일을 생일이라 부르지 못하는 비극적인 날. 내 생일 날 부모님 선물을 사기 위해 용돈을 털어서 하는 정말 – 개 같은 날.

아빠는 출근도 안 하고 아침부터 뭐가 좋은지 들떠서 흥얼거리고 있어. 정말 꼴 보기 싫어. 반쯤 열린 화장실 문틈으로 뭐라고 자꾸 말을 거는데 정말 미치겠다니까.

"어이, 민준. 오늘 모두의 날 선물로 전기면도기 어때? 너도 슬슬 수염 나지?”

초등학생이 무슨 면도기가 필요하냐고! 그렇게 생일 선물로 휴대폰 바꿔 달라고 노래를 불렀는데

“어이, 아들. 그럼 오케이로 알고 면도기 사준다. 헤헤.”

돌아버리기 일보 직전인데 거기다 아빠가 최후의 일격을 날려 왔어.

“어이, 민준. 오늘은 모두의 날이니까 특별히 아빠가 학교까지 태워줄게.”

더 이상은 못 참아. 이게 한계라고!

“아이, 씨발. 됐다고!”

“너 다시 말해봐. 지금…… 뭐라고 그랬어?”

“씨발. 됐다고! 모두의 날인지 뭔지. 좆같아서 싫다고!”

학교도 가지 않고 하루 종일 떠돌았어. 최악의 생일이야. 배도 고프고 갈 곳도 없어……. 그래도 집에 가기는 싫어. 절대 안 가! 그 순간 기적이 일어났어! 할머니한테 전화가 왔어! 그래, 내가 왜 할머니 생각을 못 했지?

“할머니! 지금 가도 돼?”

“오늘은 학교 안 가는 날이야?”

“어, 개교기념일이야.”

“알았어. 조심해서 와. 아침에 미역국은 먹었어?”

역시 날 알아주는 건 할머니밖에 없어. 거의 다 왔는데 병원 주변에 코스모스가 잔뜩 피어있더라고, 할아버지가 제일 좋아하셨다는 꽃이라고 들은 적이 있어. 저걸 가져가면 할머니도 좋아하실 거야.

한 아름 따서 꽃다발 만들어서 드리면 엄청 좋아하시겠지?

어? 잠깐…… 엄마? 차가? 왜? 어…… 어! 으아악!

암전.

에필로그. 둘
바람

 아지랑이가 피어오른다. 여긴 어디지? 드넓은 꽃밭. 한 번도 와보지 못한 낯선 곳이다. 내가 왜 여기 있지? 그래 기억난다. 나는 우주선에서 조종간을 잡고 있었다. 살기 위해 - 살리기 위해. 무슨 일이 있어도 지구로 향하면 안 됐다. 하지만 내 힘은 너무 미약해서 궤도를 바꿀 수 없었다. 갑자기 우주선이 폭주하기 시작했다. 아무래도 연료로 사용한 [온리]가 문제를 일으킨 것 같다. 하긴, 언제 폭발한다고 해도 문제 될 건 없었으니까. 우주선이 미친 듯 흔들렸고, 산소 농도는 떨어져 의식은 희미해져만 갔다. 기억은 거기까지다. 의식을 잃었었다. 그런데 여긴 어디지? 내가 왜 꽃밭에 이러고 있는 거지? 이 꽃이 이름이 뭐였더라? 아, 그래. 코스모스…… 우주도 영어로 코스모스다. 그래, 난 아직 우주에 있다. 이건 그냥 꿈일 뿐이야. 아니 어쩌면 나는 이미 죽은 건지도 모른다, 그렇다면 여기는 천국일까? 아니면 지옥? 이런 어린애 같은 생각을 하고 있는데 어디선가 나를 부르는 목소리가 들려왔다. 아주 낯익은 목소리, 사랑스러운 목소리.
 "여보, -" 아내가 날 부르고 있다. 나는 아내에게 가야 한다. 하지만 이 끝이 없어 보이는 코스모스 밭의 출구가 어딘지 나는 알지 못한다.

어지럼증이 더더욱 악화되고 있다. 이번엔…… 아…… 우주선이다. 조종간을 놓쳤다. 잡을 힘조차 남아 있지 않다. 너무 어지러워서 어떤 상황인지 파악조차 되지 않는다. 아내는 무사할까? 지구는, 인간은, 우리 모두는 무사할 수 있을까? 생각을 믿을 수 없고, 보이는 것도 믿을 수 없다. 자꾸만 환상이 보이고, 헛것이 보인다. 제발 희미한 저것이 지구만은 아니기를…… 우주선이 지구로 충돌하고 있는 것만은 아니기를…… 빌어본다. 아 제발…… 희미한 의식 속에서 둥근 형상이 보인다.

달? 달이다! 이대로 가면 부딪히고 만다. 문득 놈의 목소리가 들려오는 것 같이 느껴졌다.

"달에는 아무도 안 사니까 당장 죽는 사람은 없을 거예요. 하지만 작은 만큼 받는 충격은 더 치명적이겠죠? 그렇게 되면 지구와 달 사이 인력은 어떻게 될까요? 지구 중력은 괜찮을까요? 공전 자전 궤도는 괜찮을까요? 어차피 멸망은 같아요. 단지 시간문제일 뿐이죠."

지금 내가 할 수 있는 건 아무것도 없다. 어디 있는지 어디로 가고 있는지도 모르겠다. 다만 눈앞 가까운 곳에 달이 보이고 그곳으로 우주선이 내달리고 있는 이 광경이 제발 꿈이기를. 산소 부족으로 보이는 환각이기를 간절히 너무나도 간절히 바랄 뿐이다.

"넌 내일 지구가 끝장난다면 어떡할 거야?"
"소중한 사람에게 사랑한다고 말할 거야."
"그건 지금도 할 수 있는 거잖아."